ullstein

Das Buch

Sieben Jahre sind vergangen, seitdem der Schongauer Scharfrichter Jakob Kuisl und seine Tochter Magdalena in München einer Dirnenmörderin auf die Schliche gekommen sind. Seitdem hat sich viel getan: Magdalena und ihr Mann Simon sind in München geblieben, wo Simon als Assistent eines berühmten Arztes arbeitet. Ihr mittlerweile 16-jähriger Sohn Peter geht auf das Jesuitenkolleg und gilt als begabter Schüler – ganz anders als sein jüngerer Bruder Paul, ein Störenfried und Herumtreiber.

Als in Wien im Frühsommer 1679 die Pest ausbricht, der Tausende zum Opfer fallen, beschließen Magdalena und ihr Mann, mit der Familie nach Schongau aufzubrechen. Auf der Reise bekommen sie bereits die Auswirkungen der Pest zu spüren. Die Seuche hat inzwischen Bayern erreicht, jeder Ort versucht, sich vor der Krankheit zu verschanzen. Nur knapp gelangen sie noch nach Schongau zu Magdalenas Vater, dem Scharfrichter Jakob Kuisl. Doch auch in Schongau ist die Pest schon angekommen. Ein Infizierter sucht mit letzter Kraft Jakob Kuisl auf, bevor er zusammenbricht. Es ist der Kaufbeurer Henker Conrad Näher, der an der Beulenpest erkrankt ist. Bevor er stirbt, flüstert er Kuisl noch ein paar rätselhafte Worte ins Ohr: Kuisl müsse Kaufbeuren retten, ein schwarzer Reiter spiele mit seiner Pfeife dort zum Tanz auf. Der Mörder habe zwei Gesichter. Kuisl beschließt, der Sache auf den Grund zu gehen, und kommt einem unvorstellbaren Mordkomplott auf die Spur …

Der Autor

Oliver Pötzsch, Jahrgang 1970, war jahrelang Filmautor beim Bayerischen Rundfunk und lebt heute als Autor in München. Er ist selbst ein Nachfahre der Kuisls, die vom 16. bis zum 19. Jahrhundert die berühmteste Henker-Dynastie Bayerns waren. *Die Henkerstochter und der Fluch der Pest* ist der achte Band der Erfolgsserie um den Henker Jakob Kuisl und seine Tochter Magdalena.
Homepage des Autors: www.oliver-poetzsch.de

Von Oliver Pötzsch sind in unserem Hause erschienen:

Die Henkerstochter · Die Henkerstochter und der schwarze Mönch · Die Henkerstochter und der König der Bettler · Der Hexer und die Henkerstochter · Die Henkerstochter und der Teufel von Bamberg · Die Henkerstochter und das Spiel des Todes · Die Henkerstochter und der Rat der Zwölf ·

Die Ludwig-Verschwörung · Die Burg der Könige · Der Spielmann · Der Lehrmeister

Oliver Pötzsch

Die Henkerstochter und der Fluch der Pest

Historischer Roman

Ullstein

Besuchen Sie uns im Internet:
www.ullstein-buchverlage.de

MIX
Papier
FSC® C083411

Originalausgabe im Ullstein Taschenbuch
1. Auflage Mai 2020

Umschlaggestaltung: zero-media. net, München
Titelabbildungen: akg-images / Guercino, eigentl. Giovanni Francesco Barbieri. 1591–1666; zugeschrieben. »Der ungläubige Thomas«, um 1620. (Öl auf Leinwand, 120 × 143 cm.) Rom, Pinacoteca Vaticana. (Mann); akg-images / André Held, Feti, Domenico, 1588/89–1623. »Die Melancholie«, um 1618–1623. (Öl auf Leinwand, 172,5 × 128,2 CM.) Paris, Musée du Louvre (Frau); © The Picture Art Collection / Alamy Stock Foto (Stadt); © Lisa Kim / Alamy Stock Foto (Pestmaske)
Karte von Kaufbeuren: © Peter Palm, Berlin
Satz: LVD GmbH, Berlin
Gesetzt aus der Sabon
Druck und Bindearbeiten: CPI books GmbH, Leck
ISBN 978-3-548-29196-3

Für meinen Vater Peter, meine Brüder Florian und Marian, meinen Patensohn Aliahmad und alle anderen Ärztinnen und Ärzte, Pfleger und Pflegerinnen, die jeden Tag dafür sorgen, dass es dem einen oder anderen Menschen ein wenig besser geht. Wir Schriftsteller schreiben nur darüber …

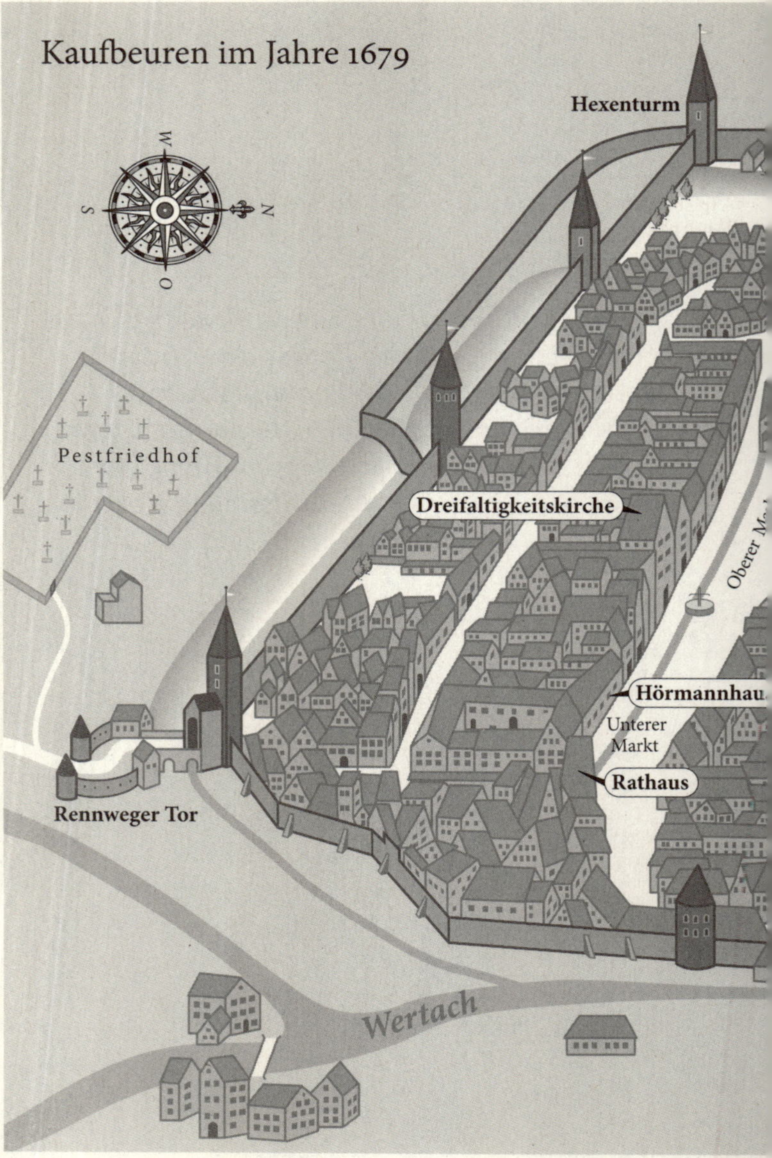
Kaufbeuren im Jahre 1679
Hexenturm
W
S
N
O
Pestfriedhof
Dreifaltigkeitskirche
Hörmannhau
Unterer
Markt
Rathaus
Rennweger Tor
Wertach

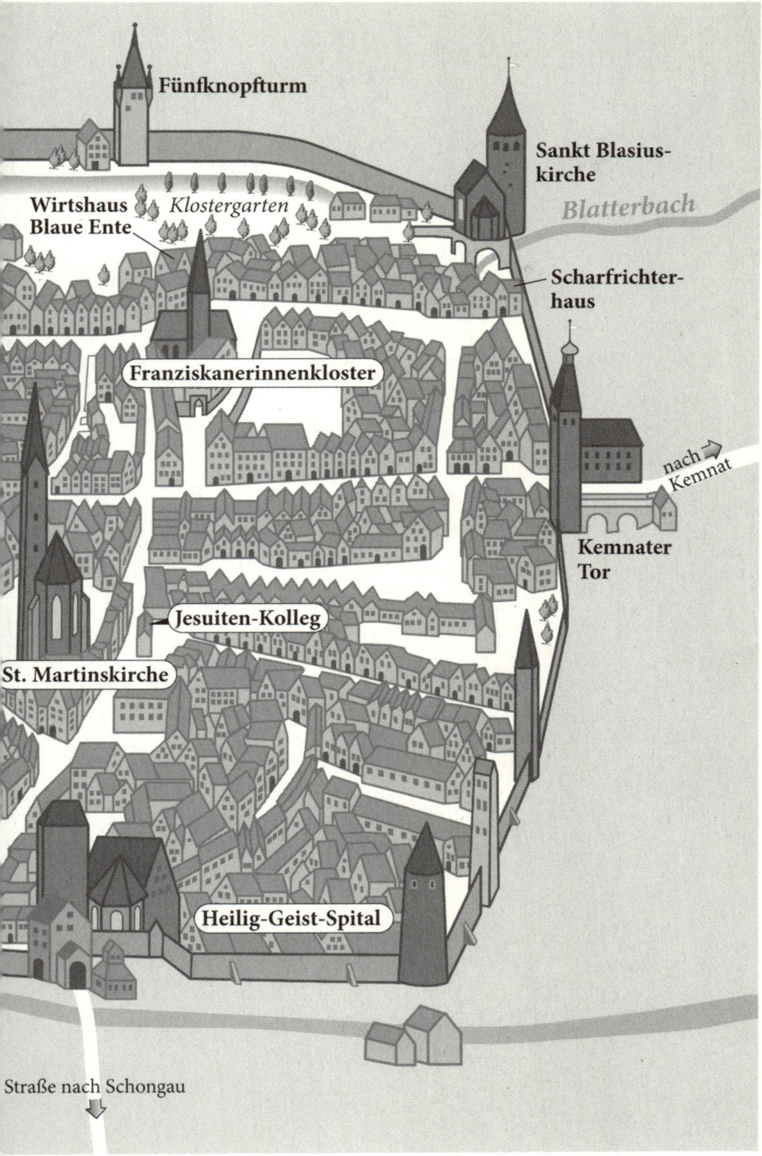
Fünfknopfturm
Sankt Blasius-kirche
Blatterbach
Wirtshaus Blaue Ente
Klostergarten
Scharfrichter-haus
Franziskanerinnenkloster
nach Kemnat
Kemnater Tor
Jesuiten-Kolleg
St. Martinskirche
Heilig-Geist-Spital
Straße nach Schongau

Dramatis Personae

Die Familie Kuisl

Jakob Kuisl, Schongauer Scharfrichter
Magdalena Fronwieser (geborene Kuisl), Jakobs ältere Tochter
Simon Fronwieser, Münchner Arzt
Barbara Weisheitinger (geborene Kuisl), Jakobs jüngere Tochter
Valentin Weisheitinger, Münchner Stadtmusikant
Georg Kuisl, Jakobs Sohn
Peter und Paul, Söhne von Magdalena und Simon
Sophia, ihre Tochter

Personen in Schongau und München

Johann Lechner, Schongauer Stadtschreiber
Jakob Schreevogl, Schongauer Patrizier und Freund der Kuisls
Martha Stechlin, Hebamme
Mathias und Josef, Schongauer Stadtwachen
Crescentia Laubinger, Tochter des Peitinger Baders
Der Oberst, unbekannter Auftragsmörder
Kronprinz Max Emanuel, zukünftiger bayerischer Kurfürst

Kaufbeuren

Johann Rehlinger, Kaufbeurer Bürgermeister
Martin Eden, Sohn des verstorbenen Stadtphysikus Hermann Eden
Conrad Näher, Kaufbeurer Scharfrichter
Raffael, Henkersgeselle
Gottlieb Bärwein, Spitalmeister im Kaufbeurer Spital
Hans Kohler, Apotheker
Leonhart Schropp, Chirurgus
Pater Damian, Seelvater des Spitals
Thomas Widmann, Superior der Kaufbeurer Jesuiten
Tobias Hörmann von und zu Gutenberg, Baron und Kaufbeurer Patrizier
Xaver Klingensteiner, Kemnater Scharfrichter

Der Rattenfänger von Hameln

(alte deutsche Sage, erzählt nach den Brüdern Grimm)

Vor vielen Jahren ließ sich zu Hameln ein wunderlicher Mann sehen. Er hatte einen Rock von vielfarbigem, buntem Tuch an und gab sich als Rattenfänger aus, indem er versprach, gegen ein gewisses Geld die Stadt von allen Mäusen und Ratten zu befreien. Die Bürger wurden mit ihm einig und versprachen ihm einen bestimmten Lohn. Da zog der Rattenfänger ein Pfeifchen heraus und pfiff, und alsbald kamen die Ratten und Mäuse aus allen Häusern hervorgekrochen und sammelten sich um ihn herum. Als der Mann nun meinte, sie wären vollzählig, ging er hinaus, und der ganze Haufen folgte ihm, und so führte er sie an die Weser; dort schürzte er seine Kleider und trat in das Wasser, worauf ihm all die Tiere folgten und hineinstürzend ertranken.

Nachdem die Bürger aber von ihrer Plage befreit waren, reute sie der versprochene Lohn, und sie verweigerten ihn dem Manne unter allerlei Ausflüchten, sodass er zornig und erbittert wegging. Im Sommer aber erschien er wieder, jetzt in Gestalt eines Jägers, erschrecklichen Angesichts, mit einem roten, wunderlichen Hut, und ließ seine Pfeife in den Gassen hören. Alsbald kamen diesmal nicht Ratten und Mäuse, sondern Kinder, Knaben und Mägdlein in großer Anzahl gelaufen. Der ganze Schwarm folgte ihm nach, und er führte sie hinaus in einen Berg, wo er mit ihnen verschwand. Die Eltern liefen vor alle Tore und suchten mit betrübtem Herzen ihre Kinder; die Mütter erhoben ein jämmerliches Schreien und Weinen. Von Stund an wurden Boten zu Wasser und Land an alle Orte herumgeschickt, zu erkundigen, ob man die Kinder gesehen, aber alles war vergeblich.

Es waren im Ganzen hundertunddreißig verloren.

Prolog

Im Allgäu, Anno Domini 1679

Der Tod kündigte sich an mit leisem Fiepen.

Cornelius van Leyden dachte zunächst an Kinderstimmen, an entferntes Jammern und Wimmern, doch dann ähnelte es eher einem Kichern. Ja, da kicherte jemand! Erschrocken öffnete van Leyden die Augen, er spürte das Blut im Kopf rauschen. Um ihn herum war nichts als Schwärze. War er etwa erblindet? Er versuchte, sich aufzurichten, doch offenbar war er nicht nur blind, sondern auch gelähmt. Wie sonst ließ es sich erklären, dass er sich überhaupt nicht rühren konnte? Oder war er bereits tot, war das hier die Hölle?

Nachdem er sich eine Weile prüfend hin und her geschoben hatte, kam Cornelius van Leyden zu dem Schluss, dass er weder gelähmt noch in der Hölle war, sondern mit Bändern gefesselt, dicken Lederriemen, die über Brustkorb, Arme, Bauch und Beine liefen. Wie ein Paket verschnürt lag er auf einer Art Bett in einem stockdunklen Raum, vermutlich einem Kerker. Ein Umstand, der ihn eher erleichterte als ängstigte.

Es war nicht das erste Mal, dass Cornelius van Leyden gefesselt in einem Verlies lag. Als lang gedienter Söldner aus den Niederlanden hatte er für so viele Herren gekämpft, dass er sie nicht mehr zählen konnte. Der letzte war der französische König Ludwig XIV. im Holländischen Krieg gewesen, doch davor war van Leyden auch für die andere Seite in die Schlacht gezogen. Er hatte geplündert, gebrandschatzt, vergewaltigt und gemordet, immer mit dem Segen des jeweiligen Herrschers und manchmal auch dem der Kirche. Sein Gewissen war rein, er war ein Hund des Krieges. Schon drei Mal war er dem Teufel gerade noch von der Schippe gesprungen. Zweimal hatte er im letzten Moment aus dem Verlies fliehen können: Kameraden hatten ein Loch in die Mauer gesprengt, während draußen schon das Schafott für ihn aufgebaut wurde. Einmal war beim Hängen das Seil gerissen, und der Feldwebel hatte ihn daraufhin begnadigt. Weder Kerker noch der Teufel konnten einen van Leyden schrecken. Er hatte sieben Leben wie eine Katze, und, verdammt noch mal, er würde auch aus diesem Loch lebend herauskommen!

Wenn nur mein Kopf nicht so dröhnen würde …

Sein Schädel pochte, als würde jemand mit einem Streitkolben darauf herumhauen. Das lag vermutlich an dem vielen Wein, den er gestern in dieser Kaufbeurer Spelunke gesoffen hatte. Mit ein paar anderen Söldnern aus Flandern hatte er auf ihren allerneuesten Herrn angestoßen, diesen jungen bayerischen Kronprinzen, dem noch der Flaum auf den Lippen wuchs. Und doch würde er schon bald Kurfürst sein und damit einer der mächtigsten Herrscher des Reichs. Sie hatten ihren Sold verprasst, dann waren die Huren an den Tisch gekommen und ein paar andere Kerle, an die er sich nicht mehr erinnern konnte. Sie hatten ihm mehr Wein gegeben, und dann noch mehr …

Und so war er hier gelandet.

Cornelius van Leyden ahnte, was geschehen war. Er war einer Bande von Drückern in die Hände gefallen, hundsgemeinen Bastarden, die einen abfüllten und dann mit einer Unterschrift für den Kriegsdienst verdingten. Vermutlich hatte er gestern auf irgendeinem Fetzen Papier sein Kreuz gemacht, sodass er nun einem anderen Fürsten dienen musste. Nun ja, sie würden ihn hier unten ein wenig schmoren und seinen Kater auskurieren lassen. Und dann bekam er eine neue Söldnertracht, pfiff ein neues Lied und marschierte unter einer neuen Flagge.

»Heda!«, schrie er in die Dunkelheit. »Lasst mich raus, ihr Saukerle! Oder bringt mir wenigstens noch was zum Saufen! Hört ihr?«

Erst jetzt fiel van Leyden etwas auf, das er wegen der heftigen Kopfschmerzen bislang nicht bemerkt hatte. Als er die Stirn bewegte, war da etwas …

Etwas um seinen Kopf.

Er schüttelte sich, und es rasselte. Van Leyden erstarrte. Was er für einen Lederriemen um seinen Hals gehalten hatte, war in Wirklichkeit ein Eisenring. Er gehörte zu einem seltsamen Gebilde, das seinen Kopf umschloss.

Einem Käfig wie ein Vogelzwinger.

»Verflucht … Was … was soll das?«

Van Leyden schüttelte und drehte sich, worauf der Eisenring schmerzhaft an seinem Hals schabte. Sein Kopf war tatsächlich in einen Käfig gesperrt! Nun hatten sich seine Augen auch ein wenig an die Dunkelheit gewöhnt. Er starrte durch das dünne Gitter hinaus in einen Raum, dessen Wände aus grob geschichteten großen Quadern bestanden. Wenn er seinen eingezwängten Kopf ein wenig drehte, sah er am Boden winzige Punkte, die hin- und herhuschten.

Wieder erklang dieses Fiepen, jenes seltsame Kichern, das er zuvor schon gehört hatte.

Und nun wusste er auch, woher es stammte.

Es war das Fiepen von Ratten, Dutzende von ihnen, die

über den Boden flitzten und ihn mit ihren Äuglein hungrig anstarrten, als wäre er ein großer appetitlicher Schinken.

Die Biester wurden nun immer frecher. Sie kletterten an den Pfosten seiner Bettstatt empor, liefen ihm über Beine und Brust. Ihre kleinen Füße tappten über den Käfig, der van Leydens Kopf umschloss, ihre langen, glatten Schwänze kitzelten ihn an der Nase. Schmerz durchzuckte ihn, als eine Ratte ihm in den Finger biss. Eine andere knabberte an seinen Stiefeln.

»Holt mich hier raus, ihr Teufel!«, schrie van Leyden in der Hoffnung, dass ihn irgendjemand hörte. »Das ist kein Spaß mehr!«

Plötzlich ertönte unmittelbar hinter ihm ein Geräusch. Etwas knarrte und quietschte, und ein Lichtschein fiel in die Kammer. So schnell, wie sie gekommen waren, huschten die Ratten in ihre Löcher zurück. In dem schwachen Licht sah van Leyden nun über sich in etwa drei Schritt Höhe ein riesiges Gitter, das als eine Art Zwischendecke diente. Wo zur Hölle war er hier nur?

Schritte hallten über den Steinboden.

»Na endlich«, keuchte van Leyden erleichtert. »Macht mich los, bevor mich die Biester noch bei lebendigem Leib auffressen. Und nehmt mir diese komische Maske ab. Was ... was soll dieser Unsinn überhaupt? Wenn ihr mich erschrecken wollt, dann lasst euch sagen, dass ein van Leyden weder den Teufel noch die Hölle fürchtet!«

Die Gestalt, die nun direkt hinter ihm stand, gab keine Antwort. Etwas rüttelte an seinem Kopf, und van Leyden hoffte schon, man würde den lästigen Käfig nun endlich entfernen. Aber das war nicht der Fall, im Gegenteil.

Der Mann hinter ihm schien etwas daran festzuschrauben.

»He, was machst du da?«, rief van Leyden. »Zum Teufel, was … was ist das?«

An dem Gewicht, das nun auf seinem Kopf lastete, spürte van Leyden, dass der Mann offenbar eine weitere Apparatur am Scheitelpunkt des Käfigs angebracht hatte. Etwas quietschte, als würden Schrauben und Muttern gedreht, ein hässliches, nervtötendes Schaben. Doch ein anderes Geräusch erschreckte van Leyden viel, viel mehr.

Es war das erneute Quieken von Ratten, das jetzt viel näher klang.

Direkt über seinem Kopf.

Ein letztes Rucken und Rasseln, als würde eine Klappe hochgezogen.

Ein Trippeln und Trappeln wie von Hunderten kleiner Pfoten.

Und dann ergoss sich eine Flut von Ratten in den maskenartigen Zwinger um seinen Kopf, sie huschten durch van Leydens Haare, knabberten an seinen Ohren, verbissen sich in seiner Nase, zerfleischten seine Lippen … Cornelius van Leyden fluchte, kreischte, bat und flehte, während ihm die Ratten bei lebendigem Leib die Haut vom Gesicht rissen.

Jetzt war er sich sicher, dass sie kicherten.

Kapitel 1

München, den 2. August, Anno Domini 1679

Dieser französische Burgunder mundet ganz ausgezeichnet. Es ist mir ein Rätsel, wie wir all die Jahre diesen sauren Fusel aus dem Rheinland trinken konnten. *A votre santé*!«

Der Münchner Bürgermeister Wilhelm Ligsalz hob sein Glas, dann nahm er einen tiefen Schluck und gab ein schmatzendes Geräusch von sich. »Wirklich köstlich!«

Ligsalz wischte sich über den Spitzbart und machte sich wieder über die Hirschkeule her, die vor ihm auf einem silbernen Teller in brauner Biersoße schwamm. Sein Hemd mit Spitzenkragen und Manschetten wies bereits etliche Flecken auf. Es war der dritte Gang des Abends. Zuvor hatte es schon Karpfen auf fränkische Art gegeben und danach knusprig gebratene Gans mit Klößen, eine Spezialität der dicken Köchin, die eben einen weiteren Krug Wein hereinbrachte. Magdalena war spätestens nach der fetten Gans übel gewesen. Seitdem stocherte sie auf ihrem Teller herum und schob das Fleisch von der einen auf die andere Seite.

Schweigend nippte sie an ihrem Glas, während sie aus dem Augenwinkel die illustre Tischgesellschaft beobachtete. Zu ihrer Linken saß Hans Schobinger, einer der reichsten Brauer der Stadt, neben ihm seine dürre Gattin, deren Mundwinkel stets herabhingen wie bei einer Beerdigung. Rechts, neben Magdalenas Mann Simon Fronwieser, hatte der städtische Kämmerer nebst Gattin Platz genommen, ihnen gegenüber der Münchner Bürgermeister und schließlich ihr Gastgeber, Doktor Malachias Geiger. Im Gegensatz zu seinen aufgetakelten Gästen trug der Doktor lediglich ein schlichtes schwarzes Wams und einen ebenso schwarzen Rock. Freundschaftlich prostete er Magdalena zu.

»Die Kinder sind alle wohlauf, Frau Fronwieser?«

»Danke, ich kann nicht klagen«, entgegnete Magdalena und zwang sich zu einem Lächeln. »Glücklicherweise haben wir ja meine jüngere Schwester Barbara, die sich in unserer Abwesenheit um die kleine Sophia kümmert.«

»Familie ist ein wertvolles Gut, Frau Fronwieser«, erwiderte Malachias Geiger ernst. »Vielleicht das wertvollste, das wir haben. Gerade in diesen unruhigen Zeiten.«

Magdalena nickte und bemühte sich, ihr Unwohlsein zu überspielen. Sie hasste diese Abendessen, zu denen sie und Simon gelegentlich von Doktor Geiger eingeladen wurden. Es wurde über Themen geredet, die sie nicht interessierten, und alles wirkte so steif und aufgesetzt wie ein einstudiertes Schauspiel. Vor allem aber spürte Magdalena die Missgunst ihrer Tischnachbarn. Obwohl sie nun schon etliche Jahre in München lebten, wurden Simon und sie von der sogenannten feinen Gesellschaft noch stets geschnitten. Es war nett gemeint von Doktor Geiger, dass er sie trotz allem immer wieder zu sich lud. Doch auch der Doktor müsste eigentlich merken, wie die anderen Gäste mit dem aus dem fernen Schongau zugezogenen Paar umgingen.

»Habt Ihr schon einmal Fruchteis versucht?«, wandte sich Mathilde Schobinger eben an Magdalena. Sie zog kurz die Lippen hoch, während sie ihre Tischnachbarin spöttisch musterte. »Ich vermute nicht. Es ist sehr teuer. Was man so hört, wird es am französischen Hof täglich serviert, der König liebt es, besonders mit Erdbeeren! Das Eis stammt aus den Alpen, und sie verwenden Rohrzucker aus Westindien. Eine wahre Delikatesse!«

»Ich denke, man muss nicht jede französische Mode mitmachen, auch wenn sie noch so *en vogue* ist. Wenn ich Eis lutschen möchte, breche ich mir im Winter einen Eiszapfen ab, das ist billiger«, gab Magdalena kalt lächelnd zurück. Sie sprach den französischen Ausdruck besonders gekünstelt aus, und der Brauersgattin entgleisten für einen Moment die Gesichtszüge.

»Äh, haha, meine Frau macht gerne einen Witz, nicht wahr?« Simon Fronwieser drückte unter dem Tisch Magdalenas Knie. »Unser Sohn Peter hat uns erst vor ein paar Wochen ein wenig Eiskonfekt vom Hofe mitgebracht. Köstlich!«

»Das Eis ist wohl beim Kronprinzen vom Tisch gefallen, und das Hündchen hat danach geschnappt.« Bürgermeister Ligsalz lachte derb und nahm einen weiteren Schluck Wein. »Nichts für ungut, Fronwieser. Euer ältester Sohn hat es in der Tat weit gebracht.« Er wischte sich den Wein aus dem Bart. »Was man so hört, gehört er zum Gefolge des zukünftigen Kurfürsten. Meinen Respekt!«

»Nun, Gefolge ist vielleicht zu viel der Ehre«, erwiderte Simon lächelnd. »Aber ja, er war wohl schon bei der einen oder anderen Audienz zugegen. Und man schätzt bei Hofe seine Kenntnisse in Latein und auch in den übrigen akademischen Fächern.«

Magdalena spürte leise Genugtuung. Tatsächlich war Peter ihr ganzer Stolz. Der Sechzehnjährige besuchte als Stipendiat das erlesene Münchner Jesuitenkolleg Sankt Michael, wo man in den höchsten Tönen von ihm sprach.

Und von Zeit zu Zeit verkehrte Peter am kurfürstlichen Hof – auch wenn Magdalena nicht wusste, was er dort eigentlich genau trieb. Offenbar hatte Peter unter den Höflingen ein paar Freunde gefunden; Kronprinz Max Emanuel, den er vor Jahren einmal kennenlernen durfte, erkundigte sich ab und an nach ihm. Auch jetzt war Peter wohl gerade in der Münchner Residenz unterwegs. Seinen Eltern hatte er erklärt, er dürfe in der kurfürstlichen Bibliothek ein paar alte Abschriften einsehen. Aber Magdalena hatte auch gesehen, dass sein Blick bei dieser Behauptung leicht geflackert hatte, wie immer, wenn er ihr etwas verheimlichte. Vielleicht hatte er ja auch eine Liebschaft? Nun, sie würde es ihm mehr als gönnen, denn die meiste Zeit verbrachte Peter ohnehin mit Büchern. Anders als sein jüngerer Bruder Paul, den sie schon des Öfteren mit eher zweifelhaften und weitaus älteren Frauen gesehen hatte.

»Reist Euer Sohn denn auch mit dem Thronfolger nach Wien?«, erkundigte sich Hans Schobinger neugierig, und die Blicke aller wandten sich Simon zu. Eine erwartungsvolle Stille entstand. Erst im Mai war Kurfürst Ferdinand Maria gestorben, und sein siebzehnjähriger Sohn Max Emanuel war als zukünftiger bayerischer Herrscher vom deutschen Kaiser nach Wien eingeladen worden. Von der bevorstehenden prunkvollen Reise sprach die ganze Stadt. Wer den Kronprinzen begleiten durfte, gehörte zum wichtigen inneren Zirkel. Wie es hieß, nahm Max Emanuel sogar seinen Leibkoch, seinen Fechtlehrer und seinen persönlichen Perückenmacher mit.

»Äh, nein, Peter hat … andere Verpflichtungen«, erwiderte Simon ausweichend. »Außerdem bin ich, ehrlich gesagt, ganz froh, dass unser Sohn nicht mit dabei ist. Es heißt, dass in Wien eine Seuche …«

»Nun fallt sogar Ihr auf diese hanebüchenen Gerüchte herein, die zurzeit kursieren!« Bürgermeister Ligsalz schüttelte den Kopf. »Manchmal überlege ich, ob es nicht besser wäre, diese neuen ›Zeitungen‹ zu verbieten. Da stehen nur Unsinn und Gräueltaten drin.«

»Nun, wie auch immer, Euer Sohn scheint ein vielversprechender Bursche zu sein«, wandte sich der Brauer Hans Schobinger an Simon. Er hob das Glas. »Wir sollten auf ihn trinken.«

»In der Tat vielversprechend, umso mehr, wenn man seine Herkunft bedenkt«, fügte seine Gattin spitz hinzu.

»Wie meint Ihr das denn?« Magdalenas Stimme war plötzlich so frostig wie das Eis, von dem eben noch die Rede gewesen war.

Die Brauersgattin lief rot an. »Nun, ich meine nur …«

»Äh, hat Doktor Fronwieser eigentlich schon erzählt, dass sein neuestes Traktat von der Leopoldinischen Akademie angenommen wurde?«, meldete sich Doktor Malachias Geiger zu Wort, der das Gespräch ganz offensichtlich in eine andere Richtung lenken wollte. »Es ist erst letzten Monat in der Jahresschrift *Miscellanea Curiosa* erschienen. Erzählt doch, Doktor Fronwieser, um was geht es denn da genau?«

»Oh, das ist nicht so leicht zu erklären. Im Grunde ist es eine weitere Ausführung meiner Theorie, wie wichtig Sauberkeit in der Heilkunde ist. Meine Untersuchungen dazu zeigen ganz deutlich …«

Während Simon sich in weitschweifenden Erklärungen verlor, nutzte Magdalena die Gelegenheit, um sich ein wenig zu beruhigen. Wie sie diese Natter von Brauersgattin hasste! Wieder einmal zeigte sich: Diejenigen, die selbst nicht aus adligem Geblüt stammten, waren die schlimmsten Neider. Sie traten um sich, als fürchteten sie, andere bürgerliche Aufsteiger könnten sie zurück in die Gosse zerren.

Sieben Jahre war es nun her, dass die Fronwiesers sich entschieden hatten, der kleinen Stadt Schongau für immer den Rücken zu kehren und nach München zu ziehen. Der in ganz Bayern berühmte Arzt Doktor Malachias Geiger hatte Simon eine Assistentenstelle angeboten. Geiger war es auch gewesen, der dafür gesorgt hatte, dass die Familie Fronwieser die Münchner Bürgerschaft erhielt. Gleich darauf waren die Anfeindungen und Sticheleien losgegangen – wobei Simon davon nicht allzu viel zu merken schien. Ganz im Gegensatz zu Magdalena genoss er das neue bürgerliche Münchner Leben, beinahe so, als würde ihm gar nicht auffallen, wie aufgesetzt alles war. Magdalena hingegen vermisste Schongau. Sie hatte eine Weile gebraucht, um sich das einzugestehen, schließlich war ihre Heimatstadt, mehr als fünfzig Meilen entfernt und nahe der Alpen, im Vergleich zur Residenzstadt München ein stinkendes, ödes Provinzkaff. Doch es war eben das Kaff, das sie kannte und in dem sie aufgewachsen war.

Und wo ihr Vater und ihr Bruder noch immer lebten.

Mit Simon und Magdalena war der größere Teil der Familie nach München gezogen, und zwar nicht nur die Söhne Peter und Paul und die kleine Tochter Sophia, sondern auch Magdalenas jüngere Schwester Barbara, die in der Hauptstadt einen städtischen Musikanten geheiratet hatte. Nur Jakob Kuisl, ihr Vater, war mit Georg in Schongau geblieben. Jakob war der Schongauer Scharfrichter, sein Sohn dessen Geselle.

Und ich bin die Tochter eines ehrlosen Scharfrichters, dachte Magdalena.

Im Grunde war es ein Wunder, dass sie so weit gekommen war.

Wehmütig betrachtete Magdalena ihren Mann, der eben die Vorzüge frischen Wassers bei Wundheilungen pries. Auch Doktor Geiger steuerte den einen oder anderen klugen Beitrag bei – zwei Gelehrte, die ganz in ihrem Element waren. Dass die Fronwiesers einer Scharfrichtersippe entstammten, wussten in München allerdings nur sehr wenige. Und Simon achtete peinlich darauf, dass dies auch so blieb. Als Tochter eines Henkers wäre es Magdalena eigentlich unmöglich gewesen, in den bürgerlichen Stand aufzusteigen, aber Doktor Geiger hatte seine Kontakte spielen lassen. Und so waren sie schließlich in ein schmuckes Häuschen im besseren Graggenauer-Viertel gezogen, nicht weit entfernt von Geigers Praxis, in der Simon assistierte. Er verdiente als Arzt gutes Geld, Peter würde wohl schon bald in Ingolstadt Medizin studieren, alle drei Kinder waren wohlauf … Ihr Leben war viel besser, als Magdalena es sich je erträumt hatte.

Und trotzdem war sie nicht glücklich.

Nun, zumindest werden wir uns bald alle mal wiedersehen, ging ihr durch den Kopf. *Wenn auch nur für kurze Zeit.*

Ja, sie würden nach Schongau reisen, die ganze Familie! Die Sehnsucht nach ihrer Heimat ließ Magdalenas Herz schneller schlagen. Den Grund für diese Reise würde sie den schnöseligen Sesselfurzern hier allerdings sicher nicht verraten.

»Für mich ist Bier immer noch die sauberste Flüssigkeit«, brummte der Brauer Schobinger, der wie die anderen Gäste Simons Erklärungen eher gelangweilt gelauscht hatte. »Wenn ich Münchner Wasser saufe, dann komm ich vom Nachttopf nicht mehr runter. Was soll daran gesund sein?«

»Nun, tatsächlich glaube ich, dass zum Beispiel Branntwein …«

»Ah, da kommt schon die gute Agathe mit dem nächsten Gang«, unterbrach Geiger seinen Kollegen und winkte die Köchin herbei, die mit einer großen Schüssel eben das Speisezimmer betrat. »Wir haben zwar kein Eiskonfekt, aber dafür eine mit Honig gesüßte Eierspeise. Vielleicht mag der Herr Kämmerer ja derweil berichten, wie es um den Bau der neuen Schanzanlagen bestellt ist. Könnte ja sein, dass die Türken auch irgendwann einmal vor München stehen.«

»Ha, möge Gott dies verhüten! Dann müssten wir vermutlich alle diesen grauslig bitteren Kaffee trinken, so wie die Heiden.« Der Bürgermeister leckte sich die Lippen. »Für mich bitte noch ein wenig von dem vorzüglichen hausgemachten Honigwein. Und gerne viel von der Eierspeise.«

Als Magdalena die süßlich riechende gelbe Creme gereicht bekam, spürte sie, wie sich ihr der Magen umdrehte.

Sie mochte gar nicht daran denken, wie viele Gänge noch folgen würden.

*

Viele Meilen entfernt saß Magdalenas Bruder Georg daheim im Schongauer Henkershaus bei einem weitaus schlichteren Abendessen. Er hatte einen letzten Rest Speck aufgeschnitten, dazu gab es hartes Roggenbrot aus der Vorwoche, einen Kanten schimmligen Käse und einen Rettich aus dem Garten, an dem noch die Erde klebte. Ein Krug schäumendes Bier stand auf dem abgewetzten Tisch.

Und zwei Teller.

»Möchtest du auch einen Schluck?« Nervös langte Georg hinter sich, wo auf einem Wandregal ein paar Tonbecher standen. Zu spät stellte er fest, dass die Becher schmierig waren, vertrocknete tote Fliegen klebten am Boden. Er konnte sich nicht erinnern, wann er das letzte Mal das Geschirr abgewaschen hatte. In der Henkersstube, die meist nur mit einem Kienspan erhellt wurde, war es ohnehin so dunkel, dass man fast nichts sah. Mit ein paar hastigen Handbewegungen wischte Georg den gröbsten Schmutz fort.

»Danke, ich bin nicht durstig. Ich hab draußen am Brunnen bereits getrunken.«

Die junge, dralle Frau, die ihm gegenübersaß, lächelte ihn an, und Georg wurde noch eine Spur nervöser. Es war erst das dritte Mal, dass er sich mit Crescentia Laubinger traf, und das erste Mal bei ihm zu Hause. Crescentia war die jüngste Tochter des Peitinger Baders, ein hübsches Ding mit großen Brüsten, roten Wangen und einem breiten Lächeln, bei dem Georg dahinschmolz. Sie hatten sich vor ein paar Monaten auf der Kirchweih kennengelernt. Schnell waren sie ins Gespräch gekommen, hatten miteinander getanzt, und Georg hatte dabei gespürt, wie ihm Crescentias Vater argwöhnische Blicke zuwarf. Als Bader war der alte Laubinger zwar selbst ehrlos, aber Georg war eben nur der Schongauer Henkersgeselle und stand deshalb im Stand noch weit unter dem Bader. Jedenfalls so lange, bis Georg nicht selber die Meisterprüfung abgelegt hatte. Und die verweigerte ihm der eigene Vater bislang hartnäckig.

Lange schau ich nicht mehr zu, dachte Georg, der merkte, wie einmal mehr die Wut in ihm aufstieg.

»Was hast du?«, fragte Crescentia neugierig. »Du schaust plötzlich so düster drein.«

»Ach, es ist nichts.« Er nahm den Becher, schenkte sich von dem dunklen Bier ein und trank in kräftigen Zügen. Sein Tag war lang und hart gewesen. Schon frühmorgens hatte er die Schongauer Fragstatt von getrocknetem Blut und Asche reinigen müssen, dann hatte er ein totes Rind mit dem Karren zum Schinder gebracht und die Abortgrube hinter dem Rathaus ausgeschaufelt. Nachmittags war das Gemüsebeet hinter dem Henkershaus dran gewesen, ernten, jäten, graben, dann mussten die Kuh gemolken und die Hühner gefüttert werden ... Die Arbeit hörte nie auf. Und es gab keinen, der ihm dabei half, am wenigsten der Vater.

Crescentia nahm sich einen Kanten Brot und knabberte daran, während sie sich in der unaufgeräumten Stube umsah. Ihr Blick blieb an einem großen Schwert hängen, das im Herrgottswinkel neben dem Kruzifix ausgestellt war.

»Ist das ...«, begann sie.

»Das Richtschwert, ja«, erwiderte Georg knapp.

»Brr! Wie unheimlich!« Crescentia schüttelte sich. »Ich hab zugesehen, wie dein Vater letztes Jahr dem Schäfer Hartl den Kopf abgeschlagen hat. Ein ziemliches Spektakel ist das gewesen. Drei Schläge hat er gebraucht. Das ... das war kein schöner Anblick.«

»Wem sagst du das?«, entgegnete Georg seufzend. »Ich stand direkt daneben. Mein blutbespritztes Hemd musste ich danach zum Waschen geben.«

»Die Leute sagen, dein Vater wird alt.«

Georg schwieg, doch er nickte grimmig. Als er vor sieben Jahren aus Bamberg heimgekehrt war, um als Geselle bei seinem Vater in Schongau zu bleiben, hatte er eigentlich geglaubt, dass er bald der neue Schongauer Scharfrichter sein würde. Schon damals war Jakob Kuisl beinahe sechzig Jahre alt gewesen. Georg hatte geglaubt, der Vater würde sich auf das Altenteil zurückziehen und dem Sohn den Vortritt lassen. Doch er hatte sich getäuscht. Sein Vater war immer noch der gleiche Sturschädel und immer noch so stark wie ein Ochse. Seine Behändigkeit hatte allerdings stark nachgelassen, was sich bei Hinrichtungen immer mehr zeigte.

Vor allem, wenn er betrunken war …

Jakob Kuisl hatte vor einiger Zeit wieder zu saufen begonnen, sein altes Leiden. Noch hielt es sich Gott sei Dank in Grenzen, und doch verbrachte der Vater mittlerweile mehr Abende in den Schongauer Wirtshäusern als zu Hause. Auch jetzt saß er vermutlich in der Glocke, eine der wenigen Herbergen, in denen der Henker noch willkommen war.

Und ich kann zu Hause den Kehricht raustragen, dachte Georg. *Als wäre ich seine Magd!*

Nun, wenigstens war auf diese Weise in den nächsten Stunden nicht mit dem Vater zu rechnen. Und er, Georg, konnte sich ganz um Crescentia kümmern. Vielleicht war sie ja jetzt endlich so weit, dass …

»Was für ein großes Ding! Magst du es mal für mich in die Hand nehmen?«

»Äh, bitte, was?« Crescentias Stimme riss Georg aus seinen Grübeleien.

»Das Richtschwert. Magst du es mal halten? Ich will sehen, wie du damit aussiehst.«

»Ach so, das …« Georg zuckte die Achseln. »Warum nicht?« Er stand auf und ging hinüber zum Herrgottswinkel. Mit seinen starken Pranken, die ebenso behaart waren wie die seines Vaters, hob er das Schwert aus der Verankerung. Er hatte es erst vor ein paar Tagen geschliffen, es war so scharf wie eine Rasierklinge.

»Hu! Ich bekomm gleich Angst vor dir«, sagte Crescentia und kicherte.

Georg bleckte die Zähne wie ein Tier. Der Griff aus gegerbtem Haifischleder lag gut in der Hand, er machte einen Schritt nach vorne. Das Licht des Kienspans warf seinen Schatten an die Wand, groß und mächtig.

»Du musst genau zwischen zwei Halswirbel treffen«, erklärte er fachmännisch. »Das ist nicht so einfach. Ich hab an toten Ziegen geübt und an aufgehängten Rüben. Wenn ich einmal die Meisterprüfung mache, wird sich schnell herumsprechen, wie gut ich bin.«

»Tja, wenn ...«, meinte Crescentia spöttisch.

Georg wollte etwas erwidern, doch ein plötzliches Geräusch ließ ihn innehalten. Es kam von einem verschlossenen Fensterladen her.

Etwas kratzte von draußen dagegen.

»Warte hier, und rühr dich nicht von der Stelle«, befahl er Crescentia.

Das Schwert in der Hand, sämtliche Sinne angespannt, ging Georg hinüber zur Tür. Das Henkershaus befand sich vor den Stadtmauern, unten am Lech im Gerberviertel. Es war eines der letzten Häuser vor dem Auwald und dem alten Burgberg, der den Nachbarort Peiting von Schongau trennte. In letzter Zeit hatte es in der Gegend einige Überfälle gegeben, vermutlich die Taten einer marodierenden Räuberbande, die es auf alleinstehende Gehöfte abgesehen hatte. Der Schongauer Stadtschreiber Johann Lechner hatte bereits ein Dutzend Soldaten ausgeschickt, bislang jedoch ohne Erfolg. Es galt also, vorsichtig zu sein.

Georg atmete noch einmal tief durch. Dann stieß er abrupt die Tür auf und stürzte mit gezücktem Schwert nach draußen. Die Klinge war so schwer, dass er sie trotz seiner Größe und Kraft mit zwei Händen halten musste. Er machte einen Ausfallschritt und sah sich um. Trotz der sommerlichen Wärme wehte ein kühler Luftzug vom Fluss her, sodass sich seine Nackenhaare aufstellten.

»Wer streicht da um mein Haus?«, rief Georg hinaus in

die Dunkelheit. »Wer auch immer dort draußen ist, kann sich gerne den Gnadenstoß abholen!«

»*Dein* Haus?«, ertönte eine knurrende Stimme, nicht weit entfernt. »Das ist ja wohl immer noch mein Haus. Außerdem hältst du das Schwert wie eine Mistgabel. Sei so gut, und nimm es runter, bevor du dir noch wehtust.«

»Mein Gott, Vater!«, stöhnte Georg und ließ das Richtschwert sinken. »Was soll der Schmarren? Beinahe hätte ich dir den Kopf abgeschlagen wie einem Huhn.«

»Ha, da musst du schon früher aufstehen, bevor du mir den Kopf abschlägst! Bis dahin hab ich dich windelweich geprügelt. Windelweich!« Sein Vater lallte leicht, wie Georg jetzt bemerkte. Nun konnte er ihn in der Dunkelheit auch endlich ausmachen. Jakob Kuisl trat hinter dem Misthaufen hervor, der abseits des Hauses lag, und knöpfte sich eben den Hosenlatz zu. Trotz seines Alters war er noch immer eine imposante Erscheinung, bärtig, mit breiten Schultern und einem klobigen Zinken im Gesicht. Ein Turm von einem Mann – allerdings ein Turm, der leicht schwankte.

»Jetzt darf man schon nicht mehr bieseln, ohne vom eigenen Sohn mit dem Schwert bedroht zu werden«, brummte er. »Schöne Zeiten sind das!« Kuisl hatte sichtlich Mühe mit seiner Hose.

»Warum hast du nicht an die Tür geklopft wie jeder vernünftige Mensch? Stattdessen hör ich dich am Fensterladen …« Georg stockte, als ihm ein Verdacht kam. »Hast du etwa gelauscht?«

Der Vater schnaubte. »Spinnst du? Ist mir doch egal, was ihr zwei Turteltäubchen da drinnen so treibt.«

»Ha, also hast du doch gelauscht! Sonst wüsstest du ja wohl kaum, dass ich Besuch hab.«

Mittlerweile war Crescentia hinter Georg an die Tür getreten. Sie hatte sich das Tuch umgeschlungen und sah ängstlich hinüber zu Jakob Kuisl.

»Aha, die Kleine vom Peitinger Bader«, knurrte der Henker im tiefen Bass. »Was wohl dein Vater dazu sagt, dass du dich nachts noch hier herumtreibst?«

»Das Gleiche könnte ich dich auch fragen«, sagte Georg. »Wie viel hast du dem Torwächter diesmal gezahlt, dass er dich nach der Sperrstunde noch rauslässt? Ich dachte, du schläfst deinen Rausch in der Glocke aus und kommst erst morgen früh wieder.«

»Das ist ja wohl ganz alleine meine Sach, wann ich heimkomm«, erwiderte Kuisl. »In mein eigenes Haus«, fügte er drohend hinzu.

»Ich … ich geh dann wohl«, meldete sich Crescentia. Sie machte einen Knicks in Richtung des Schongauer Henkers, wobei sie es vermied, ihn direkt anzusehen. Seit Urzeiten galt der Blick eines Scharfrichters als Unheil bringend, und Kuisls Blick konnte einem wirklich Angst machen, vor allem gerade eben. »Und sagt um Himmels willen nichts meinem Vater. Ich bitt Euch!«

»Den Himmel brauchst du jetzt auch nicht mehr zu Hilfe zu rufen«, brummelte Kuisl in seinen Bart, in dem etliche Speisereste klebten. »Das versuchen die armen Sünder auf dem Schafott auch immer, und es bringt nichts. Jedenfalls nicht, dass ich wüsste. Da ist noch nie ein Engel gekommen und hat sie gerettet. Auch nicht bei gefallenen jungen Mädchen.«

Schluchzend lief Crescentia hinüber zur Peitinger Straße, die nicht weit entfernt lag, jenseits des Lechs.

»Crescentia!«, rief ihr Georg hinterher. »Crescentia, so warte doch!« Doch die Baderstochter war bereits zwischen den dunklen Gerberhäusern verschwunden. Nur ihr Weinen war noch längere Zeit zu hören.

Eine Weile lang standen sich Vater und Sohn schweigend gegenüber. Dann fing Georg an zu schimpfen, wobei er noch immer das Richtschwert in der Hand hielt: »Gratuliere, du hast es mal wieder geschafft! Weißt du eigentlich, wie lange ich gebraucht habe, dass mich die Crescentia mal im Henkershaus besuchen kommt?«

»Du hättest mich ja vorher um Erlaubnis fragen können«, erwiderte Jakob Kuisl, der nun ein wenig friedfertiger und auch nüchterner klang. »Ich sag doch nicht, dass du dich nicht mit Mädchen treffen kannst. Aber …«

»Vater, ich bin siebenundzwanzig! Ich kann froh sein, dass sich *überhaupt* noch eine mit mir treffen will. Bei dem Spektakel, das du jedes Mal veranstaltest! Ich weiß gar nicht, wie viele Mädchen du mir schon vergrault hast. Die Anna vom Schongauer Schinder, die fromme Katharina aus Altenstadt, jetzt die Crescentia …« Georg zählte an den Fingern ab. »Ich bin es wirklich leid! Davon abgesehen, dass ich keine Lust mehr habe, dir hier die Dienstmagd zu spielen. Dieses Haus braucht eine Frau, und zwar bald!«

»Wir haben doch die alte Stechlin, die ab und an mal kommt«, bemerkte Kuisl mürrisch.

Martha Stechlin war die alte Hebamme im Ort, der Henker kannte sie schon seit Jahrzehnten. Im Grunde war sie die einzige Frau, die Jakob Kuisl nach dem Tod seiner geliebten Anna-Maria im Haus duldete.

»Die Stechlin ist eine alte Jungfer, die mehr nörgelt, als dass sie putzt«, entgegnete Georg. »Ich schwöre dir, wenn sich hier nicht bald etwas ändert, bin ich weg! Was ist mit der Meisterprüfung, die du mir schon so lange versprochen hast? Der Schäfer Hartl wäre eine gute Gelegenheit gewesen, aber du wolltest es ja mal wieder selber machen!«

»Ich brauch auch einen Gesellen. Wer soll es denn sonst machen außer dir?« Plötzlich grinste Kuisl. »Aber vielleicht ändert sich ja jetzt bald etwas.«

»Wie meinst du das?«

Kuisls Grinsen wurde breiter. »Nun, du hast mich noch gar nicht gefragt, warum ich schon wieder zurück bin.«

»Weil dich der Wirt rausgeschmissen hat?«, spottete Georg.

»Trottel! Er hat einen Brief für mich gehabt. Erst gestern hat ihn die Postkutsche aus München gebracht.« Jakob Kuisl zog einen schon reichlich zerknitterten, mehrmals gefalteten Bogen Papier hervor. »Deine beiden Schwestern wollen uns schon bald besuchen, zusammen mit der ganzen Familie, auch meinen zwei lausigen Schwiegersöhnen. Es gibt was zu feiern.«

»Und das wäre?«, fragte Georg misstrauisch. Er hatte Magdalena, vor allem aber seine geliebte Zwillingsschwester Barbara schon über ein Jahr nicht mehr gesehen. Früher waren sie beide ein Herz und eine Seele gewesen, und Georg vermisste Barbara mehr, als er sich selbst eingestehen wollte. »Nun spann mich nicht länger auf die Folter!«

»Tja ...« Kuisl rieb sich den Bart, er genoss es sichtlich, Georg warten zu lassen. »Die Magdalena lässt fragen, ob der Paul bei mir als Lehrling anfangen kann. Er ist jetzt fünfzehn Jahre alt, stark wie ein Ackergaul, und er liebt die Scharfrichterei, wie du weißt.«

Der Henker grinste jetzt über beide Ohren. »Wenn mein Enkel hier anfängt, ist er schon bald der neue Geselle. Und du kannst meinetwegen der Schongauer Scharfrichter werden, und ich zieh ins Austragshäusl. Du hast mein Wort drauf!« Er ging hinüber zur Tür. »Darauf wollen wir anstoßen. Ich hab einen Durst, dass ich den ganzen Lech austrinken könnte. Oder besser ein Bierfass.« Noch einmal drehte er sich zu seinem verdutzten Sohn um. »Und stell endlich das Richtschwert wieder weg. Oder willst du damit den Stall ausmisten?«

*

»Quart, Oktave, Septim …«

Die Florettspitze tanzte vor Peters Nase, erst im letzten Augenblick gelang es ihm, seine eigene Klinge hochzuziehen. Stahl klirrte auf Stahl. Der Kronprinz zog sein Florett nach rechts, täuschte eine Finte zur Linken an, ging in die Riposte über, um schließlich rechts zuzustechen.

»Et en garde!«

Die stumpfe Spitze bohrte sich genau auf Brusthöhe in Peters Wams. Max lachte hell auf.

»Tot! Du bist tot! Und du schuldest mir drei Golddukaten!«

Peter wischte sich den Schweiß von der Stirn und warf die Klinge weit von sich. Wie er diesen Sport hasste! Manchmal glaubte er, dass Max dies wusste und ihn deshalb besonders gern damit quälte. Sie standen in einem nahezu quadratischen fensterlosen Raum, an dessen Decke gleich drei Kronleuchter mit Dutzenden brennender Kerzen hingen. Die Wände waren mit Teppichen verhängt; selbst vor der Tür hing eine Art dicker Vorhang, der jedes Geräusch und jedes Licht von außen aussperrte. Es war lange nach Einbruch der Dämmerung, aber draußen hätte es auch heller Tag sein können – Peter hätte es nicht gemerkt.

Die Kammer, die sich gleich neben den kronprinzlichen Gemächern der Münchner Residenz befand, war Max' liebster Ort, sein Spielzimmer. Sooft es ging, übte er sich dort im Florettfechten, jenem Sport der Adligen und der höheren Bürgerschaft, der als besonders vornehm galt.

Für Peter war das Fechten nichts anderes als ein Spiel des Tötens.

»Deine Riposte ist eine einzige Katastrophe!«, spottete Max. »Ich hätte dich durchlöchern können wie ein altes Weinfass. Du musst wirklich mehr üben und deine Nase nicht immer nur in Bücher stecken. Sonst schneide ich sie dir irgendwann einmal ab, mein Freund!«

Auch Max legte sein Florett nun zur Seite. Im Gegensatz zu Peter hatte er kaum geschwitzt, sein eng geschnittenes blaues Wams zeigte keinerlei Flecken. Anders als bei seinen öffentlichen Empfängen trug Max heute keine Perücke, was ihn jünger und auch burschikoser wirken ließ. Trotzdem vergaß Peter keinen Augenblick, dass vor ihm der zukünftige bayerische Kurfürst stand. An seinem achtzehnten Geburtstag, schon im nächsten Jahr, würde Max Emanuel der neue bayerische Herrscher sein. Bis dahin regierte übergangsweise sein Onkel. Danach konnte Max trotz seiner jungen Jahre so schalten und walten, wie er sich dies vorstellte. Als Kurfürst war er dann einer der acht Männer, die den deutschen König ernannten – eine Würde, die seit etlichen Generationen dem Geschlecht der Habsburger vorbehalten war.

Und ich bin mit ihm befreundet, dachte Peter. *Oder etwa nicht? Manchmal weiß ich es einfach nicht.*

Ihre enge Freundschaft war nach wie vor geheim. Nur ein sehr kleiner Kreis wusste, dass der bayerische Kronprinz mit einem einfachen Münchner Arztsohn verkehrte, dessen Herkunft zudem mehr als zweifelhaft war. Selbst Peters Eltern ahnten nicht, wie eng die Freundschaft der beiden wirklich war. Peter und Max Emanuel kannten sich seit Kindertagen, der Prinz war nur ein Jahr älter als Peter.

Ihre Verbindung, die vor etlichen Jahren mit einem verschwundenen Schoßhündchen begonnen hatte, war überaus kompliziert. Wenn Max und Peter allein waren, gebärdete sich der Kronprinz wie ein Rabauke und Straßenjunge, sie ritten zusammen aus, tobten durch den Münchner Hofgarten, würfelten oder spielten Karten. Peter war für Max jener treue Freund, den der Kronprinz unter all den Höflingen und Speichelleckern niemals finden würde. Waren hingegen andere Gäste anwesend, beispielsweise bei Audienzen, behandelte Max ihn wie Luft. Schon mehrmals hatte Peter daran gedacht, die Freundschaft ausklingen zu lassen. Doch kaum meldete er sich einige Wochen nicht mehr am Hof, stand schon bald ein Diener vor dem elterlichen Haus mit einer Einladung, die eher einem Befehl gleichkam.

Wie auch heute Abend wieder.

Seinen Eltern hatte Peter erzählt, er wolle die Bibliothek der Residenz aufsuchen. Stattdessen leistete er einem einsamen, gelangweilten jungen Adligen beim Fechten Gesellschaft. In den letzten Monaten, nach dem plötzlichen Tod von Max' Vater, waren ihre Begegnungen zwar seltener geworden. Trotzdem herrschte zwischen ihnen immer noch die Vertrautheit, die sie schon als zehnjährige Buben miteinander verbunden hatte.

»Wenn ich mich recht erinnere, schuldest du mir jetzt schon neun Golddukaten«, sagte Max und grinste. »Drei für das Fechten und sechs für die beiden verlorenen Pferderennen.«

»Verrechne es mit unseren letzten Schachpartien«, erwiderte Peter. Erschöpft setzte er sich auf einen Seidendiwan in der Ecke, eines dieser exotischen neuen Möbelstücke, die er nur vom kurfürstlichen Hof her kannte.

»*Touché!*« Der Kronprinz schmollte sichtlich. Die Wettkampfschulden waren ein altes Spiel zwischen den Freunden, beide Seiten wussten, dass Peter seine Schulden niemals würde zahlen können. Neun Dukaten waren mehr, als sein Vater in einem halben Jahr verdiente! Zum Ausgleich spielten die Freunde von Zeit zu Zeit eine Partie Schach, die Peter meist gewann. Es ärgerte Max gewaltig, dass Peter ihm zwar in allen körperlichen Wettbewerben unterlegen war, nicht aber im Schach. Dabei war Max kein schlechter Spieler. Zudem war er klug und belesen, er spielte Geige und Cembalo, was ihm seine viel zu früh verstorbene, über alles geliebte Mutter Henriette Adelaide beigebracht hatte, eine Prinzessin aus dem Herzogtum Savoyen-Piemont. Vor allem aber war Max beinahe krankhaft ehrgeizig, ganz anders als sein verstorbener Vater, der als äußerst genügsam bekannt gewesen war. So mancher hatte hinter vorgehaltener Hand sogar von einem gewissen Phlegma gesprochen.

Max nahm das Florett wieder in die Hand und vollführte damit ein paar Übungsschritte. Die Klinge rauschte durch die Luft, während er weiter mit Peter sprach.

»Du weißt doch, dass ich schon bald nach Wien aufbreche«, hob er an, ohne Peter dabei anzusehen. »Hättest du nicht Lust mitzukommen?«

Peter zuckte zusammen. Damit hatte er nun wirklich nicht gerechnet.

Verflucht!, dachte er und suchte eifrig nach einer Ausrede.

»Das … das ist eine große Ehre«, stotterte er. »Aber ich fürchte, ich kann nicht …«

»Und warum nicht?«, fuhr Max dazwischen. Die Klinge zischte leise, fast wie eine Schlange.

Peter wusste, dass eine Einladung des Kronprinzen im Grunde ein Befehl war. Trotzdem wagte er einen Versuch.

»Meine Eltern würden mir das nie erlauben. Wir reisen

schon bald nach Schongau. Mein … mein Bruder Paul wird dort seine Lehre beginnen …« Niemals hätte Peter Max erzählt, *was* für eine Lehre sein Bruder dort genau begann. Bislang wusste Max überhaupt nicht, dass Peter aus einer Scharfrichterdynastie stammte, und manchmal fragte er sich, ob Max überhaupt etwas von ihm wusste. Das Leben anderer Leute schien Max nicht sonderlich zu interessieren. Nach Paul erkundigte er sich fast nie.

»Ach, dein kleiner Bruder«, sagte er nun beiläufig. »Ist das nicht der, der sich so gerne auf der Straße prügelt? Gibt es dafür jetzt neuerdings eine Lehre?«

Peter ging auf den Spott des Freundes nicht ein. Als Kinder waren Paul und er ein Herz und eine Seele gewesen, auch wenn Paul immer ganz anders gewesen war als Peter. Doch sie hatten sich schon vor längerer Zeit auseinandergelebt, jeder ging seiner Wege. Peter hatte Pauls Neid jahrelang in vielen seiner Blicke gelesen. Dennoch schmerzte es ihn, dass sein Bruder nun für immer in Schongau bleiben würde, um dort bei seinem Großvater und seinem Onkel die Scharfrichterei zu lernen.

Allerdings war sein Bruder in letzter Zeit ohnehin kaum noch zu Hause gewesen. Bis vor Kurzem hatte er bei einem Sattler gelernt, die dritte Ausbildung, die er begonnen und nicht zu Ende geführt hatte. Der Meister hatte ihn hinausgeworfen, als Paul sich an seinem Branntwein vergriffen und dann auch noch betrunken und im Zorn die Werkbank zertrümmert hatte. Seitdem trieb Paul sich fast nur noch mit zwielichtigen Burschen in den Münchner Gassen herum. Es war wirklich Zeit, dass sich in seinem Leben etwas änderte.

»Wann wollt ihr abreisen?«

»Was?« Peter schreckte auf. Max ließ das Florett vor seiner Nase hin und her sausen.

»Wann ihr nach Schongau wollt, hab ich gefragt«, sagte der Kronprinz ungeduldig.

»Oh, ich denke so in drei Wochen, wenn der Vater seine Patienten …«

»Nun, dann wüsste ich nicht, wo das Problem ist«, unterbrach ihn Max. »Sicherlich sind wir bis dahin längst wieder zurück. Außerdem wird dir Wien gefallen. Eine echte Weltstadt mit Herz, kein solches Kaff wie München!«

»Aber …«, begehrte Peter auf. Doch Max brachte ihn mit einer Handbewegung zum Schweigen.

»Diese Reise ist sehr wichtig für mich. Die Audienz beim deutschen Kaiser könnte mit darüber entscheiden, welche Rolle das Haus Wittelsbach zukünftig im Deutschen Reich spielt, verstehst du? Da brauche ich einen Freund an meiner Seite, jemanden, dem ich zwischen all den intriganten Höflingen und Diplomaten blind vertrauen kann.« Die Spitze des Floretts zeigte nun direkt auf Peters Brust. »Und dieser Freund bist du!« Max machte eine kurze Pause, so als würde er seine nächsten Worte genau abwägen. »Und wer weiß, vielleicht gibt es ja auch noch einen ganz bestimmten Freundschaftsdienst, den du mir dort erweisen kannst. Dafür erlasse ich dir dann auch deine Schulden.« Max ließ das Florett fallen und schlug den Vorhang vor der Tür zur Seite.

»Und jetzt lass uns rüber zum Souper gehen, ich habe einen Bärenhunger.«

Während Peter dem Kronprinzen schweigend folgte, überlegte er, wie seine Eltern wohl auf diese neue Wendung reagieren würden. Denn eines war klar: Den Wunsch eines zukünftigen Kurfürsten abzulehnen war in etwa so unmöglich, wie den Lauf der Sterne anzuhalten.

*

»Das war das letzte Mal, hörst du? Das allerletzte Mal!«

Nach vier Stunden und etlichen weiteren Gängen standen Magdalena und Simon draußen vor Doktor Geigers Haus. Es war lange nach Sonnenuntergang, trotzdem war es noch schwülwarm, und wie immer im Sommer stank es zum Gotterbarmen. Die wenigen vornehmen Damen und Herren, die um diese Uhrzeit noch an ihnen vorüberflanierten, pressten sich parfümierte Tücher vor Mund und Nase. Wer es sich leisten konnte, verließ die Stadt in den Sommermonaten gleich ganz.

Doktor Geiger hatte ihnen einen mit einer Hellebarde bewaffneten Laternenträger organisiert, der sie sicher nach Hause geleiten sollte. In Paris gab es mittlerweile Straßenbeleuchtung, ja selbst in dem kalten Provinznest Berlin brannten, was man so hörte, Laternen an jeder Ecke. Nicht so in München. Hier war es nach Einbruch der Dämmerung stockfinster, und es trieb sich nur noch zwielichtiges Gesindel in den schmutzigen Gassen herum.

Während sie auf den Diener warteten, setzte Magdalena ihre Strafpredigt fort: »Merkst du denn gar nicht, wie sie hinter unserem Rücken über uns lachen? Wie sie sich das Maul zerreißen über den kleinen dahergelaufenen Provinzdoktor und seine ungebildete Frau Gemahlin?«

»Ich denke, das bildest du dir ein«, erwiderte Simon besänftigend. »Ich finde, der Bürgermeister hat sich sehr für meine Ausführungen interessiert. Und hast du gehört, wie er Peter gelobt hat?«

»Ich habe nur gehört, wie die Frau von diesem Bierpanscher über unsere Herkunft gelästert hat. Ich schwöre dir, wenn dieses dürre Heupferd noch einmal …«

Simon machte eine warnende Handbewegung, und Magdalena sah gerade noch, wie sich der bewaffnete Diener mit der Laterne näherte. Leise flüsternd schlossen sie sich ihm an und machten sich auf den Weg durch die dunklen Münchner Gassen, wobei Simon dem einen oder anderen Kothaufen auswich. Er hatte sich erst vor wenigen Tagen teure Stiefel mit Spitzenrosetten geleistet, die er wie seinen Augapfel hütete. Trotz ihres Ärgers musste Magdalena unwillkürlich lächeln. Ihr Mann hatte die vierzig bereits überschritten, aber er war immer noch so ein Geck wie an dem Tag, als sie in Schongau das erste Mal gemeinsam im Heu verschwunden waren. Wie lange war das nun schon her! Auch sie selbst war mit ihren sechsunddreißig Jahren nicht mehr die Jüngste, obwohl ihre Haare noch genauso voll und schwarz waren wie am Tag ihrer Hochzeit. Auch ihre Figur konnte sich durchaus noch sehen lassen, nur die Falten um ihre Augen gingen nicht mehr als bloße Lachfältchen durch.

»Warum hast du am Tisch nicht erzählt, dass wir mit der Familie nach Schongau reisen?«, fragte Simon. »Man könnte fast meinen, man hätte dir den Mund zugenäht. Sonst redest du doch auch von nichts anderem. Stattdessen legst du dich mit der Gattin von Münchens reichstem Brauer an!«

»Damit dieses Weibsbild noch mehr über uns herzieht?« Magdalena schüttelte den Kopf. »Für die ist unsere Heimatstadt doch nichts weiter als ein schmutziges Dorf mit ein paar Kühen und Schafen.«

»Nun, schmutzig ist München auch. Und Kühe und Schafsschädel finden sich sogar unter den Gästen eines honorigen Doktors.« Simon zwinkerte ihr zu, und Magdalena griff nach seiner Hand und drückte sie. In Momenten wie diesem merkte sie, wie sehr sie ihren Mann noch immer liebte.

Die Vorstellung, mit der ganzen Familie bald zurück in ihre Heimat zu fahren, zumindest für ein paar Wochen, hatte ihr Leben in München in letzter Zeit ein wenig erträglicher gemacht – auch wenn die Reise mit einem Abschied verbunden war. Der Brief, in dem Magdalena ihrem Vater ihren Entschluss ankündigte, musste mittlerweile in Schongau angekommen sein. Sie und Simon hatten lange gerungen, doch am Ende waren sie beide zu dem Schluss gekommen, dass es das Beste war. Für Paul, aber auch für den Rest der Familie. Magdalena war klar, dass sie Paul danach nicht mehr oft sehen würde. Dafür war Schongau einfach zu weit von München entfernt.

»Du musst loslassen, meine Liebe.« Simon schien ihre Gedanken erraten zu haben und erwiderte ihren Händedruck. »Aber das macht wohl eine gute Mutter aus. Dass ihr die Trennung von ihren Kindern immer schwerfällt.«

Die Laterne, die der Diener wie eine Angel vor sich hielt, war das einzige Licht in der Finsternis. Von fern war der Ruf eines Nachtwächters zu hören, der die elfte Stunde ankündigte.

Mittlerweile hatten sie das Graggenauer-Viertel erreicht. Ihr eigenes Haus lag nicht weit entfernt von dem angesehenen Wirtshaus Bürgerbräu in der Burggasse. Es war ein kleines, schmuckes Gebäude, wegen der hohen Grundstückspreise schmal und in die Tiefe gehend gebaut. Hinter dem Haus gab es einen kleinen schattigen Hinterhof, in dem Magdalena Kräuter und Gemüse zog. Früher in Schongau war sie ihrem Mann in der Praxis noch als Hebamme zur Hand gegangen, doch das war in München nicht mehr möglich. Vielleicht war es auch dies, was Magdalena an der Stadt so hasste: Der Schein bestimmte das tägliche Leben. Die Hausarbeit, das Waschen, Putzen, Einkaufen auf dem Markt am Schrannenplatz und vor allem das Ankleiden nahmen sie voll in Anspruch – anders als in Schongau, wo sie als ehrlose, aber nichtsdestotrotz angesehene Hebamme in den Gassen unterwegs gewesen war. Auch deshalb freute sie sich so, ihre Heimatstadt wiederzusehen.

Vor dem Haus verabschiedete sich der Diener mit der Laterne, nicht ohne vorher ein paar Münzen eingestrichen zu haben. Magdalenas jüngere Schwester Barbara schien ihr Kommen bereits gehört zu haben. Sie stand in der geöffneten Tür, und die Ungeduld war ihr anzusehen. Barbara war mittlerweile Mitte zwanzig, eine echte Schönheit mit dem vollen schwarzen Haar, das alle Kuisls hatten. Aber sie konnte auch eine wahre Furie sein. Vor allem der Vater hatte das früher immer wieder zu spüren bekommen.

»Ich dachte schon, ihr kommt gar nicht mehr!«

»Glaub mir, ich wäre gerne früher gekommen«, erwiderte Magdalena seufzend. »Aber der Bürgermeister hat gar nicht mehr aufgehört zu reden und zu essen. Nach dem siebten Gang habe ich den Überblick verloren.«

Barbara lächelte schmal. »Klingt nach einem gelungenen Abend.«

»Klingt nach einem furchtbar langweiligen Abend.« Magdalena gähnte und betrat mit Simon das schlichte Vorzimmer. Eine steile Treppe führte in die oberen Gemächer, wo sich die Schlafkammern befanden. Im Gegensatz zu Doktor Geigers Haus gab es hier keine Holzvertäfelung an den Wänden und auch keine Teppiche auf dem Boden. Dafür reichte Simons Lohn dann doch nicht aus. Nicht einmal eine Magd konnten sie sich leisten.

»Wie geht es Sophia?«, erkundigte sich Simon bei seiner Schwägerin. »Schläft sie schon?«

»Wie ein Murmeltier.« Barbara lächelte. »Wir haben aber auch zwei Stunden zusammen gesungen und mit ihren Puppen gespielt. Zum Schluss hat sie kaum noch die Augen aufhalten können.«

Magdalena sah ihrer Schwester an, dass sie den Abend trotz allem genossen hatte. Barbara liebte ihre achtjährige Nichte sehr, vielleicht auch deshalb, weil sie selber keine Kinder hatte – und das, obwohl sie bereits seit einigen Jahren verheiratet war. Ihr Mann Valentin Weisheitinger war ein junger Musikant, der auf Hochzeiten und anderen Feiern spielte. Barbara hatte ihn zufällig kennengelernt, als ihr Vater für sie in München einen Mann gesucht hatte. Dass Barbara einen dahergelaufenen Musikanten geheiratet hatte, würde Jakob Kuisl seiner jüngeren Tochter wohl nie ganz verzeihen, auch wenn er schließlich doch seine Einwilligung gegeben hatte.

»Vielen Dank für alles.« Magdalena umarmte ihre Schwester. »Sophia spricht mehr von dir als von ihrer eigenen Mutter. Du bist die beste Tante, die man sich wünschen kann!«

Barbara grinste. »Wenn du glaubst, dass du mich damit überreden kannst, länger als nötig in Schongau zu bleiben, dann …«

»Aber ein paar Tage werden doch möglich sein!«

»Ein paar Tage, ja.« Barbara nickte. »Aber dann müssen Valentin und ich wieder zurück nach München. Jetzt im Sommer gibt es viele Hochzeiten, auf denen er spielt. Und ich werde ihn auf dem Tambourin begleiten und wohl auch tanzen.«

»Tanzen vor fremden Männern?« Magdalena verdrehte die Augen. »Das lass bloß nicht den Vater wissen.«

Das Verhältnis zwischen ihrer jüngeren Schwester und dem Vater war nie leicht gewesen. Dass Barbara nun nach Schongau mitkam, war ein Gefallen Magdalena zuliebe. Außerdem wollte sie ihren Zwillingsbruder Georg wiedersehen. Aber Barbaras Heimat war mittlerweile München und nicht mehr Schongau.

»Wir sollten dem Vater Tabak mitbringen, das wird ihn freuen, und ...« Magdalena zuckte zusammen, als sie an der geöffneten Tür einen Schatten wahrnahm. Als sie erkannte, wer es war, war sie gleichzeitig wütend und erleichtert.

»Paul!«, zischte sie. »Ich dachte, du wärst längst zu Hause.«

»Wen kümmert's? Wie ihr euch bei den Pfeffersäcken den Bauch vollgeschlagen habt, habt ihr euch ja auch keine Sorgen um mich gemacht, oder?«

Paul stand mit verschränkten Armen in der Tür, seine Augen funkelten. Nicht zum ersten Mal fragte sich Magdalena, woher der Zorn rührte, der stets in Paul zu brodeln schien. Er war ein Jahr jünger als Peter, doch viel kräftiger gebaut, er überragte seinen Bruder um mehr als einen Kopf. Wie so oft trug Paul nur ein einfaches Hemd, das an den Ärmeln eingerissen war, sowie eine kurze Lederhose, die vor Dreck starrte. Er war barfuß, in seinem Gesicht zeigten sich blutige Schmisse.

»Pass auf, wie du mit deiner Mutter redest, junger Mann!« Simon trat mit erhobener Hand auf ihn zu. Sein Sohn war jetzt schon größer als er, Paul kam ganz eindeutig nach seinem Großvater und nicht nach dem schmächtigen Vater. »Wo hast du dich nur wieder herumgetrieben? Hast du dich geprügelt?« Simon deutete auf die Schmisse. »Das muss ausgewaschen werden, bevor es sich entzündet.«

»Ach was, das sind doch nur Kratzer. Wir mussten den Auer Hundsfötten ihre frechen Mäuler stopfen.« Paul grinste und zeigte zwei Zahnreihen, in denen bereits etliche Lücken klafften. Über seiner Oberlippe lag ein dunkler Flaum. »Solltet mal sehen, wie die anderen ausschauen. Die erkennen die eigenen Mütter nicht wieder.«

Magdalena seufzte leise. Sie konnte nur hoffen, dass es

ihr Vater und ihr Bruder schafften, Paul in Schongau auf die rechte Bahn zu führen. Eigentlich hatte sie sich geschworen, dass keiner ihrer Söhne ein Scharfrichter werden sollte. Doch es war immer Pauls größter Wunsch gewesen, bei seinem Großvater in die Lehre zu gehen. Seitdem er wusste, dass er nach Schongau reisen würde, war er ein wenig friedlicher geworden.

Zumindest bis heute.

»Weißt du eigentlich, was passiert, wenn dich der Nachtwächter um diese Zeit schnappt?«, schimpfte Simon. »Der steckt dich ins Loch!«

»Ach, aber der Peter darf sich noch draußen herumtreiben, ja? Bei dem machst du kein solches Theater.«

»Dein Bruder ist ein Jahr älter«, gab Simon zurück. »Außerdem weilt er in der Residenz und studiert, während du dich in der Au prügelst. Was glaubst du, was die Leute reden? Hast du auch nur einmal an meinen Ruf gedacht?«

»Ha, dein Ruf! Das ist alles, was dich kümmert!« Paul reckte das Kinn vor. »Der Großvater schert sich einen Scheißdreck um seinen Ruf.«

»Dann ist es ja gut, dass du bald bei deinem Großvater bist und nicht mehr im Haus deines Vaters, du selbstsüchtiger …«

»Aufhören, alle beide!«, fuhr Magdalena dazwischen. »Ich dulde nicht, dass Vater und Sohn so miteinander reden.« Sie wandte sich an Paul. »Beweis deinem Vater, dass du doch zu was nutze bist. Ich möchte, dass du deine Tante heimbegleitest.«

Paul legte den Kopf schief und zwinkerte ihr zu. »Und was ist mit dem Nachtwächter?«

»Nun, ich bin sicher, dass du genügend Schleichwege kennst, um ihm zu entgehen. Sorg dafür, dass deine Tante sicher heimkommt.«

»Worauf ihr euch verlassen könnt«, erwiderte Paul grinsend und zog ein kleines Messer hervor. »Mit mir legt sich da draußen keiner an.«

Kurz darauf war er mit Barbara verschwunden. Simon und Magdalena gingen hinüber in die Stube, wo Simon sich auf die Bank fallen ließ und tief durchatmete.

»Es ist gut, dass er weggeht«, sagte er schließlich.

»Simon, so darfst du nicht reden!«

»Du weißt es doch auch. Er ist …« Simon suchte nach den richtigen Worten. »Anders als wir.«

»Er ist anders als du! Als du und Peter. Und du hast ihn das auch immer wieder spüren lassen.«

»Nun bin ich also schuld?« Simon sah sie zornig an. »Magdalena, du weißt, was er macht. Er ist kein Unschuldslamm. Er prügelt sich, trinkt, vermutlich stiehlt er auch … Erst letzte Woche hat er drei kleine Katzen in einem Bottich ertränkt!«

»Weil ihn die Nachbarin darum gebeten hat.«

»Aber es hat ihm Spaß gemacht, Magdalena! Ich habe es ganz genau gesehen. Er hat keinen Sack genommen. Er hat die kleinen Dinger so reingeworfen, sie zappeln lassen und immer wieder untergetaucht, bis sie jämmerlich ersoffen sind.« Simons Stimme wurde leiser. »Er war schon immer grausam zu Tieren. Ich habe Angst, dass er später auch grausam zu Menschen ist.«

»Mit seiner kleinen Schwester ist er jedenfalls sehr lieb«, entgegnete Magdalena. Sie setzte sich neben ihn auf die Bank. »Und nun lass uns bitte nicht mehr über Paul reden.« Sie schenkte sich von dem Wein ein, der noch auf dem Tisch stand. Eigentlich hatte sie heute mehr als genug getrunken, doch sie brauchte noch einen Schluck zur Beruhigung. Auch weil sie wusste, dass Simon im Grunde recht hatte. Paul *war* anders, aber er war trotz allem ihr

Sohn, und sie liebte ihn. »Vorhin beim Essen«, sagte sie schließlich, »da hast du von einer Seuche in Wien geredet. Was hat es damit auf sich?«

Simon winkte ab. »Ach, es ist nur ...« Er stockte, dann hob er erneut an. »Ich gehe doch oft in das Kaffeehaus hinter dem Dom.«

Magdalena nickte. Als sie Simon kennenlernte, war er der Einzige gewesen, der das bittere Getränk mochte. Doch mittlerweile wurden die Kaffeetrinker immer mehr, sie trafen sich in speziellen Gasthäusern, wo sie eine Tasse nach der anderen tranken und dabei wild debattierten. Frauen waren in diesen Häusern nicht zugelassen. Zumindest das hatte sich nicht geändert.

»Ich lese dort immer die Frankfurter Postzeitung«, fuhr Simon fort. »Darin war eine kurze Nachricht, dass ...« Er zögerte. »Nun, dass in Wien die Pest ausgebrochen sein soll.«

»Die *Pest*?« Magdalena erschrak. »Aber ... aber der Kronprinz würde doch nie nach Wien fahren, wenn dort die Pest wütet!« Sie wusste, dass die Pest, jene gottverfluchte Geißel Gottes, alle paar Jahrzehnte irgendwo im Reich zuschlug. Plötzlich war sie sehr froh, dass Peter nicht mit dem Kronprinzen nach Wien ging.

»Es gibt nur erste Anzeichen, nichts Bestimmtes.« Simon winkte ab. »Vermutlich ist es nicht mehr als ein Gerücht. Jedes Fieber wird ja mittlerweile für die Pest gehalten. Und vielleicht ist es ja auch etwas ganz anderes.« Simon nahm ihre Hand. »Wien ist weit weg. Trotzdem bin ich froh, dass Peter uns begleitet.«

»Und auch Paul«, sagte Magdalena leise. »Du hast zwei Söhne, Simon. Nicht nur einen. Vergiss das bitte niemals.«

*

Wolken zogen über den Mond, als Paul und Barbara das Haus der Fronwiesers verließen. Es war so dunkel, dass die Häuser nichts weiter waren als schwarze Schemen, die sich kaum vom finsteren Hintergrund abhoben. Zu ihrer Rechten gluckerte einer der vielen Münchner Stadtbäche, ein übler Geruch stieg daraus auf. Paul vermutete, dass er von einem verwesenden Tier stammte, wahrscheinlich einem Schwein oder einem größeren Hund.

»Wir hätten eine Laterne mitnehmen sollen!«, schimpfte Barbara, die hinter Paul hertappte. »Ich seh nicht mal bis zur nächsten Hauswand!«

»Gib mir deine Hand, ich führe dich.« Paul streckte die Hand aus, und Barbara ergriff sie. Er mochte seine Tante, die etliche Jahre jünger war als die Mutter. Barbara und ihr Mann Valentin schienen ihm viel ähnlicher zu sein als die eigenen Eltern. Die beiden scherten sich wenig um ihren Ruf, lebten als Musikanten nahe der Stadtmauer in einem etwas verrufenen Teil der Stadt, und vor allem Barbara nahm selten ein Blatt vor den Mund. Außerdem nahm sie ihn gegenüber den Eltern oft in Schutz.

»Wie kannst du hier nur irgendwas sehen?«, fragte Barbara, die sich gern mitziehen ließ.

»Ich kenne München eben ganz gut«, erwiderte Paul. »Vermutlich würde ich den Weg zu eurem Haus sogar mit verbundenen Augen finden.«

Barbara lachte. »Vielleicht solltest du dich als Nachtwächter anstellen lassen! Dann müsstest du dir auch nicht immer die Klagen deines Vaters anhören. Und es wäre ein guter Verdienst.«

»Der Vater wird immer was zu meckern haben«, entgegnete Paul düster. »Egal, was ich mache.«

»Du bist zu streng mit ihm, Paul«, sagte seine Tante. »Und außerdem gibst du ihm ja auch den einen oder anderen Grund zum Meckern. So ehrlich musst du schon mit dir selbst sein.«

In finsterer Stimmung schritt Paul voran. Nun stellte sich auch noch die Tante gegen ihn! Während sein braver Bruder Peter nie über die Stränge schlug, vom Vater über den grünen Klee gelobt wurde und sich jetzt schon auf sein baldiges Medizinstudium in Ingolstadt vorbereitete, wurde Paul von den Eltern stets gescholten, was immer er auch tat. Schon vor längerer Zeit hatte er aufgegeben, dem Vater gefallen zu wollen. Dabei hatte er es oft genug versucht! Hatte dem Vater kleine Anhänger aus Eschenholz geschnitzt, Äpfel von den höchsten Bäumen gepflückt, das Brennholz gespalten ... Was konnte er denn dafür, dass ihm Bücher nun mal nicht lagen?

Mittlerweile hatten sie den Rand des Graggenauer-Viertels erreicht, schwarz ragte die Stadtmauer vor ihnen auf. Paul führte seine Tante hinein in das Gewirr kleinerer Gassen, die oft Sackgassen waren oder in irgendwelchen vermüllten Hinterhöfen endeten. Doch er kannte den Weg, mit seinen Freunden war er schon oft hier gewesen. Jede noch so winzige Gasse hatten sie sich gemeinsam erkämpft, mit Lehmklumpen, Steinen und auch Messern. Viel Blut war geflossen, und er war immer derjenige gewesen, der zum Schluss noch stand.

Es hatte nur wenige Jahre gebraucht, bis die Anger Wölfe, eine Bande Münchner Gassenbuben, Paul als ihren Anführer akzeptiert hatten. Und das, obwohl er jünger war als die meisten. Um so etwas zu erreichen, musste man entschlossen, willensstark und ein guter Straßenkämpfer sein. Nicht klug und belesen, sondern bauernschlau, geschickt und kompromisslos. Doch all das waren Talente, die seinen Vater nicht interessierten.

Paul bückte sich und klaubte einen Stein auf, den er mit

einem gezielten Wurf nach einem räudigen Straßenköter schleuderte. Winselnd suchte der Hund das Weite. Eigentlich hatte Paul sich mit seinem älteren Bruder immer gut verstanden, Peter war immer freundlich zu ihm gewesen und nie eingebildet, doch ab und an überkam Paul doch der Neid.

Und dann wurde dieses ... *Gefühl* wieder stärker.

Erst vor ein paar Tagen war es wieder da gewesen, als er die kleinen Katzen ertränkt hatte. Hinterher hatte es ihm leidgetan, ihr klägliches Maunzen hatte ihn noch in seine Träume verfolgt. Paul wusste auch nicht, woher diese seltsame Begierde kam, woher Zorn und Hass rührten, die ihn in regelmäßigen Abständen überfielen. Diese Gefühle machten es ihm unmöglich, sich auf irgendetwas länger zu konzentrieren, seine Anstellung zu behalten oder Anweisungen zu folgen, die ihm nicht einleuchteten. Dann überschwemmte eine schwarze, alles verschlingende Flut sein Bewusstsein, und am Ende wusste er selbst nicht, was ihn so weit getrieben hatte.

Ein Geräusch kam aus einer kleineren Gasse zur Linken, ein Schlurfen wie von Schuhen, die über Steine schlichen. Paul merkte, wie Barbara zusammenzuckte. Er lächelte grimmig. Um diese Zeit noch in München unterwegs zu sein war wirklich nicht ganz ungefährlich. Entschlossen griff er nach seinem Messer. Doch als er sah, wer sich dort aus dem Schatten schälte, ließ er die Klinge wieder sinken.

»Ach, ihr seid das nur«, knurrte er. »Trollt euch! Schaut lieber rüber in die Sendlinger Gasse, da sind noch ein paar betrunkene Händler unterwegs.«

Es waren drei halbstarke Burschen, wohl einige Jahre älter als Paul. Trotzdem wichen sie widerwillig zurück. Pauls Wutanfälle waren berüchtigt, man kannte und fürchtete ihn. Als die Kerle wieder verschwunden waren, sah ihn Barbara respektvoll an.

»Alle Achtung, du scheinst ja einen gewissen Ruf in der Stadt zu haben.« Sie zögerte, bevor sie leise weitersprach: »In Schongau wird das anders sein, das weißt du?«

Paul nickte schweigend. Seine alte Heimat war für ihn eigentlich nur noch eine ferne Erinnerung. Vor ihm tauchten Bilder auf, wie er mit seinem Bruder durch das Henkershaus getollt war, Erinnerungen an Spiele am Fluss mit Kindern aus den Gerberfamilien, die sumpfigen Lechauen ... Hier in München war er respektiert und gefürchtet, doch etwas tief in seinem Inneren sagte Paul, dass sein Leben, wenn er hierblieb, schon bald an einem ganz bestimmten Ort enden würde.

Auf dem Schafott – und das nicht als Henker.

Paul hatte immer davon geträumt, ein Scharfrichter zu werden, ein guter, schneller, gefürchteter Henker, so wie sein Urahn Jörg Abriel, der vor hundert Jahren im Schongauer Hexenprozess über siebzig Frauen vom Leben zum Tode befördert hatte. Jörg Abriel war in ganz Bayern berühmt gewesen, er war mit seiner Familie durch die Lande gezogen, immer dorthin, wo ein besonders guter Scharfrichter gebraucht wurde. Und er war mit seinem Richtschwert reich geworden. Noch heute sprachen die Leute von ihm.

Pauls Mutter hatte sich immer dagegen gesträubt, dass ihr jüngerer Sohn die gleiche Laufbahn wie sein Onkel und sein Großvater einschlug. Doch im Grunde hatte Paul stets gewusst, dass dies sein Schicksal war, seine Berufung.

Schon sehr bald würde sein neues, sein wahres Leben beginnen.

In Schongau, als Lehrling des Scharfrichters. Und irgendwann würde er selbst dort der Henker sein.

Sie kamen um eine letzte Ecke und standen direkt vor der Stadtmauer, an der schief das kleine Häuschen lehnte, das Barbara mit ihrem Mann Valentin bewohnte. In der Stube brannte noch Licht. Die Hütte erinnerte Paul an das Münchner Scharfrichterhaus, das in ähnlicher Weise an die Stadtmauer gebaut war und in dem seit Urzeiten der jeweilige Münchner Henker lebte. Georg hatte die Stelle vor ein paar Jahren abgelehnt und war zurück nach Schongau gegangen.

Paul würde ein besserer Scharfrichter werden als der Münchner Henker, besser als sein Onkel, ja sogar besser als sein Großvater. Der Beste von allen, das hatte er sich geschworen.

»Wir sind da«, sagte er zu Barbara.

Seine Tante sah ihn prüfend an. Manchmal fragte Paul sich, ob Barbara Gedanken lesen konnte.

»Danke für deine Begleitung«, flüsterte sie. Trotz seiner jungen Jahre war er bereits fast zwei Köpfe größer als sie. Sie langte zu ihm hinauf und strich ihm über den Kopf. »Ich hoffe, der Georg und der Großvater passen gut auf dich auf.«

Er grinste. »Das kann ich schon selber, Tante.«

Barbara seufzte tief. »Da bin ich mir nicht so sicher, Paul.«

Kapitel 2

Wien, den 13. August, Anno Domini 1679,
fast zwei Wochen später

Peter schreckte hoch und rieb sich die Augen. Einen Moment lang wusste er nicht, wo er war. Zu seinen Füßen sprudelte ein kleiner Bach, eine Weide neigte ihr Haupt und bildete mit ihren Ästen ein grünes Dach, unter dem er ganz offensichtlich eingedöst war. Er schüttelte sich, schöpfte mit den Händen Wasser aus dem Bach und wusch sich das Gesicht. Die Kälte machte ihn augenblicklich wach. Wie lange mochte er geschlafen haben? Hastig ordnete er Hemd und Wams, glättete sein schwarzes Haar und trat unter der Weide hervor.

Der Bach schlängelte sich durch eine sumpfige, mit Bäumen und niedrigem Gebüsch bewachsene Auenlandschaft, über die sich bereits die ersten Schatten des Abends legten. Peter blinzelte. Für einen Moment konnte man glatt vergessen, dass man nahe einer Stadt war. Und zwar nicht irgendeiner Stadt, sondern einer der größten und bekanntesten der Welt, der Stadt des deutschen Kaisers aus dem Geschlecht der Habsburger.

Wien.

Doch dann hörte Peter das Hämmern und Sägen, die Rufe der Zimmerleute, den sehnsüchtigen Klang einer Fiedel, das Gelächter der Zecher aus den nahe gelegenen Weinstuben in einem der Vororte, und er wusste, dass er nicht träumte. Als er zwischen den Zweigen hindurchlugte, konnte er die Ringmauer und die davor liegende freie Fläche, das sogenannte Glacis, erkennen. Dahinter ragten der hohe Stephansdom und viele weitere Kirchtürme auf. Das hier war tatsächlich Wien, das Ziel der Reise, die er gemeinsam mit dem zukünftigen bayerischen Kurfürsten unternommen hatte. Erst vor drei Tagen waren sie an der berühmten Hofburg angekommen.

Peters Eltern hatten so reagiert, wie er es befürchtet hatte. Vor allem seine Mutter hatte ihn nicht gehen lassen wollen, obwohl er ihr versichert hatte, er werde es gewiss rechtzeitig zum großen Wiedersehen nach Schongau schaffen. Max Emanuel hatte ihm das auch noch einmal zugesichert. Es war Peters Vater gewesen, der letztlich eingesehen hatte, dass man sich dem Befehl eines Kronprinzen nicht entziehen konnte. Und so hatten ihm beide Eltern schließlich ihre Erlaubnis gegeben mit der Auflage, die Wiener Hofburg am besten gar nicht zu verlassen. Die Schauergeschichten über eine drohende Seuche waren mittlerweile nicht nur in den Zeitungen zu finden, auch Reisende erzählten davon. Paul hatte genickt, auch wenn er wusste, dass er das Versprechen nicht würde halten können. Zu aufregend war die ganze Reise – und vor allem Wien.

Mit einer Hundertschaft waren sie über die alte bayerische Herzogstadt Burghausen und das österreichische Linz in die Stadt des Habsburger Kaisers gereist, im Gefolge Dutzende Diplomaten, Höflinge, Soldaten, Diener, Köche und sogar ein Beichtvater. Im Grunde hatte Peter Max Emanuel während der zweiwöchigen Reise nur ein, zweimal kurz gesehen, und auch diese Begegnungen waren eher kühl verlaufen. In Wien war der Kontakt dann ganz abgebrochen. Manchmal kam er sich vor wie jenes Schoßhündchen des Kronprinzen, das er vor Jahren einmal befreit hatte. Er wartete sehnsüchtig auf einen Knochen, den ihm das Herrchen zuwarf. Das konnte so nicht weitergehen! Auf der anderen Seite wusste Peter, dass es eine große Ehre war, mit dem zukünftigen bayerischen Herrscher befreundet zu sein, und dass ihm diese Freundschaft später manche Türen öffnen würde. Wenn er dafür auch in den einen oder anderen sauren Apfel beißen musste.

Eine Hand wäscht die andere …

Nicht zum ersten Mal fragte Peter sich, was es wohl mit dem ominösen Freundschaftsdienst auf sich hatte, den Max ihm schon in München in Aussicht gestellt hatte.

Mit hastigen Schritten ließ er das kleine Wäldchen hinter sich und trat hinaus auf die belebte Straße. Kutschen, Wagen und Ochsenkarren reihten sich aneinander und strebten einem der Tore zu, das die innere Stadt von den Vororten trennte. Die Sommerschwüle des Augusts lag drückend über den vielen Dächern, Kirchen und Türmen. Er musste sich sputen, wenn er noch pünktlich zum abendlichen Souper erscheinen wollte!

Um den Kopf freizubekommen, hatte Peter heute Vormittag die Wiener Hofburg verlassen, so wie auch schon in den letzten Tagen. Ihm war eine winzige, brütend heiße Kammer unter dem Dach des Schlosses zugeteilt worden, die eher einer Mönchszelle glich. Da weder der Kronprinz noch jemand anderes für ihn Verwendung zu haben schien, war Peter dazu übergegangen, Wien auf eigene Faust zu erkunden. Er staunte über die breiten, teils gepflasterten Gassen, die geselligen Gastgärten und Wirtshäuser, die vielen Kirchen und Bürgerpaläste und über die vornehm gekleideten Herren in den offenen Kutschen, mit ihren wehenden Allongeperücken, die ihnen immer wegzufliegen drohten. Alles hier war größer und prächtiger als in München und schon gar nicht zu vergleichen mit seiner Geburtsstadt Schongau. Seit den Jahren der türkischen Belagerung vor eineinhalb Jahrhunderten war Wien mit großer Geschwindigkeit gewachsen.

Peters Bummel hatte ihn schließlich zum Unteren Wöhrd gebracht, einer lang gezogenen Insel zwischen zwei Donauarmen, etwas abseits der eigentlichen Stadt. Vor einigen Jahren hatten hier noch die Wiener Juden in ihrem Ghetto gelebt, doch sie waren vertrieben worden – die streng katholische Gattin des Kaisers hatte die Juden für den Tod ihres erstgeborenen Sohnes verantwortlich gemacht. In ihren Häusern wohnten nun brave Christen, und es wurde allerorten gebaut, eine große Kirche war zu Ehren des heiligen Leopold errichtet worden. Beeindruckt beobachtete Peter, wie die Menschen es auch hier schafften, die Wildnis Stück für Stück urbar zu machen. Vermutlich würde schon bald die schöne Weide gefällt werden, unter der er eben noch gedöst hatte.

In Gedanken versunken schlenderte er in Richtung der Brücke, die über einen der vielen Donauarme zurück in die Stadt führte. Auch hier auf dem Wöhrd quoll Wien schon aus allen Nähten. An der Straße drängten sich eilig zusammengezimmerte Hütten, Herbergen, Werkstätten, quietschende Mühlen und rauchende Essen, ein schier unübersichtliches Labyrinth tat sich vor Peter auf. Tatsächlich verlor er schon bald die Orientierung. Er tappte durch die Gassen, überquerte kleinere Bäche und Kanäle, wobei er versuchte, nicht allzu schmutzig zu werden – ein hoffnungsloses Unterfangen. Kot, Unrat und Schlamm bildeten eine matschige, mehr als knöcheltiefe Schicht. An manchen Stellen lagen Bretter wie schmale Brücken, über die die Passanten Seiltänzern gleich balancierten. In den Nischen zwischen den Häusern verfaulten Gemüsereste und verwesten Tierkadaver. Gerade jetzt im Spätsommer war der Gestank so überwältigend, dass er Peter schier den Atem nahm.

Auf der Suche nach der Brücke verlor er sich immer tiefer im Gewirr der Gassen. Die Sonne stand jetzt schon sehr tief, und ihm begegneten immer weniger Menschen. Die Gegend, in die er sich verirrt hatte, war bevölkert von armen Tagelöhnern, die ihn misstrauisch anstarrten. Peter wurde bewusst, dass er in seinen teuren Beinkleidern und dem eng geschnürten Wams wie ein Fremdkörper wirken musste.

Oder wie ein leichtes Opfer.

Er beschleunigte seine Schritte. Wo war nur diese verdammte Brücke? Eben wollte er über einen weiteren der provisorischen Holzstege eilen, als er in einer dunklen Ecke neben sich ein unförmiges Etwas bemerkte. Zuerst dachte er an einen weiteren Tierkadaver, ein Schwein oder ein Esel vielleicht. Doch dann erkannte er zu seinem Erschrecken, dass es ein Mensch war. Es schien sich um eine ältere Frau zu handeln. Genaueres war nicht zu erkennen, denn der Körper war zum größten Teil unter einer schmutzstarrenden Decke verborgen. Nur das faltige Gesicht mit den grauen Haaren ragte hervor. War die Frau tot, oder lebte sie noch? Peter hatte von seinem medizinisch beschlagenen Vater etliches gelernt, darunter auch, dass jedes Menschenleben gleich viel zählte.

»Könnt … könnt Ihr mich hören?«, fragte er zaghaft. »Seid Ihr krank?«

Vorsichtig trat er näher, zupfte an der Decke und schreckte zurück.

Die Frau hielt ein etwa vierjähriges lebloses Mädchen in den Armen. Beide waren ganz augenscheinlich tot, die Augen der Frau blickten starr zum Himmel.

Die Frau war nicht so alt, wie er zunächst angenommen

hatte, es handelte sich wohl um die Mutter der Kleinen. Beide Körper waren ausgezehrt, die Kleider zerrissen und schmutzig, die Gesichter dunkel, fast schwärzlich. Auf ihrer Haut, vor allem in den Hals- und Armbeugen, zeichneten sich dicke schwarze Beulen ab, die teils aufgeplatzt waren. Eiter rann daraus hervor.

Schwarze Beulen ...

Peter tat einen heiseren Schrei. Augenblicklich ließ er die Decke los, als wäre sie mit heißem flüssigen Blei überzogen, er taumelte und fiel nach hinten in den Dreck. Man musste nicht studiert haben, um zu wissen, an was die beiden gestorben waren.

Die Pest!, schoss es ihm durch den Kopf. *Der Vater hat also recht gehabt. Gott schütze uns!*

Bislang hatte er selbst noch keinen Pesttoten gesehen, die letzte Pestepidemie in Bayern lag schon eine Weile zurück. Aber Peter kannte die furchtbare Krankheit von Erzählungen und auch von Bildern her, die er im Münchner Jesuitenkolleg betrachtet hatte. Die schlimmste Geißel der Menschheit nun selbst vor Augen zu haben war fast mehr, als er ertragen konnte.

Peter rappelte sich auf und sah sich hilflos um. Erst jetzt fiel ihm auf, dass die Gasse, in der er sich befand, menschenleer war, Fenster und Türen etlicher Häuser in der Reihe waren vernagelt. Ein leises Klingeln ertönte. Als er den Blick nach rechts wandte, sah er einen zweirädrigen ärmlichen Karren. Er wurde von einem klapprigen Gaul gezogen, an seiner Seite schlurfte ein alter Mann, der ebenso dürr und verwahrlost wirkte wie sein Pferd. Das Klingeln stammte von einem kleinen Glöckchen, das vorne an der Deichsel angebracht war.

»Heda, Bursche!«, rief der Alte ihm zu. »Was hast du hier verloren?«

Peter antwortete nicht, stattdessen wartete er, bis der Mann mit seinem Karren bei ihm angelangt war. Zitternd deutete Peter auf die beiden Toten.

»Ich … ich glaube …«, flüsterte er.

»Tja, die sind uns wohl entwischt«, knurrte der Mann. »Trottel, depperte!« Er sprach den eigentümlichen breiten Dialekt der Gegend, eine Sprache, die auf Peter immer eine Spur brutaler und direkter wirkte als das Bayerische, auch wenn sie noch so weich daherkam. »Haben augenscheinlich die Tür aufgebrochen, trotz des Verbots.« Der Alte zuckte die Achseln. »Na ja, sind eh nicht weit gekommen. Der Tod is a schneller Jäger, und des Glück is a Vogerl.« Argwöhnisch musterte er Peter, ganz so, als untersuchte er ihn auf irgendwelche Wundmale. »G'hörst du etwa auch zu denen?«

»Nein, nein.« Peter schüttelte den Kopf. »Ich … wollte zurück in die Stadt, hab mich wohl verlaufen.«

»Na, das kann man wohl sagen. Die Brücke ist ein gutes Stück entfernt. Hm …« Noch einmal betrachtete ihn der Mann wie ein seltenes Insekt, sein Blick streifte die teure Leinenhose und das Hemd aus Barchent, das Peter unter seinem Wams trug. »Für jemanden vom Wöhrd schaust auch ein bisserl zu vornehm aus.« Er reckte seinen dürren Finger. »Das ist keine gute Gegend, junger Mann!«

Peter deutete auf die beiden Leichen, er konnte es nicht fassen, dass der Mann so ruhig blieb. »Die sind an der Pest gestorben! Seht Ihr nicht? Die Pest ist in Wien!«

»Da schau her, ein ganz ein Schlauer!« Der Alte lachte. »Wem sagst du das? Ich bin der Totengräber hier, ich weiß das schon lange. Aber die hohen Herren halten immer noch den Deckel drauf, damit der Handel nicht einbricht. Schwadronieren von einem Fieber, das sich heilen lässt. Na, lang wird das nicht mehr gut gehen. Jeden Tag werden es mehr, und irgendwann schlüpft die Pest auch in die Wiener Hofburg. Ob Kaiser oder Bettelmann …«, der alte Mann grinste, »die Seuche klopft bei jedem an.«

Peter erinnerte sich an die Gerüchte, die auf der Reise im Umlauf gewesen waren. Da war die Rede vom sogenannten Englischen Schweiß, einem heftigen Fieber, das in Wien umginge. Doch die Wahrheit war viel furchtbarer.

»Wie lange geht das schon so?«, erkundigte er sich bei dem Totengräber.

»Hm, lass mich nachdenken.« Der Alte kratzte sich den schorfigen Kopf. »Die ersten Fälle gab's wohl im Juni, weiter draußen in den Vororten. Und jetzt hat die Pest auch den Wöhrd erreicht. Die Leute räuchern ihre Stuben aus, um die bösen Dämpfe zu vertreiben. Aber na, es hilft eh nichts.«

Jetzt fiel Peter auch der rauchige Geruch auf, der in der Luft lag. Aus den Ritzen der vernagelten Türen und Fenster in den Nachbarhäusern drang schwarzer Qualm, irgendein Kind jammerte, ansonsten herrschte eine unheimliche Stille.

Totenstille, dachte Peter.

»Anordnung der Stadt seit gestern, vom allergnädigsten Herrn Doktor Sorbait höchstpersönlich!«, erklärte der Totengräber und deutete auf die versperrten Häuser. »Wer von der Krankheit befallen ist, darf sein Haus nicht mehr verlassen. Erst heute früh haben die Soldaten hier alles verrammelt und vernagelt. Eigentlich darf sich in dieser Gasse auch keiner mehr aufhalten, außer mir natürlich. Einer muss ja schließlich aufräumen.« Er lachte rasselnd.

»Habt Ihr denn keine Angst, dass Euch die Pest holt?«, fragte Peter.

»Schlaumeier.« Der Alte zeigte ein paar schwarze

Zähne. »Ich hab mein ganz besonderes Mittel, aber sag's keinem weiter. Ich quetsche eine Kröte aus und reib mich mit ihrem Saft ein.« Er hielt seine Hände hoch, die mit roten Pusteln bedeckt waren. »Es brennt und juckt zwar höllisch, doch dafür bin ich immer noch am Leben. Anders als die armen Schweine da. Und nun schleich dich, bevor du bald auch so tot daliegst.« Er ging hinüber zum Karren und zog eine schimmlige Decke zur Seite, die bislang die Fracht verdeckt hatte. Peter war von dem Anblick darunter so entsetzt, dass er nicht einmal schreien konnte.

Auf dem Karren lag etwa ein Dutzend Leichen.

Männer, Frauen und auch zwei Kinder. Etliche von ihnen waren nackt, so als habe man ihnen mit dem Leben auch die letzten Kleider geraubt. Ihre Glieder waren steif und seltsam verkrümmt, das Licht in ihren Augen war erloschen, und an den Leisten und an der Halsbeuge zeigten sich die gleichen schwarzblauen Flecken wie bei der toten Mutter mit ihrer Tochter.

»Ich hoff, das sind die letzten beiden für heute. Kann mich kaum noch bücken.« Ächzend beugte sich der Totengräber über die zwei Leichen und hob sie empor. Auf dem Weg zum Karren entglitt ihm das Mädchen. Es fiel zu Boden …

Und wimmerte.

»Um Himmels willen, das Kind lebt noch!«, keuchte Peter. Er war wie erstarrt. »Hört doch, die Kleine lebt noch!«

»Zum Teufel! Als hätt ich nicht schon genug Sorgen!« Der Totengräber lud die Leiche der Frau auf den Karren, dann wandte er sich Peter zu, der seine Angst ein wenig überwunden hatte. Mit der Hand fühlte er den Puls des Mädchens. Tatsächlich war noch ein wenig Leben in dem kleinen Körper.

»Verdammt, was tust du da?«, herrschte ihn der Alte an.

»Mein Vater ist Arzt«, erklärte Peter. »Ich beginne bald mein Studium der Medizin in Ingolstadt, da …«

»Dem armen Ding kann kein Arzt mehr helfen, und schon gar kein vorlauter Schnösel wie du! Alles, was geschieht, ist, dass du dir selbst die Pest holst!«

Peter runzelte die Stirn. »Ich dachte, die Pest rührt von giftigen Miasmen her, die uns umwabern. So steht es zumindest in den Büchern. Dann ist es ja wohl gleich, ob ich das Mädchen berühre oder nicht.«

»Ha, bist wohl ein ganz Gescheiter!« Der Alte trat auf ihn zu und hob seinen dürren Finger. »Ich hab zwar nicht studiert, junger Herr. Aber ich kann dir aus Erfahrung sagen, dass es meist die trifft, die mit den Kranken zu tun haben. Die sie berühren. Mi … Mi … Dingsbums hin oder her, verflucht! Deshalb reib ich mich doch mit dem Krötensaft ein. Und jetzt pack dich endlich!« Der Totengräber gab Peter einen Stoß, sodass er erneut in den Dreck fiel.

»Was habt Ihr mit dem Mädchen vor?«, fragte Peter und rappelte sich auf.

»Na, was wohl? Ich werd sie zusammen mit ihrer Mutter in die Kalkgruben unten an der Donau werfen.«

»Aber … aber sie *lebt* doch noch!«

»Na, nicht mehr lange.« Der Alte zuckte die Achseln. »Sie ist schon so gut wie tot. Glaub mir, ich hab das hier schon viel zu oft gemacht. Es gibt kein Entkommen.«

Peter packte den Totengräber an seinem schmierigen Kragen. Er war zwar nicht sonderlich groß, eher zierlich und schmächtig wie sein Vater, aber das machte er mit der Wut wett, die jetzt in ihm brodelte. »Das werde ich niemals zulassen«, drohte er. »Das Mädchen gehört in ein Spital!«

»Wenn ich es dir doch sage, sie ist schon mit einem Fuß im Himmel. Du depperter …«

»Ich bin ein Freund des bayerischen Kurfürsten! Wenn Ihr meinem Befehl nicht sofort Folge leistet, werde ich dafür sorgen, dass Ihr mit den Toten in die Kalkgruben geworfen werdet! Verstanden?«

Peters Worte zeigten Wirkung. Der Alte, der eben noch mit der Faust hatte ausholen wollen, hielt plötzlich inne. Offenbar war er sich nicht sicher, was er von den Sprüchen dieses dahergelaufenen Schnösels halten sollte. Schließlich nahm er die Hand herunter.

»Ach, was soll's! Dann bringen wir sie eben ins Spital zu den Barmherzigen Brüdern, das liegt ohnehin auf dem Weg. Wirst schon sehen, was dir die Mönche husten werden.« Der Alte lachte dreckig. »Ha, ein siebengescheiter Wohltäter! Der hat uns in Wien gerade noch gefehlt!«

Er nahm das zitternde, sichtlich fiebernde Mädchen, dessen Augen noch immer geschlossen waren, und warf es wie ein Bündel Klaubholz neben seine tote Mutter auf den Karren. Dann schlug er dem Gaul auf die dürren Hinterbacken, und der Totenwagen setzte sich quietschend und klingelnd in Bewegung.

Peter folgte ihm, bis sie das Spital erreicht hatten.

Keine Stunde später eilte Peter durch die labyrinthartigen Gemächer der Wiener Hofburg.

Die Sonne war schon vor einiger Zeit untergegangen, und er hatte eine ganze Weile mit den Wachen am Tor verhandeln müssen, bis sie ihn schließlich einließen. Seine schmutzige Kleidung machte ihn nicht gerade glaubwürdig, am Ende war es der zufällig vorbeikommende kurfürstliche Stallmeister gewesen, der ihn erkannt und die Wachen überzeugt hatte.

Die Barmherzigen Brüder, die ein Spital am Unteren Wöhrd betrieben, hatten sich nach einigem Zögern des todkranken Mädchens angenommen. Es gab ein frei stehendes Leprösenhaus, in dem wohl auch schon andere Pestkranke untergekommen waren. Doch Peter hatte die Furcht der Mönche gespürt, keiner von ihnen hatte sich dem Kind auf mehr als zwei Schritte genähert, und es war der Totengräber gewesen, der das arme Ding schließlich in das Haus zu den anderen Kranken getragen hatte. Peter hatte ihm zum Dank einige Münzen in die Hand gedrückt, es war sein Reisegeld, das er sich eigentlich für Besorgungen in Wien aufgespart hatte. Auch er glaubte nicht, dass das Mädchen die nächsten Tage überleben würde, doch das hieß nicht, dass man es einfach aufgeben durfte.

Max Emanuel war in dem neuen Trakt der Hofburg untergebracht, den Kaiser Leopold erst vor wenigen Jahren hatte errichten lassen. Seit vierhundert Jahren schon diente die Burg den Habsburgern als Residenz, mehrmals war sie seitdem erweitert worden – eine weitläufige Schlossanlage mit diversen Trakten, unzähligen Gängen, Sälen und Gemächern. In den Höfen sprudelten Springbrunnen, der Duft unzähliger Rosen überdeckte den Gestank, der von jenseits der dicken Mauern herüberwehte.

Kein Wunder, dass hier noch keiner Wind von der Pest bekommen hat, dachte Peter, während er durch die Gänge lief. Er musste Max warnen! Die bayerische Gesandtschaft durfte keinen Tag länger in Wien bleiben.

Der Hauptmann, der vor den prinzlichen Gemächern Wache hielt, kannte Peter von früheren Begegnungen her. Er hob eine Augenbraue und deutete auf Peters schmutzige Hose.

»In diesem Aufzug bittet Ihr um eine Audienz beim Kronprinzen, junger Mann?«

»Es ist dringend, bitte richtet das Seiner Hoheit aus!«

Der Hauptmann verschwand für eine Weile, dann erschien er wieder vor der Tür und öffnete die beiden hohen Flügel. »Ihr dürft eintreten, der Prinz erwartet Euch.«

Max Emanuel saß auf weichen Samtkissen im hinteren Teil des Empfangsraums vor einer Schachpartie. Auch heute war er ganz in seine Lieblingsfarbe Blau gewandet, außerdem trug er eine Allongeperücke, wie sie seit dem Aufstieg des französischen Sonnenkönigs jetzt immer mehr in Mode kam. Er war im Gesicht gepudert, was ihm das Aussehen eines marmornen, leicht weibischen Denkmals gab. Max hatte die Stirn gerunzelt, als wäre er ganz und gar auf ein größeres Problem konzentriert. Erst nach einer Weile hob er den Kopf. Als er Peter in seinem unhöfischen Aufzug erkannte, schmunzelte er.

»Wo hast du dich nur herumgetrieben?«, fragte er amüsiert. »Wenn du das nächste Mal mit den Pferdeknechten raufst und zechst, sag mir bitte Bescheid, damit ich mitmachen kann.« Der Kronprinz verhielt sich ganz so, als hätten sie gerade noch einen fröhlichen Nachmittag miteinander verbracht. Nichts an seiner Haltung ließ darauf schließen, dass er den Freund die letzten Tage kaum wahrgenommen, geschweige denn mit ihm gesprochen hatte.

»Max, es … es ist etwas Furchtbares geschehen!« Vor lauter Aufregung vergaß Peter vollständig die Etikette. Er eilte auf den Kronprinzen zu. »In Wien ist …«

Max hob die Hand. »Was auch immer geschehen ist, wir sollten nicht Respekt und Anstand missen lassen. Nicht wahr, Bursche?« Er senkte die Stimme und raunte: »Ich habe die Wachen zwar rausgeschickt, aber man weiß ja nie. Außerdem schreist du so laut, dass man nicht einmal das Ohr an die Tür drücken muss, um etwas zu verstehen.«

Peter verbeugte sich kurz, dann nahm er etwas umständlich vor Max Platz, der immer noch das Schachbrett auf den Knien hielt. »Ich … ich war eben auf dem Wöhrd«, fuhr Peter leiser fort. »Stell dir vor, die Pest ist dort ausgebrochen!«

Max nickte. »Das weiß ich bereits.«

»Du … du … weißt es?« Peter sah ihn mit großen Augen an. »Aber warum …«

»Warum ich noch hier bin?« Max zuckte mit den Schultern. »Mein Antrittsbesuch ist zu wichtig, ich kann ihn nicht wegen ein paar Pesttoten absagen. Außerdem trifft es ja wohl nur die Armen. Diese Stadt stinkt so infernalisch, kein Wunder, dass sich da Miasmen bilden. Hier in der Hofburg ist das nicht der Fall, wir sind also geschützt.«

Die Wissenschaft ging davon aus, dass Miasmen, also giftige, aus der Erde aufsteigende Dämpfe zusammen mit Gestank und ungünstigen Sternenkonstellationen die Pest verbreiteten. Peters Vater Simon, aber auch Peter selbst hatten daran ihre Zweifel. Doch als er im Münchner Jesuitenkolleg das Thema einmal angesprochen hatte, war er schnell abgewürgt worden.

»Max, du weißt doch genau, dass die Pest nicht vor den Toren eines Schlosses haltmacht«, erklärte Peter. »Alle sind betroffen! Wir müssen Wien verlassen, und zwar schnell!«

»Erklär mir bitte nicht, was ich zu tun und zu lassen habe!«, fuhr ihn Max an. »Ich bin immerhin der bayerische Kronprinz und baldige Kurfürst.«

»Es tut mir leid. Verzeihung, ich vergaß …«

»Ach, schon gut.« Max winkte ab. »Ich wollte dich eh rufen lassen. Schau dir nur mal diese vertrackte Lage an.«

Kurz glaubte Peter, Max meinte ihre gegenwärtige Situation in Wien. Doch dann sah er, dass Max auf das Schachbrett deutete. »Der Springer bedroht die Dame. Wenn ich sie aber wegziehe, verliere ich meinen Turm, mit dem ich dem König Schach bieten will. Es ist zum Verzweifeln!«

»Deshalb hättest du mich rufen lassen?«, fragte Peter ungläubig. Er konnte es kaum fassen, dass ihn sein Freund nach all den Tagen nur sehen wollte, um mit ihm irgendein Schachproblem zu diskutieren.

»Nun, nicht nur.« Max legte das Brett zur Seite. »Ich möchte, dass du mir einen kleinen Gefallen erweist.« Er grinste. »Du erinnerst dich an deine Spielschulden, ja?«

Peter stöhnte leise. Nun kam wohl der Freundschaftsdienst, um den ihn Max schon in München gebeten hatte. »Wie könnte ich Seiner Majestät einen Gefallen abschlagen?«, murmelte er. »Ich stehe immer in Eurer Schuld.« Er hoffte, dass Max den leisen Spott nicht heraushörte.

»Na, na, nur nicht so förmlich, mein Freund.« Max klopfte ihm kameradschaftlich auf die Schulter, dann wurde seine Miene ernst. »Trotz der unerfreulichen Situation werde ich wohl noch ein paar Tage in Wien bleiben müssen. Es gibt einiges zu besprechen mit dem Kaiser. Im Westen herrscht nun vielleicht Frieden mit Frankreich, aber der ist mehr als unsicher. Und im Osten werden die Türken immer frecher, wir müssen ihnen endlich Einhalt gebieten, bevor sie irgendwann erneut vor Wien stehen.«

Peter nickte. Er wusste, dass Max große Pläne hatte, über die er schon vor seiner Reise nach Wien oft gesprochen hatte. Peter gegenüber hatte Max immer wieder erklärt, dass er der Welt seinen Stempel aufdrücken wolle. Der frühe Tod seines Vaters, vor allem jedoch der seiner Mutter hatte ihn nur für kurze Zeit in Verzweiflung gestürzt.

»Ich möchte, dass du einen Brief für mich überbringst«, erklärte der Kronprinz. »Du wirst auch ein schnelles Pferd bekommen.«

Peter schreckte auf. »Du weißt, ich habe meinen Eltern versprochen, so eilig wie möglich nach Schongau zu reisen. Mein Bruder …«

»Papperlapapp, was schert mich dein Bruder. Hier geht es um Wichtigeres! Nun hör doch erst mal zu.« Max zwinkerte ihm zu. »Im Grunde wirst du noch viel schneller in deinem stinkenden Kaff sein, als du denkst. Der Brief, den du überbringen sollst, geht nämlich nach Kaufbeuren.«

Erleichtert hielt Peter inne. Das war in der Tat eine gute Nachricht, die Freie Reichsstadt Kaufbeuren lag nur wenige Meilen von Schongau entfernt. Wenn er sich sputete, konnte er von Wien aus in ein paar Tagen dort sein. Er würde den Brief übergeben und wäre dann vielleicht sogar vor seinen Eltern in Schongau! Trotzdem, irgendetwas gefiel Peter daran nicht – wenn er auch nicht genau sagen konnte, was. Vermutlich war es Max' ausdrucksloses Gesicht. Er kannte seinen Freund nun schon seit etlichen Jahren. Es war jene Miene, die Max immer dann zeigte, wenn er irgendetwas vor ihm verbarg, zum Beispiel beim Schachspiel.

»Warum schickst du nicht einen deiner kurfürstlichen Boten?«, fragte Peter. »Das sind geschickte Reiter, bewaffnet und viel erfahrener als ich …«

»Und auch viel gesprächiger.« Max schüttelte den Kopf. »Nein, dieser Brief ist zu wichtig. Er darf auf keinen Fall in die falschen Hände geraten, keiner darf davon erfahren! Deshalb schicke ich dich.« Er machte eine ernste Miene. »Du haftest mir mit deinem Leben für diesen Brief, Peter.«

Peter fröstelte. »Natürlich, Euer Exzellenz, ich werde alles …«

Er stockte, als Max hell auflachte. »Haha! Du hättest eben dein Gesicht sehen sollen. Zu köstlich! Glaubst du wirklich, ich würde dich aufknüpfen lassen? Gib zu, du hast es geglaubt!« Der Kronprinz wischte sich eine Lachträne aus dem Augenwinkel. »Du wirst morgen in aller Frühe aufbrechen, du Angsthase. Dann musst du dir auch nicht mehr wegen der Pest in die Hosen machen. Ach, apropos Hosen.« Max verzog das Gesicht und deutete auf Peters schmutzstarrende Beinlinge. »Zieh dir was anderes an. So kannst du nicht zum Souper mit dem Kaiser. Heute Abend möchte ich dich dabeihaben. Wenn auch nicht in erster Reihe, eher weiter hinten bei den Höflingen. Aber auch da muss man anständig gekleidet sein.«

»Sehr wohl, Euer Majestät.« Peter erhob sich, während er seine Gedanken ordnete. Am besten, er setzte heute noch ein kurzes Schreiben auf, das mit der Postkutsche nach Schongau ging. Das würde seine Eltern beruhigen. Kaufbeuren war ein wesentlich vertrauteres Pflaster als das verrufene Wien, wo nach Ansicht der braven Bürger nicht der Kaiser, sondern Wein, Weib und Gesang herrschten ... Er machte eine Verbeugung und wollte sich gerade abwenden, als ihm noch etwas einfiel.

»Den Springer ins Eckfeld«, sagte er.

Max sah ihn verdutzt an. »Was?«

»Schick den Springer ins rechte Eckfeld. Dort schützt er den Turm. Die Dame hast du zwar verloren. Aber wenn du deinen Bauern vorziehst, ist der König in zwei Zügen schachmatt.«

Max schielte hinüber auf das Schachbrett. »Verdammt, du hast recht!« Mit einer zornigen Handbewegung fegte er die Figuren vom Brett. »Warum sehe *ich* das nicht? Warum? Seit Jahren spiele ich nun schon Schach, und noch immer hast du die besseren Ideen. Geh mir aus den Augen, du Klugschwätzer!«

Es sollte liebevoll spöttisch klingen. Doch Peter wusste,

dass sich sein Freund maßlos ärgerte. Max Emanuel hasste es zu verlieren.

In der Politik ebenso wie auf dem Spielbrett.

Als der Freund gegangen war, starrte der Kronprinz noch eine Weile auf das Schachbrett und auf die vielen Figuren, die ringsum verstreut am Boden lagen. Bauern, Springer, Läufer, Türme, Königinnen und Könige, ein schwarzer und ein weißer …

Max Emanuel biss sich auf die Lippen, wie immer, wenn er sich stark konzentrierte, wenn die Anspannung in ihm zu groß wurde. Solange er denken konnte, hatte er sich auf jenen Tag vorbereitet, der nun immer näher rückte. Noch führte sein Onkel Maximilian Philipp die Amtsgeschäfte, doch schon im nächsten Sommer, in nicht mal mehr einem Jahr, würde er, Max, der neue bayerische Kurfürst sein. Und er würde anders auftreten als sein schwacher, selbstzufriedener Vater, o ja! Die Welt würde noch viel von Maximilian II. Emanuel von Bayern hören …

Im Grunde war Max seiner Mutter immer viel näher gewesen als seinem Vater. Kurfürstin Henriette Adelaide hatte ihren ältesten Sohn vergöttert, hatte ihm das Geigenspiel, die große Politik, die Etikette und das Dichten beigebracht. Bei seiner Geburt hatten die Münchner wochenlang auf den Straßen gefeiert, die prächtige Münchner Theatinerkirche war ihm zu Ehren errichtet worden, der Nymphenburger Schlosspark wurde gebaut, eine venezianische Flotte fuhr seitdem auf dem Würmsee … Die Mutter hatte ihm immer gesagt, dass er zu Höherem bestimmt war – und Max wusste, dass das stimmte. Henriette war eine wahre Herrscherin gewesen, eine Frau, die beinahe den französischen Sonnenkönig geheiratet hätte, eine mutige Löwin aus dem Hause Savoyen.

Und er war der Sohn dieser Löwin.

Als vor einigen Jahren bei einer schrecklichen Feuersbrunst die Münchner Residenz abbrannte, hatte die Kurfürstin ihre Kinder eigenhändig und barfuß aus dem Inferno gerettet und war später an den Folgen dieser mutigen Tat gestorben. Sie hatte sich für ihn geopfert.

Und er würde es ihr vielfach zurückzahlen.

Max Emanuel griff nach dem schwarzen König und ließ ihn durch seine Finger gleiten. Die Figur war aus Basalt gefertigt und fühlte sich angenehm kühl an. Max drückte sie sich gegen die Schläfe, das tat gut. Es half ihm, in dieser pestverseuchten Sommerschwüle besser nachzudenken. Dass der Schwarze Tod eben jetzt über Wien hereinbrach, war ärgerlich. Er hatte noch so viel mit dem Kaiser zu besprechen, und nun lief ihm die Zeit davon! Umso wichtiger war es, dass er mehrere Fäden gleichzeitig zog. Die Nachricht, die ihn vor einiger Zeit aus Kaufbeuren erreicht hatte, war sehr, nun ja … interessant gewesen. Sogar mehr als das. Sie wäre geeignet, die Geschicke des Reiches zu seinen Gunsten zu verändern. Doch auf keinen Fall durfte etwas davon nach außen dringen! Das wäre das Ende all seiner Pläne, möglicherweise sogar das Ende des Hauses Wittelsbach. Nicht einmal seinen Kurieren konnte er in diesem Fall vertrauen. Also hatte Max Peter damit beauftragt.

Den treuen Peter, seinen besten Freund. Vielleicht der Einzige, auf den der Prinz sich wirklich verlassen konnte. Denn Freunde konnte man sich in der Politik nicht leisten, höchstens Partner mit zeitweilig gleichen Interessen.

Es gab Augenblicke, in denen Max seinen Freund regelrecht hasste. Gerade vorhin war wieder so ein Moment gewesen. Peters Klugheit war unübertroffen, und Max verabscheute es, wenn ihm jemand überlegen war, egal, ob es sich um Fechten, Reiten oder Schach handelte. Auf der anderen Seite war Peter doch nicht so klug, wie er vielleicht selbst dachte. Ja, es fehlte seinem Geist an Finesse, an der nötigen Richtung. Was nutzte alle Klugheit, wenn einem das Streben nach Macht fehlte?

Und davon besaß Max mehr als jeder andere.

Der Kronprinz schleuderte den schwarzen König durch das weit geöffnete Fenster. Dann begab er sich hinüber ins Ankleidezimmer, wo bereits drei Diener auf ihn warteten. Die Garderobe für das abendliche Souper beim Kaiser würde mindestens eine Stunde in Anspruch nehmen. Er würde wie so oft blauen Samt wählen, dazu goldene Knöpfe und als Schmuckstück vielleicht ein kleines schlichtes Kruzifix, zum Gedenken an die Opfer dieser schrecklichen Krankheit, die gerade vor den Toren von Wien wütete.

Max ordnete seine Perücke und wischte sich mit einem weißen Spitzentaschentuch ein paar Tropfen Blut von den Lippen, auf die er eben noch so fest gebissen hatte. Dann setzte er ein Lächeln auf.

Das richtige Aussehen, das wusste der Prinz, war im täglichen Kampf ohne Florett und türkischen Säbel beinahe ebenso wichtig wie geschliffene Worte.

Kapitel 3

Kurz vor Landsberg am Lech,
den 20. August, Anno Domini 1679

Die Kutsche schaukelte wie ein Schiff auf hoher stürmischer See und riss Magdalena immer wieder aus dem Schlaf. Jedes Mal, wenn sie gerade eingedöst war, kam ein neues Schlagloch, und es hob sie kurz in die Höhe. Pferde wieherten, unsanft wurde sie hin und her geschüttelt, es ratterte und rumpelte wie im Räderwerk einer Mühle. Schließlich gab sie auf.

Sie schob den Vorhang zur Seite und blickte aus dem kleinen Fenster des Gefährts. Bäume und Sträucher am Straßenrand zogen an ihr vorbei, die Räder wirbelten den Staub zu braunen Wolken auf. Magdalena musste husten und lehnte sich wieder in den mit hartem Leder überzogenen Sitz zurück. Im Inneren des Gefährts war es stickig und heiß, draußen stach die Augustsonne vom Himmel. Neben ihr schnarchte Simon mit den quietschenden Rädern um die Wette. Im Gegensatz zu ihrem Ehemann würde sie sich wohl nie an diese neue Art des Reisens gewöhnen, sie ging lieber zu Fuß oder saß wenigstens draußen auf dem Kutschbock. Aber Simon hatte einen Haufen Geld für die Kutschenfahrt bezahlt, offenbar glaubte er, dass er dies ihrem neuen Stand schuldig war.

Es war das erste Mal, dass Magdalena eine weitere Strecke mit einer sogenannten Postkutsche zurücklegte. Es gab jetzt immer mehr davon im Deutschen Reich, ja, in ganz Europa; in vielen Orten dienten Gasthäuser mittlerweile als Poststationen, wo die Pferde bei Bedarf gewechselt oder kaputte Räder ausgetauscht werden konnten. Die Kutschen beförderten Briefe und Fracht, aber eben auch Reisende – wobei Magdalena den Eindruck hatte, selbst nichts anderes als eine sperrige Fracht zu sein. Zwar besaßen die neuartigen Wagen eine Federung, doch davon spürte sie nichts. Ganz im Gegenteil, jeder noch so kleine Ackerstein schien sich in ihr Gesäß zu bohren. Sie konnte wirklich nur hoffen, dass sie bald Landsberg erreichten, wo sie über Nacht bleiben wollten. Aber eines musste Magdalena zugeben: Mit diesen neuen Gefährten kam man verflixt schnell voran. Von München hatten sie bis kurz vor Landsberg gerade mal einen halben Tag gebraucht.

Ihr gegenüber saßen Barbara und ihr Mann Valentin, die kleine Sophia war auf der Bank eingeschlafen, den Kopf an Magdalena gelehnt. Nur Paul hatte es vorgezogen, oben auf dem Dach zu reisen, wo sich auch ihr Gepäck befand. Manchmal hörte Magdalena ihren Sohn pfeifen oder singen, und dann lächelte sie. Seit Tagen sprach Paul von nichts anderem mehr als von ihrer Reise nach Schongau. Ja, er war regelrecht aufgeblüht.

Sie hatte es mit Paul nie leicht gehabt. Er hatte etwas Ungezähmtes, manchmal auch Grausames an sich, von dem sie nicht wusste, woher es kam und wie es sich bändigen ließ. Aber trotz allem liebte sie ihn so wie an dem Tag, als er auf die Welt gekommen war – anders als Simon, der mit seinem jüngeren Sohn nie richtig warm geworden war.

»Und? Freust du dich denn nicht auf zu Hause?«

Magdalena schreckte auf. Die Frage kam von Barbara, die bislang aus dem kleinen Wagenfenster geblickt hatte und nun zu ihr herübersah. »Du machst so ein ernstes Gesicht.«

Magdalena seufzte. »Es ist wegen Paul. Es tut weh, ihn loszulassen.«

»Es ist das Beste, glaube mir. Für ihn wie für uns.« Barbara nickte. »Er ist ein Wildfang. Wenn jemand ihn bändigen kann, dann sein Großvater und sein Onkel. Die beiden hat er immer vergöttert.«

»Vermutlich hast du recht«, entgegnete Magdalena und lächelte. Georg war für Paul beinahe so etwas wie ein großer Bruder, auch wenn sie sich nur sehr selten sahen. Auch Barbara hatte ihren geliebten Zwillingsbruder schon lange nicht mehr gesehen. Er war sicher auch der Hauptgrund, warum sie überhaupt mit nach Schongau kam, wenigstens für ein paar Tage.

Sicher nicht wegen ihres mürrischen Vaters und der guten Landluft, dachte Magdalena.

»Na, vielleicht kann der Paul den Schwiegervater ja ein wenig milder stimmen«, meldete sich Valentin und streckte unter lautem Stöhnen seinen Rücken durch. Sie waren die einzigen Reisenden in der Kutsche, trotzdem saßen sie so eng beieinander wie in einem Käfig. »Auf unserer Hochzeit hat er es ja tatsächlich geschafft, eine Brautrede zu halten, ohne mich ein einziges Mal zu erwähnen.« Valentin grinste. »Und als ich zur Fiedel gegriffen habe, hat seine Pfeife so stark gequalmt, dass er dahinter fast nicht mehr zu sehen war.«

»Zumindest ist er gekommen«, warf Magdalena ein. »Und das, obwohl er große Städte eigentlich nicht ausstehen kann.«

Der städtische Musikant, in den sich Barbara vor ein paar Jahren Hals über Kopf verliebt hatte, war noch immer derselbe Hallodri wie damals, aber stets charmant und liebevoll zu seiner Ehefrau. Magdalena hatte Valentin immer gemocht, vielleicht auch deshalb, weil er ganz anders war als ihr eigener, meist ernster und ehrgeiziger Ehemann.

»Der Vater ist eben der Vater«, entgegnete Barbara seufzend. »Der wird sich nicht mehr ändern. Wundert mich ohnehin, dass es der Georg mit ihm aushält.« Sie wandte sich an Magdalena. »Und du glaubst, dass der Peter auch kommen wird?«

»Aber sicher doch.« Magdalena nickte, und sie spürte, wie ihr Herz schneller schlug. »Gut möglich, dass er schon da ist.«

Dass Peter mit dem Kronprinzen nach Wien gehen würde, war für Magdalena wie ein Schlag ins Gesicht gewesen. Immerhin hatte er ihr hoch und heilig versprochen, rechtzeitig nach Schongau zu kommen. Spätestens am Tag des heiligen Symphorianus, der in Bayern bereits das Ende des Sommers einläutete, wollte er da sein, das war in zwei Tagen.

Aus Angst um ihren Sohn hatte Magdalena in den letzten Nächten kaum ein Auge zugetan. Die Gerüchte um eine Seuche in Wien hatten sich bewahrheitet, mehr noch: Es war kein einfaches Fieber, sondern tatsächlich die Pest, die dort wütete! Die Zeitungen hatten von vielen Tausend Toten berichtet; es hieß, dass der bayerische Kurfürst samt Gefolge wieder abgereist sei, der Kaiser selbst war nach Mariazell geflohen. Wann genau der bayerische Tross die Heimreise angetreten hatte, ließ sich nicht in Erfahrung bringen. Doch vielleicht war Peter ja auch vorausgeritten. Magdalena betete, dass Peter das pestverseuchte Wien unbeschadet hinter sich gelassen hatte.

Die Pferde wieherten, und ganz plötzlich hielt die Kutsche an. Von dem Ruck wurde nun auch Simon wach.

Müde rieb er sich die Augen. »Ich hab geschlafen wie ein Murmeltier.« Er gähnte. »Eine wahrhaft wunderbare Art des Reisens!«

»Na, wenn du das sagst«, murmelte Magdalena.

»Sind wir denn schon in Schongau?«, fragte Sophia, die ebenfalls aufgewacht war. Sie war sichtlich aufgeregt, es war ihre erste große Reise. Sophia war erst acht Jahre alt, aber auf Magdalena wirkte sie stets älter. Sie hatte wache Augen, so groß, als wären sie angesichts der Wunder der Welt ständig vor Staunen weit aufgerissen. Ihre Fragen waren oft von erstaunlicher Klugheit, die sich mit kindlicher Naivität paarte. Doch jetzt, in diesem Moment, war Sophia nur ein kleines Mädchen mit verstrubbelten Haaren, das nervös auf seinem Sitz hin- und herrutschte.

»Nein, mein Liebes, wir sind erst kurz vor Landsberg«, sagte Magdalena und blickte aus dem kleinen Kutschenfenster. »Sicher geht es gleich weiter.« Die Mauern der Stadt waren noch gut eine Bogenschussweite entfernt. Dahinter sah man die Landsberger Burg und die vielen Türme der Patrizier.

»Was ist los?«, rief Simon dem Kutscher zu. »Warum fahren wir nicht?«

Der Mann stieg von seinem Kutschbock ab und trat ans Fenster. »Da vorne sind Soldaten.« Er wies mit dem Finger die staubige Straße entlang. »Sie sagen, dass keiner mehr in die Stadt reindarf, der keinen Pestbrief hat.«

»Einen Pestbrief?«, fragte Magdalena verwundert. »Was soll das sein?«

»Na, einen Wisch, dass man aus einer pestfreien Gegend kommt.« Der Kutscher zuckte die Achseln. »Dumm nur, dass das den hohen Herrschaften erst eingefallen ist, nachdem wir München schon verlassen hatten. Aber ohne Pestbrief kein Einlass. Nun kann ich hier meine Fracht abladen und schauen, wie sie in die Stadt kommt! Es ist zum Haareraufen!«

»Ich hatte schon so etwas in der Art befürchtet«, sagte Simon nachdenklich. »In ganz Bayern sind Vorsichtsmaßnahmen verkündet worden. Was man so hört, frisst sich die Pest von Wien her langsam ins bayerische Land. Fahrendes Volk wird an den Toren abgewiesen, gestern stand es in der Zeitung. Dass das Einreiseverbot jetzt aber für alle Reisenden ohne Passierschein gilt, ist mir neu.«

»Und was machen wir jetzt?«, fragte Barbara.

»Nun, diese Kutsche wäre sowieso nur bis Landsberg gefahren«, entgegnete Simon achselzuckend. »Wir werden wohl ein Stückchen zu Fuß laufen müssen.«

»Ich mag nicht laufen!«, nörgelte Sophia.

»Nun hab dich nicht so«, schimpfte Magdalena. »Früher sind wir alle gelaufen, da ist man nicht mit solchen teuren Karossen gefahren. Dir werden schon nicht gleich die Beine abfallen.«

Simon grinste. »Es ist ja nicht weit. Ein bisschen stromaufwärts am Lech, bei Pürgen, glaube ich, gibt es eine Floßlände. Wenn wir Glück haben, nimmt uns dort ein Flößer mit. Auf den Dörfern sind sie vermutlich nicht ganz so streng wie in der Stadt.«

»Wir können von Glück sagen, dass das Haus vom Vater außerhalb von Schongau liegt.« Barbara lachte trocken. »Sonst würden sie uns vielleicht gar nicht mehr in unsere Heimatstadt lassen. Wir haben uns wirklich die beste Zeit für so eine Reise ausgesucht!«

»Ich weiß gar nicht, ob ich unter diesen Bedingungen überhaupt nach Schongau will«, brummte Simon. Doch dann sah er hinüber zu Magdalena und setzte eine freundlichere Miene auf. »Wirst sehen, diese Plage verschwindet wieder so schnell wie ein Spuk.«

Die Nacht verbrachten sie in einer billigen Herberge in Pürgen, wo an den Tischen der neueste Tratsch ausgetauscht wurde. Offenbar hatte Herzog Maximilian, der Onkel des Kronprinzen, noch einige weitere Verbote erlassen, um die Pest aufzuhalten. So wurde streng bestraft, wer seine Notdurft in der Gasse entsorgte, die Kleider der Toten mussten verbrannt werden, und es herrschte ein allgemeines Ausgehverbot nach Sonnenuntergang. Die letzte Pest in Bayern war zwar schon eine Weile her, doch die Alten erinnerten sich noch gut an die vielen Toten, an die Angst und die Hoffnungslosigkeit. Die alte Stechlin in Schongau hatte Magdalena einiges darüber erzählt. Seit Jahrhunderten kam diese schreckliche Krankheit immer wieder über die Menschheit, wütete einige Jahre und verschwand dann wieder so schnell, wie sie gekommen war. Die Ärzte waren machtlos.

Auch in dieser Nacht bangte Magdalena wieder um ihren ältesten Sohn Peter. War ihm vielleicht etwas zugestoßen in Wien? Hatte er die Stadt noch rechtzeitig verlassen können? Als Simon sie am nächsten Morgen mit einem Kuss weckte, war sie wie gerädert. Erst als Sophia zu ihr unter die Decke kroch und sich noch bettwarm an sie drückte, ging es ihr ein wenig besser.

Für ein paar Münzen ergatterten sie einen Platz auf einem Lastkahn, der sie stromaufwärts brachte. Die Fahrt auf dem Lech besserte Magdalenas Laune ein wenig. Dies war eine Art des Reisens, die ihr behagte! Sie erinnerte sich, wie sie in jungen Jahren mit dem Floß nach Augsburg gefahren war, nun ging es in die Gegenrichtung, auf die Berge zu. Vier Pferde, die auf dem Treidelpfad rechts des Ufers voranschritten, zogen den Kahn gemächlich voran. Die Fahrt war viel langsamer als mit einer Kutsche, doch das machte nichts, im Gegenteil. Es half Magdalena, sich Schritt für Schritt wieder in ihrer alten Heimat einzufinden. Bald schon tauchten erste vertraute Hügel und Bäume auf, eine große Eiche unweit des Ufers, auf die sie als Kind geklettert war, eine hohe Felsnadel im Wasser, die der Kahn vorsichtig umschiffte, die sogenannten Waschfelsen, wo die Mägde immer den neuesten Tratsch austauschten … Wie lange war sie schon nicht mehr hier gewesen!

Nach einer letzten Kehre tauchte vor ihnen endlich Schongau auf und damit der vertraute Anblick der hohen Wehrmauer und dahinter die Kirche, das Ballenhaus und die übrigen Häuser. Die Stadt lag auf einer Anhöhe. Unterhalb floss der Lech, über den eine hölzerne Brücke führte, im Osten ging die Straße auf den Nachbarort Peiting zu. Alles hier war kleiner und vor allem viel vertrauter als in München. Magdalena wurde die Brust eng. Sie sah hinüber zu Barbara, aber deren Gesicht blieb kühl und ausdruckslos. Die Stadt und deren Bewohner hatten ihrer jüngeren Schwester in früheren Jahren zu viele Schmerzen zugefügt, sie konnte Schongau nicht mehr lieben.

Sie legten an der Floßlände an, und sofort sprang Paul von Bord und lief der Lechvorstadt zu, deren ärmliche Häuser sich entlang des Flusses ausbreiteten. Valentin schmunzelte.

»Er kann es wohl gar nicht mehr erwarten, seinen knurrigen Großvater zu begrüßen. Die beiden sind sich wirklich ziemlich ähnlich. Wenn sie nicht schimpfen und wüten, schweigen sie.«

»Ob die Schongauer es auch kaum erwarten können, uns wiederzusehen, weiß ich noch nicht«, sagte Magdalena und sah sich um. Unter den Rottflößern auf dem Kai fand sie ein paar altbekannte Gesichter, die sie teils neugierig, teils argwöhnisch musterten. An der Hand ihrer Mutter stieg die kleine Sophia mühsam von Bord. Sie humpelte, ihr Gang hatte etwas Mechanisches. Von Geburt an litt Sophia unter einem Klumpfuß, was beim einfachen Volk als Zeichen des Teufels galt. Tatsächlich schlugen einige der Schongauer auf der Floßlände ein Kreuz, als sie das Mädchen erblickten. Auch Barbara fiel es auf.

»Willkommen zu Hause«, zischte sie ihrer älteren Schwester zu. »Vermutlich zerreißen sie sich droben in den Wirtshäusern gleich wieder das Maul über uns Kuisls.«

»Und wenn schon.« Magdalena schritt mit Sophia an der Hand voran. »Von denen lass ich mir unser Wiedersehen nicht vergällen.«

Unten am Lech lag das stinkende Gerberviertel. Der beißende Uringestank, der das ganze Jahr über auf der Gegend lag, erinnerte Magdalena an früher. Vor den Fenstern hingen die gegerbten Tierhäute zum Trocknen in der Sonne, weiter hinten sah sie ein kleines Häuschen an einem Weiher, das letzte in der Reihe, ein wenig abseits gelegen. Rauch stieg aus dem Kamin auf.

Zu Hause!, dachte sie. *Aber ist es das überhaupt noch, mein Zuhause?*

Vor der Tür stand Georg, die Arme weit ausgebreitet. »Die Gerüchte über eure Ankunft sind schneller, als ihr laufen könnt. Willkommen daheim!«, empfing er sie lachend. Wie sein Vater war er groß gewachsen, mit breitem Kreuz, die warmen herzlichen Augen hatte er von seiner Mutter geerbt. Barbara lief ihm entgegen, und sie umarmten sich. Die Zwillinge hatten sich in den letzten Jahren nur wenige Male gesehen, umso heftiger war nun die Begrüßung. Valentin hielt sich mit Magdalena und Simon ein wenig abseits, während Sophia bereits ins Haus gelaufen war.

»Wenn ich nicht wüsste, dass der Kerl ihr Bruder ist,

könnte ich glatt ein wenig eifersüchtig werden«, sagte Valentin und grinste bis über beide Ohren. In den vergangenen sonnigen Wochen hatte er noch mehr Sommersprossen bekommen als ohnehin schon.

»Hier hat sich wahrlich nicht viel verändert.« Simon deutete auf das schiefe Henkershaus, den Stall daneben, das kleine, verwahrlost aussehende Gemüsebeet ... »Fast könnte man meinen, es wäre gestern gewesen, dass ich hier das erste Mal bei deinem Vater um deine Hand angehalten habe.« Er zwinkerte Magdalena zu. »Schon damals war der Alte ein Stinkstiefel. Aber ein ziemlich schlauer Stinkstiefel, das muss man ihm lassen. Wo ist er überhaupt?«

»Ich vermute, drinnen in der Stube, mit Paul«, sagte Magdalena. Sie wandte sich an Georg, und ihre Stimme zitterte leicht. »Ist ... ist Peter vielleicht schon da?«

Georg ließ von Barbara ab und sah sie erstaunt an. »Dann weißt du von dem Brief?«

»Welcher Brief?«, wollte Simon wissen.

Sein Schwager zog einen zerknitterten und mehrfach zusammengefalteten Bogen hervor. »Ich wollte euch eigentlich damit überraschen. Dieser Brief kam vor drei Tagen mit der Postkutsche, den ganzen weiten Weg aus Wien. Er war an uns Kuisls adressiert, also hab ich ihn geöffnet. Euer Peter ist wohl mit dem kronprinzlichen Gefolge in Wien und ...«

»Das wissen wir bereits«, unterbrach ihn Magdalena nervös. »Ist ... ist ihm etwas zugestoßen?«

»O Gott, nein!« Georg lachte. »Er schreibt, dass er für den Kronprinzen erst noch eine Nachricht in Kaufbeuren überbringen muss und dann sofort hierherkommt.« Er wiegte den Kopf. »Hm, allerdings ist der Brief schon über eine Woche alt ...«

»Dann müsste er doch schon längst hier sein!«, protestierte Magdalena.

»Auf so einer Reise kann es immer zu Verzögerungen kommen«, beruhigte sie Simon. »Das muss nichts bedeuten. Vielleicht hockt er in irgendeiner Klosterbibliothek. Du wirst sehen, schon morgen oder übermorgen schneit er hier herein, als wäre nichts gewesen.«

Ihr Bruder reichte Magdalena den Brief, die die wenigen Zeilen überflog. »Alle Achtung«, brummte Georg. »Unser Peter hat es ja weit gebracht. Reist im Gefolge des bayerischen Kronprinzen …«

»Und erledigt dessen Drecksarbeit«, erwiderte Magdalena schärfer als beabsichtigt. »Für so etwas gibt es doch Boten! Und überhaupt, was soll er in Kaufbeuren?« Doch insgeheim war sie froh, dass Peter das pestverseuchte Wien offenbar noch rechtzeitig verlassen hatte und hier in der Nähe war.

Sie betraten die niedrige verrauchte Stube, wo noch immer die Eckbank und der Tisch im Herrgottswinkel standen. Das Richtschwert hing neben dem Kruzifix, wie schon zur Zeit von Magdalenas Kindheit – es hatte sich wirklich nichts verändert. Paul und Sophia saßen mit dem Großvater auf der Bank. Der Henker hatte seine Pfeife angezündet, der Rauch stieg in dicken Schwaden zur Decke. Eben erklärte Kuisl seinem Enkel, was sie in den nächsten Tagen zu tun hatten. Und ganz im Gegensatz zu sonst hörte Paul aufmerksam zu.

»Der Schinderkarren muss gründlich geschrubbt werden«, brummte Kuisl. »Das Blut hat sich richtig ins Holz eingefressen, das hat dein Onkel nicht sauber bekommen. Wir brauchen neue Stricke beim Seiler, und vielleicht gehen wir auch mal in den Wald und schauen, ob wir ein paar Christrosen finden. Die Stechlin gibt uns einen Batzen Geld dafür.« Er zwinkerte Paul und Sophia zu. »Und ich bin der Einzige, der weiß, wo sie wachsen.«

Von der Tür aus beobachtete Magdalena ihren Vater. *Die Zeit hinterlässt bei uns allen Spuren*, dachte sie.

Kein Zweifel, Jakob Kuisl war alt geworden. Sein einst schwarzes volles Haar war mittlerweile grau und an manchen Stellen weiß, die Haut zeigte Risse und Falten wie bei brüchigem Pergament. Doch seine Brust war noch genauso breit wie vor vielen Jahren, die Arme massig wie Baumstämme, und seine Augen versprühten ein Feuer, das so gar nicht zum Gesicht eines über Sechzigjährigen passen wollte. Wie Paul und er da so nebeneinandersaßen, bemerkte Magdalena erst, wie ähnlich sie sich sahen.

Erst nach einer Weile drehte Jakob Kuisl den Kopf und musterte den Rest der Familie. »Schön, dass ihr endlich da seid«, knurrte er. »Dachte schon, ihr kommt gar nicht mehr. Habt ihr mir Tabak mitgebracht wie versprochen?«

»Es gab noch einiges zu erledigen in München«, sagte Simon und reichte seinem Schwiegervater einen kleinen ledernen Beutel. »Ich konnte meine Patienten nicht einfach so im Stich lassen.«

»Bist ja ein recht erfolgreicher Arzt geworden, was man so hört«, entgegnete Kuisl. »Hm, ich dank recht schön, das nenn ich einen guten Tabak!« Anerkennend schnupperte er an dem Säckchen, dem ein intensiver, beinahe exotischer Geruch entstieg. »Hätte ich nicht gedacht, als du damals als schmächtiger, windiger Bader bei mir um Rat gefragt hast.« Er grinste und musterte seinen Schwiegersohn. »Na, schmächtig bist du ja immer noch.« Schließlich wandte er sich Barbara und Valentin zu. »Und offenbar bringt das Musizieren auch nicht viel ein. So dürr, wie ihr zwei ausschaut.«

»Es muss ja nicht jeder ein Wildschwein fressendes,

Rauch schnaubendes Trumm Mannsbild sein«, erwiderte Barbara schmallippig.

»Sei's drum.« Kuisl zuckte die Achseln. »Eigentlich dachte ich, ihr zwei würdet mir auch mal schreiben, von Zeit zu Zeit. Vielleicht, dass es bald weitere Enkel gibt.«

»Eigentlich dachte ich, dass der Georg endlich geheiratet hat und dir noch ein paar Enkel schenkt«, entgegnete Barbara. »Dann muss ich das nicht tun.« Magdalena sah, wie es in ihrer Schwester kochte. »Aber so, wie es hier aussieht, ist noch kein junges Weibsbild hier eingezogen. Und ausgefegt wird wohl mit dem Richtschwert.«

»Äh, ich komm um vor Durst«, wechselte Magdalena das Thema. Sie wandte sich an Sophia, die sich an den großen brummenden Bären drückte, der ihr Großvater war. »Sei so lieb, und bring uns vom Brunnen einen Krug Wasser, ja?«

Sophia nickte freudig und humpelte nach draußen. Jakob Kuisl sah ihr hinterher. »Es ist nicht besser geworden«, stellte er fest. »Vielleicht hätten wir damals doch gleich nach der Geburt mit Riemen ...«

»Sie hat einen Klumpfuß, na und?«, fuhr Magdalena dazwischen. »Anderen fehlt ein Finger, sie sind blind, stottern ... Sophia ist ein liebes, aufgewecktes Kind. Und anders als in Schongau ist so ein Klumpfuß in München kein Teufelsmal.« Sie dachte an die Blicke unten an der Floßlände, und der Zorn flammte erneut in ihr auf. Nicht alles war in ihrer alten Heimat besser als in München.

»Auch Schongau hat sich in den letzten Jahren verändert, glaub mir«, meldete sich Georg aus dem Hintergrund. »Der Pulverturm bekommt ein neues Dach, als Nächstes ist wohl auch das Schloss dran; die Häuser sind gestrichen und frisch gekalkt, und auch das Ballenhaus hat einen neuen Putz. Ja, sogar der Wein ist besser geworden! Ach, übrigens …« Er grinste. »Ich habe gute Nachrichten. Der Wirt von der Glocke lässt uns morgen unser Wiedersehen bei ihm in der hinteren Stube feiern.«

»Eine Henkersfamilie feiert in der Stadt?« Barbara zog die Augenbrauen hoch. »Es geschehen noch Zeichen und Wunder!«

»Wie gesagt, Schongau geht mit der Zeit.« Georg zwinkerte ihr zu. »Nun gut, ich gebe zu, ich habe ein paar Gäste mehr eingeladen, als nötig gewesen wäre. Außerdem hab ich gesagt, dass mein Schwager, der mittlerweile ein berühmter Doktor in München ist, mir bei der Zeche zur Seite steht.«

»Soso, ein berühmter Doktor in München …« Simon seufzte und zog seinen Geldbeutel hervor. »Ich hätte es wissen müssen. Wenn die Kuisls feiern, wird es teuer. Aber versprich mir, dass es dafür auch französischen Wein gibt und nicht den sauren Fusel, den sie sonst dort ausschenken.«

*

Viele Meilen weiter östlich galoppierte ein Pferd mit verstaubter Mähne und schweißnassem Fell an der Donau entlang. Auch der Reiter, der tief gebückt darauf saß, war schweißgebadet – und sein Hintern tat ihm weh, als hätte ihn der Teufel höchstpersönlich durchgeprügelt.

Peter stöhnte leise und richtete sich im Sattel auf. Doch das linderte die Schmerzen nicht. Ganz im Gegenteil, ihm war, als würde er auf Dornen sitzen. Nicht einmal die Rute des alten Jesuitenpfarrers Pater Korbinian im Kolleg Sankt Michael konnte schmerzhafter sein als dieser Ritt! Dazu brannte die Sonne vom Himmel, und seine Zunge fühlte sich an wie ein Stück alte Rinde. So gerne hätte er ein wenig Rast gemacht, seine geplagten Glieder in der

Donau gebadet, die kühl dahinrauschte, nur wenige Schritte entfernt. Doch das konnte er sich nicht leisten, er war ohnehin zu spät.

Viel zu spät.

Mit einem stillen Fluch auf den Lippen trat Peter dem Pferd in die Seiten, das daraufhin wieherte und ihn fast abwarf. Was für eine Schnapsidee, gerade ihn als Kurier loszuschicken! Er war nie der beste Reiter gewesen, anders als Max, der bei ihren gelegentlichen Wettrennen im Nymphenburger Schlosspark immer schon von vornherein als Sieger feststand. Allein, für das Missgeschick, das ihm jetzt widerfahren war, konnte er nun wirklich nichts. Peter hatte gehofft, die etwa dreihundert Meilen von Wien nach Kaufbeuren in einer guten Woche zu schaffen. Doch schon am zweiten Tag hatte sein Pferd ein Hufeisen verloren und zu lahmen begonnen. Als Bote des Kronprinzen hätte Peter eigentlich schnell Ersatz bekommen. Doch da er in geheimer Mission unterwegs war, musste er erst umständlich eine Nachricht schreiben und hoffen, dass ein Postreiter diese so schnell wie möglich nach Wien bringen würde. Fünf ganze Tage hatte er in einer Herberge in Linz festgesessen! Die Pest hatte sich derweil von der Hauptstadt aus weiter ausgebreitet. Der Handel war mittlerweile fast zum Erliegen gekommen, auf den Straßen begegneten Peter Flüchtlinge aus den Wiener Vorstädten, aber auch aus Orten weiter westlich. Bis er ein neues Pferd bekommen hatte, war fast eine Woche vergangen!

Seitdem ritt Peter wie ein Getriebener und verfluchte abwechselnd den störrischen Gaul, sein eigenes Missgeschick und seinen Freund, den Kronprinzen, der ihn erst in diese missliche Lage gebracht hatte. Die letzten zwei Tage und Nächte hatte er fast ausschließlich im Sattel verbracht, und in der Hitze fielen ihm immer wieder kurz die Augen zu.

Peters Hand ging nach hinten zur Satteltasche, in der sich das sogenannte Felleisen befand – eine mit Eisen ummantelte, versiegelte Röhre, etwa von der Länge einer Hand. Darin steckte die geheime Nachricht, die er in Kaufbeuren zu übergeben hatte. Erst kurz vor der Abreise hatte ihm Max Emanuel gesagt, bei wem er das versiegelte Schreiben abliefern sollte. Peter hatte damit gerechnet, dass es sich um den Kaufbeurer Stadtschreiber oder den Bürgermeister handelte, stattdessen war ihm ein Wirtshaus genannt worden. In der Blauen Ente sollte er sich an den Wirt wenden und den Brief dort übergeben. Und zwar mit den Worten: *Der Herr Gevatter lässt Euch grüßen.* Kein Wort mehr.

Schon oft hatte sich Peter in den letzten Tagen gefragt, welche Nachricht wohl so wichtig sein konnte, dass sie auf diesem geheimen Weg überbracht werden musste, und wer der eigentliche Empfänger war. Noch mehr machte ihm allerdings zu schaffen, dass er seinen Eltern versprochen hatte, rechtzeitig in Schongau zu sein. Das würde ihm sicher nicht gelingen. Wenn alles gut ging, würde er heute zumindest den Inn erreichen und damit schon bald bayerischen Boden. Falls nicht …

Peters Gedankenfluss wurde jäh unterbrochen. Er wischte sich den Schweiß aus dem Gesicht und blinzelte.

Was in aller Welt …

Noch einige Hundert Schritt entfernt glitzerte und gleißte etwas im grellen Sonnenlicht wie flüssiges Silber. Nach einer Weile erkannte Peter etliche Reiter auf der Straße, das Gleißen rührte vermutlich von den Waffen her, die sie mit sich trugen. Er glaubte, Spieße und Hellebarden auszumachen. Und war das Ding neben den Reitern nicht sogar eine Feldkanone? Was in Gottes Namen ging dort vor?

Die Grenze war noch etliche Meilen entfernt. Wenn es sich, wie er vermutete, um Soldaten handelte, sperrten sie ganz offensichtlich die Straße. Peter kam zu dem Schluss, dass die Männer wahrscheinlich Reisende anhielten, die aus den östlichen Pestgebieten kamen. Anders als ein offizieller kurfürstlicher Kurier hatte Peter keinen Passierschein. Wenn er Pech hatte, ließen ihn die Soldaten nicht nach Bayern einreisen oder verhafteten ihn gar. Schon in den letzten Tagen waren ihm immer wieder ähnliche Trupps entgegengekommen. Die Fensterläden in den Dörfern waren verschlossen gewesen, Bauern hatten ihm misstrauisch hinterhergeblickt, fast so, als wäre er einer der apokalyptischen Reiter. Auf Pestkranke war Peter außerhalb Wiens glücklicherweise nicht gestoßen, und doch lag eine drückende Angst über dem Land, man konnte sie förmlich spüren.

Spontan beschloss er, den Soldaten auszuweichen. Er konnte keine weitere Verspätung riskieren. Hastig nahm er das Felleisen aus der Satteltasche und verstaute es unter seinem Wams. Dann riss er das Pferd am Zügel, bog von der großen Handelsstraße ab und ritt hinein in den lichten Buchenwald. Schon bald standen die Bäume enger beieinander, die Äste spendeten reichlich Schatten, und gleich fühlte Peter sich besser. Er würde sich an der Sonne orientieren und auf Wildwechseln weiterreiten, immer nach Westen, bis er im Kurfürstentum Bayern war.

Tatsächlich fand er schon bald einen schmalen Pfad. Vögel zwitscherten, ein Eichelhäher stieß seinen warnenden Ruf aus, ansonsten war alles friedlich und still. Gemächlich bahnten sich Ross und Reiter ihren Weg durch das Unterholz.

Zum ersten Mal seit Tagen fiel die Last der Verantwortung von Peter ab. Gut, er würde es nicht mehr rechtzeitig nach Schongau zu seiner Familie schaffen, aber was machte das schon? Er hatte das pestverseuchte Wien glücklich hinter sich gelassen, und der Unterricht im Münchner Kolleg Sankt Michael ging erst Mitte September weiter. Er würde diesen vermaledeiten Brief übergeben, dann konnte er tun und lassen, was er wollte. Ein angenehmes Heimweh befiel ihn, es war die Sehnsucht nach etwas Vertrautem, nach den Eltern, ja sogar nach dem so unterschiedlichen Bruder, der nun in Schongau seine eigenen Wege gehen würde – wie er selbst auch. Peter hoffte, dass er schon bald nach Ingolstadt auf die Universität gehen konnte, um dort die *Artes liberales* und später Medizin zu studieren. Der Dekan selbst hatte versprochen, ihm eine Empfehlung auszustellen. Peter erinnerte sich noch gut an das stolze Gesicht seines Vaters, als er ihm davon erzählt hatte. Und auch an das zornig verkniffene Gesicht von Paul, der mit am Tisch saß …

Die Stille und Kühle unter dem Blätterdach machten Peter angenehm matt, er vergaß die Zeit. Er mochte schon ein oder zwei Stunden unterwegs gewesen sein, als der Pfad in einen breiten Hohlweg mündete. In der Erde zeichneten sich etliche Pferde- und auch Wagenspuren ab, offenbar handelte es sich um eine viel befahrene Straße. Peter führte den Gaul weiter in westliche Richtung und kam schon bald zu einer größeren Rodung, die von sanft geschwungenen Hügeln umgeben war. Saftige grüne Wiesen und Felder breiteten sich aus, rechts und links der Straße tauchten einige Häuser auf, weiter hinten war eine Dorfkirche und daneben ein Gasthaus zu erkennen. Einmal mehr spürte Peter, wie durstig er war, er fragte sich, ob das Dorf wohl schon zu Bayern gehörte, er hatte keinen Grenzstein gesehen. Nun, im Wirtshaus würde man ihm sicher Auskunft geben können – und dazu einen schäumenden Krug mit kaltem Bier. Ein paar kläffende Hunde begleiteten ihn bis zum Dorfplatz, auf dem eine große Linde stand, eine Katze döste in der Sonne, ein Schwarm Spatzen tschilpte um die Wette.

Erst jetzt fiel Peter auf, dass keine Menschenseele zu sehen war.

Eine leichte Brise wehte und ließ die Blätter in der Linde rascheln, die Hunde bellten und knurrten. Die umstehenden Häuser wirkten seltsam verlassen. Die meisten hatten die Fensterläden verrammelt, auch das Wirtshaus schien geschlossen, das rostige Blechschild mit einem schwarzen Keiler darauf schwang quietschend im Wind.

»Heda! Ist da jemand?«, rief Peter hinein in die Mittagshitze. Doch niemand antwortete.

Peter dachte an die grünen saftigen Wiesen, auf denen kein einziger Knecht, keine einzige Magd arbeitete, er erinnerte sich der verrammelten Fensterläden auf dem Wiener Wöhrd, und ihm stellten sich die Nackenhaare auf. Auf einmal fielen ihm die Worte des Wiener Totengräbers wieder ein.

Ob Kaiser oder Bettelmann … Die Seuche klopft bei jedem an.

Weiter rechts, ein wenig abseits, stand ein kleines Häuschen, dessen Tür im Gegensatz zu den anderen einen Spaltbreit offen stand. Langsam ging Peter darauf zu. Er ahnte, was ihn dort erwartete, trotzdem brauchte er Gewissheit.

Zaghaft drückte er gegen die Tür, sodass sie knarrend aufschwang. Dahinter schloss sich ein dunkler Flur mit rußiger Feuerstelle an, rechts befand sich die Bauernstube mit einem Ecktisch und einem Kachelofen. Eine Schüssel Brei stand auf dem Tisch, so als habe jemand eben noch davon gegessen, unter der Bank gackerten ein paar Hühner. Daneben lagen die steifen Kadaver einiger fetter schwarzer Ratten. Schmeißfliegen brummten wütend, aufgeschreckt durch Peters Eintreten.

Sie umschwirrten einen menschlichen Körper, der neben dem Ofen am Boden lag.

Zögernd trat Peter näher. Es war ein älterer Mann, sein hageres bärtiges Gesicht zeigte blaue und schwarze Flecken, der Mund mit dem zahnlosen Gebiss stand weit offen. Eben flog eine Fliege in den Rachen des Mannes, woraufhin das Brummen noch ein wenig lauter wurde. In der Stube war es brütend heiß, es stank nach Fäulnis und Verwesung.

Nach Pest und Tod.

Der Gestank war so heftig, dass Peter sich fast übergeben musste. Stolpernd, die Hand vor dem Mund, wich er zurück, eilte zurück auf den Dorfplatz, wo sein Pferd noch immer unter der Linde stand. Wie von Dämonen gehetzt sprang Peter in den Sattel, schlug dem Gaul die Fersen in die Seiten und preschte, ohne sich noch einmal umzusehen, die Straße entlang in westlicher Richtung.

Weg! Nur weg von hier! Weg von diesem schrecklichen, verfluchten Ort!

Er war erst einige Hundert Schritt geritten, als er es am Waldrand erneut silbern gleißen sah, wie vor ein paar Stunden auf der Handelsstraße. Nur einen Augenblick später donnerten Schüsse, etwas pfiff haarscharf an seinem Kopf vorbei. Ein weiterer Schuss folgte. Wiehernd stellte sich sein Pferd auf die Hinterbeine. Vor Schreck hatte Peter die Zügel losgelassen, sodass er wie ein Sack Mehl nach hinten fiel. Er landete unsanft im Straßengraben, das Pferd galoppierte ohne ihn auf den Wald zu.

Peter robbte ein Stück weit durch den Straßengraben, weg von den unbekannten Schützen, die ihm offenbar im

Wald auflauerten. Dabei drückte das Felleisen schmerzhaft gegen seine Brust. Waren die Kerle etwa hinter dem Brief her? Handelte es sich um gedungene Meuchler? Oder war es eine Räuberbande, die das Dorf überfallen wollte?

Sein rechter Fuß schmerzte von dem Sturz, vielleicht war er auch gebrochen, trotzdem kroch Peter weiter durch den morastigen Graben. Als er glaubte, endlich außer Reichweite zu sein, rappelte er sich auf und humpelte auf die Häuser zu. Jeden Moment erwartete er einen weiteren Schuss, der ihn im Rücken traf. Doch nichts geschah. Er hastete über den immer noch verlassenen Dorfplatz, schleppte sich hinüber zum Wirtshaus und hämmerte gegen die Tür.

»Aufmachen!«, schrie er. »Um Gottes willen, macht die Tür auf! Mörder, Mörder!«

Tatsächlich hörte er nach einer Weile Schritte. Ein Riegel wurde zurückgeschoben, die Tür öffnete sich einen Spaltbreit, und ein misstrauisches Gesicht starrte ihm entgegen. Es war eine füllige Frau in mittleren Jahren, sie trug ein Kruzifix über ihrem mächtigen Dekolleté, die schwarzgrauen Haare steckten keusch unter einer Haube.

»Was willst du?«, zischte sie. »Scher dich zum Teufel!«

»Ja, habt Ihr es denn nicht gehört?«, keuchte Peter, noch immer außer Atem. »Die Schüsse aus dem Wald! Das ... das ist eine ganze Mörderbande! Euer Dorf, es wird angegriffen, ich konnte eben noch entkommen!«

»Du Dummkopf, das ist keine Räuberbande«, entgegnete die Frau barsch. »Das sind die kurfürstlich-bayerischen Soldaten!«

»Die ... die ... was ...?« Peters Mund stand weit offen, langsam dämmerte ihm, in was für einen Schlamassel er hineingeraten war.

Als die Frau sein Entsetzen bemerkte, änderte sich ihr

Blick. Sie sah ihn beinahe mitleidig an. »Du Unglücksrabe, was suchst du dir auch eine solch gottverfluchte Zeit zum Reisen aus! Bist wohl auf Wanderschaft, wie?«

Peter nickte stumm. Er roch den intensiven Duft verbrannter Kräuter, der aus dem Inneren des Wirtshauses drang. Wacholder, Minze, Beifuß, so wie er es von seinem Vater aus der Arztstube kannte ... Die Frau schlug ein Kreuz, ihre Stimme zitterte jetzt.

»Der Herr beschütze uns! Die Pest ist über unser kleines Dorf gekommen, schon vor ein paar Tagen. Die Soldaten, sie lassen keinen mehr hinaus.« Sie deutete nach Osten zum Waldrand. »Die Grenze zu Österreich ist nicht weit von hier, und die Stadt Schärding hat Weisung gegeben, dass keiner mehr unser Dorf verlassen oder betreten darf! Dich haben sie wohl zunächst übersehen.«

»Wie ... wie lange ...?«, fragte Peter, noch völlig benommen.

Die Frau kämpfte mit den Tränen. »Ich fürchte, bis wir alle tot sind, mein Junge. Sie lassen uns hier verrecken wie Vieh, und dann brennen sie das Dorf ab, so haben sie es auch schon in anderen Dörfern gemacht.« Sie umfasste das Kruzifix vor ihrer Brust. »Vor der Pest gibt es kein Entkommen. Wenn sie dich nicht tötet, dann tun es die Soldaten.«

Erst jetzt merkte Peter, dass sein Fuß wohl wirklich gebrochen oder zumindest böse verrenkt war. Der Schmerz, die Erschöpfung, vor allem aber die Aussichtslosigkeit nahmen ihm alle Kraft. Ihm wurde schwarz vor Augen, er sackte an der Türschwelle zusammen und verlor die Besinnung.

Und so bemerkte er nicht mehr, wie die Frau die Tür schnell wieder zuzog und ihn draußen seinem Schicksal überließ.

*

Mit eingefrorenem Lächeln bemühte sich Simon, nicht daran zu denken, wie viel ihn diese Schongauer Familienfeier am Ende wohl kosten würde.

Zusammen mit einem guten Dutzend Gästen saß er im Hinterzimmer der Glocke an einem langen Tisch, voll mit allerlei deftigen Köstlichkeiten. Es war früher Mittag am Tag nach ihrer Ankunft in Schongau, und Simons Hunger hielt sich noch in Grenzen, er fühlte sich wie gerädert. Die letzte Nacht hatten sie alle zusammen im Henkershaus verbracht, das Schnarchen seines Schwiegervaters war durch die dünnen Wände gedrungen. Simon hatte Magdalena vorgeschlagen, ein Zimmer beim Semer-Wirt zu nehmen, im besten Haus am Platz. Doch sie wollte unbedingt im Haus ihres Vaters bleiben. Nach wie vor machte Magdalena sich Sorgen um Peter, und auch Simon wäre froh gewesen, endlich von ihm zu hören.

Der Wirt der Glocke hatte geräucherten Fisch aus dem Lech aufgetragen, Schinkenkeulen, Krautsalat mit Kümmel, kalten Braten, ein paar Laib Käse, ganze Spieße mit gebratenen Hühnern und noch einiges mehr. In der Ecke des verrußten Gewölbes, einem Hinterzimmer der eigentlichen Wirtsstube, stand ein Fass Bier in einer schäumenden Lache, daneben reihten sich auf einem aufgebockten Fichtenbrett Krüge mit Wein, von denen etliche bereits leer getrunken waren. Angewidert sah Simon dabei zu, wie der Wachmann Mathias einen der Krüge an den Mund setzte und in einem Zug leerte. Rote Weintropfen troffen von seinem struppigen Bart, in dem noch die Speisereste klebten.

Offenbar verzichtet man in Schongau jetzt ganz auf Trinkbecher, dachte Simon. *Und die Gabel ist auch noch nicht erfunden.*

Die Glocke lag nahe der Stadtmauer in der Nähe des

Kuehtors und war eine ziemlich verrufene Wirtschaft, wo es oft zu Raufereien kam. In die enge stinkende Gasse fiel selbst im Sommer kaum Licht, die Fenster waren schmutzig und mit Spinnweben verhangen, und das selbst gebraute Bier schmeckte bitter und schal. Außer dem engeren Familienkreis hatte Simons Schwager Georg auch ein paar alte Freunde eingeladen. Simon sah hinüber zur Hebamme Martha Stechlin, die mittlerweile weit über sechzig sein musste, aber noch rüstig wirkte. Eben redete sie auf Magdalena ein, die dabei mehrmals laut auflachte. Überhaupt hatte Simon seine Frau in München selten so fröhlich erlebt wie hier unter ihresgleichen. Magdalena schien regelrecht aufzublühen. Selbst Barbara machte einen gelösten Eindruck, wie sie dort hinten mit Valentin am Tisch saß, sie turtelten wie ein frisch verliebtes Paar. Der Schongauer Schinder und der Totengräber mit seiner Frau waren gekommen, ebenso der Nachtwächter, aber auch der Patrizier Jakob Schreevogl aus dem Inneren Rat, der den Kuisls einiges zu verdanken hatte und der kleinen Sophia eben ein paar Gaukeleien mit gekochten Eiern vorführte. Sophia kicherte und griff nach den Eiern, die Schreevogl wie durch Zauberhand unter dem Tischtuch verschwinden ließ.

»Eure Tochter ist ein schlaues Kind, Doktor Fronwieser«, sagte der Patrizier lächelnd. »Sie ist mir schon ein paarmal bei meinen Tricks auf die Schliche gekommen.«

»Die Bauernschläue hat sie von ihrer Mutter«, entgegnete Simon. »Ich denke, sie wird auch später den Männern nicht so schnell auf den Leim gehen wie beispielsweise früher ihre Tante.«

»Ein wahres Wort!« Schreevogl lachte. »Ein schönes Fest übrigens, Doktor! Es tut gut, Euch mal wieder hier in Schongau zu haben.«

»Äh, freut mich, dass es Euch gefällt«, erwiderte Simon ein wenig zu schnell und widmete sich wieder seiner versalzenen Graupensuppe.

Am zufriedensten im ganzen Saal schien Jakob Kuisl, der am Kopfende des Tisches saß wie ein steinernes Denkmal, das ruhende Zentrum eines lärmenden Orkans. Der Schongauer Henker hatte einen großen Maßkrug vor sich stehen und paffte an seiner langen Stielpfeife. Auch wenn Kuisl sich große Mühe gab, mürrisch dreinzublicken, sah Simon, wie prächtig es seinem Schwiegervater ging. Die Familie Kuisl war vereint, zumindest an diesem Tag war fast alles wieder so wie früher. Neben dem Henker stand sein Enkel Paul, der den Maßkrug des Großvaters neu auffüllte. Es war erstaunlich zu sehen, wie anders sich Paul verhielt, wenn der Großvater in der Nähe war. Simon konnte sich nicht erinnern, dass sein jüngerer Sohn ihm jemals den Bierkrug aufgefüllt hatte. Er musste schon froh sein, wenn Paul ihn nicht heimlich austrank.

Der Tisch glich mittlerweile einem Schlachtfeld. Bier und Wein tropften zu Boden, wo festgetretene Brotreste und das eine oder andere abgekaute Hühnerbein lagen. Ein dürrer Köter, wohl der Hund eines der Wachsoldaten, hob in der Ecke sein Bein. Simon legte den Löffel beiseite, ihm war der Appetit vergangen. Außerdem hatte er Angst, sich sein neues Gewand zu beschmutzen. Erst letzte Woche hatte er es für teures Geld bei einem Münchner Schneider in der Sendlinger Gasse erworben. Das Festmahl hier würde ihn vermutlich fast ebenso viel kosten.

»Und? Wie gefällt dir die Feier, werter Schwager?« Es war Georg, der sich mit einem schäumenden Krug in der Hand neben Simon auf die Bank fallen ließ. »Alois, der Wirt von der Glocke, hat sich nicht lumpen lassen, nicht wahr?« Er wischte sich die fettigen Lippen ab und steckte sich eine Pfeife an – eine Unart, die er von seinem Vater übernommen hatte.

»Ich nehme nicht an, dass der Alois aus reiner Freundschaft zu den Kuisls gehandelt hat«, entgegnete Simon.

»Nun, der Vater hat ihm erst letzte Woche Bärenfett gegen seine Gicht gegeben. Sagte, es sei Menschenfett, vermengt mit ein paar Zauberkräutern. Der Alois glaubt's und hat seitdem keine Schmerzen mehr.« Georg zwinkerte Simon zu und blies den Rauch aus, was Simon die Tränen in die Augen trieb. »Ansonsten hätten wir als ehrlose Henkersfamilie wohl kaum hier feiern dürfen. Na ja, und der gute Schreevogl hat als Ratsmitglied natürlich auch ein bisschen was zu sagen im Ort. Die Glocke ist vielleicht nicht das beste Wirtshaus am Platze, aber immer noch besser als das zugige Henkershaus unten im Gerberviertel.«

»Lass mich raten. Dass wir so einfach und ohne Pestbrief in die Stadt hineingekommen sind, hat wohl auch was mit den beiden Wachen zu tun, die sich hier umsonst volllaufen lassen dürfen?« Simon deutete auf Mathias, der eben mit einem anderen Wachsoldaten anstieß. Einer der beiden Krüge zersprang mit lautem Klirren, was die Männer jedoch nicht weiter kümmerte. Sie lachten und nahmen sich einen neuen, während ihnen das Bier an den Hosen herunterrann.

»Du weißt doch selber, wie die Gesetze gerade sind.« Georg zuckte mit den Schultern. »Der Schongauer Schreiber Lechner hat eine Notverordnung erlassen. Wegen der drohenden Pest darf ohne Pestbrief kein Fremder mehr die Stadt betreten. Das ist in anderen bayerischen Städten wohl auch so.«

»Aber wir sind doch keine Fremden!«, protestierte Simon.

»Weiß ich, wie der Lechner das sieht? Also hab ich vorsorglich den Mathias und den Josef vom Lechtor hierher eingeladen, damit es keine Schwierigkeiten gibt.«

»Und jetzt saufen sie mir die Haare vom Kopf. Wenn sie wenigstens nur das Bier und nicht auch den teuren Wein nehmen würden!«

»Sei froh, dass die meisten Wachleute heute in den Wäldern nach dieser verdammten Räuberbande Ausschau halten, die zurzeit die Gegend unsicher macht«, entgegnete Georg. »Sonst wären es wohl noch mehr durstige Mäuler geworden.«

Aus dem Augenwinkel sah Simon, wie sein Schwager Valentin zur Fiedel griff und zu einem Zwiefachen ansetzte. Mathias forderte Barbara zum Tanz auf, und schon bald sprangen auch etliche der anderen Gäste von den Bänken auf, lachten, drehten sich im Kreis. Sogar Maria Schreevogl, die sonst so steife Patriziergattin, wagte ein paar Tanzschritte. Der Wachmann Josef machte vor ihr einen Buckel und fiel unter lautem Gelächter der Umstehenden um. Simon seufzte. Alle schienen sich prächtig zu amüsieren, alle außer ihm. Plötzlich kam er sich schrecklich verbohrt und langweilig vor. Magdalena bemerkte sein Unbehagen ganz offensichtlich. Sie kam auf ihn zu, nahm seine Hand und wollte ihn von der Bank hochziehen, um mit ihm zu tanzen. Doch er schüttelte nur den Kopf.

»Lass mich, bitte. Das … das hier ist nicht so meins.«

Magdalena baute sich vor ihm mit verschränkten Armen auf. »Was ist nicht so *deins*?«, fragte sie in scharfem Ton. »Dass die Leute einfach ihren Spaß haben? Dass sie keine langweiligen Gespräche über die französische Mode oder die Türkenkriege führen? Dass sie sich nicht teuren Zucker aus Westindien in den Arsch blasen lassen wie in

München? Ist das dort eher deins? Ist das *en vogue*?« Ihre Stimme war leicht schleppend. Offenbar hatte sie schon einiges getrunken.

»Magdalena!«, zischte Simon. »Bitte benimm dich! Wir sind hier nicht allein!«

»Nein, das sind wir nicht«, blaffte Magdalena. »Wir sind hier mit meiner Familie, die zufällig auch die deine ist. Und wenn dir das nicht passt, dann …«

Magdalenas Wutanfall wurde jäh unterbrochen durch das Klopfen eines Maßkruges, mit dem auf den Tisch gehämmert wurde. Simon sah hinüber zu seinem Schwiegervater, der sich eben mit dem Krug in der Hand erhob. Valentins Fiedel verstummte, die Gäste sahen erwartungsvoll zum Henker hinüber. Jakob Kuisl räusperte sich.

»Also ihr wisst es ja eh …«, begann er umständlich. »Ich bin kein Freund großer Worte. Ich wollt nur sagen, dass … Also, dass ich mich freue, dass ihr alle da seid's!« Die Gäste klatschten und johlten, und Kuisl grinste. Er hob den Krug. »Ja, und vor allem freut es mich, dass mein Enkel Paul hier in Schongau bleibt und als mein Lehrling anfängt. Wenn ihr mich fragt, hätte das schon viel früher passieren müssen. Und … und ein paar andere Dinge auch …«

Der Henker legte Paul, der neben ihm stand, den Arm um die Schultern und stockte. Verstohlen sah Simon hinüber zu Georg, der plötzlich sehr angespannt wirkte. Von Barbara wusste Simon, dass Georg schon lange darauf wartete, vom Vater als Nachfolger eingesetzt zu werden. War das nun vielleicht endlich der passende Zeitpunkt?

Jakob Kuisl nahm einen tiefen Schluck aus dem Krug und wischte sich über den Bart. »Der Georg und ich allein dort unten im Henkershaus, so eine Männerwirtschaft, die geht auf Dauer nicht gut.« Georg nickte, und sein Vater fuhr fort: »Dabei ist das Haus groß genug für ein paar Bälger …« Er sah plötzlich hinüber zu Barbara. »Ich würd mich wirklich über ein paar mehr Enkel freuen, das weißt du, Barbara. Und wenn es denn nicht so recht gehen will, dann kenn ich ein paar Mittelchen. Du kannst jederzeit zu mir kommen, das weißt du. Oder meinethalben zur Stechlin.«

»Wir werden gemeinsam schon dafür sorgen, dass er dem Valentin steht!«, krähte Martha Stechlin von weiter hinten.

Barbara schoss die Röte ins Gesicht, und Simon konnte nicht sagen, ob es Scham oder Wut war, vermutlich beides. Plötzlich wurde es ganz still im Raum.

»Vielleicht ist es ja auch einfach nur die Umgebung«, sagte Kuisl. »Dieses München stinkt, ich hab's euch immer gesagt, das sind üble Miasmen dort. Und es zehrt an einem. Ihr seid jetzt doch schon einige Jahre fort, und der Valentin fiedelt immer noch für ein paar Kreuzer. Hier in Schongau suchen sie einen Stadtmusikanten und Turmwächter, da könnte er gut und gern …«

»Augenblick mal«, unterbrach ihn Barbara. »Willst du damit sagen, ich soll mit Valentin zurück nach Schongau kommen und dir die Stube ausputzen? Ist das dein Vorschlag?«

Kuisl kratzte sich verlegen seine große Nase. »Nun, das wäre nicht das Schlechteste, nicht wahr? Auch für den Paul. Wenn seine Mutter schon nicht bei ihm bleiben kann, dann immerhin seine Tante.«

Mit geballten Fäusten trat Georg einen Schritt vor. Simon sah, wie es in ihm brodelte.

»Ich hätte wirklich gedacht, dass du es endlich begriffen hast!«, brach es aus Georg heraus. »Als ich diese Feier hier in die Wege geleitet habe, da hatte ich wirklich kurz geglaubt, du hättest dich geändert. Wie konnt ich nur so saublöd sein! So ein Sturschädel wie du, der ändert sich niemals, nicht bis zum Jüngsten Gericht! Nicht nur, dass du mir meine Liebschaften vergraulst, jetzt willst du auch noch, dass die Barbara und ich auf immer und ewig deine Magd und dein Knecht bleiben. Aber das kannst du dir abschminken! Hörst du? Niemals hätt ich wegen dir aus Bamberg weggehen sollen! Niemals!«

»Nun beruhigt euch doch wieder!« Magdalena hob die Arme. »Das ist eine Familienfeier, wir haben uns alle lange nicht gesehen. Ich bin sicher, der Vater hat es nicht so gemeint.«

»Von dir war ja auch nicht die Rede, große Schwester!«, fuhr Barbara sie an. »Du hast ja alles, was du brauchst. Kinder, Geld, ein großes Haus in guter Gegend ... Keiner erwartet von dir, dass du zurück nach Schongau gehst. Da sagt der Vater nichts, o nein! *Du* kannst schön in München bleiben!«

»Und wenn ich das gar nicht will?«, sagte Magdalena leise.

Simon sah sie verdutzt an. So hatte seine Frau noch nie geredet. »Was soll das denn heißen?«, fragte er. »Glaubst du denn allen Ernstes, ein Leben in diesem stinkenden Dreckskaff ...«

»Pass auf, wie du über unser Schongau redest!«, ging Georg dazwischen. Er hob die Hand, und kurz glaubte Simon, sein kräftiger Schwager würde ihm tatsächlich eine Maulschelle verpassen. Auch die beiden Wachsoldaten waren, wenn auch leicht schwankend, näher getreten. Doch in diesem Moment ertönte ein langer Schrei, der alle verstummen ließ. Es war Sophia. Ihre Augen waren geweitet vor Entsetzen.

»Da!«, rief sie und deutete zur Tür. »Da, schaut! Ein ... ein Geist! Da steht ein Geist!«

Alle Blicke wandten sich zur Tür. Simon zuckte zusammen.

»Mein Gott!«, flüsterte er. »Was um alles in der Welt ...«

Dort auf der Schwelle stand ein lebendiger Toter.

Die Kleidung des Mannes war verdreckt und zerrissen, so als wäre er tagelang durch den Wald gerannt, an den Stiefeln klebte Erde, die Haare hingen ihm wirr in die Stirn. Er war kalkweiß im Gesicht, die Augenringe hatten sich tief in die Haut gefressen. Seine Lider flatterten, als hätte er starkes Fieber. Es war unmöglich, sein Alter zu schätzen. Er sah aus wie ein Greis, und doch mochte er viel jünger sein. Mit zitterndem Finger deutete er auf die schreckensstarre Gästeschar. Nur ein einzelnes Wort kam über seine Lippen.

»Jakob ...«

Erst in diesem Augenblick erkannte Simon, wer der Mann war. Es war viele Jahre her, seit er ihn das letzte Mal gesehen hatte. Das war in München gewesen, zu einer Zeit, als Jakob Kuisl einen Mann für seine jüngere Tochter gesucht hatte. Auch Barbara schien den Fremden jetzt erkannt zu haben.

»Mein Gott, Conrad!«, rief sie. »Conrad Näher! Seid Ihr's tatsächlich?«

Simon erinnerte sich noch gut an den Kaufbeurer Scharfrichter. Er hatte damals im Münchner Rat der Zwölf gesessen, der Zunftversammlung der bayerischen Henker, und Jakob Kuisl hatte den Kollegen als Freier für Barbara ausgeguckt. Daraus war nichts geworden, auch wenn Conrad Näher ein einnehmendes Wesen hatte, freundlich und mitfühlend, und nicht so ein tumber Brocken war wie die übrigen Scharfrichter. Doch mit dem

Conrad Näher von damals hatte der Mann vor ihnen fast nichts mehr gemein. Er wirkte mehr tot als lebendig. Schwankend, noch immer mit ausgestrecktem Finger, näherte er sich jetzt Jakob Kuisl.

»Jakob ...«, ächzte er erneut. »Hilf ... der Stadt ... nur du ... du kannst helfen ...«

»Um Himmels willen, Conrad! Was ist mit dir?« Jakob Kuisl ging auf Näher zu. Doch kurz, bevor er ihn erreicht hatte, brach der Kaufbeurer Scharfrichter plötzlich zusammen. Kuisl beugte sich zu ihm hinunter, und Simon trat ein paar Schritte auf die beiden zu. Kuisls breiter Rücken nahm ihm den Blick, doch auch so konnte Simon verstehen, was Näher mit letzter Kraft hervorstieß.

»Der schwarze Reiter«, flüsterte er. »Der ... schwarze Reiter kommt in die Stadt ... Er holt die Sünder, einen nach dem anderen ... lässt sie tanzen. Gib ... gib acht auf seine Pfeife!«

»Was redest du da, Conrad?«, brummte Kuisl. »Du sprichst im Fieber.«

Der Henker kniete sich nieder und beugte sich ganz nah über den Kranken. Dabei schien ihm Conrad Näher noch etwas ins Ohr zu flüstern, was Simon jedoch nicht verstehen konnte.

Simon hatte seinen Schwiegervater länger nicht mehr erlebt. Doch wie dieser jetzt schnell und doch bedächtig Nähers Hemd öffnete und ihn oberflächlich untersuchte, erinnerte Simon wieder daran, dass Jakob Kuisl ein fast so guter Heiler wie Henker war.

Vielleicht sogar ein besserer Heiler als ich, dachte er. *Aber hier kann kein Arzt der Welt mehr etwas ausrichten.*

Woran der Kaufbeurer Scharfrichter litt, war schnell zu erkennen. Simon hatte die schwarzen Flecken schon bemerkt, nun wurden auch die anderen darauf aufmerksam.

Und im gleichen Moment wusste er, dass der Tod mitten unter ihnen weilte.

»Heiliger Antonius von Padua, hilf uns!«, stöhnte die alte Stechlin und fiel auf die Knie. »Die Pest! Die Pest ist nach Schongau gekommen!«

Kapitel 4

Schongau, den 23. August, Anno Domini 1679

Das grenzt an Hochverrat! Ich hoffe, das ist allen Beteiligten klar. An Hochverrat! Dass der Ratsherr Schreevogl mich davon nicht in Kenntnis gesetzt hat, ist … ist einfach unerhört!«

Der Schongauer Stadtschreiber Johann Lechner schlug so fest auf den Tisch, dass das Tintenfass ein Stück in die Höhe sprang. Winzige blaue Tropfen spritzten über einen Stapel Dokumente, was den Schreiber sichtlich noch mehr verärgerte.

Wie immer trug Lechner ein schlichtes Hemd mit schwarzer Schaube. In den letzten Jahren hatte er sich eine Brille zugelegt, durch die er die vor ihm Stehenden nun böse anfunkelte.

»Sich in solchen Zeiten über meine Weisungen hinwegzusetzen! Kein Fremder darf die Stadt ohne Pestbrief betreten, so lautete mein Befehl. Die Tore müssen jederzeit besetzt sein, auch wegen der verfluchten Räuberbande, die wir immer noch nicht dingfest gemacht haben. Und was tut die Familie Kuisl stattdessen? Lässt den Schwarzen Tod in die Stadt!«

Jakob Kuisl grummelte etwas Unverständliches in seinen Bart.

»Wollt Ihr mir etwas mitteilen?«, fragte Lechner scharf.

»Dann sprecht laut und deutlich, Meister Kuisl. Meine Ohren sind nicht mehr die besten.«

»Ich sagte, nicht der Schwarze Tod ist in der Stadt, sondern bislang nur ein einziger Kranker. Der Näher liegt drüben im Spital, weit weg von allen anderen Kranken.«

Es war Kuisl selbst gewesen, der Conrad Näher gestern, sofort nach dessen Zusammenbruch, hinüber ins Spital neben dem alten Schloss gebracht hatte. Simon hatte ihm dabei geholfen und auch eine erste Untersuchung vorgenommen, wobei er dem Kranken so wenig wie möglich nahe gekommen war. Der Verdacht hatte sich bestätigt: Die Beulen in den Achseln, der Ausfluss, das Fieber … Näher war eindeutig an der Pest erkrankt. Jakob Kuisl musste zugeben, dass sich sein Schwiegersohn bei der Untersuchung nicht allzu blöd angestellt hatte, eigentlich sogar ganz ausgezeichnet. Offenbar war in München tatsächlich ein ganz passabler Arzt aus ihm geworden. Dabei erinnerte sich der Henker noch gut an den jungen ängstlichen Schongauer Badersohn, der ihn einst mit Fragen gelöchert hatte und bei jedem bisschen Blut gleich in Ohnmacht gefallen war. Über zwanzig Jahre war das nun her.

Sofort nach dem schrecklichen Vorfall hatte die Familienfeier ein Ende gefunden. Es war nicht zu vermeiden gewesen, dass die Kunde von dem Pestkranken sofort durch ganz Schongau geeilt war. Allein die alte Stechlin hatte mit ihren Schreien und lauten Gebeten genug dafür getan. Gleich heute früh war Jakob Kuisl dann gemeinsam mit Simon und Georg zum Schreiber einbestellt worden.

Wie reuige Sünder standen sie nun alle drei in dessen Amtsstube im alten Schongauer Schloss, einem kargen, fensterlosen Raum, der nur von ein paar tranigen Kerzen erhellt und von den Schongauern scherzhaft Folterkammer genannt wurde. Der Schongauer Bürgermeister war

Lechner, dem Stellvertreter des Kurfürsten, gleichgestellt, doch jeder wusste, wer im Ort die Zügel in der Hand hatte.

Der alte Fuchs regiert die Wölfe, dachte Kuisl und musterte dabei den Schreiber, dessen einst schwarze Haare ebenso wie die seinen mittlerweile ergraut waren.

»Man kann Euch zugutehalten, dass Ihr nicht die Flucht ergriffen, sondern den Pestkranken gleich in Quarantäne gebracht habt«, sagte Lechner. »Doch kommt mir nicht mit irgendwelchen Spitzfindigkeiten, Henker! Ihr wisst, wie ansteckend die Krankheit ist. Von Pestkranken gehen tödliche Miasmen aus!«

»Wir haben den Kranken in ein Tuch gewickelt und kaum angefasst«, mischte sich Simon ein. »Außerdem ist nicht gesagt, dass diese sogenannten Miasmen wirklich ...«

»Wenn ich Eure Meinung wissen will, Doktor, dann frage ich Euch«, unterbrach ihn Lechner. »Außerdem darf ich Euch daran erinnern, dass Ihr hier nicht als Arzt vor mir steht, sondern als Angeklagter. Euer gut bezahltes Amt als unser hochgeehrter Stadtphysikus habt Ihr leider selbst vor etlichen Jahren aufgegeben. Es war Euch als Fremdem gar nicht erlaubt, die Stadt zu betreten!«

»Ob wir wirklich Fremde sind, wage ich dann doch zu bezweifeln«, entgegnete Simon. »Außerdem stand das Tor offen.«

»Weil die Wachen bestochen waren!« Lechners Kopf zuckte vor wie der einer Schlange, seine Stimme war jetzt sehr leise, aber auch sehr bestimmt. »Die Übeltäter sind bereits hinter Schloss und Riegel, sie werden ihre gerechte Strafe schon bald erhalten. Was mich interessiert, ist, wer dieses Komplott eingefädelt hat. Na? Raus mit der Sprache!«

Eine Weile herrschte betretene Stille.

»Das war ich«, sagte Kuisl plötzlich. Georg sah ihn verdutzt an, doch der Henker warf seinem Sohn einen warnenden Blick zu. Er trat an den Tisch heran, wobei er mit dem Kopf fast an die niedrige Decke stieß. »Als ich erfahren habe, dass meine beiden Töchter mich besuchen kommen, wollt ich ihnen einen schönen Empfang in der Glocke bereiten. Der Wirt war mir noch einen Gefallen schuldig, ebenso wie die zwei Wachen.«

»Soso, Kuisl. Ihr also ...« Lechner musterte ihn misstrauisch. »Es wäre ja nicht das erste Mal, dass wir zwei aneinandergeraten. Nicht wahr?«

»Und auch nicht das erste Mal, dass ich *Euch* einen Gefallen tue.« Kuisl verschränkte die Arme vor der breiten Brust. Eine ganze Zeit lang blickten sich die beiden ungleichen Männer schweigend an. Jakob Kuisl wusste gar nicht, wie oft er hier schon vor Lechner gestanden hatte. Sie kannten sich beinahe so gut wie ein altes verbiestertes Ehepaar. Deshalb wusste er auch, dass Lechner ihm eher verzeihen würde als Georg, dem eigentlichen Drahtzieher.

»Ihr sagt, der Pestkranke ist der Kaufbeurer Scharfrichter, ja?«, fragte Lechner abrupt und lehnte sich in seinem Stuhl zurück. »Was zum Teufel macht der Kaufbeurer Henker hier bei uns, noch dazu so schwer krank? Es heißt, er wollte zu Euch, Kuisl. Hat Euch wohl erst unten im Gerberviertel gesucht, dafür gibt es Zeugen. Jemand hat ihm beschrieben, wo Ihr zu finden seid, und dann ist er durchs Lechtor geschlüpft. Also ...« Lechner beugte sich erneut nach vorne und sah den Henker scharf an, die Augen hinter den Brillengläsern schmal wie Striche. »Was wollte Näher bei Euch?«

»Das wüsst ich auch gern.« Jakob Kuisl zuckte mit den Achseln. »Glaubt es mir oder nicht, ich weiß es nicht.«

Tatsächlich hatte er sich die ganze letzte Nacht den Kopf zerbrochen, was Näher von ihm gewollt hatte und was seine seltsamen Worte bedeuten mochten.

Der schwarze Reiter kommt in die Stadt ... Er holt die Sünder, einen nach dem anderen ... lässt sie tanzen. Gib acht auf seine Pfeife ...

Und dann hatte Näher noch etwas gesagt, was Kuisl fast noch mehr irritierte. Die Worte waren nur noch gehaucht gewesen, sodass der Henker gar nicht wusste, ob er sie überhaupt richtig verstanden hatte.

Der Mörder hat zwei Gesichter ...

Was, zum Teufel, hatte Näher damit gemeint? Jakob Kuisl hatte beschlossen, dass es sich um die Fieberfantasien eines Todkranken handelte. Aber ganz sicher war er sich nicht.

Simon räusperte sich. »Mein Schwiegervater gilt als guter Heiler. Vielleicht hat der Näher ihn ja aufgesucht, weil er sich von ihm Hilfe versprach?« Kuisl sah Simon an, dass auch er eine unruhige Nacht gehabt hatte. Dunkle Ringe lagen unter seinen Augen. Und der Henker wusste auch, warum.

»Wenn Näher an der Pest erkrankt ist, dann ist es gut möglich, dass die Seuche in Kaufbeuren ausgebrochen ist und es dort weitere Kranke gibt«, fuhr Simon vorsichtig fort. »Ihr wisst nicht zufällig ...«

Lechner winkte ab. »Kaufbeuren mag nur wenige Meilen entfernt sein, aber wegen der vom kurfürstlichen Rat angeordneten Vorsichtsmaßnahmen erhalten wir zurzeit keine Nachrichten von dort. Die Stadt könnte auch am anderen Ende der Welt liegen. Das Letzte, was ich gehört habe, war, dass ihnen dort der Arzt gestorben ist. Gut möglich, dass es die Pest war.« Er griff zu einem Stapel Dokumente und begann, sie einzeln abzuzeichnen und akkurat zu falten. »Nun, ich muss mich um Schongau kümmern. Bis jetzt sind, Gott sei's gedankt, noch keine weiteren Krankheitsfälle in unserer Stadt gemeldet worden. Auf alle Fälle werde ich die Ausgangssperre verlängern.«

»Wäre es denn möglich, dass ich heute noch mal mit dem Näher rede?«, fragte Kuisl. »Vielleicht weiß er ja etwas, das uns nützen könnte.«

Zum ersten Mal lächelte Lechner, was auf Kuisl fast noch bedrohlicher wirkte als alles Vorherige. »Hm, kein schlechter Vorschlag. Allerdings müsstet Ihr dafür mit den Toten sprechen können. Näher ist diesen Morgen nämlich gestorben. Der Spitalpfleger war eben bei mir und hat es mir erzählt.«

Lechner fuhr fort, beiläufig die Dokumente zu unterzeichnen. Die Feder schabte knarzend über das Papier. »Die Leiche ist bereits mit etlichen Schaufeln ungelöschten Kalks außerhalb der Stadt verscharrt worden, die Kleidung wurde verbrannt.« Er seufzte und legte die Feder weg. »Ein an der Pest verstorbener Henker, noch dazu ein Auswärtiger! Ihr werdet verstehen, dass es für so jemanden keinen Platz auf einem geweihten Schongauer Friedhof geben kann.«

Jakob Kuisl stand still da. Er versuchte, sich nichts anmerken zu lassen, doch Nähers Tod schmerzte ihn mehr, als er sich selbst eingestehen wollte. Er war einer der wenigen, die wussten, dass Näher ein heimlicher Sodomit gewesen war. Der Kaufbeurer Scharfrichter hatte junge Männer geliebt. Auch deshalb war die Ehe mit Barbara damals nicht zustande gekommen. Conrad Näher war ein ruhiger und sanftmütiger Mann gewesen, in den letzten Jahren hatten er und Kuisl sich einige Male getroffen. Eine verschwiegene Freundschaft war zwischen den beiden entstanden, und mehr als einmal hatte sich Kuisl dabei vorgestellt, wie es gewesen wäre: mit Conrad Näher als Schwiegersohn – und nicht mit diesem Fiedler und Hallodri Valentin.

Ein bettelarmer Musikus und ein ängstlicher Schnösel, dachte Kuisl. *Meine Töchter haben einen eigenartigen Geschmack, was Männer angeht.*

»Hat der Conrad noch irgendetwas gesagt, bevor er starb?«, fragte er Lechner nach einer Weile.

Dieser schüttelte den Kopf. »Er ist überhaupt nicht mehr aufgewacht. Zumindest diese Gnade hat Gott ihm zuteilwerden lassen. Trotzdem hätte der Kerl unsere Stadt nie betreten dürfen.« Der Schreiber tippte mit dem Federkiel gegen das Tintenfass. »Womit wir wieder beim Thema wären. Ich erwarte von Euch, Kuisl, dass Ihr die beiden schuldigen Wachmänner auspeitscht und dann an den Pranger stellt. Und zwar am Markttag, vor dem Ballenhaus, zur Mahnung aller!« Lechners Augen funkelten, und Kuisl glaubte, darin den Schalk blitzen zu sehen. »Ich weiß, Ihr seid mit den Burschen befreundet. Nur deshalb haben die Übeltäter Eure Familie ja hereingelassen. Nun, das soll Teil Eurer Strafe sein. Und jetzt entfernt Euch, es gibt noch etliche Verordnungen zu unterschreiben.«

Mit spitzen Fingern tauchte Johann Lechner die Feder in das Tintenfass und sah nicht mehr auf, bis die drei Männer die düstere Amtsstube verlassen hatten.

Als Jakob Kuisl mit den anderen wenig später draußen im Hof des Schongauer Schlosses stand, wandte sich Georg an seinen Vater.

»Das hättest du nicht tun sollen.«

»Was?«, erkundigte sich Kuisl. Es war das erste Mal seit ihrem Streit gestern Mittag in der Glocke, dass sie wieder miteinander sprachen.

»Du weißt genau, was ich meine! Dass du die Schuld auf dich nimmst. Ich bin alt genug, Vater!« Georg trat nahe an Jakob Kuisl heran. Er war vielleicht nicht ganz so groß wie sein Vater, aber ebenso breit gebaut und an Armen und unter dem Hemd dicht behaart wie ein Bär. Die wenigen Wachen, die sich um diese Tageszeit im schattigen Schlosshof aufhielten, hielten respektvoll Abstand.

»Es reicht schon, wenn du mich wie einen Knecht behandelst«, sagte Georg leise. »Behandele mich nicht auch noch wie ein Kind!«

Jakob Kuisl seufzte leise. Manchmal war sein Sohn ein ebenso großer Sturschädel wie er selbst. Doch tatsächlich sah er in Georg immer noch den kleinen Buben mit den vom Spielen zerrissenen Hosen, egal, wie alt er war. »Der Lechner und ich, das ist eine alte Geschichte«, brummte er. »Das kannst du nicht verstehen. Außerdem wollte ich nicht, dass der zukünftige Schongauer Scharfrichter sich mit derlei Schmarren besudelt.«

»Der zukünftige Schongauer Scharfrichter?« Georg musterte seinen Vater spöttisch. »Ha! In hundert Jahren vielleicht.«

»Nun, wir werden sehen.« Kuisl deutete verstohlen auf die Wachen und gab Georg und Simon zu verstehen, ihm zu folgen. Sie traten hinaus in den Kot und Unrat der Schongauer Gassen. Jetzt im Sommer war der Gestank besonders übel, Pfützen aus Jauche und Urin hatten sich gebildet, ein gelbliches Rinnsal floss dem Lech entgegen. Zwar hatte Johann Lechner im Rahmen der Pestverordnung verboten, Nachttöpfe aus den Fenstern zu leeren und den Unrat in die Gassen zu kippen, doch kaum einer hielt sich daran.

»Auf alle Fälle kannst du dich schon mal als Scharfrichter beweisen«, sagte Kuisl, als sie außer Hörweite der Wachen waren. »Du wirst es nämlich sein, der den Mathias und den Josef auspeitscht und an den Pranger stellt. Ich hoffe, sie werden dich lang und laut dafür verfluchen.«

Georg runzelte die Stirn. »Aber der Lechner hat doch befohlen, dass du das machst.«

»Das wird mir kaum gelingen«, entgegnete Kuisl grinsend. »Um diese Zeit werde ich vermutlich noch in Kaufbeuren sein.«

»Augenblick mal!«, mischte sich Simon ein, der zu den beiden anderen aufgeschlossen hatte. »Ihr ... Ihr wollt nach Kaufbeuren?«

Der Henker nickte grimmig. »Als ich gestern gesagt habe, dass ich mich freue, meinen Enkel Paul bei mir zu haben, habe ich nicht erwähnt, wie sehr es mich schmerzt, dass der Peter fehlt. Wenn der Junge diesen Brief in Kaufbeuren übergeben hat und noch nicht hier ist, kann das eigentlich nur eines bedeuten: Er ist selbst krank oder kommt aus irgendeinem anderen Grund nicht mehr aus der Stadt weg. Und dem will ich nachgehen.« Kuisl legte Simon die dicke Pranke auf die Schulter. »Ich hab's der Magdalena doch heute früh angesehen. Sie kommt um vor Sorgen.«

»Und ich ebenso«, stöhnte Simon. »Ich hatte schon mit dem Gedanken gespielt, selbst in Kaufbeuren nach dem Rechten zu sehen. Vielleicht ist Peter ja auch auf dem Weg dorthin etwas zugestoßen. Aber ich finde das alles ohnehin ein wenig merkwürdig. Ich meine, warum schickt der Kronprinz Peter und nicht einen seiner Boten? Da ist doch irgendwas faul.«

»Wenn es bei den Kaufbeurern nur halb so streng zugeht wie hier, kommt ein Fremder dort niemals rein!«, sagte Georg kopfschüttelnd. »Nicht in diesen Tagen. Vergesst es.«

»Ein Fremder nicht. Aber ein Arzt.« Im Gehen holte Jakob Kuisl seine Stielpfeife hervor und steckte sie sich in den Mund. Sie glomm noch leicht. Drinnen in der Amtsstube hatte es der Henker nicht gewagt zu schmauchen. Johann Lechner hasste Tabakqualm fast so sehr wie schwäbische Protestanten.

»Ihr habt selber gehört, was der Lechner vorher erzählt hat«, fuhr Kuisl fort, während er die Glut mit ein paar schnellen Zügen wieder entfachte. »In Kaufbeuren ist der Arzt gestorben. Und wenn dort wirklich die Pest ausgebrochen ist, dann haben die Kaufbeurer Bürger einen Doktor bitter nötig.« Er zwinkerte seinem Schwiegersohn zu.

»Hm, kein schlechter Einfall.« Simon nickte. »Wenn es derselbe Arzt war wie noch vor einigen Jahren, hat Kaufbeuren übrigens nicht viel verloren. Ich hab den alten Doktor Eden mal kennengelernt, ein echtes Ekel. Eingebildet und noch ganz verhaftet in der alten Lehre. Der hätte gegen die Pest vermutlich nur ein paar Tropfen von seinem sündhaft teuren Theriak verschrieben und den Leuten empfohlen, einen Rosenkranz zu beten.« Er zuckte mit den Schultern. »Aber über Tote soll man ja nicht schlecht reden.«

»Der Lechner wird dir nie verzeihen, wenn du jetzt gehst«, wandte sich Georg an seinen Vater. »Gerade jetzt, wo er es mit Pest und Räubern gleichzeitig zu tun bekommt!«

»Es soll ja nur ein kurzer Ausflug werden, um dort nach dem Rechten zu sehen. Und mit einem ach so berühmten Münchner Physikus an meiner Seite sollten uns sogar die Pforten der Hölle offen stehen.« Jakob Kuisl klopfte seinem schmächtigen Schwiegersohn so fest auf die Schulter, dass dieser fast vornüberfiel. »Noch mal danke, dass du mir den Tabak mitgebracht hast. Er schmeckt wirklich ganz ausgezeichnet. Und er hilft beim Nachdenken.«

Die lange Stielpfeife im Mund, stapfte der Henker voraus.

Kuisl sagte den beiden anderen nicht, dass ihn nicht nur die Sorge um seinen Enkel Peter umtrieb. Nähers letzte Worte hatten eine alte Leidenschaft in ihm geweckt. Eine Leidenschaft, die ihn fast noch mehr plagte als das Saufen und Rauchen und die ihm in seinem langen Leben schon etliche Schwierigkeiten beschert hatte.

Die Neugier.

Er wollte unbedingt erfahren, warum Näher gerade ihn aufgesucht hatte und was jene seltsamen Worte bedeuteten, die ihm der Kaufbeurer Henker zugeflüstert hatte.

Der schwarze Reiter kommt in die Stadt … Er holt die Sünder, einen nach dem anderen … lässt sie tanzen. Gib acht auf seine Pfeife …

Und da war noch der merkwürdige letzte Satz.

Der Mörder hat zwei Gesichter …

Vor allem aber wollte Jakob Kuisl wissen, was es mit jenem entsetzlichen Ding auf sich hatte, welches ihm Näher in der Wirtsstube der Glocke noch unbemerkt in die Hand gedrückt hatte. Keiner hatte es gesehen, auch Simon nicht, und keinem hatte Kuisl bislang davon erzählt. Es befand sich in einem Beutel aus dickem Leinen. Dreifach verschnürt und in einer Truhe, die mit einem Eisenschloss fest verriegelt war.

Auch deshalb, weil das Ding Kuisl große Angst machte.

Und eigentlich hatte der Henker vor nichts und niemandem Angst.

*

Etwas kitzelte Peter an der Nase. Er wischte sich übers Gesicht, und ein wütendes Brummen und Summen ertönte. Als er die Augen öffnete, sah er eine fette Schmeißfliege, die ihn umkreiste und sich nun seinen spröden Lippen näherte. Er schlug nach ihr, sie trudelte und zog weiter ihre Kreise. Peter schüttelte sich angewidert. Um ein Haar wäre sie ihm in den Rachen …

Abrupt richtete er sich auf.

Peter dachte an den toten Alten in der Bauernstube und an die Fliege in dessen Mund. Die Erinnerung traf ihn wie ein Schlag. Das verlassene Pestdorf, die Schüsse aus dem Wald …

Verflucht, wo bin ich …?

Blinzelnd sah er sich um. Er lag auf einer harten Ofenbank. Durch die Fensterläden drang ein wenig Sonnenlicht, sodass er seine Umgebung schemenhaft wahrnahm, gehüllt in einen milchig-staubigen Nebel. Bei dem Raum schien es sich um eine Wirtsstube zu handeln, vermutlich die des Gasthauses, zu dem er verzweifelt geflohen war. An der rückwärtigen Wand verlief eine schiefe Theke, etwa ein halbes Dutzend Tische waren über den Raum verteilt, an denen niemand saß.

Bis auf einen, an dem eine einzelne Gestalt im Zwielicht zu erkennen war.

»Na, endlich bist du aufgewacht! Hab schon gedacht, du wärst tot.«

An dem Tisch saß in der Tat jene Frau, die ihm die Tür des Gasthauses geöffnet hatte. Wie lange mochte das her sein? War es früh am Morgen oder etwa schon Abend? Wegen der geschlossenen Fensterläden ließ sich das nicht so genau sagen. Peter rieb sich die brennenden Augen. Ein beißender Dunst lag in der Luft, es roch so stark nach verbrannten Kräutern, dass er davon husten musste.

»Wie … wie lange habe ich geschlafen?«, murmelte Peter.

»Na, fast zwei Tage.«

»*Zwei* Tage?« Peter richtete sich auf und wischte sich über die trockenen Lippen. Er hatte schrecklichen Durst. »Ich … ich muss weg von hier«, keuchte er. »Ich habe eine wichtige Nachricht zu überbringen. Keine Zeit …« Er griff unter sein Hemd und bemerkte zu seinem Entsetzen, dass das Felleisen verschwunden war.

»Wenn du diesen komischen versiegelten Behälter suchst, den hab ich für dich aufbewahrt«, sagte die Frau, die sein Erschrecken offenbar bemerkt hatte. »Er ist dir vor der Tür herausgefallen.« Sie stand auf und kam mit einem irdenen Becher zu ihm herüber. In ihrem verhärmten Gesicht lag Mitleid. »Konnte dich doch nicht dort draußen liegen und von den Hunden fressen lassen. Nun trink erst mal was. Du bist ja ganz ausgedörrt.«

Dankbar nahm Peter den Becher. Es war kalte Milch, sie schmeckte so köstlich wie Wein. »Danke«, sagte er schließlich und wischte sich den Milchflaum vom Mund. Dann wollte er aufstehen, doch ein Schmerz fuhr ihm durch den rechten Knöchel, vor Schmerzen stöhnte er leise auf.

»Dein Fuß ist geschwollen«, erklärte die Frau und nickte dabei wissend. »Hab's mir angesehen, als du geschlafen hast. Ich hab ein wenig Fett darauf geschmiert, ein Gebet gesprochen und den Fuß dann verbunden. Bei meinem älteren Sohn hab ich das früher auch immer so gemacht. Du erinnerst mich ein wenig an ihn. Die gleichen Augen …« Sie stockte.

Vorsichtig entfernte Peter den Verband, der nur aus ein paar schmutzigen Fetzen bestand. Darunter war alles blau und geschwollen. Er machte ein paar prüfende Bewegungen. Anders als zunächst von ihm befürchtet, schien zumindest nichts gebrochen.

»Habt Ihr Arnika und Beinwell?«, fragte er die Frau. »Wenn wir Fett auslassen, kann ich mir daraus selber eine Salbe machen. Und ein paar frische Tücher wären auch gut. Ich … ich zahle natürlich auch dafür«, fügte er hinzu.

»Zahlen willst du?« Die Wirtin setzte sich zu ihm auf die Ofenbank und musterte ihn neugierig. Eine Ratte huschte direkt unter ihren Füßen durch und verschwand unter dem Ofen, doch sie schien das Tier gar nicht zu bemerken. »Bist wohl was Besseres, hm? Hab's mir gleich gedacht. Deine Kleidung, und so wie du redest … Und von Arzneien verstehst du wohl auch was?«

»Mein Vater ist Stadtphysikus in München«, erklärte Peter, während er noch immer seinen Fuß untersuchte. »Ich hab bei ihm einiges gelernt. Nächstes Jahr will ich Medizin in Ingolstadt studieren.«

»Aha, ein echter Studiosus also«, sagte die Frau anerkennend. Sie zuckte mit den Schultern. »Aber das hilft dir hier auch nichts. Gegen die Pest ist kein Kraut gewachsen. Deshalb haben uns die Soldaten hier ja auch eingekesselt, die lassen keinen von uns raus. Das ganze Innviertel wird streng bewacht.«

Peter dachte an die Schüsse aus dem Wald. »Wie viele Soldaten sind es denn?«, fragte er. »Die können doch nicht das ganze Dorf umzingelt haben.«

»O doch, das können sie! Es gibt kein Durchkommen, nirgends. Glaub mir, Junge, der Sohn vom Kolber-Bauern hat's erst vor ein paar Tagen versucht, den haben sie abgeknallt wie einen Hasen. Sie warten oben auf den Hügeln. Und selbst wenn es uns gelänge, hier wegzukommen …« Sie lachte traurig. »Wo sollten wir denn hin? Keiner wird uns in diesen Zeiten aufnehmen. Diese Häuser hier sind alles, was wir haben. Wir sind Aussätzige!«

»Wie viele Dorfbewohner sind denn an der Pest erkrankt?«, wollte Peter wissen.

»Hm, ich war schon länger nicht mehr draußen ...« Die Wirtin überlegte eine Weile. »Es hat wohl vor drei, vier Wochen angefangen. Da war so ein Hausierer mit Kraxe, der ist durchs Dorf gezogen. Klang so, als käme er aus dem Osten. Er hat bei den Landingers im Heu geschlafen. Am nächsten Tag war der Kerl mausetot, und am übernächsten hat's die Landingers erwischt, alle fünf. Die Kleinsten sind zuerst gestorben. Und kurz nach der letzten Beerdigung war auch der Pfarrer tot. Da wussten wir, dass es kein Entkommen mehr gibt.« Sie zählte an den Fingern ab. »Ich denke, von den zwanzig Familien, die hier wohnen, ist die Hälfte der Leute krank oder tot. Vielleicht auch mehr.«

»Krank oder tot? Ja, wisst Ihr das denn nicht?« Peter dachte an den alten Mann, der allein in seinem Haus gelegen hatte. »Sieht denn keiner nach den Kranken? Sie brauchen doch Pflege, Essen und Trinken ...«

»Ha! Keiner ist so dumm und geht zu denen ins Haus. Da holt er sich doch nur selbst den Tod!« Die Frau schüttelte den Kopf. »Jeder kümmert sich nur um sich selbst und ...«

Ein lang gezogenes Stöhnen ertönte plötzlich, es schien von direkt über ihnen zu kommen. Peter zuckte zusammen.

»Wer ist das?«, fragte er.

Die Frau biss die Lippen zusammen, plötzlich zitterte sie am ganzen Leib, ein Schatten lag über ihrem Gesicht. »Das ...«, begann sie leise, »das ist mein jüngerer Sohn Sebastian, der einzige, der mir geblieben ist. Gott schütze ihn! Seit drei Tagen liegt er nun dort oben … Ich … ich habe die Beulen gesehen. Ich habe alles versucht, hab viel gebetet …« Erneut nahm Peter den strengen Geruch von abgebrannten Kräutern in der Stube wahr. Und nun wusste er auch, wozu er diente.

»Wollt Ihr denn nicht nach ihm sehen?«, fragte Peter.

Die Frau wendete den Blick ab, und Peter wusste Bescheid.

Sie hat Angst, dachte er. *Dort oben liegt ihr Sohn, und sie hat Angst, zu ihm zu gehen. Das macht die Pest mit uns.*

Plötzlich hellte sich die Miene der Wirtin ein wenig auf. »Du … du bist doch Arzt! Vielleicht kannst du ihm ja helfen.«

»Ich bin kein Arzt«, entgegnete Peter kopfschüttelnd. »Ich habe ja noch nicht mal angefangen zu studieren.«

»Du hast gesagt, dass du was von Arzneien verstehst«, erklärte die Frau störrisch. »Also bist du so was wie ein Arzt. Der einzige, den wir hier haben.«

»Ich sagte, ich kann nicht …«

»Wenn du diesen versiegelten Behälter wiederhaben möchtest, dann heile meinen Sohn!« Sie blickte ihn finster entschlossen an, die Arme vor dem vor Wut und Erregung wogenden Busen verschränkt. »Meinen Erstgeborenen hat mir der Englische Schweiß genommen, erst letztes Jahr. Und mein Mann ist fort in den gottverdammten holländischen Krieg und nicht mehr heimgekommen! Nur das Wirtshaus hab ich noch. Das Wirtshaus und meinen kleinen Sebastian. Heile ihn!«

»Verflucht, ich kann das nicht!«, schimpfte Peter. »Wenn Euer Sohn die Pest hat, dann könnte ihm vermutlich nicht mal der große Paracelsus helfen. Nicht mal …« Er stockte. In den Augen der Frau sah er, dass jeder Widerspruch zwecklos war. Angst und Hoffnungslosigkeit ließen sie nach jedem Strohhalm greifen. Peter überlegte. Es war sicher nicht unmöglich, das Dorf zu verlassen. Der Ort war von Wald umgeben, die Soldaten konnten nicht so eng stehen, dass es kein Durchkommen gab, zumindest nicht nachts. Doch sein verflixter Knöchel war verstaucht, sein Pferd auf und davon – und da war noch etwas anderes: Wenn er das Felleisen zurückließ, würde ihm das der Kronprinz nie verzeihen! Peter dachte an Max' Worte vor dem Abschied.

Du haftest mir mit deinem Leben für diesen Brief …

Max hatte so getan, als wollte er ihn nur damit aufziehen. Doch ganz sicher war sich Peter nicht. Der Brief schien wirklich sehr wichtig zu sein, und man konnte nie wissen, was Max so im Schilde führte.

»Ich … ich kann mir Euren Sohn ja wenigstens mal ansehen«, wandte er sich an die Frau.

»Dem Herrn sei's gedankt!« Sie drückte ihm die Hand. »Der Himmel hat dich in unser kleines Dorf geschickt!«

Und wenn ich versage, geht es schnurstracks in die Hölle, ging es Peter durch den Kopf.

»Bringt mir Tücher und getrocknete Kräuter«, befahl er. »Wenn ich Eurem Sohn helfen soll, wird Beten allein nicht reichen.«

Nur kurze Zeit später humpelte Peter die schmale Stiege hinauf in den ersten Stock, wobei ihn die Frau stützte. Im Krankenzimmer, einer kleinen Kammer genau über der Stube, stand nur ein einzelnes Bett. Schmutzige, zerrissene Laken und fauliges Binsenkraut bedeckten die wurmstichigen Dielen, dazwischen lag eine umgefallene Schüssel mit Essensresten, direkt neben dem Nachttopf. Fliegen umschwirrten den vertrockneten Inhalt. Als Peter die

Kammer betrat, sah er ein paar Ratten, die unter das Bett huschten. Zwischen den Binsen erblickte er einen aufgeblähten Rattenkadaver, verkrümmt in Todesstarre. Diese verflixten Biester waren wirklich überall!

Noch unten in der Stube hatte er eines der Tücher mit getrocknetem Salbei und Lavendel gefüllt und sich als Knebel vor Mund und Nase gebunden. Doch auch so konnte er den Geruch von Kot, Fäulnis und etwas Süßlichem, nicht näher zu Bestimmendem wahrnehmen. Peter wusste, dass die Ärzte sich oft mit aromatischen Ölen gegen die Pest schützten. Sie träufelten sie in eine lederne schnabelförmige Maske, die ihnen das Aussehen von Raben verlieh. Peter selbst sah mit dem umgebundenen Tuch eher aus wie eine mumifizierte Kröte, er hatte keine Ahnung, ob ihn die Maske überhaupt schützte.

Während die Frau zögernd an der Schwelle stehen blieb, näherte er sich dem Krankenbett. Eingewickelt in Wolltücher und mottenzerfressene Felle, lag dort ein Junge, der etwa so alt wie Peters kleine Schwester Sophia sein mochte. Die Ähnlichkeit mit seiner Mutter war nicht zu übersehen. Er fieberte, seine Augen waren geschlossen, dabei zitterte er am ganzen Leib wie ein Frierender in der Hölle. Als Peter vorsichtig die Decke wegzog, entdeckte er auf der Haut die typischen dunklen Flecken, dazu Beulen in den Achseln und in der Leistengegend. Manche von ihnen waren aufgeplatzt, von ihnen ging auch der süßliche Geruch aus, wie Peter jetzt bemerkte. Er versuchte, sich zu erinnern, was ihm sein Vater über die Pest erzählt hatte. Soweit er wusste, waren aufgeplatzte Beulen ein gutes Zeichen, die Krankheit verließ den Körper. Aufmerksam untersuchte Peter den stinkenden Ausfluss, ohne ihn zu berühren. Der Bub stöhnte leise auf.

»Und?«, fragte die Frau, die weiterhin ängstlich an der

Türschwelle stand und sich nicht hineinwagte. »Kannst du ihm helfen?«

»Wir werden sehen«, antwortete Peter, schon ganz in Gedanken. Seine Vorsicht wich und machte Neugier und Wissensdurst Platz. Die Pest war die Geißel der Menschheit, die schlimmste aller Krankheiten – und Peter wollte Arzt werden. Kein Quacksalber, sondern ein angesehener Arzt, der den Menschen wirklich helfen konnte. Seit seiner Kindheit war dies sein Traum gewesen. Und er hatte noch nie einen Pestkranken gesehen, bis auf das arme Mädchen in Wien. Hier hatte er die Möglichkeit, die Krankheit aus nächster Nähe zu studieren! Peter schloss die Augen und besann sich auf alles, was er über den Schwarzen Tod gelernt hatte und was ihm jetzt vielleicht helfen könnte. Es war nicht viel, trotzdem musste er es versuchen.

»Ich will es zuerst mit heißen und kalten Wickeln versuchen«, richtete er das Wort an die Wirtin, ohne den Blick von dem kranken Jungen abzuwenden. »Macht ein Feuer im Herd, und setzt Wasser auf. Eine Schwitzkur mag vielleicht helfen, die Krankheit auszutreiben. Und, ach ja ...« Er zögerte kurz. »Bringt mir etwas zum Schreiben und Zeichnen.«

»Zum Schreiben und ... Zeichnen?« Die Frau sah ihn mit großen Augen an. »Aber warum in Gottes Namen ...?«

»Wenn ich Euren Sohn heilen soll, dann mache ich es auf meine Weise«, erwiderte Peter und machte sich daran, die beulenübersäten Leisten des Buben genau zu studieren. »Ich brauche Feder, Tinte und Papier. Und schafft die toten Ratten und den vollen Nachttopf raus! Das ist ein Krankenzimmer und keine Abortgrube.«

Für den Augenblick war er so vertieft, dass er sogar den Brief des Kronprinzen vergaß.

Die Frau betrachtete ihn fast so respektvoll wie einen Heiligen, dann begab sie sich eiligen Schrittes nach unten zum Herd.

*

Tief vornübergebeugt und mit wehendem Haar preschte Magdalena auf ihrem Schimmel die staubige Landstraße entlang. Der Wind kühlte ihr von der Sommerhitze gerötetes Gesicht, das Getrappel der Hufe schlug im Gleichklang ihres Herzens. Es war das erste Mal seit längerer Zeit, dass die Sorge um Peter sie nicht mehr ganz so sehr quälte. Der Ritt gab ihr das Gefühl, dass sie etwas tun konnte, er linderte ein wenig ihre ständige Angst. Magdalena war schon immer gern geritten, ganz im Gegensatz zu ihrem Mann, der ja neuerdings die Postkutsche vorzog. Als sie noch in Schongau wohnten, hatte sie sich gelegentlich bei Jakob Schreevogl ein Pferd ausleihen dürfen. Dann war sie allein durch die Wälder geritten und hatte sich nach einem halben Tag jedes Mal wie neugeboren gefühlt.

Es war Magdalenas Idee gewesen, den Patrizier Schreevogl wegen der Pferde zu fragen. Als Simon ihr gestern erklärt hatte, er werde mit ihrem Vater nach Kaufbeuren gehen, um dort nach Peter zu suchen, stand ihr Entschluss sofort fest: Sie würde die beiden Männer begleiten. Weder Simon noch ihr Vater konnten sie davon abbringen.

»Es geht um meinen Sohn«, hatte sie ihnen barsch erklärt. »Ich habe ihn geboren. Meint ihr, ich bleibe zu Hause und komme um vor Sorgen, während ihr Mannsbilder das unter euch ausmacht? Nicht mit mir!«

Mit den Pferden, die sie heute früh von Schreevogl bekommen hatten, konnte sie die beiden schließlich überzeugen. Es würde kein langer Ritt werden, nach Kaufbeuren waren es nicht mal zwanzig Meilen. Wenn alles gut ging und sie Peter fanden, könnten sie vielleicht morgen schon wieder zurück sein. Die kleine Sophia war bei Barbara gut aufgehoben. Vermutlich spielten die beiden gerade zusammen unten am Lech in den Auen, so wie es Magdalena mit ihrer über zehn Jahre jüngeren Schwester vor vielen Jahren auch getan hatte. Allerdings hatte ihr Barbara auch gesagt, dass sie nicht mehr viel länger in Schongau bleiben werde, höchstens noch ein, zwei Tage.

Magdalena zügelte den Schimmel ein wenig und sah sich nach den beiden anderen um. Die Männer trabten etliche Hundert Schritt hinter ihr. Simon ritt einen schmalen Fuchs, für ihren Vater hatte Schreevogl einen Haflinger aus dem Stall geholt, der sonst den schweren Pflug über den Acker zog. Der Gaul war sichtlich froh um den Ausritt, ganz im Gegensatz zu seinem Reiter.

»Der Mensch hat zwei Beine zum Gehen«, schnaufte Kuisl, als er zusammen mit Simon endlich zu seiner Tochter aufgeschlossen hatte. »Warum soll er mit denen auf vier weitere dürre Haxen steigen? Außerdem tut mir der Arsch jetzt schon so weh wie nach einer dreistündigen Tortur.«

Magdalena lächelte unwillkürlich. Im Grunde hasste ihr Vater jegliche Art der Fortbewegung, die schneller war als ein gemächlicher Spaziergang. Sie mochte nicht wissen, zu welchen Flüchen er in einer dieser neuartigen rasenden Postkutschen fähig wäre.

»Ein bisschen wirst du noch aushalten müssen«, erwiderte sie. Sie wies auf einige Schindeldächer und eine kleine Kirche unten im Tal. »Dort ist schon Osterzell, es ist also nicht mehr weit.«

»Weit genug, um meinen Hintern wie Leder zu gerben«, knurrte Kuisl.

Seit zwei Stunden waren sie jetzt unterwegs. Der letzte

Teil der Strecke hatte durch den dunklen Sachsenrieder Forst geführt, ein großes, nur schwer passierbares Waldgebiet auf einem Höhenzug zwischen den Flüssen Lech und Wertach. Seit jeher trennte der hüglige Forst die Lechrainer Gegend vom Allgäu. Bislang war ihnen kein einziger Reisender auf der Straße begegnet, nicht einmal ein Hausierer oder ein fahrender Geselle. Offenbar hatten die bayerischen Gemeinden ihre Verordnungen noch verschärft, was nichts Gutes ahnen ließ. Mittlerweile lag der dichte Wald hinter ihnen, in einer Talsenke befand sich das kleine Dorf Osterzell, das bereits zur Allgäuer Fürstabtei Kempten gehörte. Doch auch dieses Dorf wirkte seltsam verlassen, auf den Feldern war kein einziger Bauer zu sehen, und das, obwohl das Korn bereits hochstand.

»Wenn wir Pech haben, reden die Kaufbeurer Stadtwachen nicht mal mit uns«, sagte Simon mit düsterer Miene. »Dann hilft mir auch mein schöner Doktortitel nichts. Noch dazu, da ich nicht allein reise, sondern mit einem Henker und einem Weibsbild.«

»Nicht mit irgendeinem Weibsbild, sondern mit deiner eigenen Ehefrau«, entgegnete Magdalena. »Und nun hört auf zu jammern, ihr beiden! So schlimm wird es schon nicht werden. Wir kommen ja nicht als Türken aus dem Morgenland. Hü!«

Sie trat ihrem Pferd in die Seiten und galoppierte erneut voraus, hinunter ins Tal.

In der nächsten Stunde passierten sie einige weitere Weiler, deren Häuser trotz der brütenden Hitze alle verrammelt waren, die Fensterläden geschlossen. Von einem Feld starrte ihnen, gebückt über seinem Pflug, ein einsamer älterer Mann hinterher, sonst war die Welt so öde und leer, als wären sie die einzigen Menschen weit und breit. Grillen zirpten in den Kornähren, die Schwalben flogen tief, und am Horizont dräuten Gewitterwolken. Im Süden ragten die Alpen auf wie finstere Könige mit Kronen aus Schnee und Eis.

Obwohl sie nur wenige Meilen von ihrer Heimat entfernt war, hatte Magdalena das Gefühl, ein fremdes Land betreten zu haben. Tatsächlich war das Allgäu, zu dem Kaufbeuren bereits zählte, eine andere Gegend als der liebliche Pfaffenwinkel. Mit einem harschen Dialekt, hügeliger, irgendwie wilder, urtümlicher und auch wehrhafter ... In den Bauernkriegen, die vor hundertfünfzig Jahren im Reich gewütet hatten, waren die Allgäuer Bauern ein besonders rabiater Haufen gewesen, so lange, bis man ihre Anführer allesamt in Durach enthauptet hatte. Noch heute sprach man von diesem großen Blutvergießen, das die Allgäuer Erde rot gefärbt hatte. Ein klammes Gefühl beschlich Magdalena, und die Angst um ihren ältesten Sohn kehrte zurück. Wenn nun Peter wirklich etwas zugestoßen war? Vielleicht hatte er Wien ja nie verlassen, sondern war in irgendeinem Spital elendig an der Pest gestorben, fern von seiner Mutter ...

Ich hätte ihn nie gehen lassen sollen, dachte sie und wusste doch, dass man Kinder nicht ewig beschützen konnte. Früher oder später gingen sie ihre eigenen Wege.

Nach einigen weiteren Weilern und Kapellen tauchten vor ihnen im staubigen Dunst endlich die hohen Mauern Kaufbeurens auf. Unweit davon floss die Wertach durch ein breites Bett, eine Brücke mit Zollhäuschen führte auf die andere Seite, und davor stand eine kleine Kirche. In ihrer Jugend war Magdalena öfter in Kaufbeuren auf den Märkten gewesen – auf dem Viktualienmarkt, dem Scheffelmarkt und dem Hafenmarkt, wo auch die Schongauer Töpfer ihre Becher, Krüge und Schüsseln feilboten. Wie damals war sie beeindruckt von der gewaltigen Stadtbefestigung, die im Gegensatz zu der von Schongau noch in einem guten Zustand war. Neun Wachtürme standen entlang einer Mauer aus Tuffstein, umgeben von Gräben, im Westen bot ein steiler Hang zusätzlichen Schutz.

Jetzt im Hochsommer führte die sonst so wilde Wertach nur wenig Wasser, sodass sie mit ihren Pferden statt über die Brücke durch eine nahe gelegene flache Furt reiten konnten. Das Wasser spritzte hoch und kühlte Magdalenas Beine. Kurz stieg sie ab und wusch sich das staubbedeckte Gesicht. Als sie den Blick hob, sah sie einen einzelnen Karren, gezogen von einem klapprigen Esel, in der Nähe der Befestigungsgräben entlangrumpeln. Ansonsten war kein Mensch zu sehen.

»Man könnte fast meinen, Kaufbeuren würde von den Heiden belagert«, murmelte Simon und führte sein Pferd aus der Flusssenke.

Das Tor, auf das sie schließlich zuritten, wurde von einer Zugbrücke und einem Vorwerk gesichert. Oben auf den Zinnen konnte Magdalena die Helme einiger Wachmänner erkennen. Obwohl die drei Reisenden sich einer kaiserlichen Reichsstadt näherten, herrschte eine eigentümliche Stille, wie kurz vor einem Gewitter. Nur die Hufe ihrer Pferde dröhnten auf den Bohlen der Zugbrücke wie Donnerhall.

»Überlasst mir das Reden«, zischte Simon Magdalena und Jakob Kuisl zu. Zu ihrem Erstaunen ließ sich ihr Vater diesen Befehl gefallen. Er fiel sogar ein wenig zurück und hielt sich im Hintergrund.

Simon atmete noch einmal tief durch, dann rief er mit lauter Stimme: »Im Namen des kurfürstlichen Münchner Rats, öffnet dieses Tor!«

»Kurfürstlicher Rat?« Magdalena sah ihn entsetzt an. »Was hast du vor?«

»Lass mich nur machen«, sagte Simon leise. »Ganz offensichtlich müssen wir hier schweres Geschütz auffahren.«

Es dauerte eine Weile, dann rief jemand von den Zinnen herab: »Auf Anordnung des Kaufbeurer Rats darf derzeit keiner die Stadt betreten! Dies ist eine Freie Reichsstadt, nur dem deutschen Kaiser unterstellt. Also, redet schon! Wer seid Ihr, und was ist Euer Begehr?«

»Mein Name ist Doktor Simon Fronwieser«, antwortete Simon und reckte das Kinn vor. »Ich bin Münchner Stadtphysikus, Vertrauter des weithin bekannten Arztes Doktor Malachias Geiger und damit beauftragt, mögliche Pestfälle in den bayerischen Städten zu untersuchen!«

»Aber das ist doch hanebüchener Unsinn!«, flüsterte Magdalena. »Sie werden dir das niemals glauben!«

»Wieso nicht?«, gab Simon achselzuckend zurück. »Gerade jetzt können sie ja schlecht das Gegenteil beweisen. Sie werden wohl kaum jemanden nach München schicken, und spätestens morgen sind wir wieder weg.«

Oben zeigte sich nun der behelmte Kopf eines Torwächters. »Bei uns gibt es keinen Pesttoten«, sagte dieser mit lauter Stimme. »Also gibt es auch nichts zu untersuchen.«

»Da ist mir aber anderes zu Ohren gekommen.« Simon reckte den Hals und musterte den Wachmann auf der Mauer scharf. »Conrad Näher, das ist doch Euer Scharfrichter, nicht wahr?« Der Wächter schwieg, und Simon fuhr fort: »Wir kommen eben aus Schongau, wo man den Näher aufgefunden hat, gezeichnet vom Schwarzen Tod. Und auch Euer Arzt, der alte Doktor Eden, ist wohl an der Pest gestorben, das hat der Näher noch gesagt, bevor er selbst starb.«

Oben auf der Mauer wurde nun getuschelt, die Schritte von mehreren Stiefeln ertönten, die den Wehrgang entlangliefen.

»Woher willst du wissen, dass dieser Arzt wirklich an der Pest gestorben ist?«, fragte Magdalena leise in die Stille hinein.

»Ich weiß es nicht«, gab Simon ebenso leise zurück. »Aber manchmal muss man den Einsatz eben erhöhen. Es geht darum, möglichst vorsichtig und geschickt …«

»Himmelherrschaftszeiten!«, erklang plötzlich Kuisls dröhnende Stimme hinter ihnen. »Zefix, der Näher war mein Freund! Und wenn ihr jetzt nicht sofort dieses gottverdammte Tor öffnet, dann geh ich zurück nach Schongau, hol seine Leiche und werf sie euch über die Mauer als letzten Abschiedsgruß! Habt ihr mich verstanden, ihr depperten sturschädligen Allgäuer?«

»Vorsichtig und geschickt«, murmelte Magdalena. »Ich verstehe …«

Simon schloss die Augen und atmete tief durch. Zu ihrer aller Verwunderung ertönte ein Quietschen, dann öffneten sich langsam die beiden hohen Flügel des Stadttores.

»Ihr mögt eintreten«, sagte der Wachmann mit kaum verhohlenem Bedauern. »Der Herr Bürgermeister will Euch im Rathaus sehen.«

Als Magdalena mit Simon und ihrem Vater in die Stadt einritt, war sie sich plötzlich nicht mehr sicher, ob sie wirklich schon morgen wieder in Schongau sein würde.

Auch Simon beschlich ein klammes Gefühl. Er hatte mit hohem Einsatz gespielt, als er sich als Gesandter des kurfürstlichen Rats ausgegeben hatte. Zudem hatte er den Namen seines Mentors Malachias Geiger schamlos ausgenutzt. Wenn man ihm auf die Schliche kam, drohte ihm sicher ein Prozess, vielleicht sogar die Folter.

Nun, zumindest haben sie in Kaufbeuren gerade keinen Henker, dachte er.

Ein halbes Dutzend grimmig dreinblickender Wachmänner hatte sie hinter dem Tor in Empfang genommen und geleiteten sie nun zum Rathaus. Obwohl es noch lange nicht Abend war, kam Simon die Stadt still und verlassen vor, doch das mochte auch am drohenden Gewitter liegen. Die Luft war schwül und stickig, der Himmel hatte ganz plötzlich eine ungesunde Farbe. Hinter dem Tor schloss eine Gasse an, die an einem ummauerten Hof mit einem Turm vorbeiführte. Eine alte Frau mit Haube lehnte sich mit argwöhnischem Blick aus dem Fenster eines der Fachwerkhäuser, ein Ferkel suchte quiekend das Weite, die Wachen sprachen kein einziges Wort.

Ihr Weg führte sie zu einer breiten Gasse, den lang gezogenen Kaufbeurer Markt, den in der Mitte ein steinerner Brunnen zierte. In westlicher Richtung reichte der Platz bis zum großen Kornhaus, am Ostende lag das Rathaus. Hochherrschaftliche Fachwerkhäuser säumten den Markt, in bunten Farben gestrichen, als sichtbares Zeichen des Reichtums ihrer Besitzer. Im Hintergrund erhob sich der Turm einer stattlichen Kirche, und nicht weit davon entfernt stand ein Kloster. Unwillkürlich musste Simon an den abblätternden Putz, die windschiefen Bauten und das in die Jahre gekommene Schloss in Schongau denken. Die glorreichen Tage seiner Heimatstadt waren schon lange vorüber. Seit vielen Jahren war Kaufbeuren die größere, reichere Schwester, auch deshalb, weil die Stadt nur dem Kaiser selbst unterstellt war. Früher hatte er hier wohl sogar ein eigenes Anwesen besessen.

Das Rathaus war ein bulliger dreistöckiger Steinbau mit verglasten Fenstern und Spitzbogentor. Auf dem Platz davor gingen einige Bürger ihrer Wege, vor einem der vielen Wirtshäuser lungerten Soldaten in der bunten Tracht der Landsknechte. Die wenigen Passanten musterten die

Fremden argwöhnisch. Simon sah, wie sie untereinander tuschelten und auf sie deuteten.

»Ein herzlicher Empfang ist das hier«, brummte hinter ihm sein Schwiegervater.

»Auch nicht weniger herzlich als Eure erfrischende Begrüßungsrede vorhin«, gab Simon zurück.

Kuisl grinste. »Na, zumindest haben sie uns danach reingelassen.«

»Ich hoffe, sie lassen uns auch wieder raus«, sagte Magdalena und sah hinauf zum diesigen, leicht grünlichen Himmel. Ein erster Donnerschlag dröhnte, Vorbote des aufziehenden Gewitters. Wolken schoben sich vor die Sonne und warfen Schatten auf den Marktplatz. Die wenigen Passanten huschten nach Hause, um dem vermutlich schon bald einsetzenden Regen zu entgehen.

Auch vor dem Rathaus standen Wachen, die sich der Pferde annahmen und die Reisenden dann über eine breite Treppe in den ersten Stock führten. Eine große Halle nahm fast das gesamte Obergeschoss ein. Trotz der schwülen Hitze draußen war es hier beinahe unnatürlich kühl, in seinem dünnen Hemd aus Barchent begann Simon schnell zu frösteln. An den Wänden hingen schwere Damastteppiche und große Fahnen mit dem städtischen Wappen – zwei Sterne, getrennt durch einen goldenen Balken, und ein Adler mit ausgebreiteten Flügeln, als Zeichen der freien Reichsstadt. Leere Stuhlreihen nahmen fast die Hälfte der Halle ein, dahinter stand ein großer Tisch aus poliertem Eichenholz, an dessen Längsseite eine Gruppe vorwiegend älterer Männer saß. An dem gewaltigen Tisch wirkten sie seltsam klein und fast deplatziert.

Als sich Simon den Männern näherte, erhob sich einer von ihnen. Er trug eine schwarze Schaube und ein ebenso schwarzes Barett und erinnerte Simon an den Schongauer

Schreiber Johann Lechner, nur viel breiter und fetter, mit hängenden Backen wie ein alter Bluthund. Ebenso wie Lechner trug der Mann eine bügellose Brille mit Lederfassung, durch die er die drei Reisenden nun nacheinander musterte. Und ebenso wie beim Schongauer Schreiber funkelte in den Augen des Mannes eine kalte, alles durchdringende Intelligenz. Sie waren von einem strahlenden Blau, was so gar nicht zu seinem behäbigen Äußeren und den Hängebacken passen wollte.

»Ich bin Bürgermeister Johann Rehlinger«, stellte sich der breitgebaute Mann vor. Er wandte sich an Simon. »Und Ihr seid wohl dieser Doktor Fronwieser aus München.« Seine Stimme troff vor Spott. »Wenn ich es recht verstehe, hat Euch der kurfürstliche Rat geschickt …«

»Mit dem Auftrag einer medizinischen Prüfung, sehr wohl«, warf Simon ein und nahm ohne Aufforderung gegenüber von Rehlinger Platz. »Eine Kommission ist einberufen worden, um mögliche Pestfälle in Bayern zu untersuchen.«

»Eine Kommission, soso«, ertönte eine helle, fistelnde Stimme. Neben dem Bürgermeister saß ein dünner ausgezehrter Mann mit umherhuschenden Augen und dem Gesicht eines Frettchens. Er trug eine mottenzerfressene Perücke, wie sie nun auch in Bürgerkreisen immer häufiger zu sehen war. Allerdings wirkte sie auf seinem Kopf eher wie ein erschlagener räudiger Dachs. Sein Blick streifte Magdalena, die sich mit ihrem Vater im Hintergrund hielt. »Seit wann arbeiten denn Weibsbilder in einer kurfürstlichen Kommission?«, schnarrte er. »Hier im Rat haben sie jedenfalls nichts zu suchen.«

»Da wir damit rechnen müssen, dass auch Frauen unter den Pestkranken sind, gab mir der Münchner Rat die Erlaubnis, meine Gattin mitzunehmen«, antwortete Simon, der mit dieser Frage gerechnet hatte. Auf der Reise hierher hatte er sich eine Erklärung zurechtgelegt und bemühte sich nun, ernst und bedeutungsvoll zu wirken. »Frau Fronwieser ist Hebamme und in der Heilkunde bewandert.«

»Eure hübsche Gattin ist also eine Hebamme, hm? Nun sagt bloß nicht, dass sie auch noch Ärztin ist«, mischte sich der dritte Mann ein, ein Glatzkopf mit glubschigen Fischaugen. Er hielt sich einen Kneifer vor die Nase, was sein rechtes Auge noch einmal unheimlich vergrößerte. Es sah wie bei einem tief im Wasser lebenden Untier aus. »Ha! Möge Gott verhüten, dass die Weibsbilder auch noch in medizinischen Fragen mitreden! Man weiß doch, dass ihnen dafür der Verstand fehlt, außerdem sind sie viel zu empfindsam und hysterisch. Sie sollten sich allein aufs Gebären konzentrieren, da reden wir Mannsbilder ihnen auch nicht rein.«

Ebenso wie die anderen sprach er den harten, manchmal schwer verständlichen Allgäuer Dialekt, doch an Magdalenas Augenfunkeln sah Simon, dass sie den Mann durchaus verstanden hatte. Sie wollte schon etwas erwidern, doch Simon warf ihr einen mahnenden Blick zu.

»Zu Eurer, nun ja … Kommission gehört wohl auch ein weiteres Mitglied, das sich noch nicht vorgestellt hat«, ergriff Bürgermeister Rehlinger erneut das Wort. Er starrte Jakob Kuisl an, der mit stoischer Miene auf gleich zwei Stühlen in der ersten Reihe Platz genommen hatte. Dort thronte er wie ein Fels in der Brandung. »Hm, mir dünkt, ich habe Euch schon einmal gesehen«, fuhr Rehlinger in Richtung Kuisls fort. »Ihr seid doch …«

»Der Schongauer Scharfrichter, in der Tat«, sagte Simon. Es war sehr wahrscheinlich, dass die Kaufbeurer Jakob Kuisl zumindest vom Sehen her kannten. Der Schongauer Henker war weit über seine Heimat hinaus als erfahrener Scharfrichter bekannt, vor allem aber auch als vorzüglicher Heiler.

»Conrad Näher hat Meister Kuisl kurz vor seinem Tod in Schongau noch aufgesucht«, erklärte Simon. »Vielleicht erhoffte er sich von ihm ja Hilfe. Näher war an der Pest erkrankt, er hätte diese Stadt niemals verlassen dürfen.«

»Wir haben eben erst selbst festgestellt, dass unser Scharfrichter verschwunden ist«, sagte Rehlinger und nickte. »Sein Haus steht leer, und auch Nähers Geselle ist seit gestern nicht mehr gesehen worden. Allerdings ist es für einen wie ihn nicht schwierig, Kaufbeuren zu verlassen. Das Henkershaus liegt direkt an der Mauer am Stadtbach. Es ist Aufgabe des Scharfrichters, darauf zu achten, dass niemand über den Bach in die Stadt eindringt oder entkommt. Dass er selber auf diese Weise flieht ...« Der Bürgermeister zuckte die Achseln. »Woher wisst Ihr überhaupt, dass es sich bei dem Pesttoten wirklich um unseren Scharfrichter Conrad handelt?«

»Meister Kuisl kannte Conrad Näher gut und dient mir hierfür als Zeuge.« Simon ließ seinen Blick über die Männer am Tisch streifen. Er hoffte, dass sie seine lahme Ausrede, warum ein Henker plötzlich im Rat der Stadt saß, schluckten. »Oder gibt es hier jemanden, der immer noch bestreitet, dass es in Kaufbeuren einen Pestfall gab?«

Niemand sagte etwas.

»Der kurfürstliche Rat wird alles daransetzen, dass sich die Pest in Bayern nicht ausbreitet!«, fuhr Simon fort und klopfte dabei entschieden auf den Tisch.

O Gott, was mache ich hier?, ging ihm durch den Kopf. Doch einmal angefangen, ließ sich die Lüge von der kurfürstlichen Kommission nur aufrechterhalten, wenn er dick genug auftrug.

»Erkrankte Personen müssen sofort isoliert werden, die

Stadt gehört abgeriegelt!«, sagte er mit wichtigtuerischer Miene. »Tja, offenbar ist all dies hier nicht geschehen, zumal es, wie mir zu Ohren gekommen ist, noch weitere Fälle in Kaufbeuren gibt …« Er schwieg abwartend in der Hoffnung, dass einer der Männer am Tisch den Faden aufnahm. Tatsächlich räusperte sich jemand. Es war ein zierlicher Mann in schwarzer Robe, der Einzige am Tisch, der jünger war als die Übrigen. Er hatte volles braunes Haar, das ihm bis auf die Schultern fiel, und einen Spitzbart, geschnitten nach der neuesten Mode. Sein Gesicht war schmal, beinahe ausgezehrt, mit dunklen Augen, die tief in ihren Höhlen lagen.

»Ich denke, wir sollten Doktor Fronwieser die Wahrheit erzählen«, sagte der jüngere Mann. Bürgermeister Rehlinger und die anderen wollten etwas erwidern, doch er hob die Hand.

»Ihr habt recht, Doktor Fronwieser. Bei dem zweiten Pesttoten handelt es sich um Doktor Hermann Eden, meinen Vater. Gott möge sich seiner armen Seele annehmen.« Er schlug ein Kreuz, und die anderen murmelten pflichtschuldig ein kurzes Gebet.

»Mein Beileid«, sagte Simon. Er hatte den Eindruck, dass zumindest der glubschäugige Glatzkopf bei den Beileidsbekundungen nur die Lippen bewegte. Nun wusste Simon wenigstens, mit wem er es zu tun hatte. Der junge Mann war der Sohn des Kaufbeurer Arztes Doktor Eden, den Simon vor Jahren einmal kennengelernt hatte.

»Mein Vater starb schon einige Tage, bevor es Näher offenbar gelang, die Stadt zu verlassen«, erklärte der junge Eden. »Und er ist bislang auch der … ja, der einzige Fall in Kaufbeuren geblieben. Bis auf Conrad Näher, von dem wir erst jetzt gehört haben.«

»Nur ein Fall in einer Woche?«, hakte Simon nach.

»Das ist seltsam. Üblicherweise breitet sich die Pest viel schneller aus.«

Eden zögerte und sah kurz hinüber zu Bürgermeister Rehlinger. Er räusperte sich. »Im Grunde ist es ein Glücksfall, dass Ihr gerade jetzt hier auftaucht, Doktor. Ich kenne Euch …« Er lächelte müde. »Nun, zumindest Eure Schriften. Ich habe in der akademischen Jahresschrift Euer Traktat über die Sauberkeit gelesen. Ein echter Meilenstein in der medizinischen Lehre, wenn Ihr meine bescheidene Meinung hören wollt. Es geschah auf meine Bitte hin, dass man Euch in die Stadt ließ.«

»Danke«, murmelte Simon, der ehrlich gerührt war. Es kam nicht oft vor, dass jemand seine Forschungsarbeit bemerkte und zudem schätzte. Der junge Eden deutete auf die Männer ringsum.

»Was Ihr hier seht, ist der hochverehrte medizinische Rat der Stadt Kaufbeuren. Der Herr Bürgermeister, den Ihr schon kennenlernen durftet. Außerdem Apotheker Hans Kohler und unser geschätzter Chirurgus Leonhart Schropp …« Eden wies auf den dürren Mann mit der Dachsperücke und den fischäugigen Glatzkopf, die beide keine Miene verzogen. Dann deutete er auf einen weiteren Mann am Ende des Tisches, einen würdig aussehenden älteren Herrn mit grauen Haaren, der bislang noch nicht gesprochen hatte. »Das hier ist unser Spitalmeister Gottlieb Bärwein. Und, ach, natürlich meine Wenigkeit Martin Eden, der Sohn des verstorbenen Stadtphysikus.« Er seufzte. »Ich habe mein Studium in Ingolstadt erst dieses Jahr abgeschlossen und werde wohl nun weitaus früher als beabsichtigt die väterliche Praxis übernehmen. Wir hatten gerade beratschlagt, wie wir weiter vorgehen sollen. Welche Vorsichtsmaßnahmen gegen die Pest sinnvoll sind und …«

»Doktor Edens Haus wurde ausgeräuchert, seine Kleidung verbrannt, ich denke, wir haben die Sache im Griff«, meldete sich Apotheker Kohler und wischte sich die verfilzten Haare seiner Perücke aus dem Gesicht. »Es gab ja auch keinen weiteren Fall.«

»Bis auf Conrad Näher eben«, warf Magdalena von weiter hinten ein. »Aber der war ja auch nur ein ehrloser Henker und kein Ratsherr.«

Der Apotheker Kohler funkelte sie böse an, und Simon war froh, dass zumindest sein Schwiegervater bislang den Mund hielt. Er erinnerte sich daran, warum sie eigentlich hier waren.

»Gab es Reisende in letzter Zeit?«, fragte er. »Vielleicht, äh … Kuriere?«

»Nein.« Bürgermeister Rehlinger schüttelte den Kopf, doch Simon glaubte, ein kurzes Flackern in dessen Augen zu sehen. »Seit der Notverordnung haben wir keinen einzigen Reisenden mehr in die Stadt gelassen. Kein fahrendes Volk, keine Bauern aus den benachbarten Dörfern für den Markt und auch keine Kuriere. Warum fragt Ihr?«

»Nun, eigentlich hätte unser Kommen von einem Kurier angekündigt werden sollen«, erwiderte Simon. Er räusperte sich. »Es gab einen Brief, natürlich versiegelt und streng geheim, um kein Aufsehen zu erregen. Vielleicht ist der Brief ja auch an anderer Stelle …«

»Wenn Seine Exzellenz, der Kronprinz, uns etwas mitteilen möchte, kann er das natürlich jederzeit tun. Einen solchen Boten würden wir immer in die Stadt lassen. Allein, es gab keinen solchen Boten und deshalb auch keinen Brief.« Rehlinger erhob sich. »Ich denke, damit ist alles gesagt. Wenn Ihr uns jetzt bitte entschuldigt …«

»Als wir vorhin unten an der Wertach waren, hab ich einen Karren gesehen, mit einer Plane darüber«, ertönte plötzlich Kuisls brummiger Bass aus dem Hintergrund.

»Ich hab ja nicht mehr die besten Augen, aber ich denke, da hingen hinten Beine raus. Und zwar die von Menschen. Toten Menschen, vermute ich. Oder hatten die nur Magengrimmen und brauchten Brechwurz, hm?«

Das Schweigen, das nun einsetzte, war beinahe mit den Händen zu greifen.

»Ich ... ich weiß nicht, was Ihr meint«, sagte der alte Spitalmeister schließlich, der sich sichtlich unwohl fühlte. Er wischte sich mit einem Spitzentuch den Schweiß von der Stirn. »Also gut, kann sein, dass es tatsächlich ein, zwei weitere Tote gegeben hat«, räumte er ein. »Wir mussten in den letzten Jahren etliche fremde Söldner einquartieren. Die Kerle schneiden sich gern gegenseitig die Kehle durch, sind ein streitsüchtiges Pack. Solche werden gleich draußen vor der Stadt begraben.«

»Streitsüchtig bin ich auch.« Kuisl bleckte die Zähne. »So oder so denke ich, dass wir noch ein bisschen länger in Kaufbeuren bleiben sollten. Die kurfürstliche Kommission ...« Er hob die buschigen Augenbrauen und deutete auf Simon und Magdalena. »... muss sich ein Bild von der Lage machen. Ihr habt sicherlich einen Platz für uns zum Schlafen.«

»Tja, leider sind uns da die Hände gebunden«, sagte Rehlinger kalt lächelnd. »In der kurfürstlichen Notverordnung, die Ihr ja nur zu gut kennt, steht ausführlich, dass bayerische Wirtshäuser zurzeit keine Reisenden aufnehmen dürfen. Jedenfalls keine ohne Passierschein. Und einen solchen habt Ihr ja wohl nicht vorzuweisen.«

»Sie könnten zu mir ziehen«, warf Martin Eden ein. »Das Arzthaus steht nach dem Tod meines Vaters ja fast leer. Die Bediensteten sind alle entlassen.« Er lächelte Simon zu. »Es wäre mir eine große Ehre, Doktor Fronwieser.«

»Es ist das Haus eines Pesttoten!«, entrüstete sich Apotheker Kohler.

»Nun, ich wohne ja auch darin«, entgegnete der junge Eden. »Und schließlich haben wir die Räume ausgeräuchert, wie Ihr vorhin selbst festgestellt habt.«

Simon nickte. »Habt Dank, werter Kollege, wir nehmen Euer Angebot gerne an. »Wenn Ihr uns nun einen Augenblick entschuldigt. Wir holen nur unser Gepäck von den Pferden.«

»Ich werde Euch unten vor dem Rathaus erwarten«, sagte Eden.

Unter den missgünstigen Blicken der vier älteren Männer verließen sie die Halle. Simon kam es vor, als wäre es darin noch ein wenig kälter geworden.

»Dieser medizinische Rat ist ja ein wahres Schlangennest!«, zischte Magdalena, als sie unten bei den Pferden angelangt waren. »Und als Frau hat man wirklich Angst, totgebissen zu werden. Ob wir Frauen wohl irgendwann einmal in all den Räten und Kommissionen mitreden dürfen?«

Kuisl lachte trocken auf. »Das möge Gott verhüten! Dann würden die Ratssitzungen vermutlich nie aufhören.«

Simon schmunzelte. Doch auch er hatte die Atmosphäre oben im Rat als äußerst feindselig empfunden.

Irgendetwas stimmt nicht, dachte er. *Sie verheimlichen uns etwas. Ob es wohl doch mehr Pestkranke in der Stadt gibt? Oder ist es etwas anderes?*

Alle drei nahmen sie Gepäck und Sattel ab, während die Wachen in einiger Entfernung auf sie warteten. Magdalena wandte sich an ihren Vater. »Stimmt es wirklich, dass du zuvor Tote auf diesem Karren gesehen hast?«

»Na, wenn die nicht tot waren, dann scheißt mein Pferd Münzen.« Kuisl zuckte mit den Schultern. »Ich denke, es waren zwei oder drei Leichen. Könnte natürlich sein, dass Rehlinger die Wahrheit sagt und die armen Schweine nichts mit der Pest zu tun haben. Aber in einer anderen Sache sagt der werte Herr Bürgermeister sicher nicht die ganze Wahrheit.«

»Und in welcher Sache, bitte schön?«, fragte Simon ungeduldig. Er hasste es, wenn ihn sein Schwiegervater hinhielt. Doch dieser hatte daran auch jetzt sichtlich große Freude.

»Ha, ihr zwei habt es nicht gespannt, ja?«, sagte Kuisl grinsend und rieb sich die Hände. »Keinen blassen Schimmer, ja?«

»Keinen blassen Schimmer«, erwiderte Simon tonlos. »Aber Ihr werdet uns sicher gleich aufklären.«

Der Henker fasste sich an seine große Nase. »Nun, was hat der Rehlinger gesagt, als der Simon ihn nach dem Kurier und dem Brief gefragt hat? Na?«

»Er ... er hat gesagt, dass kein Kurier gekommen ist«, erwiderte Magdalena stirnrunzelnd.

»Und weiter?«

»Verflucht!« Simon schlug sich gegen die Stirn. »Er meinte, dass eine Botschaft des *Kronprinzen* immer willkommen sei! Ich habe aber gar nicht gesagt, dass der Brief vom Kronprinzen stammt. Warum auch? Max Emanuel ist noch nicht volljährig, sein Onkel leitet bis zu seiner Volljährigkeit den kurfürstlichen Rat.«

Kuisl nickte. »Und trotzdem hat der Rehlinger gleich vom Kronprinzen gesprochen. So als wüsste er Bescheid. Ich denke, da ist was im Busch. Ich weiß nur noch nicht, was. Aber irgendetwas geht hier in Kaufbeuren vor. Und weiß Gott, ich werde herausfinden, was es ist!« Er ballte die Hände zu Fäusten, und Simon hörte ein leises Knacken.

»Kruzifix! Wenn die Kerle meinem Enkel auch nur ein Haar gekrümmt haben, wird Kaufbeuren schon bald einen neuen Henker brauchen. So wahr ich Jakob Kuisl heiße!«

Mit einem Donnerhall setzte draußen der Regen ein.

Kapitel 5

Kaufbeuren, den 23. August,
Anno Domini 1679, abends

Ich hätte mir wahrlich eine bessere Gelegenheit gewünscht, Euch und Eure Frau näher kennenzulernen, Doktor Fronwieser. Hoffentlich schmeckt Euch wenigstens der Wein. Ich lasse ihn mir extra für teures Geld aus dem Burgund schicken. Auf Euer Wohl!«

Martin Eden hob sein Glas, während draußen der Regen gegen die Butzenglasscheiben prasselte. Das Gewitter tobte nun schon über eine Stunde. Magdalena erwiderte den Gruß des jungen Mannes, der vermutlich nicht älter als Mitte zwanzig war. Trotz der behaglichen Wärme hatte er sein Wams und auch das Spitzentuch um seinen Hals nicht abgelegt, so als wären sie noch immer im Rat.

Gemeinsam mit Simon und Martin Eden saß sie am Tisch in einer geräumigen, holzvertäfelten Wohnstube. Jakob Kuisl hatte es sich in einer Ecke nahe der Ofenbank gemütlich gemacht und schmauchte dort seine Pfeife. Es roch nach Rauch, was nicht nur vom Tabak herrührte, sondern auch vom kürzlichen Ausräuchern der Zimmer. Das Anwesen der Edens befand sich gleich neben dem Rathaus, ein protziger Bau mit Innenhof und einem großen Tor für die Fuhrwerke. Auch einen Stall gab es, in dem ihre Pferde untergebracht waren.

»Wusstet Ihr, dass Euer Traktat über die Sauberkeit an

der Universität in Ingolstadt gelesen wird?«, fuhr der junge Eden an Simon gewandt fort. »Wir jungen Studenten haben öfter darüber debattiert. Ein überaus interessantes und weitsichtiges Werk!«

»Irgendetwas macht mein Mann wohl falsch«, sagte Magdalena lächelnd und musterte die elegante, kostspielige Einrichtung. »Man liest ihn an der Universität, aber als Münchner Stadtphysikus kann er sich kein so großes Haus leisten wie ein junger Kaufbeurer Arzt, der eben erst die Universität beendet hat. Ihr habt wohl die betuchteren Patienten, Doktor Eden.«

Eden lachte leise. »O nein, da täuscht Ihr Euch! Mein Vater hatte hier nur ein paar Räume gepachtet. Das Anwesen gehört der Familie Hörmann von und zu Gutenberg, der reichsten Familie in Kaufbeuren. Der Spitalmeister ist ein guter Freund von Baron Hörmann, er hat meine Eltern und mich damals hier untergebracht. Die Praxis befindet sich unten im Erdgeschoss.« Er schmunzelte. »Auch der Kaiser hat hier wohl mal gewohnt. Aber sicher nicht in diesem Trakt des Anwesens. Hier lebten früher nur die Kammerdiener.«

»Und wo wohnt dieser Baron Hörmann jetzt?«, erkundigte sich Magdalena.

»Nun, wenn die Pest im Anmarsch ist, gehen die reichen Bürger gern aufs Land, wo die Luft besser ist«, erwiderte Eden. »Die Hörmanns haben ein Schloss im Dorf Gutenberg, nicht weit von hier. Im Grunde bin ich hier in der Zwischenzeit so etwas wie der Verwalter. Und übrigens, der neue Kaufbeurer Arzt bin ich noch lange nicht, das muss erst der Rat entscheiden.«

»Allein diese Wohnstube ist schon größer als das, was die Stadt uns damals in Schongau zur Verfügung gestellt hat«, sagte Simon wehmütig.

»Ihr kommt ursprünglich aus Schongau?« Eden runzelte die Stirn. »Verzeiht, das wusste ich nicht.«

»Ich kannte sogar Euren verstorbenen Herrn Vater, wenn auch nicht besonders gut«, erwiderte Simon. »Ich war in Schongau zunächst Bader und dann Arzt. Mittlerweile wohnen wir allerdings in München.« Er deutete hinüber zu Jakob Kuisl. »Der Schongauer Henker ist mein Schwiegervater.« Er zuckte die Achseln. »Früher oder später wäre es ohnehin herausgekommen.«

»Nun, das ist wahrlich keine Schande.« Martin Eden verneigte sich leicht in Richtung Kuisls, der sich weiter schweigend in seinen Tabakrauch hüllte. »Eure Heilkünste werden auch hier in Kaufbeuren gerühmt, Meister Kuisl. Ebenso wie Euer Scharfsinn, über den ich schon einiges gehört habe.« Eden seufzte. »Tatsächlich könnten wir eine Portion Scharfsinn hier und jetzt dringend gebrauchen.«

»Wie meint Ihr das?«, fragte Magdalena und beugte sich vor. Martin Eden erinnerte sie ein wenig an ihren eigenen Mann in jungen Jahren. Ebenso wie Simon schien Eden Wert auf gute Kleidung und gepflegte Manieren zu legen, und er ließ sich von den Stadtältesten nicht einschüchtern.

»Tja, wo fange ich an?« Eden nahm einen Schluck Wein, er zögerte. »Ich will ehrlich zu Euch sein. Der eigentliche Grund, warum der medizinische Rat gerade heute zusammengekommen ist, sind eben jene Toten, die Meister Kuisl noch kurz vorher draußen vor der Stadt gesehen hat. Es sind tatsächlich fremdländische Söldner.«

»Fremdländische Söldner?«, erkundigte sich Simon verwundert. »Kann sich eine reiche Stadt wie Kaufbeuren denn keine eigenen Soldaten leisten?«

»Die Burschen sind vermutlich Landsknechte, die im Holländischen Krieg gekämpft haben, aufseiten der Unsrigen«, warf Kuisl von der Ofenbank ein. »Nicht wahr? Im Kampf gegen Frankreich hat der deutsche Kaiser Truppen gebraucht, egal, woher. Der Krieg ist zwar jetzt vorbei, aber die Söldner sind immer noch da. In Schongau haben wir auch ein paar solche Rabauken. Außerdem rüsten die Bayern wieder auf, um mit diesem öligen Franzosenpopanz Ludwig mitzuhalten.« Er schnaubte. »Der große Krieg ist erst ein paar Jahrzehnte her, aber schon rasseln wieder die Schwerter!«

Eden nickte. »Als Reichsstadt ist Kaufbeuren verpflichtet, eine ganze Kompanie Landsknechte einzuquartieren. Sie kommen aus aller Herren Länder, die meisten aus den Niederlanden und Spanien, und sie führen sich auf wie die Berserker. Eine wahre Plage!« Er senkte die Stimme. »Drei von ihnen sind wohl an der Pest gestorben, ebenso wie mein Vater und Conrad Näher. Aber das ist nicht das Seltsame.«

»Sondern?«, fragte Magdalena.

»Tja, die Männer wurden nicht in der Stadt aufgefunden, sondern draußen vor den Toren, im sumpfigen Stadtgraben. Und …« Eden stockte, er fröstelte sichtlich. »Sie waren an den Armen und an den Beinen gefesselt.«

»Gefesselt?« Simon sah ihn mit offenem Mund an. »Wer fesselt denn Kranke? Noch dazu, wenn sie sich mit der Pest angesteckt haben?«

»Tja, das wüsste ich auch gern. Die Männer waren grauenhaft entstellt, offenbar wurden sie vorher gefoltert. Ich hätte sie gerne noch näher untersucht. Doch der Spitalmeister hielt es für ratsamer, sie gleich vor den Toren zu beerdigen, warum auch immer. Sie liegen auf dem Pestfriedhof, draußen beim Rennweger Tor.«

»Begraben, bevor noch jemand Wind von der Sache bekommt«, murmelte Magdalena. Sie musste daran denken, wie schnell Bürgermeister Rehlinger und die anderen Männer im Rat die Angelegenheit heruntergespielt hatten. Ihr Vater hatte recht, irgendetwas stank hier ganz gewaltig, und zwar nicht nur der Unrat in den Gassen.

»Hatte Euer Vater denn mit den Söldnern zu tun?«, fragte Simon.

»Ich weiß, worauf Ihr hinauswollt, werter Kollege. Aber nein, kein einziges Mal.« Eden schüttelte den Kopf. »Soweit ich mich erinnern kann, waren auch keine anderen Patienten bei ihm in der Praxis, die derartige Symptome zeigten. Und auch unsere Bediensteten sind alle gesund.«

»Das ist doch merkwürdig«, sagte Simon nachdenklich. »Soweit ich weiß, gibt es eigentlich keine Einzelfälle bei der Pest. Sie tritt immer als Seuche auf.«

Noch immer wusste man nicht, wie sich der Schwarze Tod verbreitete. Im Allgemeinen gingen die Ärzte von Miasmen aus, schlechten Gerüchen, oder auch von Gasen, die der Erde entstiegen. Andere machten gewisse Planetenkonstellationen dafür verantwortlich, Erdbeben, das Essen und natürlich auch immer wieder die Juden, die man verdächtigte, die Christen zu vergiften. Dass die Krankheit hoch ansteckend war, war kein Geheimnis. Ärzte schützten sich deshalb mit sogenannten Pestmasken, die Kleider der Kranken wurden verbrannt, ihre Häuser versperrt. Trotzdem gelang es der Krankheit alle paar Jahre, erneut auszubrechen und als Schnitter Tod durch das Land zu ziehen, mit vielen Tausend Toten als Opfer.

»Ich gebe Euch recht, Herr Kollege«, erklärte Martin Eden. »Die Pest als Einzelfall ist ungewöhnlich. Und das ist nicht die einzige Merkwürdigkeit. Bei meinem Vater ging es überraschend schnell. Die ersten Symptome zeigten sich morgens, am Mittag des zweiten Tages war er schon tot. Ich kenne nur wenige Fälle aus der Literatur, bei denen der

Verfall so rapide war. Wenigstens hat er nicht lange leiden müssen. Er ist in seiner eigenen Praxis zusammengebrochen.« Eden hustete und wedelte mit der Hand den Tabakqualm zur Seite. Magdalena sah ihren Vater böse an.

»Musst du denn hier unbedingt die Stube verpesten?«

»Lasst nur, Frau Fronwieser«, sagte Martin Eden lächelnd. »Es erinnert mich an meinen eigenen Vater. Der war auch Pfeifenraucher. Noch kurz vor seinem Tod hat er eine schöne Meerschaumpfeife geschenkt bekommen, ein echtes Liebhaberstück. Meine Mutter hat ihn wegen des ständigen Rauchs immer ausgeschimpft. Sie starb schon vor einigen Jahren.« Er seufzte. »Nun werde ich wohl früher als erwartet in die Fußstapfen meines Vaters treten. Gerade bin ich dabei, die Praxis neu einzuräumen. Eine wahre Sisyphosarbeit, ich weiß gar nicht, wo mir der Kopf steht!« Der junge Eden schüttelte den Kopf. »Mein Vater hatte Instrumente und Arzneien, die wohl noch aus der Zeit von Paracelsus stammen. Dabei tut sich gerade so viel in der Medizin! Allein, was dieser Jesuit Kircher über kleine Lebewesen im Blut herausgefunden hat …«

Jakob Kuisl erhob sich schnaufend. »Seid's mir nicht bös, aber ich denke, ich geh schon zu Bett. Bin halt nicht mehr der Jüngste. Außerdem haben wir morgen ja einiges zu tun.« Er wechselte einen Blick mit Magdalena, der durchaus bewusst war, dass sie vor allem nach einem Hinweis auf den verschwundenen Peter suchten.

»Was habt Ihr morgen vor?«, fragte Eden beiläufig.

»Äh, wir werden uns wohl ein wenig umschauen«, sagte Simon. »Der kurfürstliche Rat erwartet von jeder größeren Stadt einen Bericht, vor allem, was die Sauberkeit und Vorsorgemaßnahmen angeht.« Er zwinkerte Eden zu. »Und da kenne ich mich nun mal aus wie kein Zweiter, wie Ihr wisst.«

»In der Tat.« Martin Eden wandte sich an Kuisl. »Soll ich Euch Eure Kammer zeigen? Es ist die letzte auf der rechten Seite.«

»Ich werd sie schon finden, keine Angst«, erwiderte Kuisl knurrend und griff nach einem brennenden Kienspan. »So alt bin ich dann doch noch nicht.«

Jakob Kuisl war noch nicht müde, im Gegenteil – er war hellwach. Sein Verstand arbeitete auf Hochtouren, er ratterte wie eine Mühle am Wildbach. Was der junge Eden vorher über die drei toten Söldner und auch über den Verlauf der Pest gesagt hatte, hatte Kuisls Misstrauen nur noch verstärkt.

Irgendetwas ging in dieser Stadt vor.

Anders als angekündigt begab sich der Henker nicht in die Schlafkammer, sondern stieg leisen Schrittes die Treppe ins Erdgeschoss hinunter. Von dem langen Gang gingen etliche Türen ab. Wie viele Räume hatte dieses verdammte Haus bloß, es war ja das reinste Labyrinth! Kuisl probierte nacheinander einige der Türen aus, sie führten in eine winzige Abstellkammer, ins heimliche Gemach, in eine Stube mit Kachelofen und einigen Stühlen, vermutlich das Wartezimmer für die Kranken, in einen weiteren Abstellraum mit Truhen …

Hinter der sechsten Tür verbarg sich schließlich der Behandlungsraum.

Stirnrunzelnd sah Kuisl sich um. Tatsächlich war der junge Eden wohl gerade dabei, Inventur zu machen – falls nicht ein Poltergeist sein Unwesen getrieben hatte. Ein Behandlungsstuhl mit Fesselgurt und ein Kamin waren die einzigen Gegenstände, die im Raum offenbar nicht verschoben worden waren.

Ansonsten herrschte das blanke Chaos.

Auf dem Boden stapelten sich herausgezogene Schubladen, Truhen und Kisten mit unterschiedlichem Inhalt: ausgeblichene Kräutersträuße, exotische Nüsse, Gläser mit zermahlenem Puder, eine verrunzelte Wurzel, die aussah wie das Gesicht eines kleinen Mannes. In anderen Gläsern schwammen grünlich angelaufene Finger, sogar ein einzelnes großes Auge konnte Kuisl in einem Glas entdecken, vermutlich von einer Kuh oder etwas Größerem. Unter den Ingredienzien war auch etliches, das schon verschimmelt war. Es roch so intensiv nach Kräutern, Schimmel und Verdorbenem, dass einem davon fast schwindlig wurde. Auf einem abgewetzten Tisch lagen Tiegel, ein Bronzemörser und eine Waage, daneben stand ein hohes Regal mit gut drei Dutzend Büchern, weitere türmten sich auf dem Boden.

Jakob Kuisl befestigte den brennenden Kienspan in einem Halter neben dem Regal, dann trat er näher und studierte die einzelnen Buchrücken.

Auf Unbeteiligte mochte der Henker wie ein ungebildeter Griesgram wirken, doch das war er nicht, ganz und gar nicht. Vieles von dem, was Simon wusste, hatte er als Erstes bei seinem Schwiegervater erfahren. Jakob Kuisl hatte seinen Avicenna, Paracelsus und Dioscurides gelesen, er kannte die Viersäftelehre ebenso wie die Lehre der Miasmen und die Operationstechniken des Franzosen Ambroise Paré. Und natürlich hatte er auch von dem Jesuiten Athanasius Kircher und dessen Gedanken über Kleinstlebewesen gehört, von denen dieser Jungspund Eden zuvor noch gesprochen hatte. Sogar diese neumodischen Mikroskope waren Kuisl nicht unbekannt. Aber manchmal war es eben besser, den dummen Klotz zu spielen.

Vor allem dann, wenn man ein fremdes Zimmer durchsuchte.

Kuisl wusste nicht, was genau er suchte. Es war eher ein

vages Gefühl. Er erinnerte sich, wie der junge Eden davon gesprochen hatte, dass sein Vater hier in diesem Raum zusammengebrochen war. Das war gewesen, bevor der Sohn angefangen hatte, hier alles auf den Kopf zu stellen. Was hatte Martin Eden eben noch gesagt?

Ich kenne nur wenige Fälle aus der Literatur, wo der Verfall so rapide war …

War Doktor Hermann Eden vielleicht gar nicht an der Pest gestorben, sondern an etwas anderem?

Der Henker ließ seinen Blick über die Einrichtung schweifen. Er fischte einige Bücher aus dem Regal und blätterte darin, es waren allesamt lateinische Ausgaben ihm bekannter medizinischer Werke, nichts Besonderes. Darunter auch eine uralte Pestschrift, in der etliche obskure Heilmethoden gegen die Krankheit aufgelistet waren, auch der Rat, eine Eule an die Haustür zu nageln. Kuisl schnaubte und stellte das Buch zurück ins Regal.

Er kramte in den Truhen und Schubladen mit den Pillen und getrockneten Kräutern in der Hoffnung, dass seine Augen an irgendetwas hängen blieben. Myrthe, Brechnuss, Johanniskraut, ein Bezoarstein … Dabei dachte Kuisl auch an jenes schreckliche Ding, das ihm Näher noch vor seinem Tod in die Hand gedrückt und von dem er bislang noch niemandem etwas erzählt hatte. Er hatte das Ding mitgenommen in der Hoffnung, in Kaufbeuren mehr darüber zu erfahren. Seine Hand strich über das mürbe Leder des Behandlungsstuhls, betastete die eingetrockneten Blutflecken früherer Behandlungen …

Nichts.

Auf dem Kaminsims lag die Stielpfeife des Doktors, jenes Geschenk, von dem Eden vorher gesprochen hatte. Es war ein schönes Stück aus Meerschaum, aus dem Land der Osmanen, wie es sich nur reiche Bürger leisten konnten.

Jakob Kuisl roch am Pfeifentopf und verzog angewidert die Nase. Er mochte den Tabak des Verstorbenen nicht, irgendeine exotisch süßliche Mischung mit einem beinahe fauligen Geruch. Er selbst rauchte seit vielen Jahren die gleiche Sorte Tabak, den er von einem Händler in Augsburg bezog oder auch mal von seinem Schwiegersohn geschenkt bekam. Westindisches Kraut, das Kuisl zu Hause mit englischem Branntwein beträufelte und dann noch einmal trocknete. Ein hervorragendes Aroma, das ...

Kuisl erstarrte. Er stand mit dem Rücken zum Fenster, trotzdem spürte er ganz deutlich, dass ihn jemand anstarrte. Irgendwer stand draußen im Hof, jemand, der um diese Zeit dort sicherlich nichts verloren hatte.

Abrupt drehte der Henker sich um und sah einen Schatten draußen in der verregneten Nacht. Doch er war so schnell verschwunden, dass sich nicht sagen ließ, ob er vielleicht doch nur eine Einbildung gewesen war.

Nachdenklich legte Jakob Kuisl die Meerschaumpfeife zurück auf den Kamin und kaute an seiner eigenen Pfeife. Dann trat er mit dem brennenden Kienspan hinaus auf den Gang und öffnete den schweren Riegel der Haustür, die hinaus in den Hof führte. Draußen prasselte der Regen, sonst war nichts zu hören. Ein kühler Windzug fegte in den Flur und löschte die kleine Flamme in seiner Hand. Noch eine ganze Weile stand der Henker an der Türschwelle in absoluter Dunkelheit.

Schließlich ging er ebenso leise, wie er gekommen war, die steile Stiege wieder nach oben. Kuisl wusste, dass er vor lauter Grübeln mal wieder nicht viel Schlaf bekommen würde.

Offenbar war es nicht nur die Pest, die hier in Kaufbeuren umging.

*

Auch jemand anderes schlief in dieser Nacht kaum.

In seinem großen Himmelbett wälzte sich der alte Kaufbeurer Spitalmeister Gottlieb Bärwein hin und her und fand keine Ruhe. Draußen tobte noch immer das Gewitter, der Wind rüttelte an den Seidengardinen, die sein Bett wie ein Zelt umschlossen. Jetzt im Sommer waren die Mücken im Allgäu eine wahre Plage, auf diese Weise hielt Bärwein sich die Biester vom Leib.

Wobei er froh gewesen wäre, wenn Mücken seine einzige Sorge wären.

Gottlieb Bärwein starrte an die hölzerne, mit Schnitzereien verzierte Decke seines Himmelbettes und dachte an die vergangenen Tage und Wochen, auch an die heutige Ratssitzung. Die Erinnerung an eine verblichene Zeit kam zurück, eine Zeit, von der er gehofft hatte, dass sie nie wiederkehren würde.

Die Kalkgruben, darin menschliche Leiber, aufeinandergeschichtet wie Klafter von Brennholz, alt und jung, Männer, Frauen und Kinder … Das Weinen und Klagen, die Häuser mit dem schwarzen Fleck … Die Leere in den Gassen, als ob kein Mensch mehr lebte in dieser Welt, wie nach dem Jüngsten Gericht … O Herr, warum hast du uns so gestraft!

Wurden sie jetzt wieder gestraft? Was für eine Ironie des Schicksals, dass es den alten Doktor Eden getroffen hatte! Und dann die Sache mit den Söldnern … Es war, als hätte Gott mit dem Finger auf sie gezeigt. O ja, sie hatten Schuld auf sich geladen, sie alle, auch wenn Bärwein das anfangs nicht so gesehen hatte. Kam jetzt der Tag der Vergeltung? Dass in der Ratssitzung heute ausgerechnet ein Henker aufgetaucht war, erschien ihm wie ein Menetekel. Zu gerne hätte er sich darüber mit seinem alten Freund Philipp Gäch unterhalten, dem früheren Pfarrer von Sankt

Martin. Er hätte ihn verstanden! Doch Gäch war schon vor vielen Jahren gestorben. Ob er wohl auf dem Sterbebett seine Sünden dem Herrgott noch einmal gebeichtet hatte?

Wir haben Sünde auf uns geladen, o ja! Wir alle.

Bärwein fröstelte, und das, obwohl die Glutpfanne, die ihm selbst im August die alten Knochen wärmte, noch matt leuchtete. Kurz glaubte er, ein Türquietschen zu hören, aber vermutlich war es nur der Wind, der durch die Fensterläden pfiff. Kurz darauf raschelte etwas im Zimmer, so als würde eine Maus in einer der Truhen nach etwas Essbarem suchen.

Der alte Spitalmeister wickelte sich in seine Decke, die mit feinsten Daunen gefüllt war. Trotzdem war ihm schrecklich kalt. Seine gute Hiltrud, die ihm früher immer das Bett gewärmt hatte, war schon vor langer Zeit gestorben, ebenso die Kinder, sie alle waren schon viel zu früh zum Herrn gegangen. Bärwein hatte sich keine neue Frau genommen und sich stattdessen in die Arbeit gestürzt. Sein Haus hatte er verkauft und das Geld den Armen gespendet, dann war er in diese kleine Pfründnerwohnung im Kaufbeurer Spital gezogen. Das schöne Himmelbett war alles, was er von seinem alten Inventar mitgenommen hatte. Seit vielen Jahren war er jetzt der Spitalmeister der Stadt, ein ehrenwertes Amt, und doch, wenn er ehrlich mit sich war, hatte er es damals auch angenommen, um eine alte Schuld zu sühnen.

Eine Schuld, die ihn quälte, die sich nicht wegwaschen ließ.

Ein letztes fernes Donnern, das Gewitter zog weiter. Der Regen hörte nach und nach auf. Endlich fand Gottlieb Bärwein ein wenig Schlaf, aber es war ein schlechter Schlaf, unter dessen dünner Schicht die Träume nagten.

Gesichter längst Verstorbener blickten ihn traurig an und zerflossen dann wie Wachs, lange dünne Finger zeigten auf ihn, klagende Stimmen ertönten.

Auch du, Gottlieb, auch du! Schande über dich!

Er wachte auf durch ein erneutes Rascheln. Diese verfluchten Mäuse! Konnten sie denn niemals still sein? Doch diesmal war das Rascheln viel näher, es kam …

Irgendwoher aus seinem Bett.

Ganz plötzlich spürte Bärwein einen stechenden Schmerz an seinem rechten großen Zeh, mit einem heiseren Schrei zog er das Bein weg und sah im schwachen Licht der Glutpfanne etwas über das Bett huschen, größer und fetter als eine Maus.

Mit einem langen nackten Schwanz, wie ein sich windender Wurm.

»Verdammt!«

Sofort war Bärwein hellwach, er fuhr hoch und erblickte am Fußende des Bettes zwei stecknadelkopfgroße Augen, die ihn böse anfunkelten. Tatsächlich! Dort, zwischen Bärweins nackten haarigen Beinen, saß eine fette schwarze Ratte. Sie hatte ihn in den Zeh gebissen. Jetzt richtete sie sich auf, hob die Nase und …

Tanzte.

Gottlieb Bärwein erstarrte. Das musste noch einer seiner Träume sein! Die Ratte tanzte beinahe wie ein Mensch, so als würde sie irgendeine lautlose Musik hören. Sie taumelte hin und her, fast wie betrunken.

»Weg, weg! Verschwinde, du Mistvieh!«

Der Spitalmeister nahm ein Kissen und warf es nach der Ratte. Mit einem empörten Fiepen huschte sie zur Seite, wobei sie sich im Bettvorhang verfing. Noch immer zerrte der Wind an den seidenen Tüchern, und für einen kurzen Moment kam es Bärwein so vor, als würden große Hände von der anderen Seite des Vorhangs nach ihm greifen. Die Ratte hatte sich aus dem Stoff befreit und rannte nun zur anderen Seite des Bettes, wo sie jedoch auch kein Durchkommen fand.

Stattdessen biss sie Bärwein in die Wade.

»Ah, weg! Geh weg!« Er schlug nach ihr, was das Tier nur noch mehr anstachelte. Wie eine zornige Hornisse raste die Ratte nun über das Bett, hin und her, über Bärweins Arme, Beine, die Brust, über sein Gesicht. Er spürte ihre Bisse, das Kratzen ihrer Füße in seinen Haaren, den langen peitschenden Schwanz, der ihm über die schweißnasse Stirn wischte, er roch ihr nasses, kotverklebtes Fell. Gefangen in dem großen Himmelbett, ohne Ausweg, kletterte die Ratte an einem der Bettpfosten empor, taumelte und fiel schließlich auf Bärwein.

Mitten auf sein Gesicht.

Der alte Spitalmeister schrie so laut und entsetzt auf, dass es draußen in den Kaufbeurer Gassen zu hören war. Es war ein schrilles Kreischen, fast wie von einem Wahnsinnigen.

Mit ihrer kleinen blutigen Schnauze und den wuselnden Beinchen kroch die Ratte hier- und dorthin, nagte an Bärweins Ohrläppchen, zerkratzte ihm die Wangen, vergrub sich in seinem Nachthemd, wo sie schließlich zwischen seinen Beinen tobte und wütete und sich in seinem alterswelken Gemächt verbiss.

In diesem Augenblick wurde Gottlieb Bärwein klar, dass diese Ratte keine einfache Ratte war. Sie war von Gott gesandt, war gekommen, um ihn zu strafen. Sie alle zu strafen.

Die Waffe des Allmächtigen.

O Herrgott, verzeihe uns! Verzeihe uns allen!

Er spürte einen unbeschreiblichen Schmerz in seiner

Brust, so als hätte sich die Ratte bis in sein Innerstes vorgenagt.

Dann setzte sein Herz aus.

Das Grauen stand ihm im Gesicht, eingegraben in Gottlieb Bärweins erstarrtem Antlitz, während die Ratte weiter fieberhaft nach einem Ausweg suchte.

*

Bärweins Schrei war so laut gewesen, dass er sogar noch in den Häusern hinter dem Rathaus zu hören gewesen war, wenn auch nur noch leise und verhallt. Jakob Kuisl war in seinem Bett kurz aufgeschreckt, doch dann hatte er sich wieder ausgestreckt. Offenbar schlief nicht nur er in Kaufbeuren schlecht. Nun, das war ja auch nicht weiter verwunderlich, wenn die Pest im Anmarsch war …

Nach einigen weiteren Stunden des Dösens gab der Henker auf. Er stand auf, schlüpfte in sein von der gestrigen Reise verdrecktes Gewand und verließ die kleine Kammer, die neben jener von Simon und Magdalena lag. Leise ging er die Stiege nach unten, öffnete die Tür und trat hinaus auf die Gasse. Ein erster hellgrauer Schimmer zeigte sich am Horizont, einige vorwitzige Amseln tschilpten bereits, doch noch schlief die Stadt. Kuisl mochte diese Stunde, wenn alles noch ruhig und verlassen vor ihm lag, in stiller Erwartung des kommenden Tages. Egal, ob dieser Tag Gutes oder Schlechtes brachte.

Jakob Kuisl vermutete eher Zweiteres.

Noch immer war ihm schleierhaft, was in dieser Stadt vorging. In der Nacht war er zu dem Schluss gekommen, dass Conrad Näher ihn hatte warnen wollen, möglicherweise war es aber auch ein Hinweis gewesen, den er noch nicht entschlüsseln konnte. Kuisl dachte erneut an das seltsame Ding, das Näher ihm noch zugesteckt hatte. Nun, vielleicht würde er in Nähers Haus mehr dazu herausfinden.

Kuisl wandte sich nach rechts und ging durch schmale menschenleere Gassen dorthin, wo das Haus des Kaufbeurer Scharfrichters lag. Er hatte seinen Freund nur ein paarmal besucht, und das letzte Mal lag schon länger zurück. Trotzdem kannte Kuisl den Weg noch, er musste einfach nur der Stadtmauer folgen. Er passierte die Postmeisterei und das Kloster der Franziskanerinnen, dessen Garten an einem steilen Hang lag. Dort befanden sich auch die finsteren, muffigen Keller der Weber, in denen der Flachs schön feucht blieb und nicht austrocknete. Ein trüber Bach, in dem Blätter und Exkremente trieben, floss in der Mitte der Gasse.

Am Ende des Baches stand das Scharfrichterhaus.

Anders als in Schongau lag es nicht außerhalb der Stadt im stinkenden Gerberviertel, sondern im Inneren, direkt an der Mauer. Es war ein kleines geducktes Gebäude, fahlweiß und schmutzig grau gestrichen, so als schämte es sich seiner Existenz. Umgeben war es von einem kleinen, wild wuchernden Gemüsegarten. Gleich hinter der Mauer drehte sich ein großes Mühlrad. Hier floss durch ein Gatter der sogenannte Blatterbach, der den Kaufbeurern als Müllentsorgung diente. Aus der gestrigen Ratssitzung wusste Kuisl, dass es die Aufgabe des Kaufbeurer Scharfrichters war, über dieses Gatter zu wachen.

Ein Schuster im Haus gleich daneben öffnete verschlafen seine Werkstatt, er achtete nicht auf die groß gewachsene Gestalt im schwarzen Mantel, die sich eben dem Henkershaus näherte. Ein paar Hühner flogen gackernd auf, als Kuisl das Gartentor öffnete. Irgendwer hatte die Viecher offenbar aus ihren Käfigen gelassen und nicht wieder eingefangen. Der Garten sah aus, als hätte ihn schon länger niemand mehr gegossen und gepflegt. Auch das Haus selbst machte einen verlassenen Eindruck, die Fensterläden waren zugezogen, kein Rauch kam aus dem Schornstein. Nähers Frau war schon vor längerer Zeit gestorben, doch der Kaufbeurer Henker hatte seit zwei, drei Jahren einen neuen schmucken Gesellen, der ihm wohl nicht nur bei der Arbeit zur Hand gegangen war, wie Kuisl vermutete.

Jakob Kuisl hatte das heimliche sodomitische Treiben seines Freundes nie gemocht, aber er hatte auch nichts dagegen unternommen. Die wenigen Sodomiten, die er während seiner langen Zeit als Schongauer Henker an den Pranger stellen, auspeitschen oder gar hinrichten musste, hatten ihm immer leidgetan. Er konnte nicht erkennen, was daran teuflisch war, wenn zwei Männer freiwillig Schweinereien miteinander trieben. Eklig war es, ja, aber teuflisch?

Kuisl rüttelte an der Klinke, doch wie erwartet war die Eingangstür versperrt. Im Dämmerlicht des einbrechenden Morgens schlich er um das Haus herum bis zum Hintereingang. Die kleine niedrige Tür stand einen Spaltbreit offen. Der Henker duckte sich und betrat einen dunklen, nach kaltem Rauch riechenden Gang, weiter vorne ging die Tür zur Stube ab, eine schmale Stiege führte in das obere Stockwerk. Noch immer war nichts zu hören.

»Jemand zu Hause?«, brummte Kuisl, aber er erwartete keine Antwort. Schließlich ging er in die Wohnstube … und prallte zurück.

Ebenso wie im Zimmer von Martin Eden herrschte hier das totale Chaos. Doch Kuisl sah sofort, dass der Grund dafür diesmal keine Inventur war.

Dieser Raum war gründlich durchsucht worden.

Der große Eichentisch war umgestürzt, ebenso der hohe Schrank, dessen Inhalt über den Boden verteilt war. Auch die Truhen waren durchwühlt. Kleider, Leinentücher, außerdem das Handwerkszeug des Henkers, Ketten, Daumenschrauben, Seile, Kneifzangen – alles lag kreuz und quer. Im Zwielicht, das durch die geschlossenen Fensterläden drang, erkannte Jakob Kuisl die Scherben von Tellern, Schüsseln und Bechern. Dazwischen lag eine zerbrochene Stielpfeife mit schönen Schnitzereien.

Schade um das gute Stück, dachte Kuisl.

Ein kleines Fass Mehl war umgestürzt, in der weißen Schicht zeigte sich deutlich ein einzelner Schuhabdruck. Kuisl beugte sich darüber. Es war ein kleiner Abdruck, auf keinen Fall der von Näher. Kuisl erinnerte sich, dass Nähers Geselle klein gewachsen und zierlich war. Stammte diese Spur von ihm? Hatte er etwa dieses Chaos angerichtet?

Eben wollte sich Kuisl weiter umsehen, als er ein Geräusch hörte. Es waren leise Schritte, draußen auf der Stiege. Geistesgegenwärtig griff der Henker nach einer Kneifzange, die vor ihm auf dem Boden lag. Lautlos öffnete er die Stubentür und sah hinaus auf den Gang, wo eine schmale rothaarige Gestalt stand.

Es war Nähers Geselle.

Der junge Mann, gekleidet in ein schmutziges Hemd und ein zerrissenes Lederwams, war mindestens ebenso überrascht wie Kuisl. Einen Augenblick verharrte er im Gang, dann drehte er sich um und hastete zur Hintertür.

»Bleib stehen!«, rief Kuisl.

Mit der Kneifzange in der Hand lief er dem Gesellen nach, doch dieser war viel jünger und schneller. Schon war er draußen im Garten angelangt, Kuisl hetzte schnaufend hinterher. Anders, als er erwartet hatte, rannte der Kerl nicht auf die Gasse zu, sondern schlug einen Haken und näherte sich der Stadtmauer.

Dorthin, wo der Blatterbach unter dem Gatter durchfloss.

Der rothaarige Geselle sprang ins Wasser und war schon im nächsten Moment verschwunden. Kuisl wartete eine Weile, er hoffte, dass der Bursche in seine Richtung trieb und er ihn dann nur noch herausfischen musste. Doch nichts geschah. Ruhig und still rauschte der Bach dahin, dahinter drehte sich das Mühlrad.

»Was zum Teufel …«

Kuisl kniete nieder und steckte den Kopf ins klare kalte Wasser. Er konnte den Geflüchteten nirgendwo entdecken, dafür sah er etwas anderes.

Das Gatter unter der Mauer stand einen Spaltbreit offen.

Der Henker kam wieder an die Oberfläche und starrte auf die Stadtmauer. Seltsam, von hier oben war nichts zu erkennen. Mit einem lautlosen Fluch auf den Lippen ließ Kuisl sich ins kalte Wasser gleiten und stakste gegen die Strömung hinüber zum Gatter. Der Bach war nicht sehr tief, er ging ihm geradeso bis zur Hüfte. Als Kuisl schließlich an den eisernen Streben angelangt war, tauchte er unter.

Zwischen sprudelnden Luftblasen erkannte er nun, dass das ursprüngliche Gatter im unteren Teil entfernt und durch ein zweites ersetzt worden war. Es ließ sich nach oben schieben, ohne dass dies von der Oberfläche aus bemerkt werden konnte. Offenbar war der Geselle auf diese Weise entkommen.

Kuisl zögerte kurz, dann holte er noch einmal tief Luft und tauchte erneut ab. Zwei Forellen huschten an ihm vorbei, grünliche Algenschlieren lösten sich von der Vermauerung. Der Henker zwängte sich durch die schmale Öffnung unter der Mauer und wollte eben auf der anderen Seite wieder auftauchen, als er merkte, dass er feststeckte.

Er war zu fett.

Was ihn im ersten Moment fast auflachen ließ, entpuppte sich schnell als ein möglicherweise tödliches Problem. Ganz offenbar hatte das zweite Gatter nachgegeben und war ein Stück nach unten gerutscht, wodurch es jetzt die Öffnung blockierte. Kuisl wand sich wie ein Aal, doch er kam nicht frei.

Und langsam ging ihm die Luft aus.

Hektisch rüttelte er am Gatter, doch es gab keinen Fingerbreit nach. Links und rechts steckten noch immer einige rostige, daumendicke Stäbe des alten Tors in der Vermauerung. Außerdem konnte sich Kuisl in dem engen Schacht weder drehen noch wenden. Alles, was er tun konnte, war, mit beiden Händen nach hinten zu greifen und zu versuchen, die Stäbe aufzubiegen. Sie waren hart wie frisch geschmiedeter Stahl. Der Henker spürte einen Schmerz in der Brust, eine schwarze Wolke kroch durch sein Bewusstsein, der Drang zu atmen wurde immer stärker. Er schloss die Augen und legte alle Kraft in das Drücken seiner baumdicken Arme. Jakob Kuisl wusste, dass es die letzte Bewegung war.

So oder so, dachte er.

Etwas krachte, und er glaubte für einen Moment, es wären seine Knochen, doch offenbar hatte eine der Stangen am Ende nachgegeben. Ganz plötzlich war der Weg frei. Mit der letzten ihm verbliebenen Kraft schob sich der Henker nach vorne, stieß sich vom Grund ab, tauchte auf und atmete frische köstliche Luft. Das Wasser des Mühlrads ergoss sich über seinen Kopf. Über ihm zwitscherten einige Schwalben, die sich im Mauerwerk ihre Nester gebaut hatten, die Glocke des nahe gelegenen Klosters schlug eben die sechste Stunde. Kuisl hustete und würgte, schließlich schüttelte er sich und stemmte sich zitternd aus dem flachen Wasser. Er war auf der anderen Seite der Stadtmauer, im Osten ging eben die Sonne auf. Wogende Gerstenfelder breiteten sich vor ihm aus, dahinter kamen der Wald und einige sanft geschwungene Hügel.

Der Geselle war verschwunden.

*

Auch Magdalena war an diesem Morgen früher als üblich aufgewacht. Schon als das erste Tageslicht durch die Ritzen der Fensterläden drang, stand sie auf und ging mit verquollenen Augen und zerstrubbelten Haaren hinüber zur Waschschüssel.

Mit Simon teilte sie sich die kleine Schlafkammer im ersten Stock des Eden-Anwesens, vermutlich ein ehemaliges Dienstbotenzimmer. Sie band ihr volles schwarzes Haar nach hinten zu einem Dutt, benetzte ihr Gesicht und schüttelte sich. Das eisige Wasser machte sie ein wenig wacher, doch nicht viel. Sie hatte in der Nacht kaum ein Auge zugetan. Wenn sie kurz eingenickt war, dann hatte sie von Peter geträumt, eine innere Stimme sagte ihr, dass dem Jungen etwas zugestoßen war. Eine Mutter spürte das! Am Abend hatte Simon noch eine Weile beruhigend auf sie eingeredet, doch dann war er eingeschlafen, hatte laut geschnarcht und sie mit ihren Sorgen allein gelassen.

Nachdenklich ordnete Magdalena ihr Haar vor dem kleinen Spiegel aus poliertem Messing. Eigentlich hatten sie ja vorgehabt, nur kurz in Kaufbeuren nach dem Rechten zu sehen und dann wieder zu Paul, Sophia und den anderen nach Schongau zurückzukehren. Doch nun gestaltete sich alles viel komplizierter. Der Kaufbeurer Bürgermeister schien irgendetwas über Peters Verbleib zu wissen, jedenfalls war ihm bekannt, dass ein Kurier des Kronprinzen in Kaufbeuren erwartet wurde. Und dann gab es nicht nur einen verdächtig schnell an der Pest verstorbenen Arzt, sondern auch noch drei tote Söldner, die vor ihrem Tod an der Seuche offenbar gefoltert und gefesselt worden waren ... Was, in Gottes Namen, ging in dieser Stadt vor?

Neben ihr gähnte Simon und richtete sich verschlafen im Bett auf. Magdalena musterte ihren Mann verstohlen. So lange kannten sie sich jetzt schon, vier Kinder hatte sie ihm geboren, wovon eines schon kurz nach der Geburt gestorben war. Manchmal sah sie in Simons Augen noch immer den jugendlichen Schalk blitzen, der ihr früher so gut gefallen hatte. Seine Neugier, sein Witz, aber auch die auf anrührende Weise lächerliche Art, sich immer nach der neuesten Mode zu kleiden – Simon war anders als die meisten Männer, und das liebte sie so an ihm. So vieles hatten sie schon zusammen durchgestanden, sie würden auch diese schweren Tage überstehen.

»Ob dein Vater schon auf ist?«, fragte Simon und fuhr sich durchs lichter werdende Haar.

Magdalena nickte. »Ich hab ihn heute noch vor Morgengrauen die Stiege hinabgehen hören. Ich denke, er ist zu Nähers Haus gegangen, um dort nach dem Rechten zu sehen.« Hastig zog sie ihr staubiges Kleid an und schlüpfte in die Lederschuhe. »Ehrlich gesagt habe ich keine große Hoffnung, dass Peter sich irgendwo in Kaufbeuren befindet.« Sie biss sich auf die Lippen. »Ich fürchte wirklich, ihm ist auf der Reise etwas zugestoßen.«

»Denk doch nicht gleich an das Schlimmste.« Simon nahm ihre Hand. »Lass uns auf alle Fälle in den Wirtshäusern nach ihm fragen, vielleicht hat ihn ja jemand gesehen. Kaufbeuren ist groß. Wenn er schon vor einigen Tagen gekommen ist, war die Stadt möglicherweise noch nicht abgeriegelt, so wie jetzt.« Er nickte grimmig. »Außerdem glaube ich, dass dein Vater recht hat: Der werte Herr Bürgermeister verschweigt uns etwas. Und dann diese Söldner …« Er schüttelte den Kopf. »Wenn es wirklich die Pest ist, die diese Männer und den alten Eden auf dem Gewissen hat, warum breitet sie sich dann nicht weiter aus? Das ist zumindest ungewöhnlich. Eine Seuche sieht anders aus.«

Schließlich hatte auch Simon sich angezogen. Gemeinsam gingen sie hinüber in die Wohnstube, wo Martin Eden bereits vor einem dampfenden Becher saß. Simon schnupperte, und seine Miene hellte sich schlagartig auf.

»Ist das etwa …«

»Kaffee, ja«, sagte Eden, der die beiden mit einem Kopfnicken begrüßte. »Ich habe das bittere Gebräu während meines Studiums kennengelernt und bin ihm seitdem verfallen. Kennt Ihr den Trank etwa?«

»Ob … ob ich ihn kenne?« Simon lachte. »Vermutlich war ich vor Jahren einer der Ersten, der sich die Bohnen für sündhaft teures Geld auf dem Augsburger Gewürzmarkt besorgt hat. Bei Gott, ich liebe Kaffee!« Er zwinkerte Magdalena zu. »Fast so sehr wie meine Frau. Aber nur fast.«

»Nun, dann lade ich Euch gerne auf einen Becher ein«, entgegnete Eden lächelnd. »Seit den Türkenkriegen ist es nicht mehr leicht, Kaffeebohnen zu beschaffen. Aber ich habe so meine Quellen. Dieser Kaffee stammt aus dem fernen Mokka, wo es die besten Bohnen geben soll. Sogar Rohrzucker aus Westindien kann ich Euch anbieten.«

Bald saßen sie zu dritt am Tisch, tunkten hartes Brot in

ihre Becher und nippten an dem heißen schwarzen Kaffee, den Simon mit viel Zucker gesüßt hatte. Ein teures Vergnügen, in München gab es Zucker meist nur, wenn er bei Doktor Malachias Geiger speiste.

»Euer Vater redet wohl nicht viel«, wandte sich Martin Eden an Magdalena. »Ich habe ihn heute früh noch kurz gesehen, wie er aus dem Haus ging.«

»Mein Vater geht meist seine eigenen Wege«, erwiderte Magdalena achselzuckend. »Macht Euch darüber keine Gedanken. Auf andere wirkt er oft wie ein grober Klotz.«

»Mit meinem Vater erging es mir so ähnlich.« Eden seufzte. »Wobei ich ihn von allen Leuten wohl noch am besten leiden konnte.«

»Euer Vater war nicht der angenehmste Zeitgenosse, was man so hört«, sagte Simon, während er an dem harten Kanten Brot kaute.

»Nicht der angenehmste Zeitgenosse?« Eden lachte leise. »Das ist hübsch gesagt. Er war als Arzt geachtet, das schon, mehr aber nicht. Hat sich mit seiner hochfahrenden Art sicher keine Freunde in der Stadt gemacht. Er galt als arrogant und habgierig, außerdem war er seiner Frau nicht immer treu.« Seine Miene verfinsterte sich. »Gleich nach der Hochzeit hat er eine junge Magd geschwängert. Als die Sache aufzufliegen drohte, hat mein Vater das arme Ding aus dem Haus geworfen. Das Mädchen zog vor den Rat und erklärte, er habe sie vergewaltigt.«

Magdalena schüttelte zornig den Kopf. »Lasst mich raten. Euer Vater bekam vor dem Rat recht?«

»Nun, er hatte Glück«, entgegnete Eden mit stockender Stimme. »Das Mädchen entwickelte einen fürchterlichen Aussatz, beinahe so, als wäre sie von Gott gestraft worden. Man verbannte sie vor die Stadt ins Siechenhaus. Sie ist daraufhin in die Wertach gegangen und ertrunken.«

»Was für eine grauenhafte Geschichte!« Magdalena fröstelte. Sie kannte ähnliche Vorkommnisse aus München. Auch dort hatten die Männer ihren Spaß, und die Frauen bezahlten mit ihrer Ehre und oft auch mit ihrem Leben. »Nur zu verständlich, dass Euren Vater keiner mochte. Seid mir nicht böse, aber das klingt wirklich so, als wäre er ein echtes Ekel gewesen.«

»Aber eben doch mein Vater.« Eden schenkte sich aus der Kanne einen weiteren Schluck ein, und Simon hielt ihm seinen leeren Becher hin.

»Mein Vater war auch so ein Ekel«, sagte Simon und pustete, als er sein heißes Getränk in den Händen hielt. »Erst nach seinem Tod habe ich ihm verzeihen können. Kann es übrigens sein, dass der Kaufbeurer Chirurgus, dieser Schropp, auch nicht besonders gut auf Euren Vater zu sprechen war? In der gestrigen Ratssitzung kam es mir so vor.«

»O ja, das habt Ihr richtig erkannt!« Martin Eden verdrehte die Augen. »Wie Ihr sicher wisst, prüft der Stadtphysikus den ihm unterstellten Wundarzt in einem mündlichen Examen, bevor die Stadt ihn einstellt. Mein Vater hat Schropp damals vor vielen Jahren durch diese Prüfung fallen lassen, und das, obwohl der Chirurg die besten Zeugnisse vorweisen konnte und Schropps Vater mit meinem Vater gut befreundet war! Schropp hat dagegen geklagt und schließlich vom Rat recht bekommen. Seitdem waren die beiden Todfeinde.« Er runzelte die Stirn. »Wie ich schon sagte, es ist noch nicht ausgemacht, dass ich der neue Arzt in der Stadt werde. Dem muss erst der Rat zustimmen.«

»Hat denn Schropp Aussichten, der neue Physikus in Kaufbeuren zu werden?«, wollte Magdalena wissen. »Ich meine, statt Euch?«

»Wir werden uns wohl beide im Rat um die Stelle bewerben«, erwiderte Eden achselzuckend. »Schropp kann mich nicht leiden, dabei kennt er mich kaum. Aber glaubt mir, gerade jetzt liegt mir nichts ferner als diese gottverdammte Bewerbung. All diese schlimmen Dinge in letzter Zeit …« Er schüttelte sich, tatsächlich sah er sehr blass aus, wie Magdalena feststellte. »Und die Stadt kehrt alles unter den Teppich wegen des verflixten Tänzelfests.«

»Tänzelfest?« Simon hob die Augenbrauen. »Ist das nicht …?«

»Das ist ein Kinderfest, das jedes Jahr in Kaufbeuren gefeiert wird«, warf Magdalena ein. Sie nickte. »Du kennst es sicher auch, Simon. Es ist weit über die Grenzen von Kaufbeuren hinaus bekannt. Ich kann mich erinnern, dass ich als Kind selber mal zusehen durfte. Ein prächtiger Umzug, nicht wahr, mit Hunderten von Kindern? Wie ein Jahrmarkt, nur viel, viel größer.«

Eden nickte. »Die halbe Stadt nimmt daran teil. Es ist allerdings ein Fest der Kaufbeurer Protestanten, Katholiken dürfen nicht teilnehmen. Das hat auch öfter schon zu Unmut geführt. Aber das Fest geht auf eine lange Tradition zurück. Der gute Kaiser Maximilian hat es wohl vor rund zweihundert Jahren ins Leben gerufen, er war der Stadt immer sehr verbunden.«

»Und Bürgermeister Rehlinger fürchtet nun, dass das Fest wegen der Pest ausfallen muss. Ich verstehe.« Simon trank einen Schluck vom noch immer sehr heißen Kaffee. »Deshalb wollte er auch nichts über die toten Söldner erzählen, nicht wahr?«

»Wenn das Tänzelfest nicht stattfindet, wäre das tatsächlich ein großer Verlust für die Stadt«, erwiderte Eden. »Zumal ja auch viele Händler aus dem Umland kommen. Rehlinger hofft wohl, dass bis dahin die Pestbriefe nicht mehr nötig sind. Das Fest ist den Protestanten in Kaufbeuren wirklich sehr wichtig. Unsere Familie ist zwar katholisch, aber ich verstehe, dass die Protestanten daran festhalten wollen.«

Magdalena kannte diesen Zwist zwischen Katholiken und Protestanten auch von Augsburg her, wo ebenso wie in Kaufbeuren beide Religionen gleichberechtigt in der Stadt vertreten waren. Doch in Kaufbeuren schien es mit dem sogenannten Religionsfrieden nicht weit her zu sein. Nun, sie selbst hatten zurzeit wirklich andere Sorgen. Sie stellte ihren leeren Becher ab, wischte sich die Krümel vom Kleid und stand auf.

»Mein Mann und ich müssen für die Münchner Kommission noch einige ... äh ... Überprüfungen anstellen«, sagte sie, mit einem Seitenblick auf Simon. »Vielen Dank für Eure Gastfreundschaft. Ich hoffe, dass wir sie nicht mehr allzu lange in Anspruch nehmen müssen.«

»Und habt Dank für den Kaffee«, bemerkte Simon. »Er war wirklich ausgezeichnet. Diese Sorte aus ... wie heißt der Ort? Mokka? ... werde ich mir merken.«

Eden hob einladend die Hände. »Bleibt nur, solange Ihr wollt, es wäre mir eine Ehre. Das Haus ist groß genug.« Er wandte sich lächelnd an Magdalena. »Außerdem hoffe ich, mit Eurem Mann noch einige anregende Unterhaltungen über die Fortschritte der Medizin führen zu können – auch über die Pest. Immerhin ist er ein Mitglied der kurfürstlichen Kommission! So jemand kommt nicht alle Tage nach Kaufbeuren.«

Als Simon und Magdalena kurz darauf hinaus auf die Gasse traten, stand die Sonne schon über den Dächern. Noch war es kühl vom nächtlichen Gewitter, doch die Luft dampfte bereits, es würde wieder ein schwüler Tag werden.

»Glaubst du immer noch, dass es eine gute Idee war, sich als Mitglied der kurfürstlichen Kommission auszugeben?«, erkundigte sich Magdalena. »Wenn diese Lüge auffliegt, kann dich das deinen Posten in München kosten. Wenn nicht sogar mehr!«

Simon seufzte. »Ich gebe zu, mir war nicht ganz klar, was das alles nach sich zieht. Aber jetzt ist es wohl zu spät, sich darüber Gedanken zu machen. Außerdem gibt es uns wenigstens die Möglichkeit, uns weiter in der Stadt umzuschauen.«

»Und wo genau willst du nachschauen?«, fragte Magdalena.

Simon zuckte mit den Schultern. »Lass uns zunächst in den Herbergen fragen. Vielleicht hat ja irgendjemand Peter gesehen oder weiß etwas über einen Boten aus Wien.«

Auf den Gassen herrschte um diese Uhrzeit schon einiges Leben. Die Metzger unten an der Fleischbank hatten ihre Läden geöffnet, Schwaden von Fliegen saßen gleich schwarzen Klumpen auf den ausliegenden Fleischbrocken. Kinder liefen lachend mit Fassreifen durch die von Tierblut rötlich gefärbten Pfützen, eine Gruppe schwarz gekleideter Franziskanerinnen schritt würdevoll über den mit Bohlen bedeckten Stadtbach in Richtung des Klosters. Anders als gestern kurz vor dem Gewitter kam Simon die Stadt nun gar nicht mehr verlassen vor. Sie passierten das Rathaus, wo heute am Unteren Markt die Bäcker ihre noch dampfenden Brotlaibe feilboten. Die Hausfrauen feilschten um die besten Preise, hinter der Stadtkirche boten Händler schnatternde Gänse, Eier, dampfende Fleischpasteten und Rüben an. Vor etlichen Läden hatten sich Schlangen gebildet, zwei Dienstmägde stritten sich um ein gerupftes Huhn, wohl das letzte, das noch zu haben war.

Erst auf den zweiten Blick erkannte Simon, dass viele

der Auslagen leer waren. Das Gemüse sah welk aus, so als wäre es schon länger im Keller gelagert worden, zudem fehlten die fremden Hausierer und Marktschreier, die sonst immer von außerhalb zum Markt kamen. Auch in den Wirtshäusern war nicht viel los. Sie fragten im Goldenen Hirschen, im Schwarzen Adler, im Löwen und in der Goldenen Sonne. Sogar in der Blauen Ente, einer verrufenen Herberge in der Nähe des Klosters, sahen sie sich um. Keiner hatte etwas über einen jungen Burschen mit Pferd gehört, niemand wusste etwas über einen Kurier aus Wien.

Nach zwei Stunden standen sie wieder am Unteren Markt, der sich inzwischen fast ganz geleert hatte.

»Nichts«, sagte Simon enttäuscht. »Die paar Fremden, die in letzter Zeit hier waren, konnten die Wirte an den Fingern abzählen.« Er stöhnte. »Wenn mir noch ein einziger Betrunkener Wein über mein Wams schüttet, werde ich zum Mörder! Ich habe nichts zum Wechseln dabei.«

»Ich finde, der Wirt in der Blauen Ente wirkte ein wenig seltsam«, sagte Magdalena, ohne auf Simons Klagen einzugehen. »Findest du nicht auch? Als wir ihn nach einem Kurier fragten, mochte er uns nicht ins Gesicht sehen. Hat nur ganz eifrig seine Gläser gespült.«

»Ich denke, der war genauso betrunken wie seine Kundschaft.« Simon zog sie am Arm. »Komm, ich weiß noch einen Ort, wo wir suchen können. Im Spital.«

»Das Spital!« Magdalena schlug sich gegen die Stirn. »Natürlich! Wenn Peter krank ist, dann befindet er sich dort. Die Spitäler müssen auch Fremde aufnehmen, das ist überall Gesetz.«

Hand in Hand eilten sie durch die Gassen, hin zum großen Spitaltor, das Stadttor, durch das sie gestern erst Kaufbeuren betreten hatten. Aus dem Augenwinkel betrachtete

Simon seine Frau, die entschlossen neben ihm schritt. Obwohl sie die Sorge noch immer auffraß, war Magdalena voller Tatendrang. In München war Simon meist mit Doktor Geiger unterwegs, in seiner Praxis oder in Gedanken bei irgendwelchen medizinischen Problemen. Das hatte schon des Öfteren zu Streitereien geführt. Hier in Kaufbeuren waren sie wieder ein Paar, so wie früher, vereint in der Sorge um ihren ältesten Sohn.

Wenn es irgendetwas Gutes an dieser Sache gibt, dann dies, dachte Simon.

Das Spital lag gleich neben dem Stadttor. Es war ein großer Komplex, der von einer eigenen Mauer umgeben war. Ein schmales Tor, das nun verschlossen war, führte hinein. Simon zog an einem Klingelzug, aber erst nach dem dritten Läuten machte jemand auf. Zu Simons Erstaunen war es kein Bediensteter, sondern ein städtischer Wachmann, der sie durch den Türschlitz argwöhnisch musterte.

»Was wollt Ihr?«, fragte der Mann unwirsch.

»Wir sind Mitglieder der kurfürstlichen Pest-Kommission und wollen uns ein Bild von der gegenwärtigen Lage machen«, entgegnete Simon mit wichtigtuerischer Miene. Er war sich wirklich nicht sicher, wie lange er dieses Theater noch durchhalten würde.

»Hä?« Der Wachmann sah ihn an, als käme er vom Mond. »Kurfürstliche Pest … was? Kenn ich nicht. Wenn Ihr nicht wegen unseres toten Spitalmeisters gekommen seid, dann schleicht Euch wieder. Das Spital hat heute geschlossen.«

»Toter … Spitalmeister?«, fragte Simon erschrocken. »Doch nicht etwa Gottlieb Bärwein? Was, um Himmels willen, ist denn geschehen? Ich verlange …«

»Und ich sagte, schleicht's Euch!« Der Wachmann

wollte eben das Tor wieder schließen, doch da ertönte von drinnen eine weiche, dennoch befehlsgewohnte Stimme.

»Lasst den Herrn von der Kommission ruhig rein. Ärzte sind immer willkommen.«

»Na, wenn Ihr meint, Pater«, knurrte der Wachmann.

Das Tor öffnete sich, und Simon trat in einen großen Innenhof, auf dem sich etliche ärmlich gekleidete, laut schreiende Kinder tummelten. Ein paar mit Fässern beladene Karren standen in einer Ecke. Eine Reihe größerer und kleinerer Häuser verlief entlang der Stadtmauer, es gab einen bulligen Turm, eine eigene Kirche, einen Brotofen, Ställe, dazu wohl eine Herberge und einige kleinere Türme ... Anerkennend sah Simon sich um. Auch das Spital in Schongau war nicht gerade klein, doch das hier war beinahe ein eigenes Dorf. Den spielenden Kindern nach zu urteilen, gab es auch ein Waisenhaus, dazu vermutlich eine Narrenkeuche für die Irrsinnigen, des Weiteren medizinische Versorgung sowie Wohnungen für ältere Bürger und Pilger. Kaufbeuren war ganz ohne Zweifel eine Reichsstadt, die immer noch über viel Geld verfügte.

Ein kleiner, fülliger Benediktinermönch in schwarzer Kutte kam ihnen entgegen. Er war ebenso beleibt wie Bürgermeister Rehlinger, wirkte aber wesentlich gemütlicher. Außer seiner dünnen Tonsur trug er kaum noch Haare auf dem Kopf. »Verzeiht das rüde Auftreten der Wache«, sagte der Mönch und breitete entschuldigend die Arme aus. Er schnaufte vom schnellen Gehen. »Es ist die übliche Art der Allgäuer zu sagen, dass jemand willkommen ist. Manchmal muss man das erst übersetzen.«

An der Stimme erkannte Simon, dass dies der Pater war, der ihnen eben den Eintritt ermöglicht hatte. »Mittlerweile kenne ich die Allgäuer ein wenig«, entgegnete er lächelnd. »Aber für einen blasierten Münchner ist diese

Sprache tatsächlich ein wenig, nun ja … gewöhnungsbedürftig.«

»Aber sie kommt von Herzen.« Der Mönch reichte Simon und Magdalena die Hand. »Ihr müsst dieser Münchner Doktor mit seiner Gemahlin sein, ich habe schon von Euch gehört. Ich bin Pater Damian, der Seelvater des Spitals.«

»Seelvater?« Magdalena runzelte die Stirn. »Was für eine seltsame Bezeichnung.«

»Findet Ihr? Nun, ich kümmere mich eben auch um das Seelenheil der Kranken. Um Leib und Seele, wie man so schön sagt. Und der Leib kommt bei mir nicht zu kurz.« Der kleine Mönch grinste und rieb sich den Bauch. »Wie schon die alten Römer wussten: Nur in einem gesunden Leib wohnt auch ein gesunder Geist.«

»Aber heißt es nicht auch: Plenus venter non studet libenter? Ein voller Bauch studiert nicht gern«, warf Simon ein.

»Ich sehe, der Herr Doktor weiß zu argumentieren. *Touché!*« Um Pater Damians Mundwinkel spielte ein freundlicher Schalk, es war zu sehen, dass er Bier und gutem Essen nicht abgeneigt war. »Nun, vor allem aber bin ich für die Ärmsten der Armen zuständig.« Er deutete hinüber zu einem lang gezogenen Bau, der sich gleich an den Turm anschloss. »Im Seelhaus werden Kranke ohne Bürgerrecht und auch Fremde gepflegt, vor allem aber all die armen Seelen, die an einer Seuche erkrankt sind und deshalb nicht bei den anderen Patienten des Spitals bleiben können.«

»Also auch die Pestkranken?«, hakte Simon nach.

»Ja, auch die.« Pater Damian nickte traurig. »Wollen wir beten, dass es nicht mehr werden. Der alte Doktor Eden starb in meinen Armen. Ich konnte ihm nicht mehr helfen, es ging alles sehr schnell.« Der Pater schlug ein Kreuz. »Was im Grunde ja eine Gnade war.«

»Sind unter Euren jetzigen Kranken auch … Auswärtige?«, fragte Magdalena zögerlich. »Also Reisende, Boten …« Sie warf Simon einen nervösen Blick zu.

»Nein, zurzeit gibt es keine kranken Fremden.« Der kleine Mönch wiegte seinen runden Kopf. »Wenn man mal von diesen toten Söldnern absieht. Warum fragt Ihr?«

»Äh, ein Auftrag der kurfürstlichen Kommission«, erwiderte Simon, der gleichzeitig erleichtert und enttäuscht war. Peter war keiner der Pestkranken, aber er war auch nicht hier. »Ich soll überprüfen, wie die Pest sich im Land ausbreitet«, fuhr er fort. »Wie ich höre, ist Euer Spitalmeister letzte Nacht gestorben?«, wechselte er das Thema. »Mein Beileid. Erst gestern durften wir Gottlieb Bärwein noch im Rat kennenlernen. Er hat eigentlich noch einen ganz rüstigen Eindruck gemacht.«

»Es war wohl das Herz. Gottlieb war nicht mehr der Jüngste.« Pater Damian rieb sich die müden Augen. »Seitdem geht es hier drunter und drüber. Bis ein neuer Spitalmeister ernannt wird, habe ich die Aufsicht über das ganze Spital. Nicht, dass ich mich darum gerissen hätte, o nein! Ich habe wahrlich schon genug mit meinen Kranken zu tun.«

»Ist es denn sicher, dass Bärwein nicht an der Pest gestorben ist?«, wollte Simon wissen.

»Nun, ich glaube, mich in medizinischen Dingen doch recht gut auszukennen«, sagte Pater Damian mit einem Achselzucken. »Ein Herztod erscheint mir das Naheliegendste. Aber der ehrenwerte Chirurgus Leonhart Schropp nimmt eben die Leichenschau vor, um wirklich alles auszuschließen.«

»Leonhart Schropp?« Magdalena, die neben Simon

stand, pfiff durch die Zähne. »Das ist ja interessant. Eben noch ein einfacher Wundarzt, und nun wird er schon bei der Leichenschau des Kaufbeurer Spitalmeisters hinzugerufen.«

»Nun, wie bereits erwähnt, ist unser Stadtphysikus gestorben. Und bevor von der Stadt ein neuer Arzt ernannt wird, hat sich der Wundarzt angeboten, dessen Pflichten vorläufig zu übernehmen.« Pater Damian lächelte verhalten. »Leonhart Schropp füllt dieses Amt nur allzu gerne aus. Schon sein Vater war hier in der Stadt Wundarzt. Ich hatte ihm vorgeschlagen, die Leichenschau selbst vorzunehmen, aber davon wollte der Herr Chirurgus nichts wissen.«

»Ich bin Arzt.« Simon trat einen Schritt vor. »Auch ich könnte den Toten in Augenschein nehmen.«

Der füllige Mönch gab ein glucksendes Lachen von sich, sein kleines Bäuchlein hüpfte. »Darüber wird Meister Schropp nicht eben erfreut sein. Aber bitte, versucht Euer Glück. Folgt mir.«

Während Pater Damian über den geräumigen Hof vorausging, flüsterte Magdalena Simon zu: »Zuerst der Stadtphysikus und jetzt der Spitalmeister. Wenn das so weitergeht, gibt es bald keinen medizinischen Rat mehr in Kaufbeuren.«

Simon nickte. »Das ist auf alle Fälle merkwürdig. Wie so vieles andere auch.«

Sie gingen über den weitläufigen Hof, bis sie zu einer Reihe schmuckloser Kammern mit jeweils einer Tür kamen. Pater Damian schritt auf eine von ihnen zu.

»Hier wohnte der Spitalmeister?«, fragte Simon verblüfft. »In einer einfachen Pfründnerstube?«

»Wie Ihr wisst, können sich alte Leute gegen Geld eine solche Kammer mieten, bis zu ihrem Tod«, erklärte Pater

Damian. »Es gibt bei uns die Herrenpfründner, die haben geräumige Wohnungen mit Dienstboten, und eben die etwas schlichteren Kammern.«

Tatsächlich gab es solche Pfründnerstuben fast in jeder Stadt. Sie standen den alten Bürgern zur Verfügung, so wie es auf den Dörfern sogenannte Austragshäuser für die Großeltern gab. Die Bewohner bekamen dreimal am Tag eine warme Mahlzeit, außerdem einen Krug Wein oder Bier und medizinische Versorgung.

»Als Ratsmitglied hätte sich Gottlieb Bärwein doch etwas Besseres leisten können als das hier«, warf Magdalena ein.

»Sicher. Aber der gute Gottfried wollte es so. Wohl ein altes Gelübde.«

Sie betraten eine der Kammern. Es roch feucht und modrig, durch das schmale Fenster fiel nur wenig Licht herein, trotzdem war es um diese Tageszeit schon schwül heiß. Ein einzelnes Bett stand darin, das im Gegensatz zur kargen Umgebung seltsam pompös wirkte. Es war ein Himmelbett mit kostbar verzierten Pfosten, dessen seidene Vorhänge jetzt zur Seite geschoben waren. Dahinter war ein dürrer lebloser Körper zu erkennen, eine Decke verhüllte nur notdürftig das Nachthemd und die nackte ausgemergelte Haut. Simon nahm den süßlichen Geruch des Todes wahr, der durch die Hitze noch intensiver war. Fliegen umschwirrten die Leiche.

Der Mund des Spitalmeisters stand weit offen, die schreckensgeweiteten Augen blickten zur Decke des Himmelbettes, als würde dort gerade eben etwas unsäglich Böses zum Sprung ansetzen. Über die Leiche gebeugt stand Chirurgus Leonhart Schropp, der sich verärgert aufrichtete. Durch seinen Kneifer funkelte er die Hereinkommenden böse an, auf seiner Glatze perlte der Schweiß.

»Was soll das?«, zischte er. »Das ist eine Leichenschau und noch nicht der Leichenschmaus. Wenn Ihr Euch von dem Toten verabschieden wollt, dann …« Erst jetzt erkannte der Wundarzt sein Gegenüber. Schropp verzog spöttisch die Mundwinkel. »Ah, der Herr Doktor aus München! Ich hoffe, Ihr hattet eine angenehme Nacht beim jungen Eden. Er wohnt ja recht behaglich, was man so hört.«

»Wie ich eben erfahren musste, ist der werte Herr Spitalmeister letzte Nacht verstorben«, entgegnete Simon, ohne auf Schropps Äußerung einzugehen. »Ihr habt sicher nichts dagegen, Herr Kollege, wenn ich einen Blick auf den Toten werfe.«

Einen Moment lang schien Schropp ihm tatsächlich widersprechen zu wollen. Er streifte Pater Damian mit einem bösen Blick, doch dann trat er zur Seite. Studierte Ärzte standen über den Chirurgen, die ausschließlich für Knochenbrüche und Amputationen zuständig waren. Im Grunde war Schropp gar nicht berechtigt, eine Leichenschau vorzunehmen.

»Bitte, bitte, wie Ihr meint«, sagte der Chirurgus tonlos. »Aber wenn Ihr glaubt, Anzeichen der Pest vorzufinden, kann ich Euch jetzt schon beruhigen. Keine schwarzen Flecken oder Beulen, was so schnell ja auch nicht zu erwarten wäre, nicht wahr? Ich vermute, Bärweins Herz hat einfach aufgehört zu schlagen.«

»Hm …« Simon trat näher und untersuchte die Leiche oberflächlich. Währenddessen blieb Magdalena mit Pater Damian in der Tür stehen.

»Was ist das?«, fragte Simon nach einer Weile und deutete auf die Wunden in Bärweins ausgemergeltem Gesicht.

»O, wohl die Bissspuren von Mäusen oder Ratten.« Schropp zuckte mit den Schultern. »Das sieht man gelegentlich bei Leichen, wie Ihr sicher wisst. Die Biester fallen sofort über einen her, wenn man sich nicht mehr rührt.«

»Aber so viele Spuren ...?« Simon beugte sich tiefer über die Leiche. Angewidert deutete er auf die Beine und die Leistengegend. »Die Tiere haben ja nicht mal vor seinem Gemächt haltgemacht. Das ist dann doch sehr ungewöhnlich.«

»Und wenn schon«, entgegnete Schropp. »Die Bisse haben jedenfalls nicht zum Tod geführt.«

»Schaut doch! Da ist das Mistvieh ja.« Magdalena war in den dunklen Raum getreten. Sie ging in eine Ecke, wo tatsächlich der Kadaver einer einzelnen Ratte lag. Sie bückte sich und wollte die Ratte eben am Schwanz hochheben, doch Pater Damian hielt sie zurück. »Nicht berühren!«

»Der Pater hat recht«, sagte Simon. »Wir wissen nicht, woran das Tier verendet ist ...«

»Ach was!« Leonhart Schropp lachte spöttisch. Er nahm die Ratte am Schwanz und schüttelte sie, dann hielt er sie Simon direkt vor die Nase »Die Ratte ist tot, sie kann Euch nichts mehr anhaben. Aber wenn Euch schon vor einer Ratte graust, Herr Doktor, dann habt Ihr vielleicht den falschen Beruf gewählt.« Er griff nach dem pelzigen Leib, seine Faust schloss sich, er zerquetschte den Kadaver und warf ihn auf den Boden. Beiläufig wischte er sich die Hand an der Hose ab. »Verdammte Mistviecher! Wir sollten den Kemnater Rattenfänger mal wieder kommen lassen, damit er Giftköder auslegt.«

Schweigend riss Simon ein Stück des Vorhangs ab, wickelte es sich um die Hand und hob den Kadaver damit auf. Er musterte ihn sorgfältig. »Seht nur, die Ratte hat aus dem Maul geblutet«, sagte er nach einer Weile. »Ihre

Gliedmaßen sind verdreht, und sie hat schwarze Pusteln überall.«

»Vermutlich war sie krank«, sagte Pater Damian, der Schropps Wutausbruch von der Tür aus beobachtet hatte. »Gebt sie mir, ich werfe sie gleich in den Ofen.«

Simon zögerte kurz, doch dann wickelte er die Ratte in das Tuch und übergab sie dem Mönch. »Sorgt dafür, dass sie keiner mehr anlangt. Es sieht so aus, als sei sie vergiftet worden oder an irgendeiner Krankheit gestorben.«

»Hört, hört! Vielleicht an der Pest?« Leonhart Schropp grinste. »Dann sollten wir alle froh sein und beten, dass es in Kaufbeuren die Ratten erwischt und nicht die Menschen.«

»Ihr wisst selbst, die Miasmenlehre geht davon aus, dass schlechte Gerüche und Erdausdünstungen für die Krankheit verantwortlich sind«, erwiderte Simon, nachdem Pater Damian mit der toten Ratte hinausgegangen war. »Fragt Euren studierten Kollegen, den jungen Doktor Eden, er wird es Euch bestätigen. Wenn dem so ist, dann kann es auch Ratten treffen. Warum denn nicht?«

»Was für ein Unsinn!«, spottete Schropp. »Und Martin Eden mag vielleicht studiert haben, aber der *Doktor* hier in Kaufbeuren ist er noch lange nicht. Wer weiß«, fügte er bedeutungsschwanger hinzu, »vielleicht wird er es auch nie ... Der Rat wird sich mit seiner Akte sicher noch genauer beschäftigen ...«

Er deckte den Leichnam des Spitalmeisters zu. »Und nun entschuldigt mich. Ich habe heute noch zwei Knochenbrüche und ein ausgerenktes Schultergelenk vor mir. Es gibt tatsächlich Leute, die arbeiten müssen für ihr Geld und nicht nur schwadronieren. Ach, und apropos Knochenbrüche ...« Schropp lächelte schmal. »Dass ein ehrloser Henker im Haus des ehrenwerten Barons Hörmann wohnt, ist ein Skandal, dem der Kaufbeurer Rat sicher nicht lange zusehen wird. Gehabt Euch wohl, Herr Doktor.«

Leonhart Schropp packte seinen Kneifer weg, griff zu seiner Arzttasche und ging grußlos hinaus in den hellen, sonnendurchfluteten Hof. Simon sah ihm nach.

»Puh, ein wirklich unangenehmer Zeitgenosse«, sagte er kopfschüttelnd. »Kommt wohl nicht darüber hinweg, dass er nur Chirurg und nicht Arzt ist.«

Magdalena nickte. »Ich denke, der junge Eden hat recht. Schropp kann die Arztfamilie auf den Tod nicht ausstehen. Wenn Martin Eden Schropps Stimme braucht, um hier in Kaufbeuren Arzt zu werden, na dann, gute Nacht.«

Sie gingen über den Hof zurück zum Tor, als ihnen Pater Damian noch einmal entgegenkam. Der Mönch zuckte entschuldigend die Achseln. »Ich hätte Euch vielleicht vorwarnen sollen. Leonhart Schropp ist ein wenig ungehobelt, vor allem, wenn es um die Familie Eden geht.«

»Das habe ich gemerkt«, sagte Simon. »Ungehobelt und auch ungebildet.« Er sah Pater Damian fragend an. »Die Ratte ...?«

»Habe ich verbrennen lassen. Ihr habt recht, das Tier könnte wirklich an der Pest krepiert sein.« Der kleine Mönch nickte. »Ich habe sie mir noch einmal angesehen. Die Symptome sind die gleichen wie bei einem Menschen, wirklich unheimlich.« Er runzelte die Stirn. »Ich habe schon mal in irgendeinem Buch gelesen, dass Ratten ebenso an der Pest erkranken wie unsereins. Ein interessanter Gedanke ...«

»Ein Gedanke, der dem Herrn Chirurgus wohl bereits zu verstiegen war«, entgegnete Magdalena schmal lächelnd.

»Da ist er nicht der Einzige in der Stadt.« Pater Damian seufzte. »Die Leute hier sind neuen Ideen gegenüber nicht sehr aufgeschlossen. Das mag in München anders sein. Vielleicht ist es auch Schicksal, dass Ihr gerade jetzt nach Kaufbeuren gekommen seid.« Er reichte Simon und Magdalena die Hand. »Es freut mich jedenfalls, Eure Bekanntschaft gemacht zu haben. Vielleicht ergibt sich noch eine bessere Gelegenheit für einen Plausch. Doch zurzeit …« Ein Wagen rumpelte so knapp an ihnen vorbei, dass sie alle drei hastig ausweichen mussten. »Ach Gott, das muss die Brotlieferung sein. Endlich!«, schimpfte Pater Damian. »Auf die warten wir schon seit den frühen Morgenstunden. Ihr entschuldigt mich.«

Er watschelte von dannen, und Simon sah dem kleinen geschäftigen Mann hinterher. Zumindest schien das Spital nach dem Tod des Spitalmeisters schnell einen würdigen Ersatz gefunden zu haben.

Kapitel 6

Im Innviertel, nahe der österreichischen Grenze,
den 25. August, Anno Domini 1679, mittags

Die Feder kratzte übers Papier, während die Fliegen Peter summend umkreisten. Es war schwül und stickig in der kleinen Kammer über der Wirtsstube, der Gestank war schier atemberaubend, doch all das merkte Peter nicht. Er war vollkommen davon eingenommen, seine Beobachtungen niederzuschreiben.

Seit Tagen war er nun hier in dem kleinen Dorf im bayerischen Innviertel gefangen. Zwar konnte er das Wirtshaus verlassen und durch die kleine Ortschaft streifen, doch spätestens hundert Schritt vor dem Waldrand hörte die Freiheit auf. Einmal hatte er sich vorsichtig dem Wald genähert, da hatte eine laute, barsche Stimme ihn unmissverständlich aufgefordert, sofort umzukehren. Ein donnernder Warnschuss hatte die Drohung untermauert.

Zunächst war Peter seine Situation vollkommen aussichtslos erschienen. Der Brief, den er so dringend in Kaufbeuren übergeben musste, war im Besitz der Wirtin. Und selbst wenn es ihm gelungen wäre, der Frau das Felleisen mit Gewalt zu entreißen, wie sollte er fliehen – ohne Pferd und umzingelt von einer Hundertschaft bayerischer Soldaten? Außerdem schmerzte sein Fuß, mit dem verstauchten Knöchel konnte er nur humpeln. Eine Krücke diente ihm als Stütze.

Also hatte er versucht, das Beste aus seiner Situation zu machen: Er schrieb alles auf, was ihm an der schrecklichen Krankheit auffiel, er zeichnete, notierte und dokumentierte sorgfältig.

Das kleine Dorf bestand aus etwa zwei Dutzend Bauernhäusern, in gut zwei Drittel von ihnen war mittlerweile die Pest ausgebrochen. Die Gesunden wagten sich nicht mehr auf die Straße, und die Kranken vegetierten in ihren Betten. Die Toten blieben liegen, keiner rührte sie an, keiner beerdigte sie. Davon rührte auch der verheerende Gestank, der überall in der Luft lag. Schwarzes verkrustetes Blut umrahmte die Nasenlöcher und Lippen der Verstorbenen, eine Schminke des Todes. Die Münder waren weit aufgesperrt zu einem letzten Schmerzensschrei, in den Augen lag unaussprechliches Grauen. Am schnellsten traf es die Kinder und die Alten, diejenigen, die am wenigsten Kraft besaßen. Familien hatten ihre Angehörigen, Großväter, Enkelkinder wie totes Vieh einfach auf der Straße abgelegt.

Zunächst hatte Peter nicht gewagt, die noch Lebenden aufzusuchen, doch sie brauchten dringend Wasser, gerade jetzt in der sommerlichen Hitze. Also war er trotz seines verstauchten Knöchels zum Dorfbrunnen bei der Linde gehumpelt, hatte Krüge gefüllt und vor die Türen gestellt – unter den misstrauischen Blicken der wenigen Gesunden, die ihn durch die Ritzen ihrer Fensterläden anstarrten. Bei seinen Gängen trug er immer ein Tuch um den Mund, welches er mit dem Öl aromatischer Kräuter eingerieben hatte, mit Schafgarbe, Wacholder, Bibernelle, Pestwurz … Er hatte die Öle im Haus des verstorbenen Dorfbaders gefunden. Diese Pflanzen galten seit jeher als Heilmittel gegen die Pest.

Vor allem aber kümmerte sich Peter um Sebastian, den kranken Sohn der Wirtin.

Mittlerweile wusste er, dass Sebastian neun Jahre alt war und seine Mutter Magda hieß. Peter reinigte Sebastians blauschwarze Pestbeulen, wusch den vor Fieber zitternden kleinen Körper mit Branntwein ab und flößte dem Jungen Wasser und heiße Brühe ein. Die Angst, sich anzustecken, hatte Peter schnell überwunden. Wenn Miasmen für die Pest im Ort verantwortlich waren, dann gab es ohnehin kein Entkommen. Der Gestank hing über dem gesamten Dorf, drinnen wie draußen, es war also egal, wo er sich aufhielt. Außerdem tat ihm der Junge unendlich leid. Sein großer Bruder war bereits an einer anderen Krankheit gestorben, dem rätselhaften Englischen Schweiß, der Vater hatte vermutlich im Krieg sein Leben gelassen, und die Mutter wagte nicht, sich dem Kleinen zu nähern. Stattdessen saß Magda unten in der Stube und betete stundenlang Rosenkränze. Sebastian war ganz allein auf der Welt. Unwillkürlich fragte sich Peter, was wohl seine eigene Mutter tun würde, wenn er so daläge wie dieser Junge – todkrank, fiebrig, eine Gefahr für alle, die sich um ihn kümmerten.

Auch Peter war wie im Fieber. Hastig schrieb er seine Beobachtungen auf, er zeichnete die Beulen, den schwarzen Ausfluss und Sebastians eingefallenes Gesicht, er fertigte eine Tabelle an, in der er den Herzschlag, die Wach- und Schlafphasen, ja die ganze Entwicklung der Krankheit festhielt. Sein Vater hatte ihm erklärt, wie wichtig die genaue Beobachtung in der Medizin war. Über die Pest gab es fast nur Vermutungen. Man sagte, dass es gut sei, wenn die Beulen aufplatzten und austrockneten, tödlich hingegen waren Entzündungen und offene Wunden. Als Heilmittel galten der Aderlass, scharfer Essig und das Ausräuchern der Pesthäuser mit Wacholder, der Erfolg war jedoch gering. Es gab wohl zwei Arten des Schwarzen Todes, einer kam sehr schnell, mit Bluthusten und schwarzem

Auswurf, daran starben fast alle Erkrankten innerhalb kürzester Zeit. Jene Pest, die die Beulen hervorbrachte, war nicht ganz so tödlich. Und wer sie einmal überstanden hatte, den traf sie wohl kein zweites Mal.

Seit zwei Tagen besuchte Peter nun auch die Häuser der Kranken. Viele von ihnen waren mittlerweile gestorben, die anderen fieberten und waren so schwach, dass sie nur dalagen und auf das Unvermeidliche warteten, wie lebende Tote. In einem Haus, etwas außerhalb des Ortes, lebte nur noch ein etwa vierjähriges Kind, alle anderen Angehörigen waren gestorben, sie lagen steif in ihren Betten oder auf dem Stubenboden. Beim Anblick der Kleinen musste Peter an das Mädchen in Wien denken, dem er nicht mehr hatte helfen können. Nun, diesmal konnte er zumindest etwas tun. Unter Mühen und Schmerzen, unterbrochen von vielen Pausen, hatte er das bewusstlose Mädchen eigenhändig hinüber ins Wirtshaus getragen, in die Kammer neben der des kranken Sebastian. Die Kleine war so leicht wie ein Bündel Brennholz. Die Wirtin Magda hatte zunächst protestiert, doch Peter machte ihr klar, dass er ihren Sohn nur dann weiter behandeln würde, wenn auch das Mädchen bleiben durfte. Ihren Namen wusste er nicht, und so hatte er beschlossen, sie Sara zu nennen. Erst wenn die Kranken einen Namen bekamen, wurden sie zu wirklichen Menschen.

Ebenso wie die Toten, dachte Peter.

Gestern hatte er begonnen, die Beulen mit einer Salbe einzustreichen, die er aus Tiroler Steinöl gewonnen hatte. Magda hatte noch einen kleinen Krug davon übrig gehabt. Es war ein teures Allheilmittel, das seit Jahrhunderten aus Felsen in Tirol gewonnen wurde. Die Bauern nannten die schwarze zähflüssige Paste auch »Riesenblut«. Mit dem Steinöl, so hoffte Peter, würden die Beulen aufbrechen und abheilen, ohne dass er sie aufschneiden musste. In Büchern hatte er davon gelesen, dass man eine Kröte oder das Hinterteil eines Hahns auf die Beulen drücken sollte, doch das hielt er für Unsinn. Kröten und Hähne brachte man mit Hexen in Verbindung, das war Zauberei, und von seinem Vater hatte er gelernt, dass Zauberei meist nur Humbug war.

In Gedanken versunken wischte Peter sich den Schweiß von der Stirn und schrieb weiter. Sein verstauchter Fuß schmerzte, und mittlerweile fühlte er sich selbst ein wenig kränklich, aber das mochte am Schlafmangel und der Hitze liegen. Er saß auf dem Bettrand, tief gebeugt über die lederne Kladde mit den Papierbögen, die ihm die Wirtin besorgt hatte. Das Papier ebenso wie Tintenglas und Feder stammten aus dem Besitz des toten Pfarrers.

Neben ihm ging der Atem des Jungen rasselnd und stoßartig, in der benachbarten Kammer konnte Peter Sara husten hören. Die Fliegen brummten und summten, das Geräusch vermischte sich mit dem Geraschel der Mäuse und Ratten, die überall zu sein schienen, vermutlich verliefen ihre Gänge irgendwo hinter den Wänden. Wie er diese verfluchten Biester hasste!

Einmal mehr fragte sich Peter, wie sich diese gottverdammte Krankheit eigentlich ausbreitete. Warum starben so viele Menschen daran? Wenn es wirklich Miasmen waren, warum tauchte die Pest dann zuerst immer an einem Ort auf und pflanzte sich von dort aus fort, wie es nun wohl auch von Wien aus geschah? Es gab so vieles, was er sich nicht erklären konnte.

Jemand schrie, und Peter horchte auf. Es war Sara, die offenbar endlich aufgewacht war. Hastig stand er auf und ging hinüber in die andere Kammer. Zum ersten Mal, seitdem er sie hierhergetragen hatte, war Sara bei Bewusstsein. Ihr Gesicht war fahlweiß, das Gesicht schmal und klein wie von einem Vogelküken.

»Wo ... wo bin ich?«, fragte sie. »Wo sind meine Eltern ... meine Brüder ...?«

»Alles wird gut«, sagte Peter, ohne auf ihre Fragen einzugehen. Er wusch ihr die schweißnasse Stirn mit kaltem Wasser. Noch immer wusste er nicht ihren wirklichen Namen.

»Etwas ... etwas hat mich gebissen«, murmelte Sara.

Peter vermutete, dass das Fieber dem Mädchen etwas vorgaukelte. Trotzdem untersuchte er oberflächlich den dünnen nackten Körper, an dem Beulen groß wie Taubeneier wuchsen. Die Haut war von Flohstichen übersät, die das Mädchen sich aufgekratzt hatte. Dazwischen fand er tatsächlich kleine Bisswunden an den Fingern und Zehen.

»Verdammte Ratten!«, zischte Peter. Die Biester wurden wirklich immer frecher. Gerade eben huschte wieder eine von ihnen unter das Bett. Fluchend griff Peter nach einem Reisigbesen, der in der Ecke stand, und stocherte damit unter dem Bett. Ein zorniges Quieken ertönte. Mit dem Besen beförderte er zwei Rattenkadaver hervor, eine dritte Ratte versuchte zu fliehen. Peter wollte eben den Besen auf sie niedersausen lassen, um sie zu zerquetschen, als etwas Merkwürdiges geschah.

Die Ratte tanzte.

Was in Gottes Namen ...?

Sie hatte sich auf ihre Hinterbeine gestellt, taumelte kurz hin und her, dann fiel sie nach vorne über, zuckte und torkelte, fast wie ein Betrunkener. Mit ihren kleinen, nervös zuckenden Augen kam sie Peter beinahe menschlich vor, wie ein böser Zwerg. Ihr Schwanz schlug wild hin und her, sie drehte sich im Kreis, immer schneller, dann fiel sie plötzlich zur Seite und rührte sich nicht mehr.

Nachdenklich stupste Peter sie mit dem Besenstiel an.

Das Vieh war ganz offensichtlich tot, ein kleines Rinnsal Blut troff aus seinem Maul. Peter ging in die Hocke und betrachtete den Kadaver genauer. Sein Blick ging hinüber zu den beiden anderen toten Ratten, er hörte ein Huschen und Rascheln – vermutlich ihre Brüder und Schwestern, die irgendwo hinter der Wand weiter nach etwas Essbarem suchten, sich durch die Kammern der Menschen wühlten und neue Gänge gruben … Sie waren wirklich überall.

Überall …

Die Erkenntnis traf Peter wie ein Schlag.

Könnte das sein?

Mit klopfendem Herzen stand er auf und warf noch einen letzten Blick auf Sara, die nun wieder zu schlafen schien. Ihre Atemzüge waren ruhig und regelmäßig.

»Ich bin gleich wieder da«, sagte er, als könnte sie ihn hören, seine Stimme zitterte vor Aufregung. »Ich muss nur etwas überprüfen. Etwas, das mir schon viel früher hätte auffallen sollen.«

Mit schnellen Schritten humpelte er die Stiege hinunter, griff zu der Krücke in der Ecke der Stube und eilte hinaus auf die Straße, die Tür ließ er weit offen stehen.

»He, wo willst du hin?«, rief ihm Magda hinterher, die wie so oft unten allein in der Stube saß und betete. »Was in Gottes Namen hast du vor? Du kannst nicht von hier weg, das weißt du doch!«

Doch Peter antwortete nicht.

Gestützt auf die Krücke, hinkte er zielstrebig auf die Häuser der Todkranken zu.

Er wollte nicht fliehen, ganz im Gegenteil.

All sein Tun war darauf ausgerichtet, einem uralten Rätsel auf die Spur zu kommen.

*

»Diese Stadt stinkt! Und damit mein ich nicht das, was im Kaufbeurer Blatterbach so alles herumschwimmt!« Jakob Kuisl lehnte sich zurück und zog heftig an seiner Stielpfeife, sodass große Qualmwolken zur stuckverzierten Decke aufstiegen.

»Deine Pfeife stinkt ebenso wie die Stadt, Vater«, entgegnete Magdalena und schob ihren Teller weg. »Dieses verfluchte Tabaktrinken hat in den letzten Jahren so stark zugenommen, dass man in den Wirtsstuben fast nichts mehr sieht. Außerdem wird mir schlecht davon!«

Zusammen mit ihrem Vater und ihrem Mann saß sie an einem Tisch im Goldenen Hirschen, einem der besseren Wirtshäuser Kaufbeurens, gleich neben dem Kornhaus am Oberen Markt. Tatsächlich schmauchten an den anderen Tischen etliche andere Pfeifenraucher um die Wette. An den teuren Stoffen ihrer Gewänder und den spitzen Hüten erkannte Magdalena, dass es sich um Patrizier handeln musste oder um wohlhabende Weber, die gleich in der Nähe ihr Zunfthaus hatten. Bei einem Pfeifchen oder zwei ließ sich gut das eine oder andere heikle Geschäft besprechen, auch in Pestzeiten. Unter dem verstorbenen Kurfürsten Ferdinand Maria war das sogenannte Tabaktrinken für Bürger noch verboten gewesen. Mittlerweile belegte die Münchner Hofkammer Tabak mit einer deftigen Steuer und verdiente prächtig daran.

Gemeinsam nahmen die Kuisls ihr verspätetes Mittagsmahl ein. Der Wirt hatte kalten Braten, Weizenbrot und pochierte Wachteleier aufgetischt, dazu in Rotwein eingelegte Birnen, eigentlich eine von Magdalenas Leibspeisen, doch sie hatte keinen rechten Appetit. Immer wieder musste sie an den toten Spitalmeister heute Vormittag denken, wie die Fliegen ihn umkreist hatten – und an den Rattenkadaver, der Zeichen einer Vergiftung aufgewiesen hatte. Der einzige Grund, warum sie überhaupt noch in Kaufbeuren weilte, war, dass sie immer noch hoffte, etwas über Peter zu erfahren. Warum nur hatte der Kronprinz ausgerechnet ihren Sohn nach Kaufbeuren geschickt, und warum log Bürgermeister Rehlinger, was einen möglichen kurfürstlichen Boten anging?

»Tabak regt zum Nachdenken an«, brummte Jakob Kuisl. »Solltest es selbst mal probieren. Obwohl das bei einem Weibsbild schon ziemlich seltsam aussehen würde.« Er grinste, doch sofort wurde er wieder ernst. »Ich wünschte, nicht der Tabakqualm würde sich endlich lichten, sondern diese nebulöse Sache, in die wir hineingeraten sind.«

Nach ihrem Besuch im Spital hatten Magdalena und Simon den Henker im Haus Doktor Edens angetroffen, wo er eben seine Kleider am Ofen trocknete. Jakob Kuisl hatte ihnen bereits von seiner Begegnung mit dem rothaarigen Kaufbeurer Henkersgesellen erzählt und von dessen Flucht durch den Blatterbach.

»Die Stube war vollkommen durchwühlt, da hat einer beim Suchen nicht viel Zeit gehabt«, sagte Kuisl nachdenklich. »Sogar Nähers schöne Stielpfeife war zerbrochen. Sie sah nach einem teuren Stück aus, noch ganz neu. Eine Schande ist das!« Er zog an seiner eigenen Pfeife, bevor er weitersprach: »In all dem Chaos hab ich einen Fußabdruck gefunden. Für Conrad Näher war er zu klein und zu zierlich. Er könnte von seinem Gesellen stammen, aber sicher bin ich mir nicht. Auf alle Fälle hat dort jemand ziemlich verzweifelt nach etwas gesucht.«

»Ist der Geselle deshalb zurückgekommen?«, fragte Magdalena. »Weil er noch einmal nachsehen wollte?«

»Zum Teufel, ich weiß es doch auch nicht! Ich weiß nur, dass in dieser Stadt etwas ganz und gar nicht stimmt!«

Kuisl zählte an seinen klobigen Fingern ab. »Zuerst taucht der todkranke Näher in Schongau auf, dann ist der Peter wie vom Erdboden verschwunden, und der Kaufbeurer Bürgermeister scheint irgendwas über einen Boten des Kronprinzen zu wissen. Schließlich erfahren wir, dass drei fremdländische Landsknechte gefoltert und gefesselt wurden, bevor sie an der Pest starben. Und jetzt auch noch das durchwühlte Henkershaus und der fliehende Geselle.« Er klopfte sich an die kantige Stirn. »Was davon hängt miteinander zusammen? Oder ist alles nur Zufall? Kruzitürken, ich werd daraus nicht schlau!«

»Es gibt ja noch mehr Tote«, ließ sich Simon vernehmen. Er schob seinen Zinnteller mit dem kalten Braten und den Birnen weg, auch ihm schien der Rauch den Appetit zu verderben. »Der alte Eden ist an der Pest gestorben, und zwar verdächtig schnell, und dann stirbt auch noch der Spitalmeister. Beide saßen im Kaufbeurer medizinischen Rat. Das mag vielleicht auch ein Zufall sein, aber seltsam ist es schon.«

»Der alte Eden war ja wohl ein rechtes Ekel!«, erklärte Magdalena empört. »Geizig und selbstsüchtig, treibt es mit seiner Magd, und als sie schwanger ist, will er nichts davon wissen! Wäre er nicht an der Pest gestorben, man könnte glatt meinen, jemand hätte ihn auf dem Gewissen. Wenn man seinem Sohn glaubt, konnte ihn keiner so recht leiden.«

»Ein interessanter Punkt.« Simon nickte nachdenklich. »Auch der Chirurgus Leonhart Schropp war wohl nicht gut auf Hermann Eden zu sprechen. Wenn es stimmt, was der junge Eden sagt, war sein Vater, seitdem er Schropp durch die Prüfung hat fallen lassen, für den Chirurgus fast so was wie ein Todfeind. Auf alle Fälle ist Schropp nach dem Tod des alten Eden der große Gewinner. Den Junior scheint im Rat noch keiner so recht ernst zu nehmen. Und Leonhart Schropp könnte womöglich schon bald der neue Kaufbeurer Physikus werden.«

»Also ein Mord mit Schropp als Täter?«, fragte Magdalena ungläubig. »Aber Hermann Eden ist doch an der Pest gestorben!«

»Ist er das wirklich?«, gab Simon zurück. »Vielleicht sollte es ja nur so aussehen. Genau wie bei diesen gefolterten Söldnern. Vielleicht versucht ja jemand, durch die Seuche ein paar Morde zu verschleiern und ...«

»Wirt, einen neuen Humpen, und schenk diesmal besser ein!«, rief Kuisl und winkte dem Wirt. Aus dem Augenwinkel sah Magdalena, dass ein paar erste Gäste zu tuscheln begannen. Offenbar war der Schongauer Henker erkannt worden. In einem so feinen Haus wie dem Goldenen Hirschen war die Anwesenheit eines Scharfrichters ein echter Skandal.

»Der Conrad ist an der Pest gestorben, und der alte Eden auch«, knurrte Kuisl, nachdem der Wirt ihm mit sichtlichem Widerwillen ein neues Braunbier gebracht hatte. »Dafür gibt es etliche Zeugen, darunter seinen eigenen Sohn und wohl auch diesen Seelvater im Spital, das habt ihr selber gesagt. Bislang hab ich nichts entdecken können, was auf einen Mord hindeutet.« Kuisl wandte sich an Simon. »Und wie du erzählt hast, hat beim Spitalmeister Bärwein einfach das Herz zu schlagen aufgehört. Also auch kein Mord.«

»Da waren diese Rattenbisse überall«, murmelte Simon. »So viele! Irgendetwas stört mich daran, ich weiß aber nicht, was.«

»Darf ich euch daran erinnern, dass wir allein aus einem einzigen Grund in Kaufbeuren sind? Nämlich, weil wir nach Peter suchen«, warf Magdalena ein. »Es mag ja grausam klingen, aber mein Sohn ist mir gerade wichtiger als der Tod irgendwelcher alter Männer, auch wenn sie vielleicht ermordet wurden.«

Simon berührte sie sanft. »Magdalena, wir haben Peter überall gesucht. In den Wirtshäusern, im Spital ... Er ist nicht hier.«

»Dann sollten wir uns wohl wieder auf den Heimweg machen«, entgegnete Magdalena. »Vielleicht ist er ja dort in der Zwischenzeit aufgetaucht. Außerdem braucht mich die Sophia ...«

»Das wird nicht so einfach sein«, warf Kuisl ein. »Ich hab mich umgehört. Der Rat hat die Vorsichtsmaßnahmen verschärft. Von nun an darf auch keiner mehr Kaufbeuren verlassen, nicht, solange noch der Verdacht der Pest über der Stadt hängt.«

»Es gibt immer einen Weg«, sagte Magdalena und wollte vom Tisch aufstehen.

Simon hielt sie zurück. »Irgendetwas ist hier faul, Magdalena. Gib uns noch ein, zwei Tage! Vielleicht finden wir ja doch noch was raus, auch was Peter angeht.«

»Ich gebe meinem neunmalklugen Schwiegersohn ja nur sehr ungern recht. Aber ich denke auch, wir sollten die Angelegenheit noch ein wenig untersuchen.« Jakob Kuisl räusperte sich. »Es gibt da noch etwas, was ich euch sagen muss.« Er senkte die Stimme. »Als der Näher vor ein paar Tagen in die Glocke in Schongau gekommen ist, da hat er mir noch was zugeflüstert. Er sprach von einem schwarzen Reiter, der in die Stadt kommt und alle Sünder tanzen lässt ...«

»Ein schwarzer Reiter?« Magdalena runzelte die Stirn. Widerwillig setzte sie sich wieder hin. »Wer soll das sein?«

»Das weiß ich auch nicht, vielleicht hat der Arme ja auch nur im Fieber gesprochen.«

»Ich habe Nähers Worte damals auch gehört«, sagte Simon. »Der schwarze Reiter ist oft ein Sinnbild für die Pest. Und Bilder von einem Totentanz, in dem der Tod einen Tanzzug aus Reichen und Armen, Jungen und Alten anführt, gibt es in jeder zweiten Kirche. Der Arme hat wohl von der Pest gesprochen.«

»Hm, das könnte passen. Ebenso, dass man auf die Pfeife achtgeben soll, die dieser Totenmusikant spielt.« Kuisl nickte. »Allerdings sagte Näher noch etwas anderes, etwas, auf das ich mir wirklich keinen Reim machen kann.« Er sah sich in der belebten Wirtsstube um, bevor er leise weitersprach.

»Der Mörder hat zwei Gesichter. Das waren Nähers letzte Worte.«

»Der Mörder hat zwei Gesichter?« Simon schüttelte den Kopf. »Das müsst Ihr falsch verstanden haben. Oder die Pest ist der Mörder, was anderes ergibt keinen Sinn.«

»Oder es ist eben doch ein Mensch«, raunte Kuisl. »Der Näher hat mir auch noch etwas zugesteckt. Ich hab es bislang keinem gezeigt, weil ... weil ...« Er stockte. »Ich wollte keinem unnötig Angst machen. Es gibt auch schon so zu viel Geschrei und Gerede. Aber jetzt ...« Er nestelte in seinem zerschlissenen Lederbeutel, in dem er immer seinen Tabak, die Pfeife und ein Zunderkästchen mit sich führte. »Es ist ziemlich ekelhaft. Und auch seltsam. Seht selbst ...«

Er zog ein kleines Bündel hervor und legte es auf den Tisch. Es war ein Stück Stoff, in das etwas eingewickelt war. Sorgfältig entfernte der Henker das Tuch. Magdalena konnte zunächst nicht genau erkennen, was sich darin befand. Sie beugte sich darüber – und stieß einen leisen Schrei aus.

»Mein Gott!«, hauchte sie. »Was ist das?«

»Das«, sagte Kuisl leise, »ist ein Rattenkönig.«

Angeekelt betrachtete Magdalena den grauen Klumpen auf dem Tisch. Es war etwa ein halbes Dutzend mumifizierter, noch sehr junger Ratten. Jede von ihnen war nicht größer als ein kleiner Finger, und alle hingen sie mit den Schwänzen in der Mitte zusammen, verknotet wie in einem unheimlichen Webmuster.

»Ich hab schon davon gehört, aber noch nie einen gesehen«, fuhr Kuisl fort. »Die Biester sind im Bau an den Schwänzen zusammengewachsen. Die Hölle weiß, wie lang sie dann noch leben. Gelegentlich findet man solche Rattenkönige in alten Häusern oder Kirchen. Und immer sind sie ein böses Omen. Man sagt, wo sie auftauchen, wird die Pest bald eine große Ernte einfahren.«

»Was für einen Grund könnte Näher gehabt haben, Euch diesen Rattenkönig zu bringen?«, fragte Simon. Mit seiner Gabel stocherte er in dem Haufen kleiner steifer Körper, ganz so, als wollte er die Kadaver obduzieren. »Das sieht ja fast so aus, als wollte er die Pest nach Schongau tragen.«

»Tja, nun weißt du auch, warum ich das Ding noch keinem gezeigt habe«, erwiderte Kuisl. »Was wir jetzt am wenigsten gebrauchen können, ist noch mehr Angst und Getratsche. Furcht war immer schon ein schlechter Ratgeber.« Er nahm den Rattenkönig mit spitzen Fingern, wickelte ihn wieder in das Stück Stoff und steckte ihn zurück in seinen Lederbeutel. »Ich werd das Ding zunächst noch behalten. Wer weiß, was es uns noch erzählen kann.«

»Was schlägst du also vor?«, fragte Magdalena.

»Lass uns noch eine Weile weiter in diesem Kaufbeurer Rattennest stochern. Vielleicht weiß der junge Eden ja doch mehr über die toten Söldner. Sie waren wohl die Ersten, die an der Pest gestorben sind. Ich glaube, sie könnten der Schlüssel sein, der dieses Schatzkästlein voller Rätsel öffnet.« Kuisl griff zu seiner Pfeife, die mittlerweile erkaltet war. »Ich finde, das bin ich meinem Freund Conrad schuldig. Er wollte mir etwas mitteilen. Und zum Teufel, ich möchte herausfinden, was es ist! Wenn es in dieser Stadt wirklich einen Mörder geben sollte, dann werden wir ihn finden!«

»Ich denke, ein, zwei weitere Tage sollten wir noch bleiben«, sagte Simon. »Vielleicht taucht Peter ja doch noch auf. Und wegen der Ausgangssperre können wir die Stadt zurzeit sowieso nicht verlassen. Georg und die anderen werden das sicher verstehen.«

»Also gut, noch ein paar Tage.« Magdalena nickte. »Aber zu meinen Bedingungen. Ich habe keine Lust, immer nur als die Gattin des feinen Herrn Doktor hinter dir herzuhatschen. Wenn wir etwas über diese Söldner erfahren wollen, dann müssen wir mit ihresgleichen reden. Ich denke, ich werde mich unter ihnen mal ein wenig umhören. Gut möglich, dass diese Kerle auch was über einen Boten wissen.«

»Das wirst du nicht tun!«, protestierte Simon. »Das sind wilde ungehobelte Kerle und …«

»Zunächst einmal sind es Männer, und denen kann ich als Frau gut Honig um den Bart schmieren.« Magdalena zwinkerte ihrem Gatten zu. »Oder willst du das vielleicht tun? Keine Angst, ich weiß mich schon zu wehren.«

»Die Magdalena soll ruhig mal dort nach dem Rechten sehen«, brummte Kuisl. »Das ist kein schlechter Gedanke. Und auch ich werd mich umhören. Ich kenne da jemanden, der uns vielleicht weiterhelfen kann.« Er nahm seinen Beutel und stand auf. Mittlerweile hatten immer mehr Gäste die Anwesenheit des Scharfrichters bemerkt. Als Kuisl nun wie ein Baum in der Mitte der Wirtsstube stand, erhob sich lautes Getuschel. Der Wirt kam zögernd auf ihn zu, doch er wagte es nicht, den grimmigen Riesen anzusprechen.

»Von wem sprichst du?«, fragte Magdalena.

»Nun, der Näher war nicht der einzige Scharfrichter in der Gegend. Die Herrschaft Kemnat ist nicht weit von hier, nur wenige Meilen. Und wenn einer was über Henker weiß, dann doch wohl ein anderer Henker.« Jakob Kuisl spuckte braunen Tabaksaft auf den Dielenboden aus poliertem Eichenholz. »Außerdem fühle ich mich unter meinesgleichen ungleich wohler als bei den Kaufbeurer Schnöseln.«

Mit diesen Worten ließ er den Wirt stehen und ging an den sich bekreuzigenden Gästen vorbei zur Tür.

*

Nur wenige Meilen entfernt sah Peters jüngerer Bruder Paul seiner Tante dabei zu, wie sie ihr kleines Reisebündel schnürte und das Tuch über ihrem schwarzen, schwer zu zähmenden Haar zusammenband. Ihr Gatte Valentin stand ein wenig betreten daneben, den armlangen abgegriffenen Koffer mit der Fiedel in der Hand.

»Und du willst wirklich nicht bis morgen warten?«, fragte Georg, der bei Paul und Sophia auf der Bank in der Schongauer Henkersstube saß, vor ihnen eine kaum angerührte Schüssel mit Bohneneintopf. Eben hatten sie noch gemeinsam gegessen, doch es war ein schweigsames Mahl gewesen, ein Mahl des Abschieds. Barbara sah ihren Zwillingsbruder traurig an.

»Wir können uns ja schreiben, und …«

»Mit Briefen hab ich es nicht so, wie du weißt«, murmelte Georg und winkte ab. »Ich bin ein Mann der gesprochenen Worte.«

»Na, mit denen gehst du ja auch eher sparsam um. Ganz so, als würden Worte was kosten. Bist eben wie der Vater.« Barbara versuchte ein Lächeln, dann wurde sie wieder ernst. »Du weißt selbst, was der Lechner gesagt hat. Wenn wir nicht bald gehen, kannst du schon bald deine eigene Schwester und deinen Schwager aus der Stadt peitschen.«

Erst am Vormittag hatte ein Büttel vor der Tür des Henkershauses gestanden und die Entscheidung Lechners und der Stadt verkündet. Die Münchner Reisenden mussten aufgrund der Pestverordnung die Stadt so bald wie möglich verlassen. Auch Paul war trotz seiner jungen Jahre klar: Dies war Lechners Rache dafür, dass sein Großvater gestern ohne Erlaubnis nach Kaufbeuren aufgebrochen war. Der Schreiber musste über Umwege davon erfahren haben. Seitdem hatte Paul mit den anderen darauf gewartet, dass der Großvater und die Eltern wieder zurückkamen und hoffentlich Peter mitbrachten.

Bislang hatte sich Paul keine großen Sorgen um seinen Bruder gemacht. Doch langsam sickerte die Angst ein. Was, wenn Peter tatsächlich etwas zugestoßen war? Sie hatten einander in den letzten Jahren zunehmend aus den Augen verloren, aber Peter war immer noch sein Bruder. Hinzu kam, dass Paul spürte, dass auch Georg sich Sorgen machte. Der Onkel war immer Pauls großes Vorbild gewesen, ein Fels in der Brandung wie der Großvater, einer, der vor nichts und niemandem Angst hatte, mit dröhnendem Lachen und Oberarmen so dick wie Birkenstämme. Die Sorgenfalten in Georgs Gesicht zeigten Paul, dass die Lage ernst war.

»Du könntest wenigstens warten, bis deine Schwester aus Kaufbeuren zurückkommt«, wagte Georg, an Barbara gewandt, einen weiteren Versuch. »Auf einen Tag mehr oder weniger kommt es doch nicht an.«

»Das letzte Floß nach Landsberg legt heute pünktlich mit dem Zweiuhrläuten ab«, erklärte Valentin. »Wenn uns der Lechner morgen noch hier sieht, ist vermutlich der Teufel los. Außerdem wissen wir nicht, wann München seine Tore wegen der Pest ganz schließt. Ich bin nur Musikant, kein angesehener Arzt wie mein Schwager. Je eher wir gehen, umso besser.« Er zuckte die Achseln. »Im Grunde können Simon und Magdalena froh sein, dass sie in Kaufbeuren weilen, da sind sie sicher vor Lechners Zorn. Immerhin haben sie die Ausgangssperre missachtet.« Er runzelte die Stirn. »Euer Großvater sollte vielleicht gleich ganz in Kaufbeuren bleiben. Sonst muss ihn noch sein eigener Sohn an den Pranger stellen.«

»Kommen die Eltern und der Opa denn gar nicht mehr heim?«, fragte Sophia ängstlich.

»Aber sicher doch, mein Liebes!« Barbara beugte sich zu ihrer Nichte hinunter und strich ihr über den Kopf. »Wirst sehen, in ein paar Tagen sind sie wieder da. Und dann reist ihr gemeinsam zurück nach München und besucht mich und den Valentin. Und wir spielen wieder mit deinen Puppen.«

»Und der Peter?«, hakte Paul nach. »Was ist mit dem?«

»Der kommt auch.« Barbara sah ihn warnend an, mit einem kurzen Seitenblick auf Sophia. »Du kennst doch deinen Bruder, der hat sich vermutlich nur in irgendeiner Klosterbibliothek verkrochen. Ach, verflucht!« Sie seufzte. »Selbst wenn der Lechner uns nicht rauswerfen würde, müssten wir irgendwann zurück. Valentin und ich spielen auf etlichen Hochzeiten in München, zumindest so lange, bis alle Feste abgesagt werden wegen der Pestgefahr. Es geht auch um unser Einkommen! Und ganz ehrlich, nach dem, was der Vater da auf der Feier wieder von sich gegeben hat …« Sie schüttelte den Kopf und drückte Georg, der mittlerweile aufgestanden war, die Hand. »Es war schön, dich wiederzusehen. Aber mein Platz ist nicht hier, Georg, das weißt du. Deiner schon.«

»Da bin ich mir nicht mehr so sicher«, brummte Georg.

»Vielleicht schlägt deine Stunde ja früher, als du denkst«, sagte Barbara düster. »Ich hab da so eine Ahnung. Ich habe übrigens die Stechlin gebeten, bei euch mal nach dem Rechten zu sehen, allein schon wegen der Sophia. Bis Magdalena und Simon wieder da sind.«

»Wir kommen schon allein zurecht«, erwiderte Georg und warf seinem Neffen und seiner Nichte einen Blick zu. »Nicht wahr?«

Paul nickte. Er mochte Barbara und auch ihren Mann, doch im Grunde war er froh, dass er Georg in den nächsten Tagen für sich allein hatte. Vielleicht würde der Onkel ihm die Fronveste zeigen und die Folterkammer, sie hatten da ein paar ganz interessante Werkzeuge, die er noch nie zuvor gesehen hatte. Es gab noch so viel zu lernen! Sicher würde alles gut werden. Seine Eltern und der Großvater würden schon bald zurückkommen und auch sein Bruder Peter, dieser schmächtige Sesselfurzer, der vermutlich einfach über irgendwelchen Büchern in einem Kloster die Zeit vergessen hatte …

Barbara umarmte Sophia und dann ihren Bruder, schließlich wandte sie sich Paul zu.

»Mach keinen Unsinn, hörst du?«, sagte sie leise zu ihm. »Ich weiß, dass aus dir noch ein guter Mensch werden kann. Es ist nie zu spät.«

»Wie … wie meinst du das?«, fragte Paul.

Doch Barbara sah ihn nur mit einem traurigen Lächeln an. Dann packte sie ihren Ranzen und nahm ihren Mann an der Hand. »Es ist Zeit. Sonst fährt das Floß noch ohne uns ab.«

Gemeinsam traten sie aus der Henkersstube ins sonnige Freie, und für einen kurzen Moment, als die beiden den Türrahmen ausfüllten, war es ganz dunkel in der Stube.

Am liebsten hätte Paul seiner Tante und Valentin zugerufen, sie sollten nicht gehen, er brauche und liebe sie. Doch er war ein stolzer fünfzehnjähriger Bursche, der an der Schwelle zum Mannsein stand.

Und so schwieg er und ließ die beiden ziehen.

Kapitel 7

Auf dem Würmsee bei Starnberg, den 26. August, Anno Domini 1679, früher Vormittag

Sanft schaukelte das große Schiff auf den Wellen des Würmsees, am blauen Himmel zeigte sich keine einzige Wolke. In Ufernähe, vor der Stadt Starnberg, dümpelten ein paar wenige Boote, in denen Fischer ihre Netze flickten. Die Fanfaren, die eben noch die Ankunft des bayerischen Kronprinzen auf der *Bucentaur* verkündet hatten, waren verstummt, sodass sich eine eigentümliche Ruhe über den See senkte.

Auf einem Berg Seidenkissen saß Max Emanuel unter einem weißen Segeltuch, das man wegen der Hitze aufgespannt hatte. Er hatte mit einem einfachen Ruderboot vom Ufer übergesetzt, in Begleitung von nur einem halben Dutzend Leibwächtern. Bei den offiziellen Regatten, die er sonst auf dem Würmsee unternahm, begleitete ihn immer eine kleine Armee. Dann gab es auch ein Küchen- und ein Kellerschiff, Letzteres zuständig für die Proviantierung des Münchner Hofes mit ausgesuchten französischen Rotweinen und Weißweinen von der Mosel; außerdem zwei Begleitboote, jedes so groß wie ein herkömmliches Schlachtschiff.

Warum Max Emanuel in diesem Fall auf jeglichen Pomp verzichtete, hatte einen speziellen Grund: Was er heute besprechen wollte, war streng geheim. Sein eigenes Schicksal und das der bekannten Welt hing davon ab.

Andächtig ging sein Blick über den hölzernen Neptun und die Verzierung der Reling mit Nixen und Delfinen. Die *Bucentaur* war das größte Schiff auf den Binnengewässern des Deutschen Reichs. Sie war über dreißig Schritt lang und acht Schritt breit, bestückt mit sechzehn Kanonen und angetrieben von zwei Segeln und achtzig Ruderern, die jederzeit zur Verfügung stehen mussten. Zur Feier der Geburt ihres Sohnes hatten Kurfürst und Kurfürstin eine ganze Flotte für den Würmsee in Auftrag gegeben. Die Schiffe waren nicht für den Kriegseinsatz gedacht, sondern dienten allein Repräsentationszwecken, schließlich war dem bayerischen Kurfürstenpaar nach zehn langen Jahren des Wartens endlich der so sehnlichst erwartete männliche Thronfolger geboren worden. Die *Bucentaur* war dem Staatsschiff des venezianischen Dogen, dem *Bucintro*, nachempfunden und untermauerte so die Herrschaftsansprüche der bayerischen Wittelsbacher, die nach den Habsburgern die mächtigste Dynastie im Deutschen Reich waren.

Max Emanuel liebte die majestätische Aura, die von der Galeere ausging. Ein paarmal hatte er sich auch mit Peter hier getroffen, doch sein Freund hatte die einfachen Fischerboote vorgezogen. Auch für die hübschen, nervös kichernden Mätressen, die Max eigens aus dem fünfzehn Meilen entfernten München hatte kommen lassen, hatte Peter sich nicht interessiert. Am Ende waren sie zusammen mit den Mädchen ins Wasser gesprungen und um die Wette zum Ufer geschwommen. Natürlich hatte Max gewonnen, er gewann immer.

Um als der kommende bayerische Kurfürst im Spiel der Welten ebenfalls zu gewinnen, befand Max Emanuel sich heute hier auf der *Bucentaur*.

Ungeduldig erhob er sich von den in türkischer Manier aufgehäuften Seidenkissen und ging an den Wachen vorbei zur Reling. Er blinzelte und schirmte mit der Hand sein Gesicht gegen die blendende Sonne ab, die trotz der frühen Stunde unbarmherzig herabbrannte. Vorne am Bug konnte er jetzt durch die zwei mit Löwenköpfen verzierten Sporne ein weiteres kleines Schiff sehen, das sich langsam näherte. Er atmete tief durch.

Endlich!

Es war ein schlichtes Beiboot mit nur zwei Ruderern, in der Mitte saß aufrecht ein Mann mit frühzeitig ergrauten Haaren und schlaffen Wangen, gekleidet in einen schmucklosen Rock. Nur die Spitzenbordüren, die darunter hervorlugten, zeigten, dass er von höherem Stand war. Das Beiboot legte an, eine Strickleiter wurde heruntergelassen, und ungelenk erklomm der Mann die Reling. Als er vor dem Kronprinzen stand, verneigte er sich tief.

»Eure hochwohlgeborene kurfürstliche Exzellenz ...«

»Lasst das, Prielmayr«, sagte Max und bedeutete dem Mann mit einer herrischen Geste, ihm unter das Segeldach zu folgen, wo es deutlich kühler war. »Wir sind hier nicht am Münchner Hof. Der Pomp dauert mir viel zu lange, so viel Zeit habe ich nicht. *Vite!*« Der Kronprinz sprach französisch, jene Sprache, die sich an den europäischen Höfen immer mehr durchsetzte. Außerdem hatte Französisch den Vorteil, dass die Wachen einen nicht verstanden. Von seiner Mutter hatte Max zudem das Italienische gelernt, die deutsche Sprache verwendete er nur gegenüber den Dienstboten – und dann, wenn er mit Peter redete. Ein Bonmot des früheren Habsburger Kaisers Karl V. ging ihm durch den Kopf.

Ich spreche Spanisch zu Gott, Italienisch zu den Frauen, Französisch zu den Männern und Deutsch zu meinem Pferd ...

Der groß gewachsene Prielmayr, der etwas von einem

klobigen Haflinger-Ross hatte, senkte das Haupt und trat unter das Segeldach. Dort nahm er umständlich auf den Kissenbergen gegenüber dem Kronprinzen Platz.

Korbinian Prielmayr war der Sohn eines einfachen Erdinger Schrannenknechts. Seine herausragenden Begabungen waren jedoch früh erkannt worden, und so hatte man ihn auf das Münchner Jesuitenkolleg geschickt, ebenjene Schule, die auch Peter besuchte. Mittlerweile hatte Prielmayr es zum Mitglied der Geheimen Kanzlei gebracht. Er war ein enger Verbündeter des Kanzlers, vor allem aber war er über viele Jahre Max Emanuels Lehrer gewesen, in Kriegskunst, Rechts- und Staatswissenschaften. Bis heute war Prielmayr dem Kronprinzen treu ergeben. Max schätzte seine Verschwiegenheit und hatte ihm nach seiner baldigen Thronbesteigung einen Posten als Geheimsekretär sowie einen Adelstitel in Aussicht gestellt.

»Euer Exzellenz, es wäre mir bedeutend lieber, wenn wir uns bei Hofe träfen und nicht auf diesem wackligen Untergrund«, stöhnte Prielmayr und wischte sich den Schweiß von der hohen Stirn. »Gerne auch mit Pomp. Die Kutschfahrt von München zum Würmsee hat Stunden gedauert, dann noch die Ruderpartie, meine Schuhe sind nass und …«

»Ich bin nicht an Euren Klagen interessiert, sondern allein an Informationen, Prielmayr«, unterbrach ihn Max. »Was machen unsere französischen Freunde?«

»Sie richten ihre besten Grüße aus und wünschen Euch für die letzten Monate als bayerischer Kronprinz alles Gute.«

»Jaja. So viel zum diplomatischen Geplänkel, aber was bedeutet das zwischen den Zeilen?«, erkundigte sich Max ungeduldig. »Kann ich bei meinen kommenden Unternehmungen auf die Unterstützung des französischen Königs zählen? Immerhin ist er der Vater meines baldigen Schwagers«, fügte er mit hochgezogener Augenbraue hinzu.

Schon Max' Vater Ferdinand Maria hatte alles dafür getan, die Bande zwischen Frankreich und Bayern zu stärken, auch wenn die Habsburger das nicht gerne sahen. Ein wichtiger Meilenstein sollte dabei die Vermählung von Max' älterer Schwester Maria Anna mit dem Dauphin sein, die für kommendes Jahr geplant war. Max schlug damit zwei Fliegen mit einer Klappe: Er wurde Teil der französischen Königsfamilie – und war gleichzeitig seine nervtötende, potthässliche Schwester los, die ein für alle Mal nach Paris gehen würde.

Korbinian Prielmayr wiegte den Kopf. Kurz sah er hinüber zu den Wachen, die in sicherer Entfernung standen. Er senkte seine Stimme.

»Nun, Eure Freunde lassen Euch wissen, dass sie das Haus Wittelsbach für durchaus fähig halten, eine, nun ja ... größere Verantwortung in Europa zu übernehmen. Einer Veränderung im politischen Gefüge des Reichs stehen sie wohlwollend gegenüber. Gleichzeitig betonen sie, dass ihnen niemals, zu keinem Zeitpunkt, etwas von Euren ungeheuerlichen Plänen zu Ohren gekommen sei! Sie würden immer alles abstreiten.«

Max nickte. »Nun gut. Mehr kann ich zu diesem Zeitpunkt auch nicht erwarten.«

»Eure Freunde fragen außerdem, ob Eure Pläne schon ...«, der Geheimrat räusperte sich, »schon konkreter geworden sind.«

»Leider nein«, murmelte Max. »Ich warte immer noch auf Nachricht. Dabei müsste mein Kurier sein Ziel eigentlich schon längst erreicht haben.«

Fast zwei Wochen war es nun her, dass der Kronprinz seinen Freund Peter nach Kaufbeuren geschickt hatte, mit jenem Brief, der die Zukunft Europas entscheiden konnte. Erst heute Morgen hatte Max Emanuel bei seinen Kontaktleuten nachgefragt, ob eine Nachricht eingetroffen sei. Doch nichts war geschehen. War Peter etwas zugestoßen? War es ein Fehler gewesen, gerade ihn nach Kaufbeuren zu schicken? Nach längerem Zögern hatte Max sich für seinen Freund als Boten entschieden, nicht nur, weil er Peter voll vertrauen konnte, vielleicht mehr noch als Prielmayr – sondern auch, weil ein einfacher Junge auf einem langsamen Ross weit weniger Aufmerksamkeit erregte als ein offizieller kurfürstlicher Reiter.

Zum Teufel! Was ist bloß schiefgegangen?

Nachdenklich glitt Max' Blick über das sich kräuselnde Wasser des Sees. Er würde einen weiteren Reiter losschicken müssen, um nach dem Rechten zu sehen. Und diesmal würde er keine Kompromisse machen. Er brauchte jemanden, der, wenn nötig, mit allen möglichen Mitwissern aufräumte, ohne jegliche Skrupel.

Und er wusste auch schon, wen er schicken würde.

Es gab da diese Sondereinheit, auch so eine Errungenschaft, die er von den Franzosen übernommen hatte. Echte Spezialisten, vor allem einer von ihnen. O ja, es würde keine Kompromisse geben!

Für das Wohl des Hauses Wittelsbach, für Bayern und für mich …

»Habt Ihr die Karten dabei?«, fragte Max Emanuel Prielmayr unvermittelt.

Der Geheimrat schnippte mit den Fingern, und eine der Wachen brachte einen langen ledernen Tornister. Daraus zog Prielmayr einige Landkarten hervor, die er nun vor dem Kronprinzen zwischen den Kissen verteilte. Um keinen Verdacht zu erregen, waren ihre gelegentlichen Treffen als Unterricht in Staatswissenschaften getarnt. Das letzte Mal waren sie den Stammbaum der Wittelsbacher durchgegangen, einst die Grafen von Scheyern, die ihre Linie bis zu Kaiser Karl dem Großen zurückführten. Diesmal war die Außenpolitik dran. Korbinian Prielmayr deutete auf einige Punkte auf einer Karte, die die Umrisse Europas zeigte, von den Gestaden des Mittelmeers bis hinauf nach England, von Gibraltar bis zu dem von den Türken beherrschten Konstantinopel.

»Die Einflusssphären der Habsburger und der Bourbonen sind eigentlich seit Jahrhunderten klar getrennt«, begann Prielmayr seinen Vortrag. »Der große europäische Krieg, der vor mittlerweile über dreißig Jahren endete, hat Habsburg allerdings erheblich geschwächt. Etliche Gebiete sind an die Franzosen gegangen, und so wie es aussieht, will Ludwig XIV. seinen Machtbereich noch weiter ausdehnen. In Lothringen und den Niederlanden ist ihm das schon gelungen …«

Max lächelte schmal. »Vielleicht auch deshalb, weil das Haus Habsburg nicht mehr so stark ist, wie es einst war. Dynastien kommen und gehen. Wie heißt es bei Heraklit? *Panta rhei*, nicht wahr?«

»Alles fließt. In der Tat.« Prielmayr nickte. »Ihr wart schon immer ein gelehriger Schüler, Euer Exzellenz. Deshalb kennt Ihr sicher auch einen anderen Spruch des griechischen Philosophen: Krieg ist der Vater von allen. Die einen macht er zu Göttern, die anderen zu Sklaven.«

»Ich weiß, Prielmayr, ich weiß. Ich habe nicht vor, ein Sklave zu werden, eher ein Gott.« Der Kronprinz beugte sich über die Karten. »Und jetzt erzählt mir mehr darüber, wie weit mein baldiger Verwandter Ludwig mit seinem stehenden Heer bereits gediehen ist.«

*

Gut fünfzig Meilen entfernt eilte eine hünenhafte Gestalt durch die Kornfelder westlich von Kaufbeuren. Das Hemd klebte Jakob Kuisl am Körper, der Schweiß rann ihm in die Hose, es kam ihm vor, als würde er in einem warmen, salzigen Tümpel baden. Trotzdem verlangsamte er seine Schritte nicht. Heuschrecken zirpten in den Ähren, die Schwalben flogen tief und kündigten ein weiteres Gewitter an.

Eigentlich hatte Kuisl bereits gestern den Kemnater Scharfrichter aufsuchen wollen, gleich nach dem Gespräch mit Simon und Magdalena in diesem Schnöselwirtshaus. Um das Ausreiseverbot zu umgehen, musste er den Weg durch den Blatterbach nehmen. Doch das benachbarte Henkershaus war den ganzen Tag über von Kaufbeurer Wachleuten bevölkert gewesen, einmal war sogar der Bürgermeister selbst dort aufgetaucht, ganz so, als würde er dort etwas suchen. Schließlich hatte Kuisl seinen Besuch auf den nächsten Tag verlegt.

Diesmal war er ohne große Schwierigkeiten durch das Loch geglitten, das kühle Wasser des Blatterbachs hatte ihn kurzzeitig vergessen lassen, wie heiß es in diesem August war. Und nun schwamm er erneut, diesmal jedoch im eigenen Schweiß.

Kuisl hasste heißes, schwüles Wetter, bei dem er sich immer wie ein dumpfer, grobschlächtiger Tor fühlte. Die Abneigung war im Alter noch gewachsen, die Hitze dämpfte seinen sonst so scharfen Verstand. Grimmig, so als könnte er die Sonne allein mit seinem Blick vertreiben, stapfte er voran, auf geradem Weg zu den westlichen Hügeln, in denen die alte Herrschaft Kemnat lag. Die Herren von Kemnat waren einst ein mächtiges Adelsgeschlecht gewesen, mittlerweile gehörte das Lehen zur Fürstabtei Kempten. Doch immer noch stellte Kemnat seinen eigenen Scharfrichter.

Jakob Kuisl war Xaver Klingensteiner erst einmal begegnet, auf einem Kaufbeurer Markt in der Schmiedgasse, wo er nach neuen Kneifzangen und Ketten Ausschau gehalten hatte. Der Kemnater Henker gehörte zu den vielen kleinen Scharfrichtern, die sich mehr schlecht als recht über Wasser hielten – anders als zum Beispiel der Nürnberger Henker Johann Widmann, der auf etliche Dutzend Hinrichtungen im Jahr kam und dementsprechend viel verdiente. Als Scharfrichter einer Reichsstadt war auch Conrad Näher gut im Geschäft gewesen. Kuisl hoffte, dass er sich trotzdem gelegentlich mit seinem ärmeren Kollegen zu einem Schwatz getroffen hatte. Möglicherweise wusste Klingensteiner dann etwas, was Kuisl weiterhelfen konnte.

Der Weg ging durch Felder und kleine Flecken aus Büschen und niedrigem Unterholz, ein alter Pfad, den sonst vermutlich vor allem Hirten und Bauern benutzten. Es gab keinen Schatten und keinen Bach, und Kuisl bereute seine Entscheidung bereits. Aber er blieb dabei: Er war es seinem toten Freund Conrad schuldig; außerdem war er sich immer noch nicht sicher, ob diese seltsame Geschichte nicht auch mit Peters Verschwinden zusammenhing.

Zweimal musste er einen Bauern nach dem Weg fragen, dann tauchte endlich über ihm zwischen den Baumwipfeln der bullige Turm einer Burg auf. Kuisl vermutete, dass dies die alte Burg Kemnat war, die mittlerweile dem Kemptener Amtspfleger als Sitz diente. Die Bauern hatten ihm beschrieben, dass das Scharfrichterhaus ein wenig unterhalb der Burg liege. Tatsächlich traf er schon bald auf eine staubige Straße, die zu zwei allein stehenden Häusern am Waldrand führte. Eine mit Kalk bestreute Grube neben dem kleineren linken Gebäude zeigte Kuisl an, dass er richtig war. Das war die Abdeckergrube, in die der Henker die gehäuteten Tierkadaver warf.

Wie so viele andere kleinere Scharfrichter verdiente Xaver Klingensteiner sein Geld nicht so sehr mit Hinrichtungen als mit der Abdeckerei und dem Entsorgen toter Tiere. Eine schwarze Wolke Fliegen waberte über dem Loch, und der Gestank war trotz des ungelöschten Kalks so heftig, dass Kuisl sich die Hand vor Mund und Nase hielt. Löchrige Tierhäute waren auf Gerüste gespannt, eine Werkbank mit blutigen Schabmessern stand vor dem kleinen Haus, das nicht mehr als ein baufälliger Schuppen war. Auch das größere Haus rechts der Straße machte einen verwahrlosten Eindruck. Die Balken waren rissig und schwarz vom Rauch, die Tür so winzig wie der Eingang zu einer Gnomenhöhle. Im Grunde war es ein Wunder, dass das Haus noch stand und nicht vollständig verfault und in sich zusammengebrochen war.

An die Tür war ein Widderschädel genagelt, der noch nicht ganz ausgeblichen war. Einige Haut- und Fellfetzen klebten daran. Kuisl klopfte an, und etwas rumpelte im Inneren. Dann öffnete eine gebückte Gestalt die schief in den Angeln hängende Tür.

Die Begegnung mit Xaver Klingensteiner lag schon ein paar Jahre zurück, doch Kuisl erkannte den Kollegen sofort. Klingensteiner mochte mittlerweile auf die fünfzig zugehen, wirkte aber viel älter als Jakob Kuisl. Sein langes, strähniges Haar war ergraut, die rot geäderten Augen schwammen wie zwei Kaulquappen in ihren Höhlen. Kuisl fragte sich, in welche Schlägerei Klingensteiner wohl kürzlich geraten war, als ihm aufging, dass die Wunden in dessen stoppligem Gesicht wohl nicht von Prügeln, sondern von einer kürzlich verunglückten Rasur stammten. Die Haut war von entzündeten Striemen durchzogen. Der Kemnater Henker kniff die Augen zusammen, dann hellte sich seine Miene auf.

»Gottverflucht, wenn das nicht der Jakob Kuisl ist! Was verschlägt einen so berühmten Mann in die Hütte des kleinen Kemnater Henkers?«

»Berühmt wofür?, brummte Kuisl. »Dafür, mehr zu schwitzen als ein fetter Papst im Ornat? Lass mich rein, dann erzähl ich es dir.«

Mit einer gespielten Verbeugung trat Klingensteiner zur Seite. Prompt stieß sich Kuisl den Kopf an dem niedrigen Türbalken. Als er schließlich eintrat, war er sich nicht sicher, ob ein Gespräch draußen nicht die bessere Wahl gewesen wäre. In der stickigen, dunklen Stube stank es fast so schlimm wie draußen an der Abdeckergrube, auch die Fliegen waren genauso zahlreich. Sie erhoben sich mit wütendem Brummen von einem Teller, auf dem irgendetwas Knochiges in einer mehligen Soße schwamm. Glücklicherweise fiel durch die kleinen Fensterluken nur wenig Licht, sodass Kuisl ein genauerer Anblick erspart blieb.

»Hab mir eben was Feines zu essen gemacht«, sagte Klingensteiner und deutete hinüber zum Tisch. »Magst auch was?« Auch er sprach den harten Allgäuer Dialekt, so wie alle Menschen westlich des Lechrains.

»Danke, ich hab schon gegessen«, erwiderte Kuisl und dachte an die Kadaver draußen in der Grube, die wohl doch noch für den einen oder anderen Happen gut gewesen waren. »Aber ein Schluck Bier wäre recht. Meine Kehle ist so staubig und ausgetrocknet wie die Straße dort draußen.«

Xaver Klingensteiner schob ihm den Bierkrug hinüber. Grinsend sah er dabei zu, wie Kuisl ihn in großen Schlucken leerte.

»Als hätt ich geahnt, dass ein großer Herr kommt«, sagte Klingensteiner kichernd. »Ich hatte vor zwei Wochen noch Badetag. Den mach ich immer an Mariä Himmelfahrt. Hab sogar eine eigene Seife aus den Knochen gekocht. Noch ein paar Tropfen Veilchenwasser, und ich dufte wie der Arsch vom Kaiser.«

»Dafür braucht's, glaube ich, doch noch ein paar mehr Tropfen«, sagte Kuisl und wischte sich den Schaum vom Bart. Er rülpste laut. »Danke, Vetter, jetzt fühl ich mich besser.«

Scharfrichter nannten sich untereinander stets Vetter, da die meisten Henker über mehrere Ecken miteinander verwandt waren. Bei Xaver Klingensteiner war die Verwandtschaft wohl eher weitläufig, denn er war spindeldürr, sehnig und bestimmt zwei Köpfe kleiner als Jakob Kuisl. Die Sehnen traten unter dem schmutzigen zerrissenen Leinenhemd deutlich hervor, die Beine steckten in einer dreckstarrenden Lederhose, die ihm nur bis zu den Knien ging. Er war barfüßig, die verhornten Zehen so verwachsen wie die Krallen eines Raubvogels.

»Hab einiges von dir gehört, Jakob«, sagte Klingensteiner, während er genüsslich an der zähen Haxe nagte. »Bist in den Zunftrat der bayerischen Scharfrichter aufgenommen worden, gratuliere! Und dann heißt es, du würdest Mörder und Halunken nicht nur rädern und vierteilen, sondern sie vorher auch noch dingfest machen. Ein schlauer Kopf, mit einer Spürnase.« Klingensteiner grinste breit. »Na, groß genug ist sie ja, die Nase.«

»Ich bin zurzeit in Kaufbeuren«, brummte Kuisl, ohne auf Klingensteiners Spott einzugehen. »Es geht um unseren Vetter Conrad. Er ist tot.«

»Tot? Conrad ist ... tot?« Xaver Klingensteiner ließ die Haxe sinken und starrte sein Gegenüber mit offenem Mund an. »Verdammt, das ist ...« Er schüttelte sich und schlug ein Kreuz. »Herrgott im Himmel! Was ... was ist denn passiert?«

»Die Pest hat ihn geholt. Aber das ist nicht alles …«

In kurzen Worten schilderte Jakob Kuisl, wie ihn Näher vor ein paar Tagen todkrank in Schongau aufgesucht hatte. »Er wollte mich vor irgendetwas warnen«, endete er. »Aber ich hab keine Ahnung, vor was. In Kaufbeuren haben sie Angst, dass die Pest sich ihren Teil holt. Der alte Stadtphysikus, dieser Eden, ist schon daran krepiert. Außerdem drei Söldner, die man vorher noch gefoltert hat. Als ich mir Nähers Haus genauer ansehen wollte, stand plötzlich sein Geselle in der Tür und ist vor mir davongelaufen. Die Stube war durchwühlt worden. Eine seltsame Geschichte, fürwahr …« Er beugte sich nach vorne. »Tja, und jetzt frag ich mich, ob du vielleicht etwas weißt. Hat der Conrad mal mit dir geredet, dir irgendwas erzählt?«

Xaver Klingensteiner schwieg lange. Er war leichenblass geworden, was die Striemen in seinem Gesicht nur umso heller leuchten ließ.

»Doch, er hat mir was erzählt«, sagte er schließlich. »Und es ist gut möglich, dass es was mit seinem Tod zu tun hat. Aber ich weiß nicht …«

»Sprich schon, Vetter.« Kuisl schob den Teller mit dem ekligen Inhalt beiseite und rückte näher. »Der Conrad war mein Freund. Wenn es irgendetwas gibt, was ich wissen muss, dann wäre jetzt die Gelegenheit dazu.«

»Es … es ist jetzt etwa drei, vier Wochen her«, begann Klingensteiner. »Da hat mich der Conrad besucht. Ein heftiges Gewitter tobte, und mitten in der Nacht klopft's an meine Türe. Der Regen hatte gerade erst aufgehört. Na, ich denk, der Leibhaftige steht draußen! Der Conrad war ganz aufgewühlt und weiß wie Schinderkalk, er konnte kaum sprechen. Die Hosen waren ganz staubig, von seinen Haaren rieselte der Dreck. Meinte, er hätte etwas so Furchtbares gehört, dass er's kaum glauben konnte.«

»Und was war das?«, fragte Kuisl. »Was hat er gehört?«

»Ja, das war seltsam. Er wollte es mir wohl sagen, doch dann hat er plötzlich gezögert. Ganz so, als wäre ihm gerade etwas eingefallen. Meinte, er müsste noch einmal darüber schlafen.« Klingensteiner zuckte die Achseln. »Da geht der bei Nacht und Nebel meilenweit von Kaufbeuren nach Kemnat, und dann das! Aber ich hab gesehen, dass er große Angst hatte. Hab ihm einen Schnaps gegeben, und dann ist er wieder auf und davon, wie ein Spuk in der Nacht. Und das, wo es eben wieder zu regnen begonnen hatte! Hab mir damals schon gedacht, dass da noch irgendein Unglück geschieht. Na, Friede seiner Seele.« Er pulte sich einen Fleischrest aus den Zähnen und betrachtete ihn ausgiebig. »Was ist denn mit seinem Gesellen, dem Raffael? Weiß man, wo der steckt?«

»Raffael heißt er also?« Kuisl schüttelte den Kopf. »Keine Ahnung. Es sah so aus, als hätte der Bursche irgendwas gesucht, und dann ist er vor mir abgehauen.«

»Der Raffael ist ein Guter«, sagte Klingensteiner. »Glaub mir. Ich hab den immer gemocht. Vielleicht ein wenig zu feinfühlig fürs Geschäft, aber der macht keine krummen Dinger, wenn du das meinst. Einen wie ihn könnt ich gut gebrauchen. Ist nicht leicht, hier draußen einen Henkersgesellen zu finden.« Er seufzte. »Der Raffael war öfter hier bei mir, wenn ...« Er stockte.

»Wenn was?«, hakte Kuisl nach.

»Na, du wirst es ja ohnehin wissen. Und jetzt, wo der Conrad tot ist ...« Der Kemnater Scharfrichter senkte seine Stimme. »Der Näher hatte es nicht so mit den Frauen, der mochte lieber Knaben. Und der Raffael war auch so. Aber dann hat er es immer wieder bereut und ist zu mir gekommen.« Er lachte leise. »Zum Pfarrer konnte er ja wohl kaum gehen, also hat ihm der Henker die

Beichte abgenommen. Ich hab ihm nie Vorwürfe gemacht. Ich mein, natürlich hab ich auch schon den einen oder anderen Sodomiten gevierteilt und ausgeweidet. Welcher Henker hat das nicht? Aber doch nur, weil ich musste! Wegen mir kann jeder mit jedem. Hier in der Gegend gibt es viele Schäfer, und wenn man da so viele Wochen einsam ist, dann … Na ja, du weißt, was ich meine.«

»Ich weiß, Xaver.« Kuisl fragte sich, ob sein Kemnater Vetter nicht auch manchmal sehr einsam war. Er nahm einen letzten Schluck vom Bierkrug und stand auf. »Wenn der Raffael hier auftaucht, sagst du mir Bescheid, ja? Ich möcht gerne mit ihm reden.«

»Mach ich, Jakob.« Xaver Klingensteiner hielt ihm die behaarte schmutzstarrende Hand hin. »Der Conrad war auch mein Freund. Wenn er in irgendeine schlimme Sache verwickelt war, dann gibt es vermutlich nur zwei, die das rausfinden können. Du und deine Nase.« Er zwinkerte Kuisl zu. »Sie ist wirklich ziemlich groß.«

Jakob Kuisl bleckte die Zähne. »Ja, und manchmal schnupf ich damit kleine, spindeldürre Henker und anderes Gesindel.« Er zögerte. »Sag mal, dem Conrad hast du doch vor dem Heimweg einen Schnaps ausgeschenkt …«

»Magst auch einen?«, fragte Klingensteiner sichtlich erfreut. »Ich hab ihn selbst gebrannt. Ist selbst gepflückter Enzian drin und noch ein paar andere hochwirksame Ingre … Ingre …« Das Wort machte ihm sichtlich Mühe. »Ingredienzien. Glaub mir, wenn du meinen Schnaps trinkst, dann macht die Pest einen großen Bogen um dich.«

»Einen oder zwei könnt ich schon vertragen. Ich hab zwar mit dem Saufen aufgehört, aber ich denke, der Herrgott wird's mir nicht verübeln. Kommt nicht alle Tage vor, dass ein guter Freund an der Pest stirbt.«

»Wohl wahr.« Xaver Klingensteiner zog unter dem Tisch zwei zerkratzte Gläser hervor und schenkte aus einem ledernen Beutel eine helle Flüssigkeit ein. Dann hob er sein Glas. »Auf den Conrad!«

»Auf den Conrad!« Kuisl stieß an und spülte das bittere Zeug hinunter. Dabei mochte er nicht daran denken, was der Klingensteiner mit den anderen hochwirksamen Ingredienzien gemeint hatte. Konnte man aus Tierkadavern Schnaps brennen?

»Gieß mir noch einen ein«, sagte er und schob Klingensteiner sein leeres Glas rüber. »Ich will vergessen.«

Xaver kicherte. »Wenn du vergessen willst, dann bist du beim alten Klingensteiner gut aufgehoben. Und alleine säuft's sich ohnehin nur halb so gut. Prost, Vetter, auf dich und deine Familie! Wir Scharfrichter müssen doch zusammenhalten!«

*

Die aus Birkenreisern gebündelte Rute klatschte gegen das nackte Fleisch, und der Wachmann Mathias gab einen dumpfen Laut von sich. Obschon nur leise, war das Geräusch auf dem ganzen Schongauer Marktplatz zu vernehmen. Ein weiteres Mal fuhr die Rute hernieder, diesmal war der Schrei schon ein wenig lauter, ein Keuchen und Wimmern, hervorgepresst durch zusammengebissene Zähne. Georg hob die Rute zum dritten Schlag und bemühte sich, nicht zu zittern. Er konnte förmlich spüren, wie die Blicke der Schongauer Bürger auf ihn gerichtet waren.

Es waren Blicke voller Hass und Verachtung.

Zusammen mit dem Verurteilten stand Georg auf einem erhöhten Gerüst, errichtet aus dem Holz von acht Eichen. Mathias' Oberkörper war nackt, seine Hände hatte Georg mit dünnen Lederschnüren an einen Querbalken gefesselt. Der Pranger stand auf dem Marienplatz vor dem Schongauer Ballenhaus, wo er von allen gut gesehen werden konnte. Gut hundert Bürger hatten sich zur Mittagszeit eingefunden, sie standen um den Pranger und starrten hinauf zu Georg und dem stöhnenden Wachmann, auf dessen Rücken sich erste blutige Striemen zeigten. Doch anders als sonst gab es keinen Spott, keine Hohnschreie, kein Gejohle, es herrschte eine eigentümliche Stille. Auch der Stadtschreiber Johann Lechner, der vorher noch das Urteil verlesen hatte, schwieg. Er stand ein wenig abseits im Schatten des Ballenhauses. Georg hatte den Eindruck, dass Lechner ihn ganz genau musterte.

Er will sehen, ob ich mir eine Blöße gebe, dachte er. *Ein Henker darf keine Gefühle zeigen, niemals!*

Von den Schongauern wurde der Pranger auch Ehebruchsäule genannt, weil dies ein besonders häufig geahndetes Vergehen war. Hier auf dem Marktplatz wurden Ehrenstrafen gesühnt, dazu gehörte Ehebruch ebenso wie Liederlichkeit, Lästerei oder Spiel- und Trunksucht. Die Verurteilten wurden vom Henker an das Gerüst gebunden, wo sie mehrere Stunden oder sogar Tage stehen mussten, während Kinder, Halbstarke und Schwachsinnige, aber auch ehrenwerte Bürger, ja selbst ältere feine Damen sie mit faulem Gemüse, Unrat und Kot bewarfen. Die jeweilige Tat stand auf einer Tafel neben dem Pranger angeschrieben. Da jedoch nur wenige Schongauer lesen konnten, rief ein städtischer Beamter das Vergehen zudem stündlich laut aus.

In seinen nunmehr sieben Jahren als Schongauer Henkersgeselle hatte Georg einem Dieb aus Schwabsoien den Daumen abgezwickt, zwei Landstreicher mit einem Brandeisen für immer mit einem X auf der Wange gezeichnet, ehe sie mit der Geißel aus der Stadt getrieben wurden, er hatte zanksüchtigen Weibern die doppelte Schandgeige umgelegt, Würfelspieler auf den Holzesel gesetzt und notorische Säufer in ein Fass gesteckt. Henker hackten am Pranger Hände ab, sie stachen Augen aus, schlitzten Ohren auf …

Oder peitschten eben befreundete Stadtwachen aus, die ihren Posten verlassen hatten.

Barbara hatte recht behalten, als sie ihrem Bruder prophezeite, seine Stunde werde früher als erwartet kommen. Schon bald, nachdem seine Schwester und sein Schwager abgereist waren, war Georg zum Schreiber ins Schloss zitiert worden. Das war gestern Abend gewesen. Zunächst hatte Lechner sich vom Georg berichten lassen, dass Jakob Kuisl und das Ehepaar Fronwieser wohl immer noch in Kaufbeuren weilten. Eine ganze Weile hatte Lechner daraufhin geschwiegen, und dieses Schweigen war noch viel bedrohlicher gewesen als ein lauter Wutanfall.

»Dann wirst eben du das Auspeitschen übernehmen«, hatte Lechner schließlich mit kalter Ruhe gesagt. »Morgen Mittag, wie ausgemacht. Gleich nach dem Markt. Sieh es als erste Bewährungsprobe an.«

Mittlerweile war Georg beim zehnten Schlag angekommen. Mathias' Schreie wurden immer lauter, sie steigerten sich von Hieb zu Hieb. Beim zwölften Peitschenschlag machte Georg eine kurze Pause und wischte sich den Schweiß von der Stirn. Jetzt um die Mittagszeit brannte die Sonne vom Himmel, wie sie das nun schon seit Tagen tat. Georg zwinkerte, als ihm ein paar salzige Tropfen in die Augen rannen. Durch den Schleier hindurch sah er die hassverzerrten Gesichter seiner Mitbürger. Mathias und Josef waren allseits beliebt, als Wachen hatten sie so manche Saufnase noch nach Torschluss in die Stadt gelassen, darunter auch seinen eigenen Vater. Sie spielten sich nicht unnötig auf und schoben die Karren der Bauern an, wenn die Ochsen den steilen Weg hoch zum Lechtor nicht allein schafften. Wenn man die beiden mal um einen kleinen Gefallen bat, waren die Bestechungsgelder nicht zu unverschämt. Und nun peitschte der Schongauer Henker sie bis aufs Blut aus.

Was wohl die Crescentia sagen würde, wenn sie mich so sieht?, dachte Georg. Aber er glaubte ohnehin nicht, dass sich die Peitinger Baderstochter nach dieser Sache noch groß um ihn scherte.

»Ich ... ich hoff, es macht dir Spaß«, brachte Mathias hervor, während er in den Seilen hing. Blutiger Speichel rann ihm in einem langen Faden von der Lippe. »Mir nämlich auch, Georg. Bei jedem Hieb denk ich an die schöne Feier in der Glocke und daran, dass ich deine verruchte Sippe in die Stadt gelassen habe ...«

»Verdammt, Mathias!«, zischte Georg. »Was soll ich denn machen? Der Lechner schaut ständig zu mir rüber. Wenn ich dich streichel, lässt er mich dich nur umso länger auspeitschen.«

»Na, dann schlag schon zu, dass wir es hinter uns bringen und ich wieder auf meinen Posten kann. Nicht dass gerade irgendein anderes verfluchtes Henkerspack in die Stadt schleicht.«

»Du ... du ... depperter Schafschädel!« Erneut schlug Georg zu, auch wenn ihm die Augen tränten – er wusste nicht, ob es Schweiß oder echte Tränen waren. Er verfluchte den Herrgott und den Schreiber Lechner, vor allem aber seinen Vater, der ihm das hier eingebrockt hatte.

»Achtundzwanzig, neunundzwanzig, dreißig ...«, keuchte Georg und ließ die Rute sinken. Mathias' Rücken war mittlerweile blutüberströmt, die Haut aufgeplatzt, darunter zeigte sich das rohe Fleisch wie bei einem geschlachteten Rind. Lechner hatte eigentlich fünfzig Peitschenhiebe verlangt, doch Georg hatte ihn auf dreißig herunterhandeln können. Als Argument diente ihm, dass gerade jetzt in diesen schweren Zeiten Mathias und Josef als Torwachen dringend gebraucht wurden. Mit fünfzig Schlägen hätten sie ihren Dienst auf lange Zeit nicht mehr ausüben können, vielleicht sogar nie mehr, denn die Wunden entzündeten sich oft, gerade im Sommer, wenn Fliegen ihre Eier in das Fleisch legten. Das darauffolgende Fieber überlebten nur wenige.

Und zu mir werden die beiden sicher nicht gehen für eine Heilsalbe, ging Georg durch den Kopf.

Er band den stöhnenden Wachmann los und wollte ihn vom Podest herunterführen, doch Mathias stieß ihn grob zur Seite.

»Fass mich nicht an, du Dreckskerl! Nie wieder will ich dein verschlagenes Gesicht sehen! Verflucht sei deine ganze Sippe!«

Georg schluckte. Das war derselbeMathias, mit dem er vor ein paar Tagen noch in der Glocke gezecht, gelacht und gefeiert hatte.

Zitternd und stöhnend stieg Mathias allein vom Podest, ein paar Bürger applaudierten, und Georg wusste, dass sie nicht ihn meinten. Sein Blick ging hinüber zu Josef, der bleich und mit auf den Rücken gefesselten Händen neben dem Gerüst stand. Josef murmelte ein lautloses Gebet, dann stieg er mit aufrechtem Haupt die paar Stufen zum Pranger hinauf.

»Es ist nicht deine Schuld«, raunte er Georg zu. »Nicht deine! Der Herrgott und ich, wir wissen das.«

»Danke, Josef«, sagte Georg leise. »Ich glaube nur, dass die meisten Schongauer das nicht wissen.«

Und du hast es vermutlich auch gleich vergessen, dachte er.

Er band Josef an den Balken und hob die blutbefleckte Peitsche.

Anders als Mathias schrie Josef schon beim ersten Schlag.

Als Georg wenig später durch das Lechtor hinunter zum Gerberviertel schritt, war er ganz allein. Auf dem Weg vom Pranger über den Marktplatz hatte sich eine Gasse aus Menschen gebildet, es war, als stünde zwischen ihm und den anderen Schongauern eine unsichtbare Mauer. Irgendjemand hatte ihn angespuckt, doch er hatte den Speichel im Gesicht nicht gespürt. Die Rute hatte er nach dem zweiten Auspeitschen von sich geworfen, als würde sie brennen.

Er war wie versteinert.

Noch nie in seinem Leben hatte sich Georg so einsam gefühlt. Mathias und Josef waren seine Freunde gewesen, zwei der wenigen, die er in Schongau in den letzten Jahren gefunden hatte. Auch deshalb hatte er sie zur Familienfeier eingeladen. Schon aus seiner Lehrzeit in Bamberg bei seinem Onkel wusste Georg, dass Henker immer allein waren. Damit konnte er leben, er kannte das von seinem Vater. Doch nun schien ihn ganz Schongau zu verachten, und anders als sein Vater hatte er keine Familie, die ihn stützte. Er konnte nur hoffen, dass die Zeit so manche Wunde heilte.

Gramgebeugt ging er auf die Lechbrücke zu, die in den letzten Jahren immer baufälliger geworden war. Georg fragte sich, wann sie wohl unter der Last der vielen Karren und Kutschen einbrechen würde. Er schritt an der Floßlände vorbei und durch das Gerberviertel. Hier unten am

Fluss, außerhalb der Stadt, waren die Leute freundlicher, er erntete das eine oder andere Nicken, man kannte sich.

Vorbei an den schiefen kleinen Häuschen der Gerber mit ihren Balkonen, an denen auf Gerüsten die in der Sonne stinkenden Häute hingen, begab Georg sich zum Henkershaus. Noch gestern waren Barbara und Valentin hier gewesen, jetzt erwarteten ihn nur noch Sophia und die alte Stechlin, die sich den Vormittag über um seine Nichte gekümmert hatte. Paul war irgendwo draußen unterwegs.

Gemeinsam saßen die alte Frau und das junge Mädchen über irgendeiner Stickerei. Die Sorgen der Erwachsenen schienen Sophia glücklicherweise nicht zu erreichen. Sie hatte heute Morgen noch einmal kurz nach ihrer Mutter gefragt, doch Martha Stechlin hatte sie mit ein paar getrockneten Zwetschgen schnell wieder beruhigen können. Von ihrem Vater war Sophia es ohnehin gewohnt, dass sie ihn kaum zu Gesicht bekam.

Schweigend ging Georg zum Tisch, nahm den vollen Bierkrug, setzte ihn an und trank ihn in wenigen Zügen leer. Gleich darauf fühlte er sich besser. Er musste an seinen Vater denken.

Ob es wohl auch bei ihm mit dem Saufen so angefangen hat? Aus Angst und Einsamkeit …

»Werden die beiden es überstehen?«, fragte Martha Stechlin nach einer Weile.

Georg nickte und wischte sich den Schaum vom Mund. »Ich denke, es sieht schlimmer aus, als es ist. Ich an ihrer Stelle würde Salz in die Wunden streuen. Das schmerzt zwar höllisch, aber es hält die Fliegen ab. Ein paar hässliche Narben werden sicher bleiben … Das und der Hass«, fügte er düster hinzu.

»Nimm es dir nicht so zu Herzen«, hob die alte Hebamme an. »Dein Vater hat auch …«

»Ich wüsste nicht, was dich das angeht«, gab Georg unwirsch zurück und ging hinüber zum Regal, wo noch ein zweiter Bierkrug stand. »Das ist Familiensache. Ich frag ja auch nicht, wie deine letzte Geburt verlaufen ist.«

Martha Stechlin wollte eben etwas erwidern, als jemand energisch an die Tür klopfte. Kurz dachte Georg, es könnte Paul sein, er hatte ihn kurz oben auf dem Marktplatz gesehen. Doch sein Neffe hätte sicher nicht angeklopft.

Als er schließlich die Tür öffnete, prallte er zurück.

»Meister Lechner!«, entfuhr es ihm. »Was macht Ihr hier unten im Gerberviertel?«

Der Schongauer Schreiber war allein gekommen. Trotz der Hitze trug er Barett und Mantel, kein Schweißfleck war auf dem weißen Hemd darunter zu sehen. Ohne Aufforderung trat er ein und musterte spöttisch Georg, der mit dem Krug in der Hand vor ihm stand.

»Wenn du nach einem simplen Auspeitschen schon mit dem Saufen anfängst, wie soll das dann erst nach deiner ersten Hinrichtung sein? Ich fürchte, dein Vater ist da ein schlechtes Beispiel.«

»Was wollt Ihr?« Georg stellte den Krug auf den Tisch. »Ihr seid sicher nicht gekommen, um mir zu meiner Arbeit zu gratulieren.«

Lechner zuckte mit den Schultern. »Ich finde, du hast dich nicht allzu übel angestellt. Es ist immer leichter, irgendwelche fremden Übeltäter zu bestrafen als die eigenen Bürger, noch dazu, wenn man offenbar mit ihnen befreundet ist. Oder sollte ich besser sagen, war?« Er lächelte kalt. »Aber es musste sein. Die Ordnung muss gewahrt werden, gerade in den Zeiten der Pest. Wo kämen wir hin, wenn jede Wache ihre Arbeit einfach niederlegt und feiert? Ich bin sicher, beim nächsten Mal wirst du es besser machen. Zumal es dann ja Fremde sind.«

»Wie meint Ihr das?«, erkundigte sich die Stechlin vom Tisch aus. »Habt Ihr jemanden in Gewahrsam genommen?«

»Erst gestern Nacht konnten wir zwei Burschen im Wald bei Peiting aufgreifen«, entgegnete Lechner, ohne den Blick von Georg zu wenden. »Sind schmutzige, verschlagene Gesellen, und sie trugen Waffen. Wir vermuten, dass sie zu der Räuberbande gehören, die am Lech immer noch ihr Unwesen treibt. Aber die beiden schweigen störrisch. Ich hab sie oben in die Fronveste sperren lassen, wo sie jetzt schwitzen. Ich denke, wir sollten demnächst mit der Tortur beginnen.«

»Ich bin sicher, mein Vater wird schon bald heimkehren, dann …«, begann Georg. Doch Lechner brachte ihn mit einem Wink zum Schweigen.

»Es ist mir ganz egal, wann dein Vater aus Kaufbeuren zurückkommt. Meinetwegen kann er sich dort in den Kaufbeurer Wirtshäusern auch totsaufen oder an der Pest krepieren. Dein Vater ist nicht mehr der Schongauer Scharfrichter.«

»Was … was soll das heißen?«, fragte Georg, obwohl er die Antwort im Grunde seines Herzens bereits kannte.

»Ich habe mir die Eskapaden deines Vaters nun lange genug angesehen«, entgegnete Lechner scharf. »Die Sauferei, seinen Sturschädel, die ständigen Rechtsbrüche … Dein Vater tut, was er will, und so einen kann ich als Henker nicht gebrauchen. Außerdem ist er ohnehin zu alt.« Der Schreiber legte Georg die Hand auf die Schulter, und dieser spürte, wie sich ihm die Haare aufstellten. »Ich habe heute früh bereits mit dem Rat gesprochen, und wir haben entschieden, deinen Vater abzusetzen und dich zum neuen Henker zu machen, Georg. Nur der Patrizier Schreevogl war dagegen, aber der hat sicher seine Gründe.«

»Wollt Ihr denn gar nicht wissen, warum mein Vater die Stadt verlassen hat?«, fragte Georg ungläubig. »Er hatte ebenfalls seine Gründe. Es geht um seinen Enkel, der …«

»Jakob Kuisl ist ein Eigenbrötler, er hat mich nie in seine Pläne eingeweiht«, unterbrach ihn Lechner. »Warum sollte ich mich also jetzt darum scheren?« Er deutete auf das Richtschwert, das im Herrgottswinkel neben dem Kruzifix hing. Dabei sah er Georg fest an. »Das ist jetzt dein Schwert, Georg Kuisl. Ich weiß, dass du lange auf diesen Moment gewartet hast. Nun ist er endlich gekommen. Ich erwarte dich morgen früh pünktlich mit dem Achtuhrläuten zur Tortur in der Fronveste. Bring dein Werkzeug mit.« Er wischte Georg über die Schulter, als klebte dort unsichtbarer Schmutz. »Ach ja, und lass das Saufen und das Huren. Mir ist zu Ohren gekommen, dass du die Peitinger Baderstochter gerne unter deine Decke lässt. Das geht natürlich nicht mehr, zumal sie aus Peiting stammt und keinen Passierschein hat. Verstanden? Sonst sehe ich mich vielleicht schon bald nach einem neuen Henker um, der den alten am Pranger auspeitscht.« Sein Blick ging hinüber zu Sophia, die mit gesenktem Kopf über ihrer Stickarbeit saß. Bislang hatte das Mädchen nicht gesprochen, sie war ganz vertieft, wie in ihrer eigenen Welt. Ein weißes Tuch war in den kleinen Rahmen gespannt, darauf zeigten sich Blätter und Blumen. Mit einem Mal klang Lechners Stimme samtig weich.

»Wirklich hübsch, was du da machst. Wird das ein Geschenk, oder stickst du schon für deine Aussteuer?«

Sophia schüttelte zaghaft den Kopf. »Es ist ein Geschenk. Für … für den Großvater, wenn er zurückkommt. Ein Schnäuztuch.«

»Ein besonders großes, wie ich sehe. Das wird den Großvater sicher freuen, wo er doch jetzt bald sehr viel

Zeit hat. Dann kann er dir sicher auch viele Pfeiflein schnitzen und unten am Lech mit dir spielen.« Der Schreiber lächelte schmal. »Vielleicht stickst du mir ja auch mal so ein Tuch, hm? Einen schönen Tag noch allerseits.«

Das Lächeln verschwand so plötzlich, wie es gekommen war. Mit ausdrucksloser Miene führte Johann Lechner die Hand zum Barett. Dann wandte er sich ab und verließ die Stube.

Eine ganze Weile sagte keiner etwas. Plötzlich schlug Martha Stechlin so energisch auf den Tisch, dass die Becher und Schüsseln klirrten.

»Himmelherrgottsakrament, das hat der Alte jetzt davon! Warum müssen die drei auch so lange wegbleiben? Vielleicht hat sich der Peter ja nur irgendein Liebchen angelacht und treibt es seit Tagen irgendwo in einem Stall in Tirol!«

»Kommt der Peter denn gar nicht mehr heim, wenn er so ein Liebchen hat?«, fragte Sophia ängstlich.

»Natürlich kommt er wieder heim«, erwiderte Georg und strich Sophia unbeholfen durchs Haar. »Und die Eltern und der Großvater auch, schon bald.« Mit grimmiger Miene wandte er sich an Martha Stechlin. Er mochte es nicht, wenn die alte Stechlin sich in seine Familienangelegenheiten einmischte, auf der anderen Seite war er froh, mit Sophia nicht allein zu sein. »Die drei werden schon ihre Gründe haben, warum sie noch nicht wieder da sind.«

Ich möchte nur nicht dabei sein, wenn der Vater heimkommt und erfährt, dass er eben unsanft aufs Altenteil abgeschoben wurde, ging ihm durch den Kopf. *Wie er wohl reagieren wird?*

»Vielleicht ist es ja wirklich besser so«, sagte Martha Stechlin nachdenklich. »Dein Vater wird alt. Und eigentlich hat ihm die Henkerei nie so recht behagt, auch wenn er es nicht gezeigt hat. Er ist ein hervorragender Heiler, sicher werden die Leute auch so noch zu ihm kommen. Sie schätzen und respektieren ihn.«

Georg hörte nicht recht zu, er war ganz in Gedanken versunken. Der Schreiber Lechner hatte ja recht, seit Jahren hatte er auf diesen Tag gewartet. Aber dass es nun so kommen würde …

Die Tür flog auf, und Paul platzte herein. »Stimmt es, was die Wachen draußen sagen?«, fragte er aufgeregt. »Du, Onkel, bist der neue Schongauer Scharfrichter?«

Georg nickte schwerfällig. »Es sieht ganz so aus.«

Pauls Augen wurden groß. »Gleich morgen früh gibt es eine Tortur, was man so hört! Das hätte der Großvater sicher auch gern gemacht. Das gibt gutes Geld. Man muss das Geständnis natürlich ein wenig herauszögern. Aber dafür gibt es so manches Mittel …« Er stockte, man sah, wie es in ihm arbeitete. »Der Großvater war ein guter Henker, von ihm hätt ich viel lernen können. Aber von dir auch, Onkel, vielleicht sogar noch mehr. Du wirst morgen doch sicher schon einen Lehrling brauchen, nicht wahr?«

»Ich … ich werd es mir überlegen«, sagte Georg. »So lange schau ich im Schuppen schon mal nach, ob die Zangen und Daumenschrauben geputzt werden müssen.«

Er trat hinaus ins Freie und atmete tief durch, seine breite Brust fühlte sich an wie in einen Schraubstock gequetscht. Schweren Schrittes ging er hinüber zum Schuppen. Als Georg gedankenverloren seine Hände an der Hose abwischte, merkte er, dass an seinen Fingern noch Blut klebte.

Kapitel 8

Im Innviertel,
in der Nacht zum 27. August, Anno Domini 1679

Wach auf!«

Peter schreckte aus dem Schlaf. Im ersten Moment dachte er, die Soldaten wären gekommen, um das Dorf niederzubrennen und die Bewohner zu massakrieren. Doch dann erkannte er in der Dunkelheit die Umrisse der Wirtin Magda. Wie ein Racheengel stand sie über seinem Bett.

»Was ... was ist denn los?«, fragte Peter verschlafen. Er lag auf der Ofenbank unten in der Wirtsstube, wo er seit seiner Ankunft die Nächte verbrachte. Wenn er denn überhaupt schlief ... Die meiste Zeit kümmerte er sich um die Kranken, vor allem um Sara und Sebastian, den Sohn der Wirtin. Er hatte den beiden Kindern in den oberen Kammern der Wirtsstube kalte Wickel gemacht, um das Fieber zu senken. Außerdem aber hatte er immer wieder Steinöl auf die Pestbeulen gestrichen und die entzündeten Stellen neu verbunden. Gestern waren die Beulen schließlich aufgeplatzt. Eine schwarze stinkende Flüssigkeit war herausgequollen. Peter hatte sie sorgfältig abgewischt und die Wunden gesäubert. Erst kurz vor Mitternacht hatte er sich schlafen gelegt, seitdem konnte nicht viel Zeit verstrichen sein.

»Komm, ich will dir etwas zeigen«, sagte Magda leise

und rüttelte ihn wach. Sie ging zur Stubentür, die hinaus in den Gang führte. Peter hatte wie so oft in letzter Zeit in seinen Kleidern geschlafen. Hastig stand er auf, rieb sich die Augen und folgte ihr, wobei er sich auf seine Krücke stützte.

Die Schmerzen in seinem verstauchten Fuß ließen ihn nur schlecht schlafen. Er hatte von menschengroßen tanzenden Ratten geträumt, und sein Onkel Valentin hatte auf der Fiedel einen Zwiefachen dazu gespielt. Doch plötzlich war Valentins Gesicht wie Wachs zerflossen, und darunter war ein kahler Totenschädel zum Vorschein gekommen. Der Schädel hatte gesprochen, wobei der Unterkiefer im Rhythmus der Musik geklappert hatte.

Der Totentanz, ich spiel für dich den Totentanz, mein Junge …

Peter schüttelte sich. Die merkwürdige Beobachtung, die er gestern in den Häusern etlicher Kranker gemacht hatte, war wohl zu nervenaufreibend gewesen. Er hatte fest vor, seine Gedanken dazu schriftlich festzuhalten. Vielleicht würde daraus ja auch einmal ein Traktat werden, so wie sein Vater eines zur Sauberkeit in der Medizin verfasst hatte. Ein von der Wissenschaft hochgelobtes Werk, das diese furchtbare Krankheit endlich erklären konnte! Aber dafür musste er erst einmal dieses Dorf verlassen, und danach sah es zurzeit nicht aus. Noch immer standen die Soldaten auf ihren Posten und eröffneten das Feuer auf jeden, der von diesem verfluchten Ort fliehen wollte.

Eilig ging Magda die Stiege hoch in den ersten Stock, Peter hatte Mühe, mit ihr Schritt zu halten. Er war so schrecklich müde, außerdem fühlte sich sein Kopf an, als hätte er am Abend zuvor eine Flasche billigen Branntwein geleert. Seine Lippen waren spröde und ausgetrocknet.

Als sie gemeinsam die obere Kammer betraten, in der Sebastian lag, ahnte Peter, warum Magda so aufgeregt war.

Zuerst dachte er, der Junge sei tot. Er lag ganz still da, das Gesicht entspannt, wie erlöst von seinen Leiden. Doch dann erkannte Peter, dass Sebastian atmete. Es waren ruhige, regelmäßige Atemzüge. Peter trat näher und legte die Hand auf Sebastians Stirn.

Das Fieber war verschwunden.

»Es geht ihm besser, nicht wahr?«, flüsterte Magda neben ihm. Mittlerweile hatte sie ihre Angst vor der Ansteckung überwunden, in den letzten Tagen hatte die Wirtin sogar immer öfter mit Hand angelegt. »Er ist nicht mehr so blass, die Stirn nicht mehr heiß, er stöhnt auch nicht mehr im Schlaf. Glaubst du …?« Sie verstummte, als hätte sie Angst, eine Antwort könnte ihre Hoffnung zerstören.

Peter überlegte. Er hatte gelesen, dass die Krankheit meist einige Tage andauerte. Danach war man tot oder in seltenen Fällen auch genesen. War es möglich, dass das Tiroler Steinöl Sebastian geheilt hatte? Die Beulen waren aufgeplatzt, und Peter hatte sie gereinigt, so wie es sein Vater auch immer mit den Wunden tat. Gab es also eine Möglichkeit, die Pest zu besiegen?

Peter zitterte vor Aufregung. Zusammen mit seinen Beobachtungen von gestern, so ging ihm durch den Kopf, könnte dies der Anfang einer ganz neuen Lehre sein! Er war nicht den alten Pfaden gefolgt, den alten verknöcherten Scholasten, die immer nur das Gleiche predigten, sondern er hatte beobachtet und daraus seine eigenen Schlüsse gezogen.

Quod erat demonstrandum … Der Beweis war erbracht.

Peters Unwohlsein war von einem Augenblick auf den

anderen verflogen. Er spürte, wie sein Herz vor Vorfreude heftig pochte.

»Lass mich kurz etwas nachsehen«, sagte er mit bebender Stimme zu Magda.

Er eilte aus der Kammer und hinüber in das andere Zimmer, wo die kleine Sara lag. Auch sie war ganz still. Vermutlich schlief sie, so wie auch Sebastian schlief. Doch als Peter sich über das Mädchen beugte und ihre zierlichen Hände in die seinen nahm, zuckte er zurück.

Saras Hände waren kalt wie Eis.

O Herr, lass das nicht wahr sein! Bitte, bitte nicht das …

Hastig fühlte Peter ihren Puls, tastete nach Saras kleinem Herz, er schüttelte und schlug sie, schließlich entwich ihm ein leises Stöhnen, so als hätte ihm jemand in die Magengrube getreten, Tränen rannen ihm übers Gesicht.

Es gab keinen Zweifel.

Sara war tot.

Ihr Körper war noch nicht ganz ausgekühlt. Sie musste gestorben sein, während er sich unten kurz hingelegt hatte. Ein leises Lächeln umspielte ihre Lippen, so als hätte ihm das Mädchen einen letzten Streich gespielt. Peter dachte daran, wie er Sara vom Haus ihrer toten Eltern und Geschwister den weiten Weg herüber ins Wirtshaus getragen hatte. Nun war sie so leicht wie eine Feder, so als hätte ihre kleine Seele, die nun entwichen war, ihr eigenes Gewicht gehabt.

Warum lässt Gott so etwas zu?, dachte Peter. *Warum zeigt er uns nicht Wege auf, wie wir das Leid und den Tod besiegen können?*

Kurz hatte er geglaubt, er hätte einen solchen Weg gefunden. Aber offenbar ließ Gott das Schicksal weiter würfeln. Sebastian lebte, Sara war tot. All seine Beobachtungen, seine schlauen Gedanken waren so viel wert wie eine Fuhre Mist!

Er spürte eine Hand auf seiner Schulter. Es war Magda, die neben ihm stand. In seiner Trauer hatte er gar nicht gemerkt, dass sie ihm in Saras Kammer gefolgt war. Er wollte etwas sagen, doch seine Stimme brach, zitternd lehnte er sich an sie. All die Anspannung der letzten Tage löste sich. Für diesen einen Moment war Peter nur Sohn und Magda nur Mutter. Er vergrub den Kopf in ihrem großen Busen und weinte lautlos. Sie strich ihm durch die Haare.

»Du hast alles versucht«, sagte sie tröstend. »Ich habe gesehen, was du getan hast. Sicher wirst du irgendwann ein guter Arzt.«

»Einen Dreck werde ich!«, schluchzte Peter. »Was nützt es, Arzt zu sein, wenn am Ende doch immer der Tod siegt?«

»Nur Gott weiß, wann wir gehen müssen«, sagte Magda. »Aber ich denke, Gott will auch, dass wir kämpfen, dass wir nicht aufgeben. Das hast du mich gelehrt in den letzten Tagen.«

Tatsächlich hatte sich die Wirtin geändert. Aus der vor Angst erstarrten Frau war wieder eine liebende Mutter geworden.

»Ich ... ich habe alles versucht ...«, rang Peter mit sich.

»Hör zu, Junge!« Magda sah ihn fest an. »Ich weiß nicht, ob Sebastian wirklich wieder ganz gesund wird. Und selbst wenn, dann holt ihn vielleicht schon bald ein anderes Fieber, eine andere Krankheit, überall hat der Tod seine Fallstricke ausgelegt. Aber das ist jetzt nicht wichtig. Jetzt im Moment geht es ihm gut.« Sie drückte Peter fest an sich. »Als mein älterer Sohn vor einiger Zeit starb, bin ich vor Trauer fast mit ihm gestorben. Ich dachte, mir würde die Kraft fehlen, jemals wieder zu lieben. Die Angst vor der Krankheit hat mich die Liebe vergessen lassen.« Sie lächelte. »Du hattest keine Angst, stattdessen hast du uns geholfen, auch wenn du damit dein eigenes Leben in Gefahr gebracht hast. Dafür möchte ich dir danken und es dir lohnen.«

Magda nahm sein Gesicht in die Hände und sah ihn fest an. »Hör zu, es gibt einen Weg aus diesem verfluchten Dorf. Er ist nicht einfach, aber du wirst es schaffen.«

»Aber was ist mit den vielen anderen Kranken im Dorf?«, fragte Peter, der sich in der Zwischenzeit wieder ein wenig gefangen hatte. »Ich … ich darf sie nicht im Stich lassen!«

»Die meisten sind tot. Und die, die noch leben, sind auf dem Weg der Besserung, so wie mein Sohn. Die Pest ist satt, ich habe es selbst gesehen. Deine Arbeit hier ist getan.« Sie stand auf und zog ihn zur Tür.

»Und jetzt folge mir.«

*

Etwa zur gleichen Zeit steuerte Magdalena die heimelig leuchtenden Fenster der Blauen Ente an. Es war bereits die zweite Nacht, in der sie allein in Kaufbeuren unterwegs war, bislang ohne Erfolg. Sie war schon im Schwarzen Adler, in der Goldenen Glocke und im Schwarzen Hahn in der Hinteren Gasse gewesen, alles eher zwielichtige Wirtshäuser, von denen es hieß, dass sich dort Soldaten herumtrieben. Tagsüber hatte sie gemeinsam mit Simon dem jungen Eden ein wenig beim Sortieren und Einräumen der vielen Arzneien geholfen. Dabei waren sie ins Gespräch gekommen, was Magdalena von ihren eigenen Sorgen ein wenig abgelenkt hatte. Ihr gefiel Martin Eden. Er erinnerte sie an ihren eigenen Mann in jungen Jahren, an dessen Begeisterungsfähigkeit und Wissensdurst, aber auch an Simons Naivität, die immer etwas von einem jungen tollpatschigen Hund hatte. Die beiden Männer hatten sich über medizinische Probleme und die Ingolstädter Universität unterhalten, und es war amüsant zu sehen, wie Martin Eden ihren Gatten förmlich vergötterte.

Magdalena konnte verstehen, dass Simon sie nicht hatte gehen lassen wollen. Bis zuletzt hatte er sich dagegen gesträubt. Doch auf der anderen Seite wusste auch er, dass sie ohne ihn bei den Soldaten weitaus mehr erreichen würde. Noch immer hoffte Magdalena, dass sie auf diese Weise vielleicht etwas über Peters Verbleib herausfand. Und bislang war auch alles gut gegangen, keiner der Kerle war ihr zu nahe gekommen. Außer ein paar schlüpfrigen Sprüchen und der einen oder anderen Hand auf ihrem Hintern war nichts geschehen. Dafür war sie allerdings auch keinen Deut weitergekommen. Keiner der Männer wusste etwas von einem kurfürstlichen Boten, und als Magdalena sie auf die toten Landsknechte angesprochen hatte, waren sie merkwürdig still geworden und hatten das Gespräch schnell abgebrochen.

Trotz der späten Stunde war es noch angenehm warm in den Gassen, ein wenig entfernt hörte Magdalena den Nachtwächter seine Runden gehen. Die Glocke des Klosters schlug die zehnte Stunde. Die Blaue Ente war das letzte Lokal, das sie heute noch aufsuchen wollte, das Haus galt als besonders schäbige Spelunke. Es lag am Fuße eines Hangs, der die Stadt in westlicher Richtung begrenzte, direkt neben dem Franziskanerinnen-Kloster. Ein Umstand, der den Nonnen sicher ein Dorn im Auge war, wie Magdalena vermutete. Gut möglich, dass die Schwestern auch jetzt gerade für die eine oder andere versoffene Seele beteten. Die winzigen Fenster aus Butzenglas waren schmutzig und trübe, sodass Magdalena nicht ins Innere der Wirtsstube blicken konnte. Über dem Eingang hing ein rostiges Schild, das eine Ente zeigte, die wohl vor langer Zeit einmal blau gewesen war.

Nun sind es nur noch die Gäste, dachte Magdalena und öffnete die Tür.

Obwohl es bereits nach zehn Uhr war, die Stunde, an der die Lokale eigentlich schließen mussten, war das Wirtshaus noch gut gefüllt, dichter Tabakqualm ließ Magdalena blinzeln. Anders als im Goldenen Hirschen, wo sie mit Simon und ihrem Vater gestern Mittag gegessen hatte, verkehrten hier die einfachen Leute. Eine Fiedel kratzte, jemand stampfte den Takt dazu, ein paar junge Weberknechte drehten sich mit ihren Mädchen im Kreis, dass die Röcke wirbelten. Unwillkürlich dachte Magdalena an ihre jüngere Schwester Barbara, die auch gerne tanzte, poussierte und sich nicht um ihren Ruf scherte. Seitdem sie mit Valentin verheiratet war, war sie nur wenig ruhiger geworden. Die Blaue Ente hätte Barbara gut gefallen.

Weiter hinten in der lang gezogenen Stube schlossen sich niedrige Gewölbenischen an, darin befanden sich einige alte zerkratzte Fässer, die umgedreht als Tische dienten. Ein paar grimmig dreinblickende Männer standen dort, die Hände um ihre Humpen geklammert. Magdalena erkannte sofort, dass es sich um Söldner handelte. Ihre Beine steckten in langen ausgetretenen Stulpenstiefeln, Narben zierten das eine oder andere Gesicht, in ihre langen Haare hatten die Männer Bänder und Perlen geflochten. Dass Bayern aufrüstete, war Magdalena bereits in München aufgefallen, wo man gekaufte Söldner vor allem im ärmeren Angerviertel antraf. Die ungehobelten Kerle waren in Privatwohnungen einquartiert und sorgten häufig für Unruhe.

Ein Fass in der Ecke war noch unbesetzt. Magdalena

winkte dem Wirt, sein scheuer Blick zeigte ihr, dass er sie wiedererkannt hatte. Sie dachte an sein seltsames Verhalten, als sie und Simon ihn vorgestern nach einem Kurier gefragt hatten. Sichtlich unwillig brachte er ihr einen schäumenden Krug, gefüllt mit Braunbier.

»Weiber haben um diese Zeit eigentlich nichts mehr bei uns verloren«, brummte er.

»Und was ist mit denen da drüben?«, entgegnete Magdalena und wies mit dem Humpen auf die tanzenden, vor Vergnügen kreischenden Mädchen.

»Die?« Der Wirt grinste. »Das sind Dirnen. Das Frauenhaus am Afraberg gibt's zwar schon lange nicht mehr, aber Dirnen sind wie Ungeziefer. Die wird es immer geben.« Er sah sie mit anzüglichem Blick an. »Bist du vielleicht auch eine?«

»Keine Sorge, ich bin in festen Händen.« Magdalena lächelte gequält. »Meinen Mann hast du ja schon kennengelernt.«

»Und weiß er, dass du um diese Zeit noch hier bist?«, fragte der Wirt argwöhnisch.

Magdalena schob ihm eine silberne Münze zu, für die sie auch eine Runde teuren Wein bekommen hätte. »Wir hatten einen Streit, deshalb bin ich so spät noch allein hier und versuche zu vergessen.«

»Na, wenn du einen neuen Mann zum Vergessen brauchst, sag einfach Bescheid. Wir finden schon einen für dich.« Mit einem dreckigen Lachen ließ der Wirt die silberne Münze unter seiner Schürze verschwinden und trollte sich. Magdalena nahm einen tiefen Schluck und verzog das Gesicht. Das Gebräu schmeckte schal und abgestanden, es war billiges, mit Bachwasser verdünntes Bier, das der Wirt vermutlich in schmutzigen Eimern im Keller anrührte. Doch wenigstens ließ er sie jetzt in Ruhe.

Sie spürte Blicke im Rücken und sah sich um. Es waren die Soldaten, die sie wie Frischfleisch taxierten. Sie steckten die Köpfe zusammen und lachten, schließlich näherte sich einer von ihnen mit breiten Schritten ihrem Tisch. Der Mann hatte einen Schmiss, der sich von seinem Auge bis hinunter zum Hals zog, an seinem rechten Arm prangte eine verwaschene Tätowierung. Abfällig deutete er auf ihren Krug.

»Warum säufst du diese Kuhpisse? Komm zu uns an den Tisch, wir haben süßen Tokaier. Der bringt uns alle in Stimmung.« Er grinste, seine lallende, fremdländisch klingende Stimme verriet Magdalena, dass er wohl ursprünglich aus irgendeinem südlichen Land stammte, vielleicht aus Kastilien. Ganz offensichtlich hielt er sie für eine Dirne.

Sie zwinkerte ihm zu. »Vielleicht solltest du das mit der Kuhpisse nicht zu laut sagen, ich bin nämlich die Schwester des Wirts. Ich kann meinen Bruder aber gerne fragen, ob er auch teures Vierpfennigbier für euch ausschenkt.«

Der Soldat winkte enttäuscht ab. Die Schwester des Wirts anzutatschen, das brachte nur Scherereien. Er wollte schon wieder gehen, als ihn Magdalena ansprach: »Ich komm aus Schongau, wo man sich Geschichten über euch Söldner in Kaufbeuren erzählt. Es heißt, ihr hättet Angst. Scheißt euch richtig in die Hosen. Stimmt das?«

Der Mann blieb wie angewurzelt stehen und runzelte die Stirn. »Angst? Vor wem?«

»Nun, ein paar von euch sind wohl an der Pest gestorben, aber davor hat man sie noch ein wenig gekitzelt und …«

»Halt dein Maul!« Die Hand des Soldaten ging an ihre Kehle, Magdalena spürte, wie starke, klauenförmige Finger sich um ihren Hals schlossen, das Atmen fiel ihr schwer.

»Was wisst ihr Weibsbilder schon, was Angst ist?«, zischte der Mann, Speichel tropfte von seinen Lippen. »Habt ihr im Krieg gekämpft? Habt ihr je eure Piken in Leiber gestoßen, sodass die bläulichen Eingeweide hervorgequollen sind wie bei einem geschlachteten Schwein? Habt ihr je in einer Reihe gestanden, wenn die Kugeln pfeifen, und der Kerl rechts von dir mit zerfetzter Kehle zu Boden geht und sein Blut dich sprenkelt?«

»Hab ... ich ... nicht«, krächzte Magdalena.

»Dann red auch nicht so dumm daher.« Der Soldat nahm seine Hand wieder von ihrem Hals. »Ein Söldner hat keine Angst, niemals. Merk dir das. Jedenfalls nicht vor Menschen ...« Er stockte. »Allerdings, wenn der Teufel selbst seine Hände im Spiel hat, dann ...«

»Was meinst du damit?«, fragte Magdalena, die noch immer um Atem rang.

»Die armen Schweine, die jetzt auf dem Pestfriedhof liegen, sind ja nicht die Einzigen, die der Teufel sich geholt hat«, flüsterte der Soldat. »Davor gab es andere. Sind einfach verschwunden! Eben noch pissen sie neben dir in einer dunklen Gasse, im nächsten Moment sind sie weg, für immer. Weißt du, wie wir den Teufel hier nennen?« Er senkte die Stimme. »*Herr der Ratten*! Es heißt, dass er auf einer Weidenpfeife ein Lied für die kleinen Biester spielt. Dann kommen sie zu Tausenden aus ihren Löchern gehuscht und stürzen sich auf irgendeine unglückliche Seele. Sie nagen die Knochen eines Mannes ab, so schnell, wie du brauchst, um ein Ave-Maria zu beten!« Er zog Magdalena nahe zu sich heran, sie roch seinen weinsauren Atem. »Die armen Schweine, die jetzt dort draußen liegen, waren von Ratten angenagt! Nicht von einer, von vielen! Die Lippen, die Ohren, die Nase, alles haben sie abgefressen, die Biester, als wär es feinstes Konfekt. Ich sage dir, das war der

Rattenkönig, der Herr der Ratten! Er bringt die Pest über Kaufbeuren!«

Magdalena dachte an das ekelhafte Ding, das ihr der Vater gestern gezeigt hatte. Mumifizierte kleine Ratten, an den Schwänzen miteinander verknotet, und nun sprach auch der Soldat von so einem Rattenkönig. Konnte das Zufall sein?

»Meine Kameraden und ich werden diese verfluchte Stadt schon bald verlassen, bevor der Rattenkönig auch uns holt«, fuhr der Soldat flüsternd fort. »Und du, Weib, solltest das auch tun. Kaufbeuren ist verloren, so wie es schon einmal verloren war, vor vielen Jahren! Gott hat diese Stadt aufgegeben.«

Mit diesen Worten wandte er sich abrupt ab und wankte zurück zu seinen Kameraden.

Magdalena blieb still stehen und nippte an ihrem schalen Bier. Was sie eben erfahren hatte, klang zu schauerlich, um wahr zu sein. Sicher hatte der Soldat übertrieben, schließlich war er betrunken. Bislang war nur die Rede davon gewesen, dass die an der Pest verstorbenen Söldner gefesselt und gefoltert worden waren. Vielleicht waren sie ja nach ihrem Tod auch von Ratten angenagt worden, das kam öfter vor. Aber von Hunderten, ja Tausenden? Mit einem Schaudern dachte Magdalena an die Worte des Betrunkenen und wie er den Herrn der Ratten beschrieben hatte.

Es heißt, dass er auf einer Weidenpfeife ein Lied für die kleinen Biester spielt. Dann kommen sie zu Tausenden aus ihren Löchern gehuscht und stürzen sich auf irgendeine unglückliche Seele …

Magdalena schüttelte sich. Auch Conrad Näher hatte kurz vor seinem Tod von einem schwarzen Reiter fantasiert, der auf einer Pfeife zum Tanz aufspielt. Was waren das nur für Schauermärchen! Und was hatte der Soldat wohl damit gemeint, als er davon gesprochen hatte, dass Kaufbeuren schon einmal vor vielen Jahren verloren gewesen war?

Nachdenklich nahm sie einen letzten Schluck von ihrem Bier und wollte eben zum Ausgang gehen, als sie in der Tür eine vertraute Gestalt erblickte.

Es war Bürgermeister Johann Rehlinger.

Er trug einen Mantel mit tief ins Gesicht hängender Kapuze, doch für einen kurzen Moment hatte er den Kopf gehoben, und sie hatte seine strahlend blauen Augen erkannt. Diesmal hatte Rehlinger keine Brille auf wie bei der Ratssitzung, doch der kühle, alles durchdringende Blick war der gleiche. Was machte ein so hochgestellter Mann in einem Lokal wie der Blauen Ente, noch dazu um diese Zeit? Oder überprüfte der Bürgermeister in Kaufbeuren höchstpersönlich die Sperrstunde? Wohl kaum.

Johann Rehlinger ging hinüber zum Tresen, wo der Wirt eben ein paar Krüge spülte. Es folgte ein kurzes Gespräch, und der Wirt schüttelte den Kopf. Dann deutete er mit verstohlener Geste auf Magdalena, und Rehlinger drehte sich um.

Der Blick, der sie traf, war kalt wie Eis.

Der Bürgermeister wandte sich ab und verließ fluchtartig die Wirtsstube. Magdalena sah ihm nach.

Was, in Gottes Namen, hast du vor? Was hast du in der Blauen Ente zu schaffen?

Sie stellte ihren Krug ab und schob sich an den vielen Zechern und Tänzern vorbei zur Tür. Wenn es ihr gelang, den Bürgermeister im Schatten der Häuser zu verfolgen, konnte sie vielleicht herausfinden, zu wem er zu dieser späten Stunde noch ging.

Draußen auf der Gasse glaubte sie schon, ihn verloren zu haben. Doch dann sah sie ihn. Er war nach links gegangen, dorthin, wo das Kloster lag. Direkt gegenüber befand sich ein schiefes Gatter, dahinter schloss sich ein Garten in Hanglage an, der steil anstieg bis hinauf zur Stadtmauer. Johann Rehlinger öffnete das Gatter und schlüpfte hindurch. Eine Weile wartete Magdalena, dann folgte sie ihm.

Es schien sich um den Klostergarten zu handeln. Im spärlichen Mondlicht erkannte Magdalena Beete mit Küchen- und Heilkräutern, Weinreben zogen sich den Hang hoch. Dazwischen verlief ein schmaler, steiler Pfad. Trotz seiner Masse bewegte sich Rehlinger äußerst schnell, er machte große Schritte und hielt kein einziges Mal an. Magdalena hatte Mühe hinterherzukommen, zumal der Bürgermeister die verschlungenen Pfade zu kennen schien. Immer wieder verlor sie ihn zwischen den Reben, während der Weg sich emporschlängelte, hin zur Stadtmauer und dem sogenannten Fünfknopfturm, dem höchsten Wachturm der Stadt. Weiter rechts stand unmittelbar an der Mauer eine kleine Kirche, in der ein Licht brannte.

Trotz der späten Uhrzeit war es immer noch schwülwarm. Magdalena atmete schwer, der Schweiß stand ihr auf der Stirn. Treppenstufen führten auf eine weitere, höhere Ebene des Klostergartens. Sie bog um eine Ecke und hielt inne.

Verdammt!

Johann Rehlinger war verschwunden.

Mit einem stillen Fluch auf den Lippen hastete Magdalena die Stufen hoch, doch der Bürgermeister war nirgendwo zu sehen. Er konnte sich doch nicht einfach in Luft aufgelöst haben! Sie machte kehrt und hielt Ausschau nach einer weiteren Treppe, hastig wischte sie ein paar Zweige zur Seite, aber der Bürgermeister war wie vom

Erdboden verschluckt. Schließlich gab sie auf und ging zurück, dorthin, wo das Gatter war.

Am Gatter stand ein einzelner Mann.

Es war der Soldat aus der Herberge. Er lächelte breit, die frische Luft schien ihn ein wenig ernüchtert zu haben.

»Weißt du, was komisch ist?«, sagte er und leckte sich die Lippen wie ein fetter Kater. »Ich hab eben mit dem Wirt gesprochen. Er meinte, er hat gar keine Schwester. Tja, und wenn du nicht seine Schwester bist, dann bist du eben doch nur eine ehrlose Dirne.« Er öffnete das Gatter und kam mit ausgebreiteten Armen auf sie zu. »Was für ein lauschiges Plätzchen für ein Schäferstündchen! Du darfst gerne schreien, wenn du willst.«

*

Zusammen mit der Wirtin trat Peter hinaus in die stockdunkle Nacht. Magda hatte eine Laterne entzündet, die wie ein rotes Auge in der Finsternis glühte. Noch immer wusste Peter nicht, wohin Magda ihn führte. Sie hatte davon gesprochen, dass es einen Weg hinaus aus dem Dorf gab. Kurz hatte Peter gezögert. Doch dann hatte er seine Notizen zusammengerafft und war ihr gefolgt. Seine Aufgabe hier war getan, er hatte erkennen müssen, dass auch er nicht wusste, wie die Pest zu besiegen war. Vielleicht würden seine Aufzeichnungen trotzdem später einmal zu irgendetwas nützlich sein.

Wie ein kleines Kind ließ er sich von Magda zu den Gebäuden hinter dem Wirtshaus führen, er hinkte, sein Fuß pochte. All die Kraft, die ihn in dem Moment durchströmt hatte, als er kurz zuvor Sebastians Genesung festgestellt hatte, war jäh erloschen. Er kam sich vor wie eine Puppe an Fäden, fast so leblos wie die tote Sara.

Hinzu kam, dass seine Kopfschmerzen immer heftiger wurden.

Schließlich erreichten sie den Stall hinter der Herberge, ein lang gezogenes, vermoostes Gebäude mit angebauter Scheune, von dessen Dach sich bereits die Schindeln gelöst hatten. Eine Kuh muhte, als Magda so leise wie möglich die Tür öffnete. Im Inneren roch es nach warmem Heu, Stroh und Dung – und nach etwas anderem.

Ein süßlicher Geruch, den Peter mittlerweile nur zu gut kannte.

Der Soldat lag im Heu, ausgestreckt, so als würde er schlafen. Doch Peter wusste, dass er nicht schlief. Dafür war zu viel Blut auf seinem Rock und auch im Heu, sein Gesicht war kreideweiß und im Todesschrei erstarrt, die Augen milchige Glasmurmeln ohne Leben darin. Magda hielt die Laterne über die Leiche, sodass sie beide den Toten genauer mustern konnten. Er war nicht viel älter als Peter. Rock und Hose waren blau eingefärbt, die Farbe des Kronprinzen und des Kurfürstentums Bayern.

»Ein paar von den Burschen im Dorf haben gestern wieder einmal versucht zu entkommen«, sagte Magda. »Sie hatten es fast geschafft, hatten eine Lücke zwischen den Soldaten gefunden. Aber am Ende sind sie doch entdeckt worden. Tja, nur diesmal waren die Unsrigen bewaffnet. Mit Sensen und Heugabeln.« Magda deutete auf den toten Soldaten in seinem aufgeschlitzten blauen Rock. »Den hier haben unsere Jungs aufgespießt wie einen Maulwurf, bevor sie wieder ins Dorf geflüchtet sind. Er hat wohl noch ein paar Stunden gelebt und ist zum Sterben in den Stall gekrochen. Gott sei seiner Seele gnädig.« Sie schlug ein Kreuz. Dann sah sie Peter herausfordernd an.

»Du weißt, was du tun musst, nicht wahr?«

»Die Uniform …«, flüsterte Peter, dem das Denken entsetzlich schwerfiel. Die Kopfschmerzen brachten ihn fast um.

Magda nickte. »Wenn du sie anziehst, bist du einer von ihnen.«

Seit einigen Jahren gingen immer mehr Armeen dazu über, Kleider in einheitlichen Farben zu verordnen, damit man im Kampf besser zwischen Freund und Feind unterscheiden konnte. Peter wusste, dass Max vorhatte, dies auch bei den bayerischen Regimentern einzuführen. Hier war es offenbar schon geschehen.

»Wir haben auch sein Pferd gefunden«, fuhr Magda fort. Mit der Laterne in der Hand deutete sie nach hinten, wo im Dunkeln die Umrisse einiger Kühe zu sehen waren. »Es steht dort neben den Rindviechern. Mit dem Pferd und der Uniform kommst du hier raus.«

»Und ... und du?«, fragte Peter.

»Na, was wohl? Ich bleibe bei meinem Sohn.« Magda lächelte. »Keine Angst, ich werde mich gut um ihn kümmern. Wie eine Mutter das eben tut. Ich hatte ganz vergessen, was es bedeutet, Mutter zu sein.« Entschlossen beugte sie sich über den Toten und begann, ihn mit routinierten Handgriffen zu entkleiden. An manchen Stellen half sie mit dem Messer nach.

»Zieh dich aus, Junge«, befahl sie Peter, ohne in ihrer Arbeit innezuhalten. »Noch ist die Nacht dunkel genug, und die Soldaten sehen hoffentlich nicht, dass du nicht ihr Kamerad bist.« Als sie sein Zögern bemerkte, schmunzelte sie. »Keine Angst, ich hab vor dir auch schon andere nackte Männer gesehen. Also zier dich nicht.«

Das Blut an der Uniform war bereits getrocknet, sodass der Rock ein wenig steif war. Es gab einen langen Riss vorne am Bauch, den man aber mit einem Tuch gut verbergen konnte, an einigen Stellen hatte Magda die Hose aufgeschnitten. Die Uniform hatte in etwa Peters Größe, sogar die Stiefel passten. Als er sich fertig umgezogen hatte, stand Magda mit offenem Mund vor ihm.

»Verflucht, als hättest du nie etwas anderes getragen«, hauchte sie. »Ein stolzer kurfürstlicher Reiter ...« Sie zögerte, als sei ihr noch etwas eingefallen. Schließlich zog sie unter dem Stroh das Felleisen hervor. »Ich hatte es die ganze Zeit hier in der Scheune versteckt«, flüsterte sie. »Es scheint wichtig zu sein. Du hast im Schlaf oft davon gesprochen. Auch von einem gewissen Max. Ein Freund von dir?«

»Ein ... ein Freund, ja.« Peter nickte. Er fühlte sich fiebrig, tatsächlich hatte er Max' Brief in den letzten Tagen und Stunden ganz vergessen gehabt. Was war nur mit ihm los? »Ich ... ich habe ihm versprochen, eine Nachricht nach Kaufbeuren zu bringen.«

»Dann solltest du deinen Freund nicht im Stich lassen.«

Sie führte ihn hinüber zum Pferd, das noch gesattelt war. Es schnaubte, als der neue, noch ungewohnte Reiter auf seinen Rücken stieg. Kurz schien es Peter abwerfen zu wollen, doch er zog die Zügel fest, und das Ross gehorchte. Das Felleisen steckte Peter hinten in die Satteltasche.

»Reite, mein Junge, reite!«, sagte Magda. »Ich bete, dass du dein Ziel erreichst.« Ein letztes Mal lächelte sie ihm zu, und Peter glaubte, dass ihre Augen feucht waren. »Du erinnerst mich wirklich an meinen Ältesten. Verdammte Kinder, nur Ärger hat man mit ihnen!«

Mit diesen Worten schlug sie dem Pferd auf die Hinterbacken. Das Ross wieherte und preschte durch die geöffnete Stalltür hinaus in die Nacht.

Mit klopfendem Herzen galoppierte Peter auf den schwarzen Waldrand zu. Das Pferd war schnell, so als wäre es froh, endlich der öden Nachbarschaft der Kühe im Stall entronnen zu sein. Ackerkrumen zerfielen unter seinen stampfenden Hufen zu Staub, die Ähren wogten und rauschten. Kurz glaubte Peter, zwischen den Bäumen einen roten Schein zu sehen.

»Halt!«, schrie eine Stimme. »Halt, oder ich schieße!«

Peter trat dem Pferd in die Seiten und beugte sich tief über dessen Hals. Ein Donner ertönte, gleichzeitig sah er einen Blitz zwischen den Baumstämmen aufleuchten, für einen Moment zeigte sich ein behelmtes Gesicht. Dann war das Gesicht wieder verschwunden, und Peter ritt hinein in den Wald. Zweige peitschten sein Gesicht, ein großer Ast rauschte auf ihn zu, und er duckte sich im letzten Moment.

»Sakrament, da ist einer!«, rief jemand im breitesten Bayerisch, irgendwo weiter links. »Der Sauhund will entkommen, haltet's ihn auf!«

Peter wusste, dass der Schütze von eben kein zweites Mal schießen würde, jedenfalls nicht sofort. Er würde Zeit brauchen, seine Luntenmuskete neu zu laden und zu entzünden. Diese Zeit würde Peter nutzen. Er riss das Pferd scharf am Zügel und scherte nach rechts aus. Weitere Stimme ertönten, sie schienen jetzt von überall her zu kommen, ein zweiter Schuss knallte, jedoch weiter entfernt. Fackelschein waberte wie roter Nebel. Peter ließ das Pferd nun langsamer traben, um keinen Verdacht zu erregen. Tatsächlich entfernten sich die Stimmen nach und nach. Zwischen den Bäumen sah er im Dunkeln das kiesige Weiß der Straße, die zwischen zwei Hügeln verlief. Oben auf den Kuppen brannten Leuchtfeuer.

»Halt, wer da?«, rief jemand von den Hügeln.

Peters Atem raste, kalter Schweiß stand ihm auf der Stirn. Trotzdem zwang er sich zur Ruhe. »Einer von den depperten Bauern ist uns entwischt!«, rief er auf Bayerisch zurück und versuchte, seine Stimme tiefer klingen zu lassen. »Hat sich irgendwo im Wald verkrochen. Ich soll Verstärkung holen.« In seinen Ohren klangen seine Worte wie schlechtes Theater, doch wundersamerweise ertönte kein weiterer Schuss.

»In Ordnung!«, rief der andere. »Kannst passieren.«

Peter wollte seinem Pferd eben erneut die Sporen geben, als zwei Soldaten auf der Straße direkt auf ihn zuritten. Er zögerte. Wenn er jetzt floh, würden sie ihn vermutlich schnell eingeholt haben.

Wenn er aber anhielt …

Die Soldaten waren jetzt fast auf seiner Höhe. Obwohl es Nacht war, konnte Peter erkennen, dass es ein Jüngerer und ein Älterer waren. Auch sie trugen blaue kurfürstliche Uniformen. Nun hatten sie ihn erreicht. Kurz streifte der Blick des Älteren Peters Gewand, er schien zu zögern, griff nach dem Säbel an seiner Seite …

Dann ritten die beiden an Peter vorbei.

Hinter ihm krachten erneut Schüsse, ein gellender Schrei ertönte. Peter murmelte ein stilles Gebet, dann beugte er sich über sein Pferd, umklammerte dessen schweißnassen Hals und ließ sich von ihm durch die feindlichen Linien tragen.

Sein Kopf dröhnte, als hätte ihn eine Musketenkugel direkt in die Stirn getroffen.

*

Der Söldner mit der Narbe im Gesicht stand noch immer am Eingang des Klostergartens.

Keuchend wandte sich Magdalena um und sah nun, dass auch im Garten hinter ihr zwei, drei Männer lauerten. Sie mussten ihr zuvor gefolgt sein, als sie die Blaue

Ente verlassen hatte. In ihrer Aufregung hatte sie sie nicht bemerkt. Nun saß sie in der Falle.

Sie zögerte nur kurz, dann entschied sie sich für das, was der Mann am wenigsten erwartete.

Sie lief direkt auf ihn zu.

»He!«, rief der Soldat und lachte überrascht auf. »Nicht so stürmisch!«

Im letzten Moment duckte Magdalena sich und lief unter seinen Armen hindurch. Der Mann griff nach ihr, bekam aber nur ein paar ihrer Haare zu fassen. Mit einem unterdrückten Schmerzensschrei lief sie hinaus auf die dunkle Gasse. Das Wirtshaus hatte mittlerweile geschlossen, auch im Kloster brannte kein Licht mehr. Vielleicht würde sie in der Hinteren Gasse ja auf den Nachtwächter treffen. Sie wollte weiterrennen, als plötzlich aus einer Hausnische ein weiterer der Kerle trat. Sie lief ihm geradewegs in die breite Brust.

»Jetzt gehörst du mir, Flittchen«, knurrte er. »Die anderen können sich hübsch hinten anstellen. Erst mal werd ich dich schön langsam …«

Geistesgegenwärtig holte Magdalena mit dem Knie aus und traf den Kerl genau zwischen den Beinen. Ächzend klappte er zusammen, wobei sein schwerer Körper auf sie fiel. Sie wankte kurz unter der Last, dann gelang es ihr, ihn abzuschütteln und weiterzulaufen, immer am Stadtbach entlang, der mit morschen Holzbohlen bedeckt war. Immer wieder taten sich dazwischen Löcher auf, unter denen schwarz das Wasser hindurchschimmerte. Sie sprang über die Lücken und hoffte, dass sie nicht danebentrat und stürzte. Hastig sah sie sich um.

Sie waren zu fünft, und sie folgten ihr.

Magdalenas Herz raste. Wo war nur der verfluchte Nachtwächter, wenn man ihn mal brauchte? Sollte sie schreien? Bis ihr jemand zu Hilfe kam, hatten die Kerle sie sicher in irgendeine Nische gezogen, wo sie gemeinsam über sie herfallen würden. Also hastete sie weiter, an der Stadtmauer entlang, bis links endlich die Hintere Gasse auftauchte, dort, wo das Hörmann'sche Haus lag. Vielleicht würde sie es ja bis dorthin schaffen, dann war sie in Sicherheit.

Die Gassen waren menschenleer, keine Laterne brannte, nicht einmal ein Kerzenlicht in einem Fenster. Magdalena rannte, während sie hinter sich die harten Soldatenstiefel auf den Bohlen poltern hörte. Endlich tauchte vor ihr der lange Gebäudekomplex des Hörmannhauses auf, wo Doktor Martin Eden wohnte. Allerdings befand sie sich nicht auf der Vorderseite, dort, wo am Markt das große Tor in den Innenhof führte, sondern auf der schmucklosen Rückseite. Nirgendwo war eine Tür zu entdecken, und die Männer holten immer weiter auf.

»Lauf nur, Dirne!«, rief einer von ihnen ihr lachend nach. »Ich will deinen Angstschweiß riechen und dir ablecken!«

Endlich konnte sie ein kleineres Tor entdecken, das vermutlich für Dienstboten gedacht war. Verzweifelt rüttelte sie an dem Gatter. Zuerst klemmte es, doch dann gab die Tür ganz plötzlich nach, und Magdalena stürzte in einen kleineren dunklen Hof mit Arkaden, der nicht weit von der Wohnung des jungen Eden liegen mochte. Und gleichzeitig so unendlich fern. Vielleicht gab es ja irgendwo einen Durchgang zu der Kutscheneinfahrt! Doch um sich näher umzusehen, blieb keine Zeit mehr. Die Soldaten waren ihr dicht auf den Fersen. Sie hatten sichtlich Freude an der Jagd.

Panisch sah sich Magdalena um. Zwischen den Arkaden standen ein paar Truhen und Kisten. Ohne weiter nachzudenken, eilte sie darauf zu, öffnete den Deckel einer lang gezogenen Truhe und kroch hinein. Sie schloss den Deckel und versuchte, so leise wie nur möglich zu atmen.

Schon kurz darauf waren Schritte zu hören.

Jemand näherte sich der Truhe.

Magdalena hielt den Atem an. *Herrgott, lass ihn vorbeigehen! Bitte, bitte lass ihn vorbeigehen!*

Doch der Mann ging nicht vorbei, er blieb auf Höhe der Truhe stehen. Das Scharnier klappte, der Deckel öffnete sich quietschend, und Magdalena war kurz geblendet vom Licht einer Laterne. Dann tauchte ein breites, sichtlich erstauntes Gesicht vor ihr auf.

»Jesus und Maria!«, brummte der groß gewachsene, füllige Mann und kratzte sich am Kinn. »Was in Gottes Namen hat ein Weibsbild in meiner Reisetruhe verloren?«

Kapitel 9

In Kaufbeuren,
am Morgen des 27. August, Anno Domini 1679

Als Frau um diese Zeit allein in einem Wirtshaus, noch dazu in der Blauen Ente! Was habt Ihr Euch nur dabei gedacht?«

Es war der Morgen des nächsten Tages, und der große beleibte Mann, der Magdalena gestern in seiner Reisetruhe entdeckt hatte, saß ihr mit Simon gegenüber. Auch Martin Eden hatte sich schon um diese frühe Zeit in der Wohnstube eingefunden, der junge, wie immer akkurat gekleidete Arzt rührte mit ernster Miene in seinem Kaffeebecher. Magdalena fühlte sich angesichts der drei Männer wie vor einem Tribunal. Von dem mit Honig gesüßten Gerstenbrei, den Eden eigenhändig zum Frühstück zubereitet hatte, hatte sie noch keinen Löffel genommen. Noch immer kreisten ihre Gedanken um die Erlebnisse der letzten Nacht. Bislang hatte sie nur mit Simon ausführlicher darüber gesprochen.

»Ganz meine Meinung«, sagte Simon. »Was hast du dir nur dabei gedacht, Magdalena?«

Magdalena warf ihrem Gatten einen zornigen Blick zu, doch sie schwieg. Die beiden Männer mussten nicht wissen, dass sie sich wegen Peter und der mysteriösen Todesfälle umgehört hatte. Also spielte sie das Spiel mit.

»Meine Frau amüsiert sich gerne noch abends, auch

allein.« Simon seufzte. »Ich hätte wirklich mitgehen sollen! Außerdem ist die Blaue Ente offenbar eine besonders üble Spelunke.«

»Und noch dazu eine Absteige für Dirnen mit ihren Freiern.« Der große Mann, der neben dem zierlichen Simon noch massiger wirkte als ohnehin, lachte dröhnend. »Ihr habt wirklich eine bemerkenswerte Frau, Doktor Fronwieser. Ich hoffe nur, ihr kleiner Ausflug spricht sich in Kaufbeuren nicht allzu sehr herum. Von mir erfährt jedenfalls keiner etwas.« Er zwinkerte Magdalena zu. »Auch nicht, dass mein Reisegepäck letzte Nacht schwarze Haare hatte und einen Rock trug.«

Mittlerweile wusste Magdalena, dass der große Kerl vor ihr kein Geringerer war als Baron Tobias Hörmann von und zu Gutenberg, der Besitzer des pompösen Anwesens, in dem sie und Simon wohnen durften. Hörmann war gestern Nacht erst spät von seinem Landsitz, dem Schloss Gutenberg, in die Stadt gekommen. In seinem roten, mit Zobelpelz verbrämten Seidenrock, den er als Morgengarderobe trug, und den türkischen Pantoffeln wirkte er auf Magdalena wie eine Erscheinung aus dem Morgenland. Tobias Hörmann war der reichste Bürger Kaufbeurens. Bereits sein Urgroßvater war Verwalter der Fugger'schen Silberminen gewesen, der Kaiser hatte die Familie in den Adelsstand erhoben – trotzdem hatte er es sich nicht nehmen lassen, seinen Untermieter Martin Eden in dessen schlichter Wohnung aufzusuchen und sich nach Magdalenas Befinden zu erkundigen.

»Ihr seid ein wenig blass um die Nase, Frau Fronwieser«, sagte der junge Eden mitfühlend. »Wie geht es Euch?« Bislang wussten die beiden Männer nur, dass sie von Soldaten durch die Gassen verfolgt und beinahe vergewaltigt worden war.

Magdalena zuckte die Achseln. »Ich habe schon weitaus Schlimmeres erlebt. Aber danke der Nachfrage, ich habe nur nicht allzu viel geschlafen.«

»Kein Wunder. Diese Söldner sind wirklich das Letzte! Huren, saufen und vergewaltigen, mehr fällt ihnen nicht ein.« Hörmann schüttelte den Kopf. »Glaubt mir, ich werde dafür sorgen, dass sie ihre gerechte Strafe bekommen! Ich weiß ohnehin nicht, was die Kerle noch in der Stadt verloren haben. Wirklich zu bedauerlich, dass wir zurzeit keinen Henker in Kaufbeuren haben.«

»Es ... es ist ja nichts passiert«, sagte Magdalena zögerlich. Sie hatte gestern schon kurz mit Hörmann gesprochen und ihm erzählt, dass sie mit ihrem Mann auf Weisung der kurfürstlichen Kommission in Kaufbeuren weilte. Ihren Vater hatte sie bislang nicht erwähnt, und sie hoffte, dass dies auch Martin Eden nicht tat, zumindest nicht jetzt. Selbst wenn Baron Hörmann einen aufgeschlossenen Eindruck machte, so wusste Magdalena doch nicht, was Kaufbeurens reichster Bürger wohl dazu sagen würde, dass er einen Henker als Untermieter hatte. Ihren Vater hatte sie am Morgen noch nicht gesehen, vermutlich schlief er noch. Magdalena betete, dass er nicht allzu laut schnarchte.

»Äh, wir sind Euch sehr dankbar, dass wir hier in Eurem prächtigen Haus wohnen dürfen«, versuchte Simon, das Gespräch in eine andere Richtung zu lenken. »Darf ich fragen, warum Ihr trotz der drohenden Pest nach Kaufbeuren gekommen seid?«

»Ihr dürft, Herr Doktor, Ihr dürft. Aber erst, nachdem ich mir eine weitere Portion dieses köstlichen Gebräus eingeschenkt habe. Ich könnte mich wirklich an diesen Heidentrank gewöhnen.«

Tobias Hörmann nahm sich einen Becher Kaffee. In

dem Seidenkaftan, mit dem Schmerbauch und den langen grauen Haaren, umnebelt vom Duft eines exotischen Parfums, sah er tatsächlich eher aus wie ein türkischer Großwesir als wie ein bayerischer Baron. Zumindest so, wie Magdalena sich einen solchen Wesir vorstellte. Hörmann mochte in etwa so alt sein wie ihr Vater, und er war auch etwa so groß, aber zwischen den beiden lagen nicht eine, sondern mindestens ein Dutzend Welten. Trotzdem war ihr der Mann sofort sympathisch, wohl auch deshalb, weil er trotz seines Adelstitels keinen Standesdünkel ausstrahlte.

Hörmann blies über den dampfenden Becherrand, dann begann er zu sprechen: »Es ist das verdammte Tänzelfest, das in gut einer Woche in Kaufbeuren stattfinden soll. Deshalb bin ich hier. Für die Protestanten ist das Tänzelfest das größte Fest des Jahres, alle protestantischen Kinder spielen mit. Sie verkleiden sich als Patrizier, Adlige, Handwerker ... Einer darf sogar den Kaiser spielen.«

»Und die Katholiken?«, erkundigte sich Simon.

»Wie bereits gesagt, es ist ein protestantisches Fest«, erklärte Martin Eden und schenkte Simon nach. »Katholiken sind nicht erwünscht.« Er seufzte tief. »Manchmal wünschte ich, wir wären keine Reichsstadt, wo beide Glaubensrichtungen zugelassen sind. Überall außerhalb der Reichsstädte heißt es im Reich *Cuius regio, eius religio*. Der jeweilige Herrscher bestimmt, was geglaubt wird. Wem das nicht passt, der zieht weg. Das mag grausam klingen, erspart jedoch etliche Scherereien.«

Magdalena dachte an Schongau, das als bayerische Stadt ausschließlich katholisch war. Protestanten kannte sie eigentlich nur von den Märkten in den benachbarten Reichsstädten Augsburg und Kaufbeuren.

»Der junge Herr Eden hat recht.« Baron Hörmann

nickte. »Es ist tatsächlich furchtbar kompliziert. Im Rat haben die Protestanten das Sagen, aber alle städtischen Stellen sind doppelt besetzt, bis hinunter zum Bäcker und Metzger, ständig kommt es zu Streitereien. Und weil die Protestanten früher lange unterdrückt wurden und in Kaufbeuren nicht einmal eine eigene Kirche haben durften, sind sie jetzt umso strenger mit den Katholiken. Ich selbst bin Protestant, aber was meine Mitbrüder teilweise anstellen, findet nicht meine Billigung. Gerade jetzt in diesen schweren Zeiten sollten wir Christen doch zusammenhalten!«

»Was wird denn nun mit dem Tänzelfest?«, fragte Simon. »Jetzt, da die Pest in Kaufbeuren droht?«

Hörmann sah ihn verdutzt an. »Ich dachte, das könntet Ihr mir sagen, Doktor Fronwieser. Ehrlich gesagt ist das auch mit ein Grund, warum ich Euch um diese frühe Stunde aufsuche.« Er lächelte Magdalena zu. »Natürlich neben der Frage, wie es meinem hübschen Frachtgut geht.« Gleich wurde er wieder ernst. »Eigentlich bin ich davon ausgegangen, dass die kurfürstliche Kommission Euch, Doktor Fronwieser, wegen des Tänzelfests nach Kaufbeuren geschickt hat. Um zu untersuchen, ob das Fest angesichts der gegenwärtigen Lage überhaupt stattfinden kann.«

»Äh, das ist tatsächlich einer der Gründe für meine Anwesenheit, ja«, warf Simon schnell ein. »Ich wollte nur, äh … Eure Meinung dazu hören.«

»Nun, ich bin einer der Mäzene dieses Festes«, erwiderte Hörmann achselzuckend. »Sicherlich der größte Geldgeber. Aber ich müsste lügen, wenn ich behauptete, es ginge mir nur um den Glauben.« Er zwinkerte Magdalena zu. »Mir gehören allein drei Wirtshäuser in Kaufbeuren. Die Bürger essen und trinken, es kommen Leute von auswärts.«

»Deswegen will der ehrenwerte Herr Bürgermeister auch nicht, dass das Fest ausfällt«, folgerte Simon.

»Der ach so ehrenwerte Johann Rehlinger, ja.« Hörmanns Miene verdüsterte sich. »Ich bin mit dem Herrn Bürgermeister sicher nicht immer einer Meinung, aber in diesem Punkt hat er recht. Doch das alles geht natürlich nicht, solange die kurfürstlichen Maßnahmen gelten.« Er musterte Simon prüfend. »Könnt Ihr denn schon sagen, ob dieser Zustand noch lange anhalten wird?«

»Zurzeit, äh … kann ich nichts Genaueres mitteilen«, wand sich Simon. Er verschluckte sich fast an seinem Kaffee. »Wir müssen noch die … die Berichte aus den anderen bayerischen Städten abwarten.«

»Hm, ich verstehe. Dann muss ich meinen Aufenthalt in Kaufbeuren wohl auf unbestimmte Zeit verlängern.« Hörmann stellte seinen Becher ab und erhob sich. Magdalena sah an ihm hoch. Er war tatsächlich beinahe so groß wie der Schongauer Henker. »Ich werde mich jetzt wieder in meine Gemächer zurückziehen. Ich hoffe, die Bediensteten haben schon alles ausgepackt.«

»Eine Frage habe ich noch, Euer Hochwohlgeboren«, sagte Magdalena. Es klang seltsam, Hörmann mit diesem Adelstitel anzusprechen, denn eigentlich wirkte er wie ein freundlicher Wirt, der sich zu Fasching verkleidet hatte. »Ihr seid gebürtiger Kaufbeurer?«

Hörmann stutzte. »Seit vielen Generationen sitzt meine Familie im Rat. Warum fragt Ihr?«

»Einer der Soldaten gestern sprach davon, dass Kaufbeuren schon einmal eine schwere Zeit hatte. Er meinte damit wohl die Pest. Wisst Ihr Näheres darüber?«

»O sicher!« Hörmann nickte grimmig. »Damit kann nur die schlimme Pest in den Zwanzigern dieses von Gott gestraften Jahrhunderts gemeint sein. Zwei Drittel aller

Kaufbeurer Bürger sind damals gestorben, die Leichen stapelten sich in den Gassen. Fünfzig Jahre ist das nun her! Ich war damals noch ein Kind, aber ich kann mich noch gut daran erinnern.« Er schlug ein Kreuz. »Glücklicherweise konnte unsere Familie noch rechtzeitig nach Gutenberg auf unseren Landsitz fliehen.«

»Mein Vater war damals noch nicht lange Arzt«, sagte Martin Eden. »Er hat nie gerne davon gesprochen, wohl auch deshalb, weil er nicht viel tun konnte. Er war nur froh, dass er selbst mit dem Leben davongekommen ist.«

»Im Angesicht der Pest sind auch die größten Ärzte machtlos. Alles, was dann noch hilft, ist strengste Isolation.« Hörmann klopfte mit der Faust auf den Tisch. »Wenn die Pest wirklich wieder nach Kaufbeuren gekommen ist, dann sollte der Bürgermeister schleunigst dafür sorgen, dass alle Maßnahmen eingehalten werden und nichts vertuscht wird. Aber offenbar geht es ihm mehr um den Profit.«

»Wisst Ihr, was seltsam ist?«, sagte Magdalena aus einer plötzlichen Eingebung heraus. »Ich habe Johann Rehlinger gestern Nacht in der Blauen Ente gesehen. Was macht der Bürgermeister in so einer zwielichtigen Herberge?«

»Hm, in der Blauen Ente?« Tobias Hörmann runzelte die Stirn. »Das ist tatsächlich eine gute Frage. Tja, der Herr Bürgermeister geht oft seine eigenen Wege. Und nicht alle sind mit seinem Amt vereinbar, wenn Ihr mich fragt.«

»Was meint Ihr damit?«, erkundigte sich Simon.

Hörmann wollte etwas erwidern, doch in diesem Augenblick klopfte es unten lautstark an die Tür. Martin Eden erhob sich vom Tisch und ging die Stiege nach unten, um zu öffnen. Kurz darauf kam er wieder.

»Vor der Tür stehen die Stadtwachen«, wandte er sich mit sorgenvoller Miene an Simon. »Sie fragen nach Euch …«

Magdalena zuckte zusammen. War ihr billiges Possenspiel nun also doch aufgeflogen? Würden sie jetzt wegen Betrugs in den Kerker geworfen, um später in München auf dem Schafott zu landen? Sie spürte, wie sie unwillkürlich zu zittern begann.

»Was ... was wollen die Wachen denn?«, fragte Simon zögerlich.

»Nun, Ihr sollt zum Rat, und zwar sofort, zusammen mit mir. Offenbar hat es einen weiteren Pestfall gegeben.« Martin Edens Gesicht war aschfahl. »Es ist der Chirurgus Leonhart Schropp. Gott steh uns bei! Wenn das so weitergeht, wird es bald gar keinen Heilkundigen mehr in Kaufbeuren geben.«

*

»Ich hatte deinen Vater schon mehrmals gebeten, hier aufzuräumen. Für eine Stadt wie Schongau gehört es sich einfach nicht, wenn die peinliche Fragstatt aussieht wie eine Rumpelkammer!«

Angeekelt sah sich Johann Lechner in dem kleinen dunklen Raum unter der Schongauer Fronveste um. Der Ruß von Jahrhunderten hatte sich in die Wände eingefressen, in den Nischen leuchteten im Fackellicht weiße Flecken von Schimmel und Salpeter. Eine Glutpfanne stand in einer Ecke, Asche und Kohlebrocken lagen verstreut auf dem Boden. Ein paar rostige Kneifzangen lehnten an der Wand, von der Decke baumelte eine ebenso verrostete Kette.

Insgeheim musste Georg dem Schreiber Lechner recht geben: Die Schongauer Folterkammer war nicht mehr als ein stinkendes Rattenloch.

Aber sie erfüllte immer noch ihren Zweck.

Georg zuckte die Achseln. »Es gab auch schon lange

keine peinliche Befragung mehr. Mein Vater setzt mehr auf Überzeugungskraft.«

Tatsächlich reichte es meistens schon aus, wenn Jakob Kuisl dem Delinquenten oben im Kerker ein paar ausgesuchte Instrumente zeigte und dabei besonders grimmig dreinblickte. Wenn Kuisl dann noch seine Fäuste knacken ließ, hatte jeder Übeltäter sofort eine Vorstellung davon, was ihm ein Stockwerk weiter unten blühte.

»Dein neuer Lehrling kann ja gleich nachher aufräumen«, sagte Lechner und deutete auf Paul, der fachmännisch die Daumenschrauben inspizierte. »Wie ich höre, bleibt er Schongau erhalten. Das freut mich. Die Kuisls waren über lange Zeiten treue Diener der Stadt.«

Nach längerem Zögern hatte sich Georg dazu entschlossen, Paul zur Befragung der beiden gefangenen Räuber mitzunehmen. Immerhin war der Junge nach Schongau gekommen, um das Handwerk der Scharfrichterei zu erlernen, und Georg konnte in der Tat einen Gehilfen gut gebrauchen, nachdem der Vater nicht mehr dabei war. Auf der anderen Seite hatte Georg seinen Neffen langsam an das Handwerk heranführen wollen. Er wusste, dass Paul ungestüm war und einen Hang zur Grausamkeit hatte. Nun, vielleicht würde ihm die bevorstehende Tortur diese Unsitten austreiben. Es war etwas ganz anderes, nur darüber zu reden, einem Mann die Knochen zu brechen – oder es wirklich zu tun.

Georg hatte letzte Nacht nicht gut geschlafen. Er hatte noch das eine oder andere Bier getrunken, um endlich einzunicken. Und auch dann war er immer wieder schweißgebadet aufgewacht. Im Traum hatte er den blutüberströmten Mathias gesehen, der mit dem Finger auf ihn zeigte. Wie der Heiland auf dem Weg nach Golgatha hatte Mathias ausgesehen.

Verflucht sei deine ganze Sippe, Georg ... Verflucht!

Seit der Abreise von Barbara und ihrem Mann Valentin kam Georg sich schrecklich allein vor, auch wenn er dies nie eingestanden hätte. Er konnte sich immer noch nicht vorstellen, wie der Vater wohl reagieren würde, wenn er aus Kaufbeuren zurückkam und erfuhr, dass er kein Henker mehr war. Doch Lechners Wort war endgültig gewesen, der Schongauer Rat hatte den Posten des Scharfrichters neu besetzt, es gab kein Zurück mehr. Wie gerne wäre Georg jetzt bei Crescentia gewesen, an ihren großen Busen hätte er sich schmiegen können, um alles zu vergessen. Aber auch diesen Umgang hatte ihm Lechner verboten, er fühlte sich wie ein Ausgestoßener.

Und das wirst du von nun an immer sein, ging ihm durch den Kopf.

Pünktlich zum morgendlichen Glockenläuten war Georg mit Paul oben an der Fragstatt angelangt. Der bullige Turm befand sich am Ende der breiten Münzgasse, ganz in der Nähe des Alten Schlosses und damit nicht weit von Lechners Schreibstube entfernt. Tatsächlich war der Schreiber schon vor ihnen da gewesen und hatte wortlos aufgesperrt. Kein Morgengruß, keine belanglose Bemerkung. Lechner maß jedes seiner Worte mit der Goldwaage, vermutlich, weil er wusste, dass Worte gefährlicher sein konnten als Schwerter und Faustbüchsen.

Ein Geräusch ließ Georg nach oben blicken. Über die steile Treppe, die durch eine Luke von den Kerkern im Erdgeschoss nach unten führte, näherten sich zwei Männer.

»Ah, die beiden Fragherren«, sagte Lechner und nickte den Ankommenden zu. »Einen schönen guten Morgen! Jetzt fehlen nur noch die zwei Gefangenen, dann können wir endlich anfangen.«

Es war Brauch, dass bei jeder peinlichen Befragung mindestens zwei Fragherren anwesend sein mussten. Sie befragten den Angeklagten im Beisein des Henkers und führten auch Protokoll, damit alles seine Richtigkeit hatte. Eigentlich war in Schongau auch ein kurfürstlicher Permiss aus München nötig, doch offenbar hatte die Pest auch diese Maßnahme außer Kraft gesetzt.

Erfreut nahm Georg zur Kenntnis, dass einer der Fragherren Jakob Schreevogl war. Der stellvertretende Bürgermeister galt als ruhig und besonnen und hatte in den letzten Jahren mehrmals deutlich gemacht, dass er die Folter im Grunde seines Herzens verabscheute; außerdem war er ein Freund der Familie Kuisl. Schreevogls Anwesenheit würde hoffentlich dafür sorgen, dass die Befragung nicht allzu blutig ablaufen würde.

Der zweite Fragherr allerdings war ein anderes Kaliber.

Hans Berchtholdt saß erst seit Kurzem für die Bäckerzunft im Rat. Er war der älteste Sohn des jähzornigen, schon vor etlichen Jahren verstorbenen Michael Berchtholdt, der den Kuisls früher öfter Schwierigkeiten gemacht hatte. Georg hatte den dürren Hans in seiner Jugend gelegentlich verprügelt, wenn dieser wieder mal das Maul zu weit aufgerissen oder die Kuisls als ehrlose Sippe verhöhnt hatte. Dass Berchtholdt Georg nun als Fragherr Weisungen erteilen durfte, bereitete ihm sichtlich Freude. Der Bäckermeister grinste über das ganze Gesicht, was Georg in Anbetracht der Umstände besonders widerlich fand. Schon in seiner Zeit als Geselle bei seinem Onkel in Bamberg hatte Georg bei einigen Torturen mitgeholfen. Dabei hatte er stets versucht, sich als verlängertes Werkzeug zu betrachten – und nicht auf die Schreie, das Bitten und das Jammern zu hören. Die Folter war Teil seines Berufs, und oft traf es ja auch die Richtigen.

Aber eben nicht immer.

Jakob Schreevogl warf ihm einen fragenden Blick zu. »Euer Vater ist nicht wieder aufgetaucht, nehme ich an?«

»Selbst wenn es so wäre, würde das keinen Unterschied mehr machen«, wandte Johann Lechner sich an den Ratsherrn. »Auch wenn Ihr, Meister Schreevogl, das im Rat anders gesehen habt – der neue Schongauer Scharfrichter heißt Georg Kuisl. Wir hätten diesen Schritt schon viel früher machen sollen.« Er nickte Georg aufmunternd zu. »Nun, heute kann sich der frischgebackene Henker zum ersten Mal richtig beweisen. Gut möglich, dass wir dann schon morgen den Rest der Bande …« Lechner horchte auf, als oben ein Riegel zur Seite geschoben wurde. »Ah, es ist so weit! Ich darf die Herren bitten, ihre Plätze einzunehmen.«

Während Schritte über den oberen Gang hallten, setzten sich Jakob Schreevogl und Hans Berchtholdt auf zwei wacklige Stühle, die links und rechts eines dritten Stuhls mit hoher Lehne standen, dem Sitz des Amtsschreibers. Auf einem Tisch davor lagen Papier, Feder und Tintenfass. Jeder Schmerzensschrei, jedes Wimmern, jeder mit Blut ausgespuckte Wortbrocken würde genau protokolliert werden. Johann Lechner setzte sich und spitzte mit einem kleinen Messer die Feder an. Dabei pfiff er leise, so als säße er zum Frühstück vor einem Becher Kaffee.

Die Wachen führten zwei gefesselte Männer herein, von denen einer bereits älter war. Sein Bart war grau, der Blick fest, er trug eine zerrissene Hose und ein ebenso zerrissenes, einst wohl weißes Hemd, unter dem sich alte Narben und Muskelstränge abzeichneten. Der andere Gefangene war deutlich jünger, eigentlich noch ein Knabe, nicht viel älter als Paul. Im Gegensatz zu dem älteren Mann war ihm die Furcht deutlich anzusehen. Seine roten Augen zeigten, dass er wohl die ganze Nacht geweint hatte. Auf seiner Hose war ein dunkler Fleck zu erkennen, ein übler Gestank breitete sich in der Kammer aus, den Georg von Torturen nur zu gut kannte. Der junge Bursche hatte sprichwörtlich die Hosen voll. Als die beiden Gefangenen vor Lechner standen, rümpfte dieser die Nase.

»Es ist wohl in unser aller Interesse, dass wir diese Befragung so schnell wie möglich hinter uns bringen.« Er tauchte die Feder in die Tinte und begann zu schreiben. »Name und Geburtsort?«

Der ältere Gefangene räusperte sich. »Michael Leitmeyer aus Poing bei München, Euer Exzellenz.« Er wies mit dem Kopf auf den zitternden Knaben. »Der Bub dort ist der Lederer Franzl aus Taufkirchen. Ich bitt Euch, Euer Exzellenz, der Franzl ist noch sehr jung, er könnte mein Enkel sein. Er ist unschuldig und ...«

»Wer hier schuldig oder unschuldig ist, wird noch zu klären sein«, unterbrach ihn Lechner. »Man hat euch beide mit Faustbüchsen und langen Messern an der Augsburger Straße aufgegriffen. Was wolltet ihr da?«

Der Blick des Älteren ging hinüber zu Georg, der mit Paul im Hintergrund wartete. Michael Leitmeyer wusste, was die Stunde geschlagen hatte. Er ließ die Schultern hängen. »Wenn Ihr es doch eh schon glaubt zu wissen, was macht es da Sinn zu leugnen? Ja, wir haben uns nach Sore umgesehen.«

»Sore?« Lechner zog die Augenbraue hoch. »Was soll das sein?«

»Na, halt nach Diebesgut. Da war aber nichts.«

»Ihr seid angeklagt, einer Räuberbande anzugehören, die seit Wochen die Gegend unsicher macht«, fuhr Lechner fort. »Nennt mir euer Versteck.«

Der Mann schwieg. »Ihr habt uns«, sagte er schließlich. »Das muss reichen.«

Lechners Blick ging von dem älteren Gefangenen zum jüngeren und wieder zurück.

»Wir fangen mit dem hier an«, sagte er schließlich und deutete auf Michael Leitmeyer. »Henker, spann ihn in die Schaukel.«

Der ältere Mann stöhnte leise, als Georg hervortrat und ihn in die Mitte des Raumes führte. Es war offensichtlich, welche Taktik Lechner verfolgte. Der Ältere war der härtere Brocken, aber wenn der Knabe sah, was Georg gleich mit Leitmeyer anstellte, würde der Kleine singen wie eine Amsel.

»Das Gesetz sieht vor, dass dem Angeklagten zunächst die Instrumente gezeigt werden«, warf Schreevogl von seinem Stuhl aus ein. »Es ist nicht nötig, ihn gleich zu torquieren. Gut möglich, dass er auch so gesteht.«

»Ich denke, der Bursche hier kennt die Instrumente bereits«, entgegnete Lechner. »Es würde mich wundern, wenn er nicht schon einmal einem Henker gegenübergestanden hätte. Seht selbst.« Er riss an Leitmeyers Hemd, und darunter kam auf der behaarten Brust ein noch nicht ganz verheiltes Brandzeichen zum Vorschein, fast wie bei einem Rind. Es zeigte ein großes N. Lechner nickte. »Und zwar in Nördlingen, wie ich mir dachte. Ich vermute, er ist ein Soldat, der unehrenhaft aus seinem Regiment entlassen und deshalb für immer gezeichnet wurde. Wir können uns das ganze Vorspiel also schenken.« Er wandte sich an den Gefangenen. »Es gibt immer noch die Möglichkeit, dass ich Gnade walten lasse. Also? Ich frage noch mal: Wo ist euer Versteck?«

Leitmeyer schloss die Augen und schwieg.

»Dann fang an, Henker«, befahl Lechner. »Häng ihn in die Schaukel.«

Georg griff nach der rostigen Kette, die von der Decke

hing. Leitmeyers Arme waren auf seinem Rücken gefesselt, Georg zog die Kette durch die Seile und verhakte das Ende. Die Kette ging durch einen Ring an der Decke und von dort zu einer Kurbel an der Wand. Die sogenannte Schaukel war eines der bekanntesten Folterinstrumente, einfach zu bedienen und vor allem sehr überzeugend.

»Die Gewichte«, sagte Lechner und blickte hinüber zu Paul.

»Was soll das?«, brauste Schreevogl auf. »Wie ich bereits sagte – es ist gut möglich, dass der Angeklagte ohne diese Tortur gesteht!«

»Der Mann ist störrisch, und ich habe keine Zeit zu verlieren. Die Gewichte!«

Paul hatte bislang alles aufmerksam beobachtet, wie ein neugieriger Schüler. Nun eilte er in eine Ecke der Kammer, wo Steine in verschiedenen Größen lagen. Sie alle hatten einen Ring an der Oberseite, mit roter Farbe waren verschiedene Gewichtseinheiten darauf gepinselt.

»Nimm den Zwanzigpfünder, Junge«, sagte Hans Berchtholdt und kicherte dabei. »Das bricht ihm gleich die Knochen.«

Paul zerrte einen großen Stein hervor und befestigte ihn an den Füßen des Gefangenen.

Dann drehte Georg langsam an der Kurbel, Zoll für Zoll.

Michael Leitmeyer schrie auf, als sein Körper in die Höhe gezogen wurde und die Füße schließlich eine Handbreit über dem Boden baumelten. Deutlich hörte Georg ein Knacken in den Gelenken des Angeklagten.

»Heilige Maria, hilf uns!«, stöhnte der junge Franz Lederer, der noch immer zwischen den Wachen stand und drohte umzukippen. »Heiliger Josef!« Sein Gesicht war aschfahl, alles Blut war daraus gewichen.

»Wo ist euer Versteck?«, fragte Johann Lechner kühl. Er war aufgestanden und stand nun direkt vor dem in Ketten hängenden Gefangenen. Ungeduldig musterte er ihn wie ein aufgepiktes Insekt. »Ich habe nicht ewig Zeit.«

Michael Leitmeyer schrie, er keuchte und fluchte, doch er antwortete nicht. Stattdessen spuckte er Lechner mitten ins Gesicht. »Gott verfluche Euch! Von ... von mir erfahrt Ihr nichts. Ich ... ich bin kein Verräter!«

»Den Dreißigpfundstein«, befahl Lechner und wischte sich den Rotz von der Wange. Dann setzte er sich wieder an den Tisch und schrieb, der Federkiel kratzte über das Papier.

»Der Angeklagte zeigt sich weiter störrisch«, sprach er seine Notizen laut mit. »Die Tortur wird deshalb um einen Grad verschärft.«

Eifrig wechselte Paul den Stein aus. Als Georg diesmal an der Kurbel drehte, ertönte ein lautes Krachen. Leitmeyers Körper sackte zusammen, als beide Schultergelenke gleichzeitig aus ihren Pfannen sprangen. Er schrie so laut, dass es vermutlich noch unten im Gerberviertel zu hören war. »Ihr Dreckschweine! Ihr ... ihr verdammten Dreckschweine!« Schaum stand ihm auf den Lippen, von seinen Augen war fast nur noch das Weiß zu sehen.

»Wo ist euer Versteck?«, wiederholte Lechner ungerührt.

»Unten! Unten bei ... bei den Schleyerfällen!« Es war nicht Leitmeyer, der gesprochen hatte, sondern der junge Franz. Er sah aus, als müsste er sich jeden Moment übergeben. Auf ein Zeichen Lechners hin zerrten ihn die Wachen vor den Tisch des Schreibers. »Gott ist mein Zeuge! In einer Höhle, nicht weit von den drei Eichen!«

»Halt dein Maul, Franzl!«, keuchte Leitmeyer. »Halt dein gottverdammtes Maul!«

Doch der junge Lederer plapperte weiter: »Es sind zwanzig von uns, dazu noch die Frauen und ein paar Kinder! Ich hab das nicht gewollt, Euer Exzellenz, glaubt mir! Aber als mich der Meister in Taufkirchen auf die Straße gesetzt hat, weil ich ihm drei Pfennige aus der Kasse gestohlen hab, da hab ich doch nicht mehr heimgehen können. Der Vater hätte mich doch totgeschlagen! Wo … wo hätt ich denn hinsollen, wo …« Er begann zu weinen.

»Ist schon gut, Franzl«, sagte Lechner. Der Schreiber klang nun fast wie ein Pfarrer bei der Absolution. »Wenn du uns alles sagst, dann kommst du vielleicht mit der Peitsche und dem Landesverweis davon. Dann kannst du ein neues Leben in Übersee anfangen, auf den Galeeren brauchen sie so Burschen wie dich. Aber zuvor muss ich alles wissen. Erleichtere dein Gewissen, Junge. Wie gut ist die Bande bewaffnet?«

Franzl schniefte und zog den Rotz hoch. »Sie … sie haben ein paar Musketen, aber das Schießpulver ist nass, weil es uns in die Ammer gefallen ist. Es ist ein Haufen Pulver und …«

»Hör auf, hör auf!«, keuchte Leitmeyer, der noch immer mit verkrümmten Armen in der Schaukel hing. »Denk doch an die Weiber und Kinder, du Feigling! Sie werden sie abschlachten wie die Hasen, sie werden …«

Mit einem leichten Wink gab Lechner Georg ein Zeichen, und dieser drehte die Kurbel um weitere zwei Zoll. Leitmeyers Worte gingen in Heulen und Kreischen über.

Der junge Lederer schien noch etwas sagen zu wollen, doch dann stockte er plötzlich.

»Was hast du?«, fragte Lechner.

»Wenn … wenn ich Euch etwas ganz Geheimes sage, versprecht Ihr mir dann, dass Ihr mich laufen lasst, und … und den Michael auch?«

»Etwas ganz Geheimes?« Lechner horchte auf. »Was soll das denn sein?«

Franzl Lederer senkte die Stimme. »Es ... es ist so geheim, der Michl hat gesagt, ich darf es auf keinem Fall irgendeiner Menschenseele sagen. Ich ... ich hab es ja auch nur gehört, weil er sich mit unserem Hauptmann, dem Jockl, darüber unterhalten hat ...«

»Halt ... dein ... Maul«, brachte Leitmeyer mit Mühe hervor. Er hing wie ein geschlachtetes Rind in der Kette, mittlerweile hatte er nicht mal mehr die Kraft zu schreien. »Du ... du weißt nicht, was du anrichtest, Junge!«, flüsterte er.

»Sprich weiter, Franzl«, forderte Lechner den Jungen auf, die Stimme sanftmütig wie ein Lamm. »Was willst du uns beichten?«

»Also, der Michl, der war ja Soldat. Ist noch nicht lange her. Hat dem Jockl erzählt, dass er zu einer neuen Truppe vom jungen Kronprinzen gehört hat. Den ... den Grenadieren, so heißen die. Bis er eine Dame von Stand vergewaltigt hat und rausgeflogen ist. In der Truppe erzählte man sich, dass der Herr Kronprinz sehr froh war, wie sein Vater endlich das Zeitliche gesegnet hat. Er soll sogar ein wenig nachgeholfen haben, weil ... weil er nämlich was Übles vorhat ...«

»Hör auf, hör auf!«, krächzte Leitmeyer. »Du denkst, das hier ist das Schlimmste, was dir widerfahren kann?« Er lachte, und es hallte schaurig durch das Gewölbe. »Das hier ist nichts! Sie werden uns auf kleiner Flamme rösten, in siedendem Öl werden sie uns kochen ...«

»Was soll der Kronprinz denn genau vorhaben?«, fragte Jakob Schreevogl, wobei er Schwierigkeiten hatte, sich gegen das Geschrei Leitmeyers durchzusetzen. »Bitte sag die Wahrheit, Junge!«

»Nun, ich weiß nichts Genaues. Aber der Michl meint, dass es was mit hoher Politik zu tun hat. Mit dem Kaiser gar …«

Wieder schrie und brüllte Leitmeyer. Dabei zappelte er in den Seilen wie ein gefangener Fisch.

»Himmelherrgott, bring den Kerl doch endlich zum Schweigen!«, fauchte Hans Berchtholdt Georg an. »Brech ihm die Zähne, schneid ihm die Zunge raus … Mach irgendwas!«

Johann Lechner schwieg, er schien konzentriert nachzudenken. Eine Weile waren nur das Keuchen Leitmeyers und Franzls Wimmern zu hören. In diesem Augenblick sah Georg, wie Paul auf Michael Leitmeyer zuging. Paul packte die rechte Hand des Angeklagten und bog blitzschnell dessen Finger nach hinten. Ein Knacken ertönte, und Leitmeyer schrie wie am Spieß.

»Herrgott, was machst du da, Paul?«, fuhr ihn Georg an.

Paul, der eben dabei war, nach Leitmeyers linker Hand zu greifen, hielt verdutzt inne. »Ich … ich dachte … ich … helfe ein wenig nach. Damit es schneller geht.«

»Euer Lehrling ist wohl ein wenig übereifrig, Meister Kuisl«, sagte Lechner, der aussah, als hätten ihn erst die neuen Schreie des Gefangenen aus seinen Gedanken geschreckt.

»Es tut mir leid, Euer Exzellenz«, murmelte Georg. »Es soll nicht wieder vorkommen.«

»Das hoffe ich auch. Wo kommen wir hin, wenn der Lehrling die Befragung durchführt? Nun, wie auch immer …« Johann Lechner streute Sand auf die frisch geschriebene Tinte und faltete das Papier zusammen. »Wir werden das Verhör für heute beenden.«

»Beenden?« Jakob Schreevogl runzelte die Stirn. »Aber dieser Mann hat soeben davon gesprochen, dass …«

»Wirre Äußerungen eines jungen Gefangenen, der sein elendiges Leben retten will, mehr nicht«, unterbrach ihn Lechner. »Das ist vergebliche Mühe. Wir wissen ohnehin, was wir in Erfahrung bringen wollten. Unsere Männer können das Räubernest jetzt ausheben.« Er wandte sich an die Wachen. »Bringt die beiden Gefangenen zurück in den Kerker.«

»Keine weiteren Verhöre mehr?«, fragte Hans Berchtholdt sichtlich enttäuscht.

»Jedenfalls nicht heute. Wir werden sehen.« Lechners Blick ging ins Leere, so als könnte er hinter die dicken Mauern der Fragstatt sehen. Hinter ihm keuchte und wimmerte Michael Leitmeyer, dessen rechte Hand in einem unnatürlichen Winkel vom Arm abstand, wie falsch angeschraubt.

Schweigend stieg Lechner die steilen ausgetretenen Stufen nach oben. Kurz vor der Luke drehte er sich noch einmal um.

»Ach, und Meister Kuisl, gute Arbeit! Bis auf die Sache mit deinem Lehrling.« Ein kaltes Lächeln spielte um seine Lippen. »Ich denke, dein Vater Jakob kann stolz auf dich sein.«

Als die Gefangenen abgeführt worden und auch die beiden Fragherren schließlich gegangen waren, räumte Georg die Steine wieder an ihren Platz. Aus dem Augenwinkel sah er, wie Paul die Asche zusammenfegte. Der Junge schwieg, offenbar merkte er, dass es der Onkel sein musste, der das erste Wort sprach.

Krachend ließ Georg den Dreißigpfundstein zu Boden fallen. »Was ist nur in dich gefahren, Paul?« Er zitterte vor Zorn. »Niemand hat dir erlaubt, die Befragung fortzusetzen! Und selbst wenn es den Befehl dazu gegeben hätte, wäre das die Aufgabe des Scharfrichters und nicht die seines gottverdammten Lehrlings!«

»Ich … ich dachte eben, dass es so schneller geht«, stotterte Paul. »Ich kann das wirklich gut mit dem Fingerbrechen, weißt du? Ich hab das schon öfter in München …«

»Was glaubst du, was das hier ist?«, herrschte ihn Georg an. »Eine Straßenprügelei in der Münchner Au? Das ist eine hochnotpeinliche Befragung! Glaubst du, du musst dich beweisen, oder macht es dir einfach Spaß, Menschen leiden zu sehen?«

Pauls Schweigen sagte Georg mehr als tausend Worte. Er hatte es immer geahnt. Auch wenn seine ältere Schwester Magdalena es nicht wahrhaben wollte – Simon hatte es bereits des Öfteren angedeutet, und er selbst hatte Paul schon früher beobachtet. Einmal, vor Jahren, hatte Georg seinen Neffen dabei erwischt, wie er eine Katze am Schwanz gepackt und wild herumgeschleudert hatte, ein anderes Mal war er im letzten Moment noch hinzugeeilt, als Paul einem im Kampf unterlegenen Jungen das Ohr abschneiden wollte. Bislang hatte Georg geglaubt, Pauls Verhalten wäre seinem Alter geschuldet, etwas, das sich auswuchs. Doch das war ein Trugschluss gewesen. Paul hatte das Verhör, das für ihn, Georg, ein notwendiges Übel war, sichtlich genossen, er hatte es in seinen Augen gesehen. Pauls Eifer hatte sein abartiges Verhalten kurz übertüncht, doch am Ende hatte er sein wahres Gesicht gezeigt.

Paul liebte es, anderen Menschen Schmerzen zuzufügen.

Grübelnd räumte Georg die letzten Steine zur Seite und schob die Verhörstühle an die Wand. Woher Paul das wohl hatte? Von seinem Vater sicher nicht, und auch sein Großvater war immer ein Scharfrichter gewesen, der versucht hatte, mit so wenig Leid wie möglich auszukommen. Es gab Leute, die glaubten, dass ein Henker, der gerne folterte, ein guter Henker war. Doch Georg glaubte das nicht. Er kannte nur einen Scharfrichter, der so gewesen war: Meister Hans aus Weilheim. Hans war ein Monstrum gewesen, der in München seine gerechte Strafe erhalten hatte – von einem anderen Monstrum.

Dass sein eigener Neffe Paul Anzeichen zeigte, auch ein solches Monstrum zu werden, machte Georg unendlich traurig. Er würde mit Pauls Mutter darüber sprechen müssen.

Doch noch etwas anderes beschäftigte Georg: Es mochte sein, dass der junge Franzl wirklich nur Unsinn erzählt hatte, in einem jämmerlichen Versuch, sein Leben zu retten. Doch wenn es stimmte, was er sagte, dann war der Kronprinz in irgendeine üble Angelegenheit verwickelt, eine Angelegenheit, die für ganz Bayern von Belang sein konnte. Etwas, was sogar mit dem Kaiser höchstpersönlich zu tun hatte. Was hatte der Franzl noch mal gesagt?

In der Truppe erzählt man sich, dass der Herr Kronprinz sehr froh war, wie sein Vater endlich das Zeitliche gesegnet hat. Er soll sogar ein wenig nachgeholfen haben, weil er nämlich was Übles vorhat …

Was war dieses Üble? Und warum nur hatte Johann Lechner das Verhör so schnell abgebrochen?

»Wenn du mit dem Kehren fertig bist, dann räum hier noch auf«, wandte Georg sich an seinen Neffen. »Wir sprechen ein anderes Mal weiter.«

Gedankenverloren stieg er die Treppe hinauf. Dabei sah er nicht, wie Paul mit verbissener Miene immer wieder die gleiche Stelle mit einem Tuch wienerte.

Er zerdrückte einen Käfer, bis von dem Insekt nur noch ein schmieriger Fleck übrig war.

*

Als Simon sich mit Martin Eden eilig dem Kaufbeurer Rathaus näherte, sah er, dass auf dem Unteren Markt etliche Bürger zusammengelaufen waren. Offenbar hatte sich der neue Vorfall bereits herumgesprochen. Manche der Leute hatten sich ein Tuch vors Gesicht gebunden, um sich so gegen die Miasmen zu schützen, andere klagten laut oder beteten zum heiligen Sebastian, einem der vielen Pestheiligen. Simon rümpfte die Nase. Er hatte den Eindruck, dass der Gestank in der brütend heißen Stadt in den letzten Tagen noch zugenommen hatte, vermutlich, weil niemand mehr den Müll aus den Gassen karrte. Dies war bislang Aufgabe des Henkers und seines Gesellen gewesen. Aus dem Augenwinkel nahm Simon einige Ratten wahr, die eben unter die Bohlen des Stadtbachs huschten.

»Ha, da kommen die hohen Herren vom Pestrat!«, höhnte eine ältere Magd und musterte Simon und den jungen Eden spöttisch. »Als wenn man gegen die Pest irgendwas ausrichten könnte. Sie ist eine Strafe Gottes! Das war schon vor fünfzig Jahren so, und nun haben wir Gott eben wieder erzürnt!«

»Weil diese Stadt den Papsttreuen Unterschlupf gewährt!«, schrie jemand von weiter hinten. »Ich sag's Euch, räuchert die Katholiken aus, und mit der Pest hat's ein Ende! Die Katholiken haben uns die Pest geschickt, so wie früher die Juden!«

»Die Protestanten sind das Übel dieser Welt!«, gab die ältere Magd zurück. »Geschieht euch ganz recht, wenn das Tänzelfest dieses Jahr ausfallen muss!«

»Das Tänzelfest ausfallen? Das würde dir wohl so passen, du Papistin!«

Schimpfworte flogen hin und her, Fäuste wurden geballt. Einige der Bürger wollten bereits übereinander herfallen, als Martin Eden die Stimme erhob.

»Meine lieben Mitbürger!« Er hob beruhigend die Hände. »Beruhigt euch, wir sind doch alles Christen. Gemeinsam werden wir sicher eine Lösung finden!«

»Das hat dein Vater auch gesagt, du neunmalkluger Jungspund, und nun ist er tot!«, zeterte ein Krämer, der um diese frühe Zeit offenbar schon betrunken war. »Die alte Marthel hat recht, gegen die Pest ist kein Kraut gewachsen! In Wien sterben sie wie die Fliegen, und bald auch hier im Allgäu!«

Simon und Martin Eden bahnten sich einen Weg durch die Menge bis zum Rathausportal, das von zwei grimmig dreinblickenden Bütteln bewacht wurde. Oben im Saal hatte sich bereits der medizinische Rat eingefunden, darunter Bürgermeister Rehlinger und der Apotheker Hans Kohler. Statt des toten Spitalmeisters Gottlieb Bärwein und des erkrankten Chirurgus Leonhart Schropp waren allerdings zwei neue Mitglieder anwesend, wie Simon überrascht feststellte. Der eine war Pater Damian. Simon freute sich, den Seelvater des Kaufbeurer Spitals in dieser Runde anzutreffen. Er hatte Pater Damian bei ihrer Begegnung im Spital als aufgeschlossenen Gelehrten kennengelernt, was der Ratsversammlung nur guttun konnte. Der andere war ein alter Mann in strengem, schlichtem Gewand. Der Greis mochte bereits über siebzig Jahre alt sein, mit schlohweißem Haar und scharfem Blick. Das vierkantige Birett auf seinem Haupt machte deutlich, dass es sich um einen kirchlichen Würdenträger handelte.

Johann Rehlinger winkte Simon und Martin Eden ungeduldig an den großen Tisch. »Wir warten schon eine halbe Ewigkeit auf Euch, Doktor Fronwieser! Alle anderen sind schon längst da.« Er deutete auf den Greis an seiner Seite. »Dies hier ist der ehrwürdige Superior Thomas Widmann, Vorsteher der Kaufbeurer Jesuiten. Er wird den Rat von nun an mit seiner Erfahrung unterstützen.«

Simon nickte dem Superior freundlich zu. Die Jesuiten galten als die Gelehrten unter den katholischen Geistlichen. Einst gegründet als Bastion gegen den Protestantismus, waren ihre Einrichtungen Horte der Bildung. Einen gelehrten Jesuiten an seiner Seite zu wissen konnte tatsächlich hilfreich sein.

»Werter Superior, es ist mir eine Ehre, Euch kennenzulernen«, wandte sich Simon an den Greis. »Jede medizinische Unterstützung ist in solchen Zeiten willkommen.«

Der Alte führte ein Monokel vor sein rechtes Auge und musterte Simon argwöhnisch, so als könne er bis in dessen Innerstes sehen. »Ich bin nicht wegen der medizinischen Unterstützung hier, sondern wegen der offensichtlich notwendigen theologischen«, schnarrte er. Seine Stimme klang tief und gleichzeitig so schrill wie das Sägen einer rostigen Feile. »Ihr werdet ja selber miterlebt haben, wie das Volk dort draußen göttlichen Beistand erfleht. Ehrlich gesagt glaube ich nicht, dass wir der Pest mit medizinischem Wissen Herr werden.«

»Nicht?«, fragte Simon erstaunt. Offenbar war der Superior zwar Jesuit, aber trotzdem ein erzkonservativer Knochen. »Aber ist nicht auch der hochverehrte Athanasius Kircher ein Jesuit? Euer gelehrter Mitbruder aus Rom ist der Meinung, dass kleine Tierchen …«

»Kleine Tierchen? Pah, Mumpitz!«, warf der Greis ein. »Die einzige Arznei, die gegen die Pest hilft, ist der Glaube. Eine Ansicht, die mein Glaubensbruder sicher bestätigen wird. Nicht wahr, Pater Damian?« Noch immer mit dem Monokel im Auge, drehte er sich zum zweiten neuen Mitglied der Kommission. Auch hier im Rat trug Pater Damian sein schwarzes Benediktinerornat, seine erstaunlich kleinen, fast femininen Hände hatte er vor dem runden Bauch verschränkt. »Ich denke, es braucht beides«, sagte der Mönch mit sanfter Stimme. »Glaube und Medizin. Und auch hier gilt das, was Paracelsus schon sagte: Die Dosis macht das Gift.«

»Wollt Ihr damit etwa sagen, dass es zu viel Glauben auf der Welt geben kann?«, argwöhnte Superior Widmann.

»Ich stelle nur fest, dass falscher Glauben auch blenden kann«, gab Pater Damian zurück. »Gerade die Jesuiten sollten das doch wissen. Und Athanasius Kircher ist ein Gelehrter, den auch ich verehre, ebenso wie offenbar der geschätzte Doktor Fronwieser.«

»Ich unterbreche die Herren Gelehrten nur sehr ungern in ihrem Disput«, mischte sich Johann Rehlinger ein. »Auch wenn einige dafür weit gereist sind, sogar bis aus München.« Er maß Simon mit seinen stechend blauen Augen. Offenbar konnte der Bürgermeister sich immer noch nicht damit abfinden, dass ein Münchner Stadtphysikus im Kaufbeurer Rat saß, wenn auch nur vorübergehend.

»Ich denke, wir sollten uns so schnell wie möglich einen Überblick über die gegenwärtige, nicht allzu glückliche Lage verschaffen«, fuhr Rehlinger fort. Er deutete auf den Seelvater. »Deshalb habe ich auch Pater Damian hinzugebeten. Seit dem Tod des Spitalpflegers ist er nicht nur für das Seelhaus, sondern für das ganze Spital verantwortlich. Eine nicht ungefährliche, aber äußerst wichtige Aufgabe.«

Simon nickte. Wer im Seelhaus arbeitete, lief ständig Gefahr, sich anzustecken. Deshalb waren die Stellen oft mit Nonnen oder Mönchen besetzt, die auf eine spätere Belohnung im Himmelreich hoffen konnten. Pater Damian allerdings machte mit seinem Bäuchlein und den fröhlich blitzenden Augen einen sehr diesseitigen Eindruck. Simons Sympathie für ihn wuchs, auch weil der Pater offenbar die Werke Athanasius Kirchers kannte.

»Der Chirurgus Schropp wird von Euch behandelt?«, wandte sich Simon an den Mönch. »Ist es denn sicher, dass er an der Pest erkrankt ist?«

»Absolut sicher«, erwiderte Pater Damian. Seine Miene wurde schlagartig ernst. »Schropp hat hohes Fieber, und es zeigen sich bereits Anzeichen für die typischen Pestbeulen. Er ist heute Morgen ins Spital gebracht worden und bereits nicht mehr ansprechbar.«

»Das heißt, er müsste sich erst in letzter Zeit angesteckt haben?«, hakte Martin Eden nach.

Der Pater nickte. »Ich habe in meiner Zeit, bevor ich die Stelle hier in Kaufbeuren angetreten habe, vergleichbare Fälle gesehen, die schnell verlaufen sind. Zwischen Ansteckung und Ausbruch der Krankheit vergehen meist ein bis drei Tage. Aber Ihr habt recht, es ging wirklich besonders schnell.«

Simon dachte daran, wie er Leonhart Schropp erst vor zwei Tagen noch mit Magdalena im Spital getroffen hatte. Schropp hatte einen gesunden Eindruck gemacht. War er erst danach mit einem Pestkranken in Berührung gekommen? Dann war die Krankheit tatsächlich erschreckend schnell ausgebrochen.

Oder jemand hat nachgeholfen, ging ihm durch den Kopf. Er dachte an den alten Doktor Eden, bei dem es auch so erstaunlich schnell gegangen war.

»Leonhart Schropp ist leider nicht der einzige Pestkranke der letzten Nacht«, ergänzte Bürgermeister Rehlinger. »Auch seinen Lehrling hat es wohl erwischt. Und nun ist dort draußen der Teufel los!« Er deutete zum Fenster. Durch die Butzenglasscheiben hindurch waren die Rufe etlicher Bürger zu hören. »Was wir jetzt am wenigsten gebrauchen können, ist eine Panik. Wenn sich das weiter herumspricht, können wir das Tänzelfest gleich heute noch absagen.«

»Die Menschen haben Angst, weil ihnen der Glaube fehlt!«, predigte Superior Thomas Widmann. »Nur wenn wir sie auf den rechten Weg zurückführen können, wird die Pest aufhören. Allein Gott kann uns in dieser dunklen Stunde helfen!« Seine langen gichtigen Finger klopften auf die Tischplatte. »Der alte Pfarrer Gäch von der Martinskirche hat das auch gewusst, er hat mit mir die letzte Pest in Kaufbeuren erlebt, lange ist's her. Leider ist er schon gestorben, er hätte viel erzählen können, o ja!«

Verhalten räusperte sich der Apotheker Hans Kohler. Bislang hatte der kleine, schmächtige Mann geschwiegen, in seinem Gesicht spiegelte sich nackte Angst. Beinahe hätte Simon ihn nicht erkannt, denn Kohler trug heute keine Perücke. Sein graues Haar darunter war raspelkurz geschnitten. Überhaupt wirkte Kohler ohne seine Perücke wie ein sehr unglückliches geschorenes Schaf.

»Darf ich erfahren, warum in unsere medizinische Kommission gleich zwei katholische Geistliche geladen wurden, aber kein Protestant?«, erkundigte sich der Apotheker. »Und das, wo die Protestanten die Mehrheit im Stadtrat stellen! Meine Familie ist nicht zum Protestantismus übergetreten, damit ich mich hier von Papsttreuen belehren lassen muss.« Der Superior Widmann warf Kohler einen bitterbösen Blick zu, der durch die Vergrößerung des Monokels sogar noch grimmiger wirkte. Bürgermeister Rehlinger hob beschwichtigend die Hand.

»Pater Damian ist nicht als Katholik hier, sondern als der Kaufbeurer Seelvater, der uns über die Pestkranken berichtet. Und den ehrwürdigen Superior habe ich eingeladen, weil er einer der wenigen ist, der uns über die letzte

Pest in Kaufbeuren überhaupt noch etwas sagen kann. Immerhin ist das nun schon über fünfzig Jahre her.« Rehlinger seufzte. »Der alte Spitalmeister Gottlieb Bärwein, Gott hab ihn selig, hätte sicher ebenfalls etwas dazu beisteuern können.«

»Mein Vater hat mir auch immer wieder davon erzählt«, sagte der Apotheker Kohler, er fröstelte sichtlich. »Es muss furchtbar gewesen sein, überall Leichen! Gott sei Dank konnte meine Familie die Stadt noch rechtzeitig verlassen.«

»Euer Vater hat sich auf seinen Sommersitz zurückgezogen und die Kranken in Kaufbeuren alleingelassen«, giftete der greise Superior. Er deutete auf Martin Eden. »Ebenso übrigens wie Euer Vater, Doktor Eden! Ich kannte beide Männer gut, ja, wir waren befreundet. Aber dass sie damals der Stadt den Rücken kehrten, ist eine Schande!«

»Mein Vater meinte, er habe nichts ausrichten können«, entgegnete Martin Eden achselzuckend, ohne auf Widmanns Geschimpfe einzugehen. »Aber Bürgermeister Rehlinger hat recht. Es wäre wirklich interessant zu erfahren, inwieweit die damalige Pest der jetzigen gleicht. Oder gibt es etwa Unterschiede? Bislang haben wir es ja nur mit Einzelfällen zu tun.«

»Ja, was meint Ihr, ehrwürdiger Superior?«, erkundigte sich Pater Damian, der damit die Wogen glättete. »Eure Erinnerungen wären für uns wirklich sehr wertvoll.«

Die Augen des Greises schienen in die Ferne zu blicken, er begann, mit rauer Stimme zu sprechen. In regelmäßigen Abständen schlugen seine knochigen Finger dabei auf den Tisch.

»Es war im Sommer Anno Domini 1627, ein heißer Sommer, so wie auch dieses Jahr. Ich weiß es noch, als wäre es gestern gewesen! Die Pest kam damals von Augsburg, mit den Händlern und dem fahrenden Volk. Im ersten Sommer starben fünfzig Bürger in so kurzer Zeit, dass wir gar nicht hinterherkamen, alle Toten christlich zu beerdigen. Im Sommer darauf zählten wir schon fünfhundert Leichen, und am Ende waren zwei Drittel aller Kaufbeurer tot! Viele der Häuser standen leer.«

»Gab es denn keine Vorsichtsmaßnahmen?«, erkundigte sich Simon.

»O doch!« Der Superior lachte heiser. »Die gab es! Es waren die gleichen wie auch heutzutage. Wir stellten Wachen auf und ließen keine Fremden mehr in die Stadt, wir sperrten die Kranken in ihre Häuser, mehrere Wochen lang. Wir verbrannten die Kleider der Toten oder wuschen sie mit Kalk und Asche, wir warfen die Leichen in tiefe Gruben … Es half alles nichts. Weil nur Gott uns helfen kann! Wir sollten alle zu unseren Schutzpatronen gegen Pest und Seuchen beten, zum heiligen Sebastian und zur heiligen Corona!«

»Fünfzig Tote in wenigen Tagen, hm …« Simon runzelte die Stirn. »Diesmal sind bislang nur wenige Personen betroffen.« Er zählte an den Fingern ab. »Der alte Doktor Eden, der Kaufbeurer Scharfrichter Conrad Näher, nun noch der Chirurgus Leonhart Schropp und sein Lehrling. Nicht zu vergessen die toten, zuvor gefolterten Soldaten … Eine Epidemie sieht anders aus. Das zumindest ist merkwürdig.« Er sah Pater Damian fragend an. »Findet Ihr nicht auch?«

Der Pater nickte. »Ja, der Seuchenverlauf ist anders als sonst, in der Tat.«

Bürgermeister Rehlinger räusperte sich. »Es ist auch nicht gesagt, dass die Soldaten etwas damit zu tun haben. Vielleicht irgendein Racheakt unter ihresgleichen …«

»Ich habe Doktor Fronwieser eingeweiht«, unterbrach ihn Martin Eden. »Verzeiht, Herr Bürgermeister, aber wenn der Doktor uns in dieser Angelegenheit helfen soll, dann muss er alles wissen. Auch wenn es für die Stadt noch so schmerzhaft ist.«

»Keiner hat den Herrn Doktor hierher nach Kaufbeuren gebeten. Keiner!« Rehlinger warf Simon einen missmutigen Blick zu. »Und was es mit dieser sogenannten kurfürstlichen Münchner Kommission auf sich hat, das wird sich noch herausstellen.«

Simon schluckte. Der Bürgermeister konnte ihn nicht leiden, das war offensichtlich. Weil er nicht wollte, dass ihm ein Außenstehender in die Karten blickte? Weil er Angst hatte, dass das Tänzelfest verboten wurde? Bislang hatte Rehlinger sich noch kein bisschen anmerken lassen, dass er Magdalena gestern in der Blauen Ente gesehen hatte. Ob er gemerkt hatte, dass sie ihm gefolgt war? Simon fiel der Baron Hörmann ein, der ihn zuvor noch vor Rehlinger gewarnt hatte.

Der Herr Bürgermeister geht gerne seine eigenen Wege …

»Was ist mit dem armen Spitalmeister Bärwein?«, warf der Apotheker Kohler aufgeregt ein und unterbrach so Simons Grübeleien. »Die Leute sagen, er sei ebenfalls an der Pest gestorben!«

»Weder ich noch Leonhart Schropp, der ihn gestern untersucht hat, konnten irgendwelche Anzeichen dafür entdecken«, erwiderte Simon. Er wandte sich an Pater Damian. »Habt Ihr Bärweins Leiche noch einmal in Augenschein nehmen können?«

Pater Damian schüttelte den Kopf. »Ich hätte gerne. Doch der Chirurgus Schropp hat es mir verboten, und nun liegt Bärwein schon auf dem Friedhof.«

Weil Schropp Angst hatte, dass noch jemand sein ungebildetes Urteil anzweifelt?, ging Simon durch den Kopf. Er dachte an die vielen Rattenbisse an Bärweins Körper. Was hätte Pater Damian, der von der Medizin wohl einiges verstand, dazu gesagt? So viele ungelöste Fragen, und alles fing offenbar mit diesen gefolterten toten Söldnern an. Irgendwie schienen sie für Simon der Schlüssel zu allem zu sein …

»Meine Frau ist gestern übrigens von Soldaten belästigt worden«, warf er in die Runde und musterte dabei verstohlen Johann Rehlinger. »Sie werden in Kaufbeuren wohl wirklich zur Plage.«

»Diebisches Gesindel ist das!«, zischte der Apotheker Kohler. »Gestern habe ich meine Perücke zum Lüften aus dem Fenster gehängt, und prompt war sie weg! Das schöne Ding hat ein Heidengeld gekostet. Es wird Wochen, wenn nicht Monate brauchen, bis ich von einem Pariser Perückenmacher eine neue bekomme!«

Pater Damian seufzte und strich geistesabwesend das Skapulier über seinem Bäuchlein glatt. »Wenn das Eure einzige Sorge ist, Meister Kohler …«

»Mir sind die Soldaten ja auch ein Dorn im Auge«, sagte Bürgermeister Rehlinger achselzuckend. »Aber was soll ich machen? Sie sind auf Befehl des Kaisers hier einquartiert, und wir sind nun mal eine Reichsstadt und somit dem Kaiser hörig. Ich kann nur sagen, dass die Rabauken wohl nicht mehr lange bleiben werden. Der Holländische Krieg ist schon lange zu Ende. Ich hoffe, dass der Kaiser bald die Weisung zum Weiterzug gibt. Eigentlich hätte der Befehl schon längst erfolgen müssen.« Er schüttelte den Kopf. »Aber die Bürger murren, ich weiß.«

»Sie murren auch noch wegen etwas anderem«, warf Superior Thomas Widmann ein und pochte erneut mit seinen langen Fingern auf den Tisch. »Wie mir zu Ohren gekommen ist, wohnt ein leibhaftiger Henker im Hörmannhaus! So etwas führt zu Gerede, und das gerade in diesen Zeiten!«

»Der Schongauer Henker ist auf Geheiß Doktor Fronwiesers hergereist«, erwiderte Rehlinger spitz. »Ehrlich gesagt hatte ich schon damals meine Bedenken.« Er wandte sich an Simon. »Sagt dem Kerl, dass er in Kaufbeuren nicht mehr erwünscht ist. Ich erwarte, dass er die Stadt umgehend verlässt, trotz des Ausreiseverbots. Das ist ein Befehl des Kaufbeurer Rats! Egal, aus welcher großartigen Münchner Kommission Ihr nun stammt, verstanden, Doktor?«

Simon wollte etwas erwidern, doch dann schwieg er. Offenbar wusste außer Martin Eden noch niemand, dass Jakob Kuisl sein Schwiegervater war. Wie lange konnte er all diese Lügengespinste noch aufrechterhalten? Er kam sich vor wie ein Jongleur, der mit zu vielen Bällen spielte. Es war nur eine Frage der Zeit, bis der erste Ball herunterfiel. Und dann alle übrigen ... Er konnte nur hoffen, dass Kuisl sich nicht irgendwo volllaufen ließ und mal wieder Ärger machte. Wo war der alte Säufer überhaupt? Etwa noch bei diesem anderen Henker?

»Ich denke, dass weder eine verschwundene Perücke noch ein ehrloser Henker derzeit unsere größten Probleme sind«, sprang ihm Pater Damian bei. »Wir sollten die damaligen Chroniken studieren, um zu sehen, welche Maßnahmen vor fünfzig Jahren Wirkung zeigten und welche nicht.«

»In der Tat.« Bürgermeister Rehlinger wandte sich an den alten Superior. »Ein Bericht von Eurer Seite wäre äußerst hilfreich. Könntet Ihr einen solchen bis zur nächsten Sitzung verfassen?« Es war mehr ein Befehl als eine Frage. Widmann nickte widerwillig.

»Ich will sehen, was sich machen lässt.«

»Bis dahin empfehle ich dringend, jemanden einzustellen, der den Mist aus den Gassen wegschafft«, fuhr Pater Damian fort. »Man muss nicht Athanasius Kircher gelesen haben, um zu wissen, dass der Gestank die Pest fördert. Außerdem schlage ich eine Durchsuchung der Nachbarhäuser des erkrankten Leonhart Schropp vor. Vielleicht gibt es dort noch weitere Fälle, die wir schnell isolieren sollten.« Er hob den Finger. »Die Bürger müssen aufgeklärt werden, bevor es eine Panik gibt! Doktor Eden und Doktor Fronwieser könnten uns dabei unterstützen.«

Er wandte sich mit auffordernder Miene an Simon und Martin Eden. Simon war von den klaren vernünftigen Worten des Paters beeindruckt.

»Es wäre mir eine Ehre«, entgegnete Simon. »Auch die Reinigung des Stadtbachs wäre sinnvoll. Da staut sich bereits der Unrat. Und Ihr braucht einen neuen Wasenmeister, der die Kadaver wegschafft, jetzt, da der Henker tot und sein Geselle verschwunden ist.«

Rehlinger wollte etwas erwidern, doch als er sah, dass die anderen Ratsmitglieder offenbar einverstanden waren, winkte er ab. »Dann soll es so sein.«

»Da ist noch etwas anderes«, meldete sich Simon. »Tatsächlich bin ich unter den jetzigen Umständen dafür, das Kaufbeurer Tänzelfest abzusagen. Die Ansteckungsgefahr …«

»Ich denke, ein Auswärtiger kann nicht verstehen, was das Tänzelfest für uns Kaufbeurer bedeutet!«, fuhr ihn Rehlinger an. »Über eine Absage wird allein der Rat entscheiden und sicher kein Doktor aus München. Das wäre alles.«

Der Bürgermeister stand vom Tisch auf. »Die Herren Doktoren kümmern sich um die Details. Ich werde solange die alten Akten durchforsten. Zudem erbitte ich vom ehrwürdigen Superior einen kurzen Bericht darüber, was genau vor fünfzig Jahren geschehen ist. Vielleicht können wir ja daraus lernen. Ansonsten werden die Sicherheitsmaßnahmen noch weiter verschärft. Keiner darf sich der Stadt auch nur auf Bogenschussweite nähern!« Er sah prüfend hinüber zu Simon. »Und keiner verlässt sie, bis auf den Schongauer Henker. Ich denke, das ist auch im Sinne unseres hochverehrten Münchner Physikus. Wir wollen ja nicht, dass sich die Pest über das gesamte Allgäu ausbreitet.« Rehlinger klopfte mit einem hölzernen Hammer auf den Tisch. »Die Sitzung ist hiermit beendet. Bis zum nächsten Treffen!«

Unwillkürlich fragte sich Simon, ob die Weisung, die Stadt nicht zu verlassen, ausschließlich an ihn und Magdalena gerichtet war. Denn eines war klar: Bürgermeister Rehlinger wollte sie beide im Auge behalten.

*

Jakob Kuisl erwachte mit dem Gefühl, als wäre sein Mund eine stinkende Schindergrube. Ein übler Geschmack lag ihm auf der Zunge, er hatte höllischen Durst, und dazu kam, dass jemand mit einem großen Glockenschlegel gegen seinen Schädel schlug. Kuisl zählte die Schläge. Als er bei dreizehn angelangt war, ging ihm auf, dass dies wohl keine Kirchenglocke war. Er schreckte auf und stürzte von einem wackligen Schemel zu Boden.

Wo, zur Hölle, war er?

Mit dem Gestank, der ihm in die Nase drang, kam die Erinnerung zurück. Dies hier war das Kemnater Henkershaus, offenbar war er gestern mit Xaver Klingensteiner noch länger am Tisch sitzen geblieben. Der verdammte

Enzian! Aus ein, zwei Schnäpsen war schließlich eine ganze Flasche geworden, und dann noch eine …

Jakob Kuisl konnte sich nicht entsinnen, wann er das letzte Mal so gesoffen hatte. Vor einigen Jahren hatte er dem Trinken eigentlich abgeschworen und seinen Töchtern versprochen, die nächtlichen Saufeskapaden sein zu lassen. Doch die Einsamkeit hatte ihn wieder schwach werden lassen. Ihm fehlte die Familie. Alles, was ihm geblieben war, war sein Sohn Georg, der ungeduldig darauf wartete, den Posten des Vaters einzunehmen. Und was kam dann? Nun, immerhin würde Paul jetzt als Lehrling bei ihm anfangen. Jakob Kuisl hatte seinen Enkel immer gemocht, auch wenn er wusste, dass es nicht leicht war mit ihm. Pauls Hang zur Grausamkeit, sein Jähzorn … Kuisl hatte eine gewisse Ahnung, woher diese üblen Eigenschaften stammen mochten. Aber er weigerte sich, diesen Gedanken zu Ende zu denken. Denn wenn er ihn zuließ, konnte es sein, dass alles, was er Familie nannte, wie ein Kartenhaus in sich zusammenfiel …

Er rappelte sich von dem verdreckten Boden auf, die Kopfschmerzen und der Durst brachten ihn fast um. Auf dem Tisch entdeckte er einen Krug mit schalem, warmem Dünnbier, den er in einem Zug leerte. Gleich ging es ihm ein wenig besser. Gerne hätte er geraucht, um den schlechten Geschmack im Mund zu vertreiben. Doch Tabak und Pfeife hatte er gestern in der Eile dummerweise in Kaufbeuren gelassen.

»Na, ausgeschlafen?« Im Türrahmen, der zur winzigen Schlafkammer führte, zeigte sich das grinsende Gesicht Xaver Klingensteiners. Der Kemnater Henker war noch genauso schmutzig und unansehnlich wie gestern, aber er schien nur halb so verkatert zu sein wie Kuisl. Durch Kuisls Hirn waberte die Erinnerung, wie er spätnachts noch allein am Tisch gesessen hatte, vor sich die zweite Flasche Schnaps. Er hatte über all die Merkwürdigkeiten der letzten Tage nachgedacht, ganz klar und logisch, so wie er das besonders gut konnte, wenn er sturzbetrunken war. Irgendetwas war ihm aufgefallen, etwas sehr Wichtiges.

Leider konnte er sich nicht mehr daran erinnern.

»Ich hab versucht, dich rüber in die Kammer zu schleppen«, sagte Klingensteiner. »Aber du wiegst so viel wie ein Ochse, also hab ich dich da am Tisch hocken lassen.«

»War sicher die bessere Wahl als neben dir im Bett«, brummte Kuisl. Er erhob sich und streckte seine schmerzenden Glieder. »Wie spät ist es?«

»Oh, gleich Mittag.« Klingensteiner zwinkerte ihm zu. »Im Morgengrauen hab ich dich noch singen hören.«

»Verdammt, so spät schon!« Kuisl rumpelte hinter dem viel zu kleinen Tisch hervor und eilte zum Ausgang, wo er sich prompt wieder den Kopf am niedrigen Türbalken stieß. »Himmelherrschaftszeiten!«

»Was hältst du davon, wenn wir erst einmal ein paar Eier mit Speck essen«, schlug Klingensteiner vor. »Draußen ist es so heiß, dass ich sie beinahe in der Sonne brutzeln könnte. Oder wirst du irgendwo dringend erwartet?«

Kuisl zögerte. »Eigentlich nicht«, brummte er schließlich. Im Grunde spielte es keine Rolle, ob er jetzt oder erst in ein paar Stunden zurück nach Kaufbeuren kam. Außerdem fühlte er sich mit dem Kemnater Henker, auch wenn er infernalisch stank, wohler als zwischen den Pfeffersäcken unten im Goldenen Hirschen, der Goldenen Sonne, der Goldenen Glocke oder wie diese schnöseligen Kaufbeurer Wirtshäuser alle hießen. Und er hoffte, dass ihm wieder einfiel, woran er gestern Nacht noch gedacht hatte.

Ihm war so, als hätte es irgendetwas mit dem toten Conrad Näher und Xaver Klingensteiner zu tun.

Als sie eine halbe Stunde später über einer Pfanne mit gebratenen Eiern saßen, sprach ihn der Xaver mit vollem Mund an: »Magst du mir einen kleinen Gefallen tun? Dauert auch nicht lange.«

Kuisl nickte und aß weiter seine Eier.

»Oben auf der Kemnater Burg ist denen ein Pferd verreckt. Das Vieh ist fast so schwer wie du.« Xaver grinste. »Ich soll den Gaul abholen, ihn abbalgen und in die Schindergrube werfen. Hab zwar einen Karren, aber allein bring ich den fetten Zossen nicht den Berg runter.«

»Einverstanden.« Kuisl wischte sich über den fettigen Mund. Nach dem halben Dutzend Eiern und einem weiteren Krug Dünnbier fühlte er sich einigermaßen wiederhergestellt. Außerdem schuldete er Xaver nach der letzten Nacht noch etwas.

Sie schoben den Karren aus der Scheune neben der Schindergrube und spannten den Esel vor. Jetzt in der Mittagshitze kreisten Hunderte Fliegen über dem Loch, das mit ein paar modrigen, nicht sehr vertrauenerweckenden Bohlen abgedeckt war. Der Gestank ließ Kuisl würgen, er musste kämpfen, um die Eier bei sich zu behalten.

Der Weg hoch zur Burg war nicht sehr weit, dafür aber steil. Eine schmale Straße wand sich in Serpentinen durch einen Wald, zwischen den Baumwipfeln tauchte immer wieder der Burgturm auf. Selbst im Schatten war es so schwül und heiß wie in einem Backofen. Der Schweiß lief Kuisl in Strömen über Gesicht und Rücken, vermutlich würde er in wenigen Stunden einen üblen Sonnenstich haben. Während er hinten schnaufend den Karren anschob, gingen ihm noch einmal die Toten der vergangenen Tage durch den Kopf. Die gefolterten Söldner, der von allen gehasste Kaufbeurer Arzt Hermann Eden, der alte Spitalpfleger, vor allem aber Conrad Näher …

Irgendetwas musste der Kaufbeurer Scharfrichter herausgefunden haben. Näher hatte Klingensteiner besucht, um ihm etwas mitzuteilen, war dann aber zum Schluss gekommen, es besser doch nicht zu tun. Warum? Und was wusste der junge Geselle Raffael darüber? War er Täter oder Zeuge? Der ekelhafte Rattenkönig, den Näher Jakob Kuisl im Todeskampf zugesteckt hatte, was sollte er bedeuten? Er erschien Kuisl wie eine Warnung. Wenn Näher nicht an der Pest gestorben wäre, dann hätte Kuisl fast angenommen, er sei ermordet worden. Das Gleiche galt für den alten Doktor Eden, der offenbar viele Feinde gehabt hatte. Und für die Söldner, die man vorher noch gefoltert hatte …

Kuisl hatte Simons Verdacht, es könne sich um Morde handeln, bislang für Unsinn gehalten. Es war einfach nicht … logisch. Die Pest war eine Krankheit, die schonungslos alle traf, Arme wie Reiche, Alte wie Junge, Gläubige wie Gottlose, Böse wie Gute … Sie war eine Krankheit, keine Mordwaffe.

Oder etwa doch?

Wieder kam ihm in den Sinn, was Conrad Näher kurz vor seinem Tod gesagt hatte.

Der Mörder hat zwei Gesichter …

Vielleicht hatte Näher ja doch nicht fantasiert, sondern die Wahrheit gesprochen. Aber wer war dann der Mörder? Und warum?

Der Henker wischte sich den Schweiß von der Stirn und blickte auf. Mittlerweile hatten sie das lang gezogene Plateau erreicht, auf dem die Burg stand. Ein tiefer Graben trennte sie von einem kleinen Weiler, bestehend aus Verwaltungsgebäuden, Ställen, Scheunen und einem winzigen Haus, nicht mehr als eine Hütte. Einige Balken ragten hervor, daran hingen rostige Käfige, in denen Kuisl etwas huschen sah. Xaver Klingensteiner bemerkte seinen Blick.

»Der Burgmauser«, erklärte er und deutete auf einen älteren Mann, der unter den Käfigen tief gebeugt auf einer Bank saß. »Der Kerl jagt seit vielen Jahren auf der Burg die Mäuse und Ratten, das ganze Ungeziefer eben. Könnte sich Kaufbeuren auch mal leisten.« Xaver lachte. »Gerade jetzt im Sommer sind die Biester wirklich eine Plage! Aber der alte Mauser schafft es inzwischen nicht mehr hinüber in die Burg. Ist halb blind.« Er rief den Mann an und hob die Hand zum Gruß, der Alte grüßte steif zurück.

Über eine Brücke, die breit genug für ihren Eselskarren war, betraten sie schließlich die Burganlage, die ihre besten Zeiten sichtlich hinter sich hatte. Rechts stand ein Herrenhaus, dessen Putz ausgebleicht war, links Scheune und Stall. Der Turm war Teil eines größeren Gebäudes, das so verfallen wirkte, dass Kuisl sorgenvoll nach oben blickte. Etliche Mauerstücke machten den Eindruck, als würden sie nicht mehr lange an ihrem Platz bleiben. Der Burghof war mit hohem Gras bewachsen und menschenleer.

»War mal eine prächtige Burg«, knurrte Klingensteiner. »Die Herren von Kemnat herrschten über ein großes Gebiet, einer von ihnen war sogar der Lehrer von Konradin, dem letzten Erben der Staufer. Aber seit die Burg an die Fürstabtei Kempten gefallen ist, geht hier alles vor die Hunde. Der Pflegverwalter ist ein übler Säufer. Wenn er weiter so trinkt, wird er noch genauso verrecken wie sein Pferd.«

Kurz plagte Kuisl ein schlechtes Gewissen angesichts

seiner eigenen Sauferei. Doch da deutete Klingensteiner auch schon auf den Kadaver, der im Stall neben dem Herrenhaus lag.

»Da ist das Vieh ja. Wie gesagt, ein schwerer Brocken.«

Es war ein Haflinger, dessen Bauch sich in der Hitze schon wie ein Ballon aufgebläht hatte. Die Beine standen grotesk ab.

»Hat wohl Efeu gefressen, das arme Tier«, sagte Klingensteiner, während er ein Seil um den Hals des toten Gauls wickelte. »Oder es ist an Einsamkeit eingegangen. Hier oben werden sogar die Pferde melancholisch. Komm, hilf mir mal!«

Gemeinsam schoben und zerrten sie den Kadaver auf den Karren. Es war eine schweißtreibende Arbeit. Sie hatten einen Lederschlauch mit verdünntem Wein dabei, den sie nach dem Verladen abwechselnd zum Mund führten. Doch Xaver Klingensteiner drängte zum Aufbruch.

»Komm, lass uns gehen«, sagte er, als das Pferd auf dem Karren lag. »Ich mag den Ort nicht. Manche sagen, er sei verflucht.«

»Verflucht?« Kuisl sah sich um. Noch immer hatte sich keine Menschenseele auf dem Burghof gezeigt.

»Ach, ist so eine alte Geschichte. Irgendein untreues Burgfräulein ist hier wohl mal von ihrem Burgherrn eingemauert worden. Es heißt, man hört sie immer noch an die Mauer pochen. Hab's selber schon nachts gehört, in meinen Träumen. Brr!« Xaver schüttelte sich. »Wie gesagt, ich mag den Ort einfach nicht. Lass uns das Vieh zur Grube bringen.«

Der Weg hinunter war fast noch anstrengender als hinauf. Kuisl stemmte sich gegen die Deichsel, er musste seine ganze Kraft einsetzen, damit der Karren nicht den Hang hinunterraste. Der Haflinger wog wirklich höllisch viel, außerdem stank er schon abscheulich, in seinem aufgeblähten Bauch rumorten die Gase.

Endlich waren sie wieder unten am Henkershaus angelangt. Gemeinsam zogen sie dem Pferd die Haut ab, eine anstrengende, eintönige Arbeit, die Jakob Kuisl seltsamerweise guttat. Sie half ihm, all seine Grübeleien für kurze Zeit zurückzustellen und sich nur auf das Schabmesser und das blutige Fell zu konzentrieren, das sie in großen Stücken abbalgten. Am Ende lag vor ihnen ein monströser Klumpen Fleisch, der nur noch wenig Ähnlichkeit mit einem Pferd hatte. Mittlerweile war es später Nachmittag, und noch immer war es nicht kühler geworden.

Klingensteiner zerrte die Planken von der Grube, und die Fliegen erhoben sich mit zornigem Brummen. Ein übler Dunst entstieg dem Loch, wie direkt aus der Hölle. In der dunklen Brühe sah Kuisl undeutlich mehrere Tierkadaver schwimmen, Blasen stiegen blubbernd an die Oberfläche.

»Ich streu immer wieder Kalk drauf«, sagte Klingensteiner mit einem entschuldigenden Achselzucken. »Aber so ein Schinderanger ist kein Rosengarten, ich weiß.«

»Wem sagst du das?«, erwiderte Kuisl, der sich bemühte, nur durch den Mund zu atmen.

Sie zerrten den abgebalgten Kadaver hinüber zur Grube und warfen ihn hinein. Wieder stiegen Blasen auf.

Und etwas anderes.

Zuerst glaubte Kuisl, es sei ein gehäuteter Bär, der da aus den Tiefen der Grube emporkam, langsam wie ein Dämon, der aus der Hölle aufstieg. Doch dann bemerkte der Henker das zerrissene Wams, die Beinlinge und die rötlichen Haare, die wie ein modriges Netz einen Kopf umwaberten, der nur noch vage an den eines Menschen erinnerte.

»Was in Gottes Namen ist das?«, keuchte Klingensteiner. Er musste würgen.

»Die Frage ist nicht was, sondern wer«, erwiderte Jakob Kuisl und trat näher an das stinkende Loch heran. »Sieht ganz so aus, als hätte noch jemand deine Grube benutzt, um einen toten Körper loszuwerden.«

Sie brauchten eine ganze Weile, um den Leichnam mit einem Haken aus dem Wasser zu fischen. Immer wieder rutschte der Körper ab und sank zurück in die Grube, doch jedes Mal kam er nach kurzer Zeit wieder zurück an die Oberfläche, wie in einem makabren Schauspiel. Endlich griff der Haken an dem zerrissenen Lederwams. Sorgsam, damit der Tote sich nicht noch mal löste, zog ihn Kuisl über den Rand der Grube. Es war eindeutig ein jüngerer Mann, und während der Henker noch überlegte, woher er ihn kannte, ertönte auch schon hinter ihm der entsetzte Ruf Xavers.

»Raffael! Gott im Himmel, das ist der Raffael!«

Jetzt erkannte ihn auch Kuisl, auch wenn er den Henkersgesellen vor Tagen nur kurz gesehen hatte. Das feine rote Haar, die filigranen Glieder … Von Raffaels hübschem Gesicht war allerdings nicht mehr viel übrig. Es war erstaunlich, was eine Brühe aus ungelöschtem Kalk schon nach kurzer Zeit mit der Haut anstellte. Sie war fast gänzlich zerfressen, darunter lag das Fleisch frei, das seltsam blass aussah, wie gekochter Fisch. Trotzdem war sich Kuisl sicher, dass der Junge noch nicht lange in der Grube lag. In seinen Eingeweiden hatten sich noch zu wenig Gase gebildet, um ihn dauerhaft an der Oberfläche zu halten. Außerdem war die Kleidung in einem verhältnismäßig guten Zustand; es war genau dasselbe Gewand, das der Geselle getragen hatte, als Kuisl ihn in Nähers Haus überrascht hatte.

»Zum Teufel!«, murmelte er. »Und ich dachte, der Bursche könnte mir etwas über seinen toten Meister verraten. Nun ist er selber mausetot.«

»Was macht denn der Raffael in meiner Schindergrube?«, jammerte Xaver. »Mein Gott, der arme Bub! Da kann man doch gar nicht reinfallen, nicht mal nachts und betrunken. Da sind doch überall Planken drüber!«

»Herrschaftszeiten, Xaver, wie blöd bist du eigentlich? Der Raffael ist nicht in die Grube gefallen, er ist reingeworfen worden!«

»Jemand ... jemand hat ihn umgebracht?«, fragte Xaver ängstlich. »Du meinst ...«

»Ich zähl nur eins und eins zusammen. Zuerst kommt der Näher aufgeregt zu dir und will dir irgendwas erzählen, dann später, als er tot ist, kommt der Raffael hier rauf auf die Kemnater Höhe. Wohl kaum, um dir einen schönen Tag zu wünschen.«

Xaver runzelte die Stirn, man konnte ihm förmlich beim Denken zusehen. »Du ... du meinst, er wollte mir was sagen, so wie der Conrad?«

»Sieht ganz so aus, und jemand anders wollte das wohl verhindern.« Kuisl beugte sich über die Leiche, die nach Verwesung und etwas Scharfem, Ätzendem roch. Er untersuchte sie oberflächlich. Am Hinterkopf wurde er schließlich fündig. Eine tiefe Delle befand sich dort, der Schädel war eindeutig eingeschlagen worden, wohl mit einem stumpfen Gegenstand. Kuisl hoffte, dass Raffael schon tot gewesen war, als ihn jemand in die Grube geworfen hatte – oder wenigstens nicht mehr mitbekommen hatte, wie ihm der ungelöschte Kalk das Gesicht wegätzte.

»Kein schöner Tod«, brummte er und erhob sich wieder. »Aber wenigstens war er nicht an der Pest erkrankt. Ich kann zumindest keine Pestbeulen erkennen.«

Irgendwie war Kuisl froh, dass es sich bei diesem Toten

um einen anständigen Mord handelte. Da wusste man wenigstens, woran man war.

»Hör zu«, wandte er sich an Xaver Klingensteiner. »Ich muss schleunigst zurück in die Stadt. Die anderen werden sich schon Sorgen machen.« Er sah hoch zum Himmel, wo sich die Wolken zu finsteren Klumpen ballten. Es würde wohl bald ein Gewitter geben. »Kannst du den armen Kerl alleine begraben?«

Xaver schlug ein Kreuz. »Braucht er denn kein christliches Begräbnis, mit Pfarrer und dem Ganzen, was halt so dazugehört?«

»Ich zünde in der Kirche unten in Kaufbeuren eine Kerze für ihn an, versprochen. Aber es wär mir lieb, wenn erst mal keiner wüsste, dass wir ihn gefunden haben. Ich will keine schlafenden Hunde wecken, wenn du verstehst, was ich meine. Sein Mörder treibt sich immer noch irgendwo hier draußen herum.«

»Dann werde ich meine Tür wohl besser fest abschließen.« Xaver nickte düster. »Hast du denn schon eine Ahnung, wer den Jungen auf dem Gewissen hat?«

»Vermutlich der Gleiche, über den Conrad Näher so einiges zu erzählen gehabt hätte, wäre er nicht überraschend an Pest gestorben«, erwiderte Kuisl mit grimmiger Miene. »Und meine Nase sagt mir, dass ich den Kerl nicht hier, sondern in Kaufbeuren finde.«

»Viel Glück, Jakob«, sagte Xaver und drückte ihm die schwielige Hand. »Wenn einer den Mörder findet, dann du und deine Nase, so viel ist sicher. Und dank dir noch mal wegen des Pferds …«

»Geschenkt.« Jakob Kuisl hatte sich schon abgewandt und lief die staubige Straße entlang. Ein erster lauter Donnerschlag ertönte. Als er den Pfad erreichte, der von der Straße Richtung Kaufbeuren abbog, öffnete der Himmel wie auf Kommando seine Schleusen. Schon nach wenigen Augenblicken war Kuisl klitschnass. Blitze zuckten über den Himmel, und für einen kurzen Moment glaubte er, eine Gestalt auf einem Hügel zu sehen, nicht weit vom Kemnater Henkershaus entfernt. Er dachte an den Rattenkönig und an eine uralte Geschichte, die ihm seine Mutter früher erzählt hatte, eine Geschichte, die sich vor langer Zeit irgendwo im Norden des Deutschen Reiches zugetragen hatte.

Einst kam ein Pfeifer in die Stadt Hameln, der versprach, er würde alle Ratten aus der Stadt führen …

Die düstere Gestalt, die er dort oben kurz im Schein des Blitzes gesehen hatte, kam ihm vor wie aus der Welt der Geschichten. Nicht wirklich, ein Phantom, die Ausgeburt uralter Ängste, die die Menschheit begleiteten, seit Anbeginn der Zeiten …

Der Rattenkönig … Der Herr der Ratten …

Der Henker griff in seine Ledertasche, in der sich noch immer das eklige mumifizierte Ding befand, mit dem all das Grauen angefangen hatte. Plötzlich wollte er es nicht mehr bei sich behalten, keinen Augenblick länger. Er wickelte den Rattenkönig aus dem Tuch und schleuderte ihn hinaus in die Finsternis, der Gestalt entgegen.

Regen rann ihm ins Gesicht, und Kuisl kniff die Augen zusammen.

Als er sie wieder öffnete, war dort, wo die Gestalt gestanden hatte, nichts weiter als tintige Schwärze.

Kapitel 10

Im Schongauer Schloss,
am Abend des 26. August, Anno Domini 1679

Ferner Donner grollte und ließ Schreiber Johann Lechner besorgt durch das kleine Fenster seiner Amtsstube im Schongauer Schloss blicken. Im Westen, wo das Allgäu lag, zuckten Blitze, der Himmel war so giftig grün, wie in ätzende Farbe getaucht. Lechner seufzte und schloss das Fenster. Das schlechte Wetter kam immer vom Westen. Schon öfter hatte es in Schongau durch Blitzschlag hervorgerufene Brände gegeben, vor einigen Hundert Jahren war die Stadt einmal ganz abgebrannt und musste neu wiederaufgebaut werden. Lechner hasste das Wetter, schlechtes wie schönes. Wetter war unkontrollierbar, und wenn Lechner etwas verabscheute, dann war es, keine Kontrolle zu haben.

Heute Morgen in der Fronveste war ihm die Kontrolle kurz entglitten. Einen Moment lang war er ratlos gewesen. Konnte es wirklich sein, dass diese räudigen Galgenvögel von irgendwelchen geheimen Plänen des Kronprinzen wussten? Johann Lechner hatte im letzten Jahr mehrmals Gelegenheit gehabt, Max Emanuel auf Audienzen seine Ehrerbietung zu erweisen. Der Schongauer Schreiber galt in höfischen Kreisen als vertrauenswürdig und vor allem als äußerst klug. Diesem Umstand war es auch zu verdanken, dass Lechner das eine oder andere gehört hatte, was nicht für seine Ohren bestimmt war, und daraus seine ganz eigenen Schlüsse gezogen hatte.

Er konnte nicht behaupten, dass er *genau* wusste, was der Kronprinz vorhatte. Doch ihm war klar, dass Max Emanuel äußerst ehrgeizig war, viel ehrgeiziger als sein verstorbener Vater – und dass er politisch mehr als fragwürdige Ziele verfolgte. Vermutlich zählte der Kronprinz schon seit Längerem die Tage, bis er endlich den Thron der Wittelsbacher besteigen durfte. Und Lechner würde ihm dabei nicht im Weg stehen, ganz im Gegenteil: Schreiber Johann Lechner war vor allem deshalb schon so lange der heimliche Herrscher Schongaus, weil er genau wusste, wann der Wind sich drehte.

Man kann das Wetter nicht kontrollieren, dachte er. *Aber man kann mit dem Wind segeln.*

Und das tat er, und zwar ziemlich gut.

Nachdenklich ordnete er die Dokumente auf seinem Tisch, die vielen Unterlagen, die das tägliche Amtsgeschäft so mit sich brachte. Darunter befand sich auch die amtlich beglaubigte Meisterurkunde des neuen Schongauer Scharfrichters, die Lechner Georg Kuisl schon bald persönlich überreichen würde. Allerdings brauchte es dazu noch eine Meisterprüfung. Nun, die Hinrichtung von einem halben Dutzend Räubern samt ihren Weibern schien dafür bestens geeignet.

Gleich nach der morgendlichen Vernehmung waren die Schongauer Wachsoldaten zu den Schleyerfällen aufgebrochen. Dank der Beschreibung des jungen Diebs hatten sie die Höhle schnell gefunden, nicht weit entfernt von der Stelle, wo sich vor einigen Jahren schon einmal ein Räubernest befunden hatte. Die Soldaten hatten die Höhle umstellt und ausgeräuchert. Der Räuberhauptmann war auf der Flucht erschossen worden, von der restlichen

Bande lebten noch ganze fünf Marodeure, hinzu kamen etliche Frauen und Kinder. Die Kinder würde man nach München in die neuen Armenhäuser schicken, wo sie hoffentlich den Weg der Besserung einschlugen. Die Weiber würde man auspeitschen, ein paar vielleicht zur Abschreckung hängen und die Männer rädern, auch den verstockten ehemaligen Soldaten Leitmeyer. Nur der junge Franzl würde vom Henker aus Gnade stranguliert werden, ein schneller und schmerzloser Tod, wie Lechner gehört hatte. Er war kein Unmensch, und schließlich hatte ihm der Franzl diesen Coup erst ermöglicht.

Ein kleines Problem stellte das Schießpulver dar, das die Räuber tatsächlich in rauen Mengen besessen hatten. Zum Trocknen hatte Lechner es in die Fronveste bringen lassen, da der Pulverturm der Stadt gerade ein neues Dach bekam. Aber dort durfte es natürlich nicht bleiben, das war viel zu gefährlich.

Ein weiterer Donner hallte, und Lechner schreckte aus seinen Überlegungen auf. Erst im nächsten Moment wurde ihm bewusst, dass es nicht das Gewitter war, sondern ein lautes Klopfen an der Tür. Es musste einer der Wachen aus dem Hof sein. Vermutlich bat der Faulpelz darum, wegen des einsetzenden Regens in sein Wachhaus gehen zu dürfen – oder gleich ganz nach Hause. Na, dem würde er Beine machen!

»Ja, herein!«, rief er befehlsgewohnt.

Die Tür schwang auf, und Wind und Regen fegten von draußen herein, Blätter wirbelten durch die Luft. Lechner stutzte. Dort im Türrahmen stand keine der Wachen. Es war ein großer hagerer Mann in einem schwarzen Mantel, die spitze Kapuze tief ins Gesicht gezogen, was ihm etwas Rabenhaftes gab. Draußen hörte Lechner ein Pferd wiehern. Warum hatten die Wachen den Kerl nicht gemeldet?

»Verdammt, wer seid Ihr?«, knurrte Lechner. »Und was wollt Ihr? Sprecht, bevor ich Euch aus dem Schloss prügeln lasse.«

»Ich bin der, den Ihr gerufen habt«, erwiderte der Mann mit einer leisen Stimme, die trotz des Unwetters erstaunlich gut zu verstehen war.

In einer plötzlichen Bewegung streckte er seine Hand aus. Lechner zuckte zurück, in Erwartung eines Schlags. Doch dann sah er den Siegelring am Finger des Mannes.

Zwei Löwen und eine Krone.

Und Lechner verstand.

»Ich hätte nicht damit gerechnet, dass der Kronprinz so schnell jemanden schickt«, sagte Lechner und bemühte sich, sein Erstaunen zu verbergen. Er hatte die Nachricht erst heute Morgen, kurz nach dem Verhör, einem Reiter übergeben. Wie also konnte ein kurfürstlicher Bote jetzt schon in Schongau sein, noch dazu einer, der den persönlichen Siegelring des Kronprinzen trug? Ein Siegel, das nur wenige seiner Vertrauten besaßen.

»Ich war ohnehin in der Gegend unterwegs«, antwortete der Mann achselzuckend. »In anderen …«, er machte eine kurze Pause, »… Geschäften. Ich traf Euren Reiter in Landsberg an. Er war so freundlich, mir Eure Nachricht zu übergeben.«

Irgendwie hatte Lechner den Eindruck, dass die Übergabe nicht ganz so freundlich verlaufen war, wie der Fremde sie eben schilderte. Lechners Kurier hatte strikte Anweisung erhalten, die Nachricht nur dem Kronprinzen persönlich zu überreichen. Auf der anderen Seite besaß der Kerl dieses Siegel.

Und er wirkte sehr überzeugend.

»Wo sind die Mordbuben, die Euch von dieser hanebüchenen Geschichte erzählt haben?«, fragte der Fremde. Er streifte seinen Mantel ein Stück zurück, und Lechner sah darunter ein langes Messer blitzen.

»Sie … sie sind in sicherem Gewahrsam bei uns in der Fronveste«, erwiderte Lechner, der es hasste, dass er Angst verspürte. Es war ein Gefühl, das er nur sehr selten empfand. Meist hatten andere Angst vor *ihm*. »Zusammen mit ein paar Zentner Schießpulver, das wir ihnen abnehmen konnten. Eine wirklich üble Bande, die …«

»Wo ist diese Fronveste?«, unterbrach ihn der Mann.

»Äh, nicht weit von hier, nur die Gasse runter. Aber die Kerle sind bei uns wirklich gut aufgehoben. Nach Prozess und Urteil werden sie alle ihre gerechte Strafe erhalten. Ihr müsst Euch also keine Sorgen machen, dass …«

»Ich mache mir keine Sorgen. Nie.« Zum ersten Mal hob der Mann so weit den Kopf, dass Lechner das Gesicht unter der Kapuze erkennen konnte. Es war glatt rasiert, die Haut straff gespannt wie bei einer Echse. Der Mann trug eine schwarze Augenklappe, das andere Auge leuchtete schwarz und kalt.

»Und Ihr, Meister Lechner, müsst Euch jetzt auch keine Sorgen mehr machen. Der Kronprinz richtet seinen Dank aus, er wird sich schon bald erkenntlich zeigen.«

Der Mann wandte sich ab und ging zur Tür, die noch immer weit offen stand. Draußen tobten Sturm und Regen. Plötzlich drehte er sich noch einmal um.

»Ach, eine Frage noch: Welche Eurer schlammigen Straßen führt nach Kaufbeuren?«

»Die durch … durch das Kuehtor hinaus«, hörte Lechner sich sagen. »Aber vielleicht wollt Ihr bei diesem Wetter erst einmal in Schongau einkehren. Der Semer-Wirt hat wirklich gute Zimmer, einen schönen Ausblick, und der Wein …«

»Habt Dank, Meister Lechner. Ihr werdet von uns hören. Mag sein, dass Ihr schon bald wieder Besuch bekommt. Sehr hohen Besuch.«

Der Mann verschwand im Regen, und Lechner ließ sich in seinen Sessel fallen. Erst jetzt merkte er, dass der Wind alle seine Unterlagen vom Tisch geweht hatte. Nass und schmutzig lagen sie am Boden, auf einigen waren die Stiefelabdrücke des Fremden zu sehen.

Schongaus Ehre, in den Schmutz getreten, dachte Lechner. Wut und Scham stiegen in ihm auf.

Er fürchtete, dass der Preis, den er für seine weitere Karriere gezahlt hatte, am Ende vielleicht doch zu hoch gewesen war.

*

Als Jakob Kuisl endlich am Kaufbeurer Hörmannhaus anlangte, war er klatschnass. Der Regen hatte zwar mittlerweile aufgehört, das Unwetter war weiter nach Osten gezogen, doch Kuisl war wieder durch den Blatterbach in die Stadt geschwommen. Noch immer waren die Stadttore wegen der Pestgefahr geschlossen. Aber auch in besseren Zeiten hätte vermutlich keine Wache der Welt einen bärtigen Riesen, dem die wenigen Kleider wie nasser Tang am Leib hingen, nach Einbruch der Dunkelheit noch in die Stadt gelassen.

Der Henker hatte die größeren Gassen gemieden und war in dem Sauwetter keiner Menschenseele begegnet. Ungeduldig klopfte er an die Tür. Es war seine Tochter Magdalena, die ihm schließlich aufmachte.

»Wo um Himmels willen bist du gewesen?«, fragte sie, sichtlich erleichtert und gleichzeitig erzürnt. »Kannst du dir vorstellen, was für Sorgen wir uns gemacht haben?«

»Sprich mit mir nicht wie mit einem Kind«, brummte Kuisl und wrang seinen Bart aus. »Ich bin dein Vater, schon vergessen? Ich komm heim, wann's mir passt. Außerdem hab ich euch gesagt, dass ich die Gesellschaft eines Henkers den Kaufbeurer Schnöseln vorziehe.«

Er schob sich an Magdalena vorbei und stapfte die Treppe hinauf. In der Wohnstube war es trocken und warm, er hängte sein nasses Hemd an den Ofen und setzte sich mit nacktem, erstaunlich behaartem Oberkörper an den Tisch.

»Hat jemand meinen Tabak gesehen?«, fragte er Simon, der mit offenem Mund ihm gegenübersaß.

»Ihr erstaunt mich immer wieder aufs Neue«, sagte Simon und schob ihm den Tabakbeutel zu, der neben ihm auf der Bank lag. »Ihr seht aus, als wärt Ihr eben erst der Hölle entronnen, das Wasser läuft Euch aus den Hosen, das Haar hängt Euch wie Algen im Gesicht; seit gestern wart Ihr verschwunden. Und doch fragt Ihr als Erstes nach Eurem Tabak.«

Kuisl grinste. »Kein schlechter Anfang, wenn die Hölle hinter einem liegt.« Er stopfte seine geliebte Pfeife, während Magdalena hinter ihm die Stube betrat.

»Wir können nur froh sein, dass der junge Doktor Eden schon zu Bett gegangen ist!«, schimpfte sie und musterte Kuisls pelzigen Rücken. »Dass ein Henker unter seinem Dach wohnt, ist schon schlimm genug. Aber nun auch noch einer, der stinkt wie ein nasser Ziegenbock.«

»Sei froh, dass ich nicht mehr so stinke wie noch vor ein paar Stunden«, entgegnete Kuisl und steckte sich die Pfeife an einem brennenden Kienspan an. Er paffte ein paarmal, bis die Pfeife richtig zog. »Wollt ihr jetzt weiter zetern oder euch anhören, wo ich gewesen bin?«

»Wir brennen darauf«, seufzte Simon. »Beehrt uns mit Eurem Wissen.«

Kuisl überhörte den Spott und begann zu erzählen. Von

Nähers nächtlichem Besuch beim Kemnater Henker vor einigen Wochen, von dessen mysteriösen Andeutungen und vom toten Gesellen in der Schindergrube.

»Weiß der Teufel, warum der Raffael damals noch einmal zurück in Nähers Haus gekommen ist«, endete er schließlich. »Vielleicht weil er das Gleiche suchte wie der Kerl, der zuvor die Henkersstube so gründlich durchwühlt hat. Der Raffael ist vor mir in die Wälder geflohen, und dann wollte er sich offenbar dem Xaver anvertrauen.«

»Wo er seinem Mörder direkt in die Arme gelaufen ist.« Simon nickte. »Weiß man denn, wie lange er schon in der Grube gelegen hat?«

»Noch nicht lange, denke ich. Vielleicht ein oder zwei Tage, das lässt sich bei seinem Zustand schwer sagen. Ich vermute, der Raffael ist gleich nach seiner Flucht aus dem Henkershaus dort hingelaufen.« Kuisl schlug mit der Hand auf den Tisch. »Ich könnte mich ohrfeigen! Warum hab ich ihn damals nicht am Schlafittchen gepackt? Dann wüssten wir jetzt, was hinter alldem steckt!«

»Hinter alldem?« Magdalena sah ihn fragend an. »Sag bloß, du siehst nun auch einen Zusammenhang zwischen all den Vorkommnissen?«

»Irgendeinen gibt es. Ich weiß nur noch nicht, welchen, verflucht! Dabei hatte ich es letzte Nacht schon auf der Zunge …«

»Und etwas anderes auch«, bemerkte Magdalena spitz. »Du stinkst immer noch nach Schnaps.« Sie rümpfte die Nase. »Während ihr zwei Trunkenbolde offenbar auf die alten Zeiten angestoßen habt, war hier in Kaufbeuren einiges los. Zum Beispiel bin ich fast vergewaltigt worden, und es gibt zwei neue Pestfälle. Aber der Vater lässt sich ja lieber den Enzian schmecken.« Sie berichtete von Bürgermeister Rehlingers Auftauchen in der Blauen Ente, ihrer Flucht vor den Soldaten und dem an der Pest erkrankten Chirurgus samt seinem Gesellen. Kuisl hörte aufmerksam zu.

»Dass der Rehlinger Dreck am Stecken hat, hab ich ja schon vorher gesagt«, brummte er schließlich. »Und diese Bastarde von Söldnern knöpfe ich mir eigenhändig vor.«

»Nichts wirst du tun«, entgegnete Magdalena und winkte ab. »Es ist ja nichts passiert. Außerdem haben wir schon genügend Ärger, auch so.«

»Ich habe heute mit dem Seelvater Pater Damian die Isolierung der Nachbarhäuser von Schropp überwacht«, warf Simon ein. »Glücklicherweise gab es keine weiteren Pestfälle außer den schon bekannten. Und der Mist wird jetzt auch weggekarrt. Pater Damian ist wirklich ein gelehrter Mann. Bislang übrigens der einzige wirkliche Gelehrte, den ich im medizinischen Rat angetroffen habe, von dem jungen Doktor Eden mal abgesehen.« Simon verdrehte die Augen. »Am schlimmsten ist dieser alte Jesuit. Ein abergläubischer Knochen!«

»Und doch hat er recht, wenn er meint, dass der Teufel hier seine Hand im Spiel hat«, knurrte Kuisl und ließ die Pfeife glühen. »Nur, dass dieser Teufel ein Mensch ist.«

»Dann glaubst du mittlerweile auch, dass ein Mörder in Kaufbeuren umgeht?«, fragte Magdalena.

»Na, der Raffael ist auf alle Fälle ermordet worden. Und bei den anderen bin ich mittlerweile nicht sicher, ob sie nicht doch gewaltsam aus dem Weg geräumt wurden.« Kuisl runzelte die Stirn. »Vielleicht will jemand ja mit der Pest auch einfach die Morde überdecken. Dann hätte Näher mit seinen letzten Worten doch recht gehabt. Der Mörder hat zwei Gesichter ...«

»Der alte Doktor Eden, der Henker Conrad Näher, sein Geselle Raffael, der Spitalmeister und auch der Chirurgus Schropp mit seinem Gesellen wären also alles Mordopfer?« Simon zählte an den Fingern ab. »Kommen noch die Söldner hinzu – eine ganz schön unheimliche Serie. Aber warum? Was steckt dahinter?«

»Nun, zumindest Schropp und sein Geselle leben ja noch«, sagte Magdalena. »Wenn sie auch schwer krank sind. Vielleicht wissen sie ja was? Man sollte sie also möglichst bald befragen, bevor es zu spät ist.« Sie seufzte. »Was auch immer in dieser Stadt vorgeht, ich komme immer mehr zum Schluss, dass dies alles nichts mit Peters Verschwinden zu tun hat. Wir sollten zurück nach Schongau gehen.«

»Ob wir in Schongau sind oder hier, macht keinen Unterschied«, gab Simon zu bedenken. »Wenn der Peter dort aufgetaucht wäre, hätte uns sicher jemand Bescheid gegeben. Es ist ja nun wirklich nicht weit. Es kann alles Mögliche passiert sein, Magdalena. Du siehst immer gleich viel zu schwarz!«

»Eine Mutter spürt, wenn ihrem Kind etwas zugestoßen ist«, sagte Magdalena leise. »Außerdem braucht mich die Sophia. Und ich weiß auch nicht, was der Lechner denkt, wenn der Vater so lange wegbleibt. Auch in Schongau liegt der Mist in den Gassen.«

»Der Georg wird sich schon um den Mist kümmern.« Kuisl grinste. »Er will mich doch beerben, da kann er sich auch gleich um alles kümmern, was ein Scharfrichter in einem Kaff wie Schongau sonst noch so machen muss. Er hat ja den Paul, der ihm hilft.«

»Das heißt, du willst hierbleiben?«, fragte Magdalena.

Kuisl nickte. »Das bin ich dem Conrad schuldig.«

Und meiner Neugier, dachte er insgeheim. Dieser Mörder, den er mittlerweile den Rattenkönig nannte, hatte ihn herausgefordert.

Und er würde diese Herausforderung annehmen.

»Äh, da ist nur eine winzige Kleinigkeit, werter Schwiegervater …« Simon räusperte sich. »Die Stimmung in der Stadt hat sich verschlechtert. Bürgermeister Rehlinger duldet keinen fremden Henker in Kaufbeuren. Er möchte, dass Ihr die Stadt so bald als möglich verlasst.«

»Soso, wenn der Teufel sein Unwesen treibt, dann sucht man eben einen Sündenbock. Pah, wenn der Rehlinger glaubt, dass er dadurch die Pest loswird, dann hat er sich getäuscht. Aber bitte, von mir aus …«

»Das heißt, du gehst also doch zurück nach Schongau?«, fragte Magdalena, sichtlich erstaunt, dass ihr Vater so schnell aufgab.

»Nein, das heißt es nicht. Das heißt nur, dass mich diese Schnösel an meinem breiten Henkersarsch lecken können. Ich zieh zum Xaver Klingensteiner.« Jakob Kuisl pustete einen großen Rauchkringel in die Stube. »Gleich morgen. Der hat ohnehin den besseren Schnaps.«

*

In Schongau hatte der Regen mittlerweile aufgehört. Wasser tropfte von den Bäumen unten am Lech, die Wiesen waren sumpfig und die Mücken gierig nach Blut. Zwei einsame Gestalten wanderten über einen schmalen Trampelpfad vom Gerberviertel hinunter zum Lechufer, wovon die kleinere der beiden humpelte. Die Dämmerung hatte eingesetzt, schon bald würde sich die Nacht über die Auen senken.

»Kann nicht der Onkel Georg die Reusen einziehen?«, jammerte Sophia. »Es ist nass, und ich hab gerade so schön mit meiner Puppe gespielt! Warum müssen wir nach den Reusen schauen und nicht jemand anderes?«

»Weil es halt so ist. Und jetzt komm endlich!«

Wütend schlug Paul mit der einen Hand nach den Mücken, die ihn umschwirrten. Mit der anderen Hand zerrte er die kleine Sophia hinter sich her. Wegen ihres Klumpfußes kamen sie nur sehr langsam voran, zumal Sophia den ganzen Weg über jammerte und nörgelte. Auch Paul konnte sich etwas Besseres vorstellen, als jetzt am Abend noch hinunter zum Lech zu gehen und nach den Krebsreusen zu sehen. Aber der Befehl war von seinem Onkel gekommen, und Paul wollte es sich nicht noch mehr mit ihm verscherzen, als es ohnehin bereits der Fall war.

Den ganzen Tag über war Paul Georg aus dem Weg gegangen. Er war zornig, und gleichzeitig schämte er sich. Dabei hatte er doch alles richtig machen und das Verhör abkürzen wollen! Und doch war wieder alles falsch gewesen, und er war der Böse. An seinem ersten Tag als Lehrling hatte Paul seinen Onkel zutiefst enttäuscht. Am liebsten wäre er in den Lech gesprungen und nie mehr aufgetaucht!

»Meinst du, dass wenigstens ein paar Krebse in den Reusen hängen?«, fragte Sophia, die nun nicht mehr ganz so arg jammerte. Offenbar lockte sie die Aussicht, dass sie etwas in den Käfigen finden würden.

»Zuerst mal müssen wir nachschauen, ob die Reusen durch das Unwetter nicht weggeschwemmt worden sind«, erwiderte Paul. Das war der Auftrag, den Georg ihm erteilt hatte, außerdem hatte er ihn gebeten – ach was, ihm befohlen –, Sophia mitzunehmen. Paul beschlich das dumpfe Gefühl, dass Georg ihn und seine Schwester loshaben wollte, um allein nachzudenken. Vielleicht aber auch, um ihn für sein ungehöriges Verhalten zu bestrafen.

Noch immer spürte Paul den traurigen Blick auf sich, mit dem sein Onkel ihn nach der Tortur gemustert hatte, sah die grenzenlose Enttäuschung in Georgs Augen. Verdammt, was war denn so falsch daran gewesen, diesem verstockten Bastard von Leitmeyer die Finger zu brechen? Der Kerl war nichts weiter als ein überführter Räuber, der so oder so auf dem Schafott landete. Und immerhin ging es ja wohl um eine große Sache. Irgendetwas Übles, in das auch der Kronprinz verwickelt war. Paul hatte gehofft, dass der Leitmeyer endlich singen würde. Der Schreiber Lechner hätte sich das Geständnis angehört und ihn, Paul, später sogar belobigt für sein entschiedenes Vorgehen. Ganz bestimmt! Aber dann war alles anders gekommen. Eine grenzenlose Wut stieg in Paul auf.

»Autsch, du tust mir weh!«, klagte Sophia.

»Verzeihung, das wollte ich nicht.« Tatsächlich hatte Paul gar nicht gemerkt, dass er Sophias Hand immer fester gedrückt hatte, beinahe so, als wollte er auch ihr die Finger brechen. Wie so oft konnte er seine Wut nicht zügeln, sie kam über ihn und schwemmte ihn weg.

Mittlerweile hatten sie die Lechauen erreicht, die nicht weit vom Henkershaus entfernt lagen. Wegen des starken Regens rauschte der Fluss wild dahin, Blätter, Äste, sogar einige zerborstene Baumstämme trieben im Wasser. In der Dämmerung suchte Paul die Stelle, die Georg ihm beschrieben hatte. Am Steilufer war ein Pflock in den Boden geschlagen, an dem ein Tau in die Tiefe hing.

»Bleib hier stehen«, sagte Paul und hielt seine Schwester zurück.

Sophia gehorchte. Sie hörte immer auf Paul, außerdem hatte sie sich noch nie über ihn lustig gemacht oder ihn über die Maßen geärgert. Sie mochte ihn. Das war etwas, was Paul fast noch mehr erstaunte als die Zuneigung, die er selbst gegenüber Sophia empfand. Seine kleine Schwester war der einzige Mensch, an dem ihm wirklich etwas lag, und sie liebte ihn ebenso ohne Vorbehalte. Sein Bruder Peter lebte in einer anderen Welt, die er nicht verstand, von seinen Eltern zog Paul sich immer mehr zurück und ebenso von seiner Tante Barbara. Georg respektierte und bewunderte er, fast so wie den Großvater, aber seine Liebe galt einzig und allein Sophia. Einmal hatte einer der Anger Wölfe seine kleine Schwester wegen ihres Klumpfußes gehänselt. Daraufhin hatte Paul ihn mit einem Prügel halb totgeschlagen, die anderen Buben mussten ihn von dem frechen Kerl wegziehen.

Danach sagte keiner mehr etwas gegen Sophia.

Vorsichtig seilte sich Paul an dem Tau zum Fluss hin ab. Unten gab es einige schlüpfrige Felsinseln, auf denen man stehen konnte. Im Wasser schaukelten kleine Korken, sie markierten den Standort der aus Weidenzweigen geflochtenen Korbreusen. In der beginnenden Dunkelheit waren sie kaum noch zu sehen. Paul zog eine nach der anderen ein und überprüfte sie, sie waren trotz des Unwetters heil geblieben. In einem der Käfige zappelten tatsächlich drei Flusskrebse. Paul packte die Reuse und zog sich mit der anderen Hand wieder hoch, indem er sich mit den Füßen am Steilufer abstützte. Mücken umschwirrten und stachen ihn, und er konnte nicht nach ihnen schlagen. Außerdem glitt er immer wieder an der rutschigen Felswand ab. Er verfluchte seinen Onkel, der ihm diese Arbeit eingebrockt hatte.

Als er endlich wieder oben anlangte, sah ihn Sophia neugierig an. »Und, hast du welche gefunden?«

Mit stolzem Grinsen präsentierte Paul die Reuse. Er zog einen der Krebse heraus und riss ihm die Scheren aus. Dann setzte er ihn auf den Boden und sah zu, wie das Tier sich auf seinen kleinen Krabbelfüßen im Kreis drehte.

»Warum machst du das?«, fragte Sophia. Es klang so,

als wollte sie wirklich den tieferen Grund erfahren. »Warum tust du immer allen Tieren weh?«

»Ist doch nur ein Krebs.« Paul gab dem verstümmelten Tier einen wütenden Tritt, sodass es in weitem Bogen wieder in den Lech fiel. Dann warf er die Reuse mit den anderen Krebsen hinterher. Sophia gab einen enttäuschten Schrei von sich, als der Korb in den Fluten versank.

»Die schönen Krebse!«

»Wir haben ihnen das Leben geschenkt, das wolltest du doch, oder?«, sagte Paul barsch und wandte sich ab. Georg würde er sagen, dass sie nichts gefunden hatten und eine der Reusen von der Strömung weggerissen worden war.

»Und jetzt komm«, knurrte er. »Bevor es ganz dunkel wird.«

Sophia schwieg. Auf dem Weg nach oben fragte sie ihn mit leiser Stimme: »Stimmt es, dass oben in der Fronveste böse Räuber eingesperrt sind?«

»Ha, ich hab sie sogar gesehen!« Paul war froh, dass Sophia nicht noch mal wegen des vermaledeiten Krebses nachfragte. Bis jetzt wusste sie nichts davon, dass er bei der Folter dabei gewesen war. Auch was Georg und er genau dort getrieben hatten, hatte man Sophia verschwiegen. »Das sind ganz wilde Gesellen, mit funkelnden Augen und langen Bärten, beinahe wie der Knecht Ruprecht«, prahlte Paul. »Aber vor mir und dem Onkel haben sie gehörig Angst.«

»Vor dir?« Sophia sah ihn spöttisch an. »Das glaube ich dir nicht.«

»Und wenn ich es dir doch sage!« Plötzlich zögerte Paul. »Willst du die Räuber mal sehen?«

Sophia machte große Augen. »Geht denn das?«

Paul grinste. »Ich bin doch jetzt der Lehrling vom Henker. Deshalb habe ich natürlich auch einen Schlüssel zum

Kerker.« Er zog einen großen Schlüsselbund hervor und klimperte damit vor Sophias Nase. »Also, was ist? Traust du dich?«

Er hatte Georg den Schlüsselbund gestohlen, kurz nachdem sie am Morgen wieder im Henkershaus angelangt waren. Es war ganz leicht gewesen, die Schlüssel steckten in Georgs Lederkoller, der am Haken neben dem Ofen hing. Bis jetzt wusste Paul nicht, warum er den Schlüsselbund überhaupt entwendet hatte. Es war wie so oft gewesen, es tat einfach gut, etwas Verbotenes zu tun. Außerdem war er wütend auf Georg, und der verschwundene Schlüsselbund erschien ihm wie eine gerechte Strafe für dessen Wichtigtuerei.

Paul sah, wie Sophia zögerte. »Oder hast du etwa Angst? Machst dir wohl in die Hosen wegen der Räuber, hm?«

Sie schüttelte stumm den Kopf.

»Dann komm!« Er zog sie mit sich. »Ich weiß einen Spalt in der Mauer, gleich beim Sebastiansfriedhof. Früher bin ich da immer mit dem Peter in die Stadt geschlüpft. Das Loch ist nur lose mit Schutt verfüllt und mit Efeu überwachsen. Wenn es seitdem noch keiner gefunden hat und wir nicht viel dicker geworden sind, können wir da durchschlüpfen.«

Sophia kicherte. »Der Großvater passt da sicher nicht durch.«

Paul lächelte. »Nein, der sicher nicht.«

Er freute sich, dass seine kleine Schwester mit ihm ging. Es war ein Abenteuer, so wie er das früher auch mit Peter erlebt hatte, als sie sich noch gut verstanden. Plötzlich kam er sich wieder vor wie mit zehn. Damals war alles noch viel leichter gewesen, dabei war es doch erst wenige Jahre her.

Trotz ihrer Behinderung war Sophia geschickt auf den Beinen, sie machte kleine Sprünge wie ein Zicklein. Jetzt, da sie sich auf ihr Ziel freute, ging es viel schneller. Im Schutze der Nacht verließen sie die Flussauen und umrundeten Schongau, bis sie in der Nähe des Katzenweihers schließlich den steilen Hang zur Stadtmauer hinaufstiegen. Paul musste ein wenig suchen, doch tatsächlich fand er den mit Efeu überwachsenen Spalt. Wie lange war er schon nicht mehr hier gewesen? Das musste drei, vier Jahre her sein! Doch es schien, als hätte sich nichts verändert.

Der Spalt war wirklich sehr schmal und mit Schutt aufgefüllt. Mit bloßen Händen zerrten sie die Steine hervor, bis der Riss breit genug war. Paul passte fast nicht mehr hindurch. Seine Haut schabte über die scharfen Steine, seine Lederhose blieb kurz hängen und riss ein, doch das war ihm egal.

Sophia folgte ihm vorsichtig. Auf der anderen Seite waren im Mondlicht die Grabsteine des Sebastiansfriedhofs zu sehen, dahinter ragte der verfallene Pulverturm auf. Paul sah seiner kleinen Schwester an, dass sie Angst hatte. Vor dem Friedhof, wohl auch vor irgendwelchen Geistern und vor den Räubern, die sie sehen sollte. Doch sie jammerte nicht. Überhaupt war Sophia in vielen Dingen reifer, als er es in diesem Alter gewesen war. Auch dass die Eltern und der Großvater nun schon seit einigen Tagen nicht aus Kaufbeuren zurückgekehrt waren, schien Sophia nicht groß zu kümmern. Ihr Vertrauen darauf, dass am Ende immer alles gut werden würde, schien unendlich groß zu sein.

»Jetzt schnell!«, zischte Paul. »Die Fronveste ist nicht weit entfernt.«

Geduckt liefen sie über den Friedhof. Das Gittertor zur Gasse hin stand offen, kein Mensch war um diese Zeit zu sehen. Paul wandte sich nach rechts, wo am Ende der Münzgasse schon bald der bullige Bau der Fronveste auftauchte. In der Tasche fingerte er nach dem Schlüsselbund. Plötzlich blieb er wie angewurzelt stehen.

»Verdammt!«, zischte er. Vor der Tür der Veste standen, beschienen von einer Laterne, zwei Wachen. Wie hatte er nur so blöd sein können! Natürlich wurde der Kerker zusätzlich bewacht, immerhin befand sich dort drin fast ein halbes Dutzend gefährlicher Räuber samt ihrer Familien, nicht zu vergessen das Schießpulver. Paul hatte gehört, dass es mehrere Zentner waren, die man hier lagerte.

Sophia wäre fast in ihn hineingelaufen. Auch sie sah jetzt die Wachen.

»Was ist?«, fragte sie unschuldig. »Magst du nicht mit den Männern reden, ob sie uns reinlassen? Dann brauchen wir auch den Schlüssel nicht. Schließlich bist du ja jetzt der Lehrling vom Henker.«

Paul rang um eine Ausrede. Er wollte eben etwas erwidern, als etwas Unerwartetes geschah. Aus dem Dunkel der Gasse schälte sich ein Mann in einem langen schwarzen Mantel. Er ging direkt auf die Wachen zu und schien mit ihnen reden zu wollen. Paul lauschte, die Stimmen waren leise, doch gut verständlich.

»Was wollt Ihr hier?«, fragte einer der Wachleute barsch.

»Ich bringe euch euren Lohn, der Lechner schickt mich«, sagte der Mann mit einer Stimme, die klang wie kalter Stahl. »Jeder bekommt das, was er verdient.«

Der Fremde zog ein langes Messer hervor und rammte es der ersten Wache in den Bauch. Der zweite Wachsoldat griff nach seinem Schwert, doch da war der Mann auch schon über ihm. Im Mondlicht sah Paul das lange Messer ein zweites Mal blitzen. Die Wache fiel zu Boden. Der

Mann beugte sich zu den beiden sich krümmenden Schwerverletzten hinunter, wieder blitzte das Messer, dann lagen die Wachsoldaten leblos am Boden.

Wie erstarrt verharrte Paul in seinem Versteck. Das Ganze war so schnell gegangen, dass er sich fragte, ob es nicht vielleicht eine Täuschung gewesen war. Noch nie hatte er einen so schnellen Angriff gesehen.

Doch die beiden Soldaten lagen immer noch in der Gasse, im Schein der Laterne war eine dunkle Pfütze zu erkennen, vermutlich Blut.

Der Mann stieg über die Pfütze und die Leichen und zog etwas unter seinem Mantel hervor. Es sah aus wie ein großer schwarzer Apfel mit einem langen, dünnen Stiel. Wie …

»Was … was geschieht da?«, fragte Sophia ängstlich. »Warum liegen die Wachen denn am Boden? Haben die gerauft …?«

»Ja, gerauft, Sophia«, sagte Paul tonlos, ohne den Fremden aus den Augen zu lassen. Kurz leuchtete ein Licht auf, dann warf der Mann den schwarzen Apfel in eines der vergitterten Fenster der Veste. Er wandte sich hastig ab und verschwand in einer der dunklen Gassen.

Was zum Teufel …, dachte Paul noch.

Dann ging die Welt unter.

Es gab ein lautes Krachen, gleich darauf folgte ein Donnern, so laut und gewaltig, wie Paul es noch nie zuvor in seinem Leben gehört hatte. Ein heißer Sturm rüttelte an ihm, und er sah, wie Sophia nach hinten fiel, so als hätte sie etwas umgeblasen wie ein loses Schilfrohr. Dort, wo eben noch die Fronveste gestanden hatte, war ein roter Feuerball zu sehen, das Dach war verschwunden, Schindeln und Steinbrocken flogen wie Blätter durch die Luft.

»Sophia!«, schrie Paul. Er stürzte auf seine kleine

Schwester zu, die ein paar Schritte entfernt lag. War es wirklich der heiße Sturm gewesen, der sie umgeblasen hatte? Er kniete sich über sie und betastete sie.

»Sophia!«, schrie er noch mal.

Sophia schien keine Schmerzen zu haben. Sie wirkte eher erstaunt. Ihr Gesicht war staubig und verrußt.

»Was … was war das?«, fragte sie zögernd.

»Eine Explosion!«, keuchte Paul, unendlich erleichtert, dass Sophia lebte. »Das … das Schießpulver ist in der Fronveste explodiert!«

Kurz nachdem der Fremde den schwarzen Apfel hineingeworfen hat, ging ihm durch den Kopf. *Was für ein Teufelszeug war das?*

Plötzlich waren von überall Schreie und Stimmen zu hören, die Kirchenglocke schlug wie wild, und dort, wo vorher die Fronveste gestanden hatte, war jetzt nur noch ein brennender Trümmerhaufen.

Eine Gestalt taumelte Paul und Sophia entgegen.

Es war ein kleiner Junge, etwa so alt wie Sophia, der sich aus den Trümmern befreit hatte. Er musste eines der gefangenen Räuberkinder sein. Aus dem kohlrabenschwarzen Gesicht starrten Paul schreckensweite weiße Augäpfel an. Hemd und Hose des Jungen glommen, an manchen Stellen loderten kleine Flammen hervor. Er kam direkt auf sie zu.

»Weg!«, schrie Paul Sophia ins Ohr. »Wir müssen hier weg!«

»Aber der Junge …«, warf sie ein. »Er … er braucht doch Hilfe …«

Der Junge hatte die Arme weit ausgebreitet. Er öffnete den Mund, doch heraus kam nur ein heiseres Krächzen.

»Jetzt komm schon!«, befahl Paul und zerrte an Sophia. Doch seine Schwester blieb wie angewurzelt stehen.

»Ich geh nirgendwohin, wenn wir nicht dem Jungen helfen«, sagte sie bestimmt. Irgendwie kam es Paul so vor, als sei in diesem Moment Sophia nicht seine kleinere Schwester, sondern jemand viel Älterer.

Älter und weiser.

»Also gut«, gab er schließlich nach. »Kümmere dich um ihn. Ich bin gleich wieder da.«

Er rannte vorbei an den schreienden Menschen, den Wachsoldaten, die nun mit Eimern vom Schloss herbeigeeilt kamen, hinüber zu einem kleinen Brunnen in einer Seitengasse. Dort zog er Hemd, Hose und Wams aus, tauchte alles in das kalte Wasser und eilte, nur mit einem Lendenschurz bekleidet, zu Sophia und dem Jungen zurück. Keiner beachtete ihn.

»Zur Seite!«, rief er Sophia zu. Dann warf er seine nasse Kleidung über den Jungen. Es zischte, und die Flammen erloschen. Der Junge streckte die Hand nach ihm aus.

»Durst …«, flüsterte er.

Paul wrang seine Hose aus und benetzte damit die Lippen des Verletzten.

»Danke …«, hauchte der Junge und schloss die Augen.

Paul wusste nicht, ob der Kleine noch lebte oder schon tot war. Doch in seinem Inneren breitete sich ein warmes Gefühl aus. Es war nicht die Hitze des Feuers, und auch nicht die der Wut und des Hasses, die er sonst so oft in seinem Bauch verspürte, sondern etwas anderes, etwas sehr Angenehmes.

Paul fragte sich, wann jemand zum letzten Mal Danke zu ihm gesagt hatte.

*

Der Kaufbeurer Apotheker Hans Kohler schrak aus seiner Arbeit hoch. Kurz war es ihm so vorgekommen, als hätte es noch einmal gedonnert, sehr weit weg. Dabei war das Gewitter schon vor einer Ewigkeit nach Osten gezogen, auf Schongau zu. Als kein weiterer Donner ertönte, beugte Kohler sich wieder über die flackernde Talgkerze und rollte Pillen.

Seine Stube lag im ersten Stock eines herrschaftlichen Gebäudes am Unteren Markt, unten im Erdgeschoss befand sich die Apotheke. Die Marktapotheke war die älteste Apotheke in Kaufbeuren. Schon viele Generationen hatten hier Salben in Steinguttiegeln angerührt, ätzendes Arsenik in Bronzemörsern zerrieben und aromatische Minze- und Salbeiblätter oben auf dem Dachboden getrocknet. Bereits in seiner Lehrlingszeit bei seinem Vater, dem alten Balthasar Kohler, hatte der kleine Hans es geliebt, Pillen zu drehen. Die monotone Arbeit half ihm, sich ganz in sich selbst zurückzuziehen. Auch jetzt rührte er gedankenverloren das zermahlene Pulver mit ein wenig Wasser an, bis eine feste, breiige Masse entstand. Mit dem Rollstab formte Kohler dann auf einem Brett eine dünne Wurst, die er schließlich mit dem Pillenrechen in Dutzende kleine Kügelchen unterteilte. Danach bestäubte er die Pillen sorgfältig mit feinem Zucker aus Übersee, um ihnen den bitteren Geschmack zu nehmen.

Hans Kohler beschloss, dass er einige der Pillen mit Blattgold überziehen würde, um sie den reicheren Bürgern zu verkaufen. Die Inhaltsstoffe waren bei allen gleich: Wacholder, Bibernelle und eine Prise Engelwurz – alle drei Pflanzen galten als Arzneien gegen die Pest. In den letzten Tagen war Kohler mit dem Pillendrehen kaum noch nachgekommen. Die Leute rissen ihm die Pillen, die er in hübsch geschnitzten Holzschatullen verkaufte, förmlich aus den Händen. Auch sein Latwerg-Theriak fand reißenden Absatz, ebenso wie das berühmte Elixier *Pestilantiale*

Crolli, das seit vielen Jahrzehnten als letzte Rettung im Kampf gegen die Seuche gepriesen wurde, und natürlich Kohlers teure Räuchermischung mit Rosen- und Sandelholz. Für die einfachen Leute gab es Wacholder, auch das brachte ein paar Münzen ein. Hans Kohler wusste: Die Pest war das beste Geschäft seines Lebens.

Der Apotheker lächelte verschmitzt, während er seine kleinen Kügelchen drehte. Schon damals während der großen Pest hatte sein Vater »Kohlers Pestpillen« in Kaufbeuren verkauft und zusammen mit dem alten Doktor Eden gutes Geld damit verdient. Der Kaufbeurer Arzt hatte die vielen Pillen, Tinkturen, Salben und Säfte auf Rezept verschrieben, Balthasar Kohler hatte sie verkauft, den Gewinn hatten sie geteilt. Wenn die Zutaten einmal ausgingen, hatten sie stattdessen heimlich Hopfen und Johanniskraut verwendet, das beruhigte zumindest die Nerven. Der alte Eden und der alte Kohler waren reich geworden und hatten auf ihren Sommersitzen darauf gewartet, dass die Pest wieder verschwand – ob nun mit oder ohne die Hilfe ihrer Tränke und Pastillen.

Auch Hans Kohler hätte jetzt einen Beruhigungstrank gebrauchen können. In alter Gewohnheit griff er sich an den Kopf, um die Locken zu ordnen, doch da war nichts. Noch immer ärgerte es ihn, dass seine Perücke gestohlen worden war. Er hatte sie nur kurz zum Lüften aufs Fenstersims gelegt, im ersten Stock seines Hauses. Jemand musste sie mit einem langen Stab heruntergepflückt haben, so wie einen Apfel von einem Baum! Oder war es vielleicht ein diebischer Rabe gewesen, der sich damit sein Nest baute? Kohler tippte eher auf die fremden Soldaten. Die Kerle wussten, wie teuer so eine französische Allongeperücke aus Echthaar war. Sicher hatten sie das gute Stück schon längst irgendwo verkauft. Ohne seine Perücke fühlte Kohler sich wie nackt. Von jeher hatte er dünnes Haar, und in den letzten Jahren war es immer schlimmer geworden. Darum war er einer der Ersten gewesen, der diese neue französische Mode übernommen hatte. Und nun war die teure Perücke weg!

Mehr noch aber als der Verlust seiner geliebten Kopfbedeckung machte dem Apotheker etwas anderes zu schaffen. Etwas, was ihm auch jetzt, da er daran dachte, die Nackenhaare aufstellte.

Eden, Bärwein, Schropp …

Drei Männer aus dem medizinischen Rat waren bereits an der Pest erkrankt oder gestorben. Das war sicher nichts weiter als ein Zufall, und doch beschlich Kohler ein klammes Gefühl. Er dachte an ein Gespräch, das er erst vor ein paar Tagen mit dem alten Spitalmeister geführt hatte, kurz nach Edens Tod. Bärwein hatte getrunken gehabt und ihm sein Herz ausgeschüttet.

In der Hölle werden wir dafür brennen, Hans, o ja, in der Hölle …

Auch Kohlers Familie hatte Schuld auf sich geladen, ebenso wie die Familie von Schropp und vor allem der alte Eden. Die Geschichte lag zwar schon lange zurück, aber die Schuld war bis heute nicht gesühnt worden. Da änderte es auch nichts, dass Kohler vor einigen Jahren zum Protestantismus übergetreten war. Der Apotheker machte sich nichts vor: Er hatte es hauptsächlich aus Karrieregründen getan, nicht aus religiöser Überzeugung. War es also die Rache des Allmächtigen, die sie nun alle traf?

Unsinn! Du siehst schon Gespenster!

Hans Kohler schüttelte sich. All diese schrecklichen Vorkommnisse machten ihn ganz wirr! Er zog eine Schublade auf und kramte die kleine Dose mit dem Blattgold hervor. Vorsichtig legte er einige der Pillen beiseite und begann, sie mit einem dünnen wattierten Stäbchen mit Gold zu betupfen. Kleine schimmernde Kugeln rollten über den Tisch, eine nach der anderen, wie kostbare Perlen. Der Anblick beruhigte ihn.

Aber wenn doch ...?

Ein Geräusch ließ Kohler zusammenzucken. Es war vom Fenster her gekommen, sicher nur eine Taube, die auf dem Sims hin und her lief. Die Biester schissen ihm immer alles voll, sie waren fast so widerlich wie Ratten, ja im Grunde waren sie nichts weiter als fliegende Ratten!

Er eilte zum Fenster und öffnete es, um die Vögel zu vertreiben. Doch ganz plötzlich wich er zurück wie vor einem Gespenst.

Auf dem Sims lag seine Perücke.

Hans Kohler war so verblüfft, dass er einen leisen Schrei ausstieß. Wie war das möglich? Oder hatte er sich geirrt, war die Perücke gar nicht verschwunden gewesen, sondern nur auf dem Sims ein Stück weit verrutscht? Hatten die Vögel sie gar wieder zurückgebracht?

Vorsichtig nahm der Apotheker seine geliebte Perücke in die Hand und betastete sie. Ohne jeden Zweifel, sie war es. Ein wenig zerzaust vielleicht, aber sonst im einwandfreien Zustand. Als er daran roch, glaubte er, einen süßlichen Duft wahrzunehmen, ein Parfum, das vorher noch nicht da gewesen war. Aber er konnte sich auch täuschen. Wie auch immer, die Perücke war wieder aufgetaucht. Lächelnd strich Hans Kohler sie glatt, dann setzte er sich das gute Stück auf den Kopf. Sofort fühlte er sich wieder wie ein ganzer Mann.

Mit der Perücke auf dem Haupt formte er weiter seine kleinen Pillen, betupfte sie mit Blattgold und summte dabei ein Liedchen. Die Pestangst, die der Stadt den Atem nahm, war hier in seiner heimeligen Stube, umgeben von all den Arzneien, Kräutern und Tiegeln, ganz weit weg.

Hans Kohler atmete erleichtert auf. Was konnte einem Apotheker schon groß passieren?

Kapitel 11

Kaufbeuren,
am Mittag des 27. August, Anno Domini 1679

»Ist Euch vielleicht mein Nachttopf auf den Kopf gefallen, dass Ihr solch einen Zinnober um das bisschen Dreck macht, Herr Doktor?«

Simon seufzte und setzte zu einer weiteren Erklärung an, während ihn der Alte im Hauseingang argwöhnisch beäugte. Zusammen mit Pater Damian und zwei Bütteln stand er in der Hinteren Gasse, nahe dem Kaufbeurer Metzgerzunfthaus. Es stank nach Kot und süßlicher Verwesung, ein Geruch, der aus der benachbarten Schlachterei zu ihnen herüberwehte. Wie so oft in den letzten Tagen war es auch heute um die Mittagszeit brütend heiß.

»Ich erkläre es Euch gerne noch einmal, guter Mann«, hob Simon an. »Wenn wir alle unseren Unrat einfach nur aus dem Fenster kippen, steht der Dreck bald kniehoch in den Gassen. Und Dreck ist nicht gut für Eure Gesundheit. Gerade jetzt, da die Pest …«

»Warum soll Dreck nicht gut für meine Gesundheit sein, hä?«, nuschelte der Greis, dem fast alle Zähne fehlten. Fette Läuse krabbelten in seinen Haaren, das von den vielen Nissen verfilzt war. »Wasser ist nicht gut! Der alte Eden, Gott hab ihn selig, hat uns immer vor dem Waschen gewarnt. Durch das Schrubben dringt das Wasser durch unsere Haut und verwässert unser Blut, das hat er gesagt.

Davon wird man krank, aber doch nicht von dem bisschen Dreck! Ha!« Er kratzte sich am Kopf und zerquetschte eine Laus zwischen seinen schmutzigen Fingernägeln.

Pater Damian, der bislang schweigend neben Simon gestanden hatte, räusperte sich. »Eure Ansicht in Ehren, Meister Fürberger. Doktor Hermann Eden hat einige Dinge sicher anders gesehen, aber …«

»Ein guter Arzt war das!«, fuhr der Greis dazwischen. »Vielleicht nicht der billigste, aber dafür hat sein Theriak auch immer lecker nach Süßholz geschmeckt, fast so gut wie der vom alten Apotheker Kohler, Gott hab ihn selig.« Er beugte sich nach vorne und grinste zahnlos. »Hat der Herr Doktor vielleicht ein wenig Theriak dabei? Ich könnte durchaus einen Schluck vertragen.«

»Meister Fürberger, es gibt eine Anweisung der Stadt, dass kein Unrat mehr auf den Gassen liegen darf«, wiederholte Simon übermäßig laut und deutlich, damit ihn der Alte auch wirklich hörte. Wenn das so weiterging, wurden sie niemals fertig! »Ihr müsst nicht verstehen, warum es so ist, aber Ihr müsst der Anweisung folgen. Sollten wir vor Eurem Haus noch einmal Unrat finden, droht Euch eine Geldstrafe. Habt Ihr das verstanden?«

Der alte Fürberger nickte zögernd, doch dann schien ihm ein Gedanke zu kommen, sein Blick bekam etwas Verschlagenes. »Und wenn es gar nicht mein Unrat war, hä?« Er deutete auf die Gasse, wo ein paar Tagelöhner eben mit einem Kübel und einer Schaufel die stinkende Hinterlassenschaft entfernten. Die beiden Büttel standen angewidert daneben. »Das kann auch ein Hund gewesen sein oder ein Betrunkener in der Nacht, oder mein Nachbar. Der macht sich immer einen Spaß daraus, mir auf den Kopf …«

»Einen schönen Tag noch, Meister Fürberger. Gott behüte Euch.« Pater Damian machte eine segnende Geste.

»Und denkt daran, auch Euren Brunnen im Hinterhof reinzuhalten.« Schweigend gingen die beiden Männer weiter zum nächsten Haus.

Simon wischte sich den Schweiß von der Stirn. Seit dem frühen Morgen waren sie nun schon unterwegs, um den Kaufbeurer Bürgern die neuen städtischen Maßnahmen zu erklären und auf ihre Einhaltung zu pochen. Als Pater Damian ihm am Morgen den Vorschlag unterbreitet hatte, war er Simon noch sehr vernünftig vorgekommen. Er hatte es als Fügung des Himmels betrachtet, dass er auf diese Weise die Erkenntnisse seines Traktats »Über die Sauberkeit in der Medizin« einer breiten Öffentlichkeit näherbringen konnte. Mittlerweile zweifelte er jedoch immer mehr daran, ob dies wirklich etwas brachte.

Wenn ich das Traktat als Flugblatt verteilen würde, würden die Kaufbeurer sich damit vermutlich nur den Hintern abwischen ...

Die Leute waren so verbohrt! Von ihrem haarsträubenden Aberglauben mal ganz abgesehen. In der Ledergasse hatte ein Mitbürger eine Eule an seine Tür genagelt, um sich auf diese Weise gegen die Pest zu schützen. Andere malten Pentagramme mit Tierblut an ihre Hauswand oder besprühten die Wohnräume mit Weihwasser. Es wurde von Tag zu Tag schlimmer! Dass der Schmutz gefährlicher sein sollte als etwa eine ungünstige Sternenkonstellation oder ein Ungleichgewicht der Körpersäfte, wollte den Kaufbeurern nicht so recht einleuchten.

Pater Damian schien Simons wachsenden Widerwillen zu bemerken. »Macht Euch nichts draus«, sagte der kleine Mann mitfühlend. »Was über die Jahrhunderte gewachsen ist, lässt sich eben nicht von heute auf morgen verändern. So etwas braucht Zeit.«

»Zeit, die Hunderte von Menschenleben kosten kann!«,

erwiderte Simon, während sie sich dem nächsten Haus näherten, einer Metzgerei in der Hinteren Gasse, vor deren Laden sich eine große, bereits geronnene Blutlache gebildet hatte. Fliegen klebten in der Pfütze und zappelten müde mit den Flügeln. »Ich sage es gerne noch mal: Unter diesen Umständen allein aus Profitgier ein großes Fest veranstalten zu wollen, ist unverantwortlich! Dabei besagt doch schon die uralte Miasmenlehre, dass die Pest sich hauptsächlich über den Gestank, also über Dreck ausbreitet. Und wenn sich die Leute draußen vor der Stadt zum Tänzelfest treffen, wird es viel Dreck und Gestank geben.«

»Ich gebe Euch ja recht, und doch kann das nicht alles sein«, gab Pater Damian zu bedenken. »Es muss auch noch eine andere Erklärung für die Ausbreitung der Pest geben. Denkt nur an Athanasius Kircher und dessen Überlegungen.«

Simon erinnerte sich daran, was der Seelvater gestern erst im Rat gesagt hatte. Auch Pater Damian schien von der Idee angetan, die als Erstes der Jesuit Athanasius Kircher geäußert hatte – nämlich, dass es kleine Tierchen im Blut gebe, die die Krankheit in sich trugen. Fragte sich nur, wie diese Tierchen von einem Menschen zum anderen kamen. Durch die Luft? Konnten sie fliegen? Ein seltsamer Gedanke kam Simon: So wie eine Musketenkugel durch die Luft flog und ihr Ziel erreichte, konnte das vielleicht auch mit diesen Tierchen gehen. Konnte die Pest also doch eine Waffe sein?

Eine Mordwaffe …?

Die Idee erschien ihm weiterhin zu absurd, um sie mit Pater Damian zu diskutieren. Die Maßnahmen, die die Stadt mithilfe des Seelvaters, Doktor Eden und auch seiner Wenigkeit über Nacht ausgearbeitet hatte, waren vielfältig. Darunter waren das strikte Verbot, Nachttöpfe aus den Fenstern zu leeren, aber auch die Beseitigung der Misthaufen innerhalb der Stadt und das Säubern des Stadtbachs. Maßnahmen, die zumindest für einige Kaufbeurer zu spät kamen: Der Chirurgus Leonhart Schropp war mittlerweile unter Stöhnen und Schreien gestorben, sein Gehilfe fieberte stark und würde wohl nicht mehr lange leben. Simon hatte den Chirurgus vom ersten Moment an nicht leiden können, doch einen solchen Tod wünschte man nicht einmal seinem ärgsten Feind.

»Nur noch ein, zwei Gassen, dann muss ich zurück ins Spital, um nach den Kranken zu sehen«, sagte Pater Damian und rieb sich die müden Augen. »Die Arbeit hört nicht auf.«

»Und ich sollte nach meiner Frau sehen«, sagte Simon achselzuckend. »Seit heute Morgen hilft sie dem jungen Eden bei der Inventur der Praxis, mittlerweile müssten sie eigentlich fertig sein.« Er bewunderte den kleinen Mönch dafür, wie er mit stoischem Gleichmut gegen all das Unwissen ankämpfte. Der Pater kam ihm vor wie ein Gelehrter unter einem Haufen Bauern. Eigentlich hätte Pater Damian mit seinem Wissen an das Jesuitenkolleg Sankt Michael in München gehört oder an die Ingolstädter Universität. Aber er hatte sich entschieden, sein Leben im Kaufbeurer Spital zu verbringen und dort den Menschen zu helfen. Simon fragte sich, ob er es je fertigbrächte, wieder nach Schongau zurückzugehen, wo sein Vater, der Schongauer Bader, früher mit Aderlass und Zahnziehen sein Geld verdient hatte. Magdalena hatte schon mehrmals vorsichtige Andeutungen gemacht, aber er war ihren Fragen jedes Mal ausgewichen.

Vorsichtig stieg der Pater über die Blutlache vor der Metzgerei und betrat mit Simon den Laden. Grünlich schillernde Fleischfetzen hingen an Haken von der Decke, ein Schweinskopf auf der Theke starrte Simon mit toten Augen an. In einer Ecke balgten sich zwei Ratten um ein bläulich schillerndes Stückchen Eingeweide. Die Biester huschten in ein Loch in den Dielen, noch eine Weile war ein kratzendes Geräusch zu hören, so als würden sie unter Simons Füßen einen weiteren ihrer vielen Gänge graben.

Gedankenverloren stand Simon in der Metzgerei. Die Idee von vorhin ließ ihn nicht mehr los.

Die Pest als Mordwaffe … Wäre das möglich …?

»Was habt Ihr?«, fragte ihn Pater Damian besorgt. »Ihr seht ganz blass aus. Ihr seid doch nicht etwa krank?«

»Nein, nein.« Simon schüttelte den Kopf. »Ich habe nur eben überlegt, ob vielleicht …«

Der Metzger, gekleidet in blutiger Schürze, mit dreckstarrenden Händen groß wie Schaufeln, trat aus einem Seitenzimmer hinter die Theke und musterte die beiden Männer argwöhnisch.

»Womit kann ich dienen?«, knurrte er. »Die beiden Herren sehen nicht so aus, als ob sie an frischer Schweineleber interessiert wären.«

»Äh, in der Tat nicht.« Seufzend machte sich Simon auf ein weiteres frustrierendes Aufklärungsgespräch gefasst.

Und der Gedanke, den er eben noch gehabt hatte, verschwand so plötzlich wie zuvor die Ratten in ihren Löchern.

*

»Meinen größten Dank, Frau Fronwieser! Ich wüsste wirklich nicht, wie ich ohne Euch dieses ganze Chaos bewältigt hätte. Euer Wissen scheint dem Eures Mannes in nichts nachzustehen.«

»Na, sagen wir, wir haben beide unsere Talente. Mein Mann ist eher in der Theorie zu Hause und ich eben mehr in der Praxis.« Magdalena lächelte und füllte währenddessen mit einem silbernen Messlöffel zerriebenen Mohnsamen in einen Tiegel um. Auf den irdenen Behälter hatte sie vorher noch auf Lateinisch *Semen Papaver* geschrieben. Auf anderen Tiegeln standen die lateinischen Begriffe für Schädelmehl und zermahlene Mumie; Ingredienzien, wie sie in der alten sogenannten ›Dreckapotheke‹ gerne noch verwendet wurden. Sogar Simon hatte die eine oder andere dieser magischen Zutaten noch in seiner Münchner Arztstube vorrätig.

In der Behandlungsstube des Hörmann'schen Anwesens, wo Magdalena zusammen mit Martin Eden die Arzneien aufräumte, lag ein intensiver, fast stechender Geruch in der Luft. Wie sonst auch trug der junge Arzt Hemd und Seidenwams, das Spitzentuch akkurat um die Schulter gelegt, die Ärmelmanschetten geschlossen – was ihn in all der Unordnung wie einen leicht verwirrten Prinzen wirken ließ.

Einen durchaus ansehnlichen Prinzen, wie sich Magdalena einmal mehr eingestand.

Sie hatten heute Morgen damit angefangen, verdorbene Kräuter und Arzneien wegzuwerfen und die noch verwertbaren Zutaten zu sortieren und zu beschriften. Die Arbeit half Magdalena, sich von ihren Sorgen wenigstens kurzzeitig abzulenken. Mittlerweile ging es schon auf den Nachmittag zu. Für einen Arzt hatte der alte Eden einen erstaunlichen Vorrat an Arzneien gehortet, dergleichen fand man sonst eher in den Apotheken. Aber vermutlich hatte der stadtbekannte Geizhals damit ordentlich dazuverdient.

Sein Geld hat er auch nicht mit ins Grab nehmen können, dachte Magdalena. *Das letzte Hemd hat eben keine Taschen.*

Den ganzen Tag über waren immer wieder Patienten in

das vollgestellte Behandlungszimmer gekommen, die meisten plagte Gott sei Dank nur ein leichtes Sommerfieber oder ein Sonnenstich. Wegen der drohenden Pest und des Todes von Schropp hatte Martin Eden von der Stadt nun umgehend die Erlaubnis erhalten, als neuer Physikus zu praktizieren. Doch schnell hatte Magdalena gemerkt, dass Eden zwar über viel theoretisches Wissen verfügte, aber über nur wenig praktische Erfahrung. Sie hatte ihm still und unauffällig mit dem einen oder anderen Rat ausgeholfen, ohne dass die Kranken misstrauisch wurden.

Wieder fiel Magdalena die Ähnlichkeit Edens zu ihrem Mann in jungen Jahren auf: die gleiche Neugier, Eitelkeit und auch Schusseligkeit. Im Laufe des Tages waren sie sich nähergekommen, und Magdalena hatte gespürt, dass ihr die Zuneigung und der Respekt nicht unangenehm waren. Vielleicht war es sogar mehr als das. Ja, sie fühlte sich durchaus geschmeichelt. Insgeheim war sie froh, dass Simon mit Pater Damian länger als zunächst erwartet unterwegs war. Ihr Vater war ohnehin heute früh zu diesem Kemnater Henker gezogen.

Und sie war mit ihrem jungen Bewunderer allein.

Magdalena wusste gar nicht, wann Simon sie eigentlich das letzte Mal *bewundert* hatte, oder wenigstens laut ausgesprochen hatte, was er an ihr mochte. Das musste lange her sein …

»Ist sicherlich ein aufregendes Leben in der Residenzstadt München, noch dazu an der Seite eines so bekannten Physikus«, sagte Martin Eden, während er den verkratzten Behandlungstisch mit Bienenwachs bohnerte, bis er wieder glänzte wie neu. »Doktor Fronwiesers Traktat hat in Ingolstadt für allerlei Diskussionen gesorgt. Ich denke, Euer Mann ist der derzeitigen Wissenschaft weit voraus.« Inzwischen war der Raum schon fast ganz aufgeräumt.

»Nun, so aufregend ist das Leben auch wieder nicht«, erwiderte Magdalena zögernd und stellte eines der Gläser zurück auf den Tisch.

Eigentlich ist es stinköde, ging es ihr durch den Kopf. *Und den ach so bekannten Herrn Physikus bekomme ich kaum zu Gesicht.*

»Ich komme ursprünglich aus Schongau, wie Ihr wisst«, fuhr sie fort. »Und wenn ich ehrlich bin, vermisse ich meine alte Heimat. Die Menschen dort sind, nun ja … anders als die in München.«

Martin Eden nickte. Sie standen nebeneinander am Tisch, kurz berührten sich ihre Hände, was ihr durchaus gefiel. »Das kann ich gut verstehen.« Er lachte. »Mir war schon Ingolstadt zu groß. Ich bin wohl ein echtes Landei. Eigentlich war es immer mein Traum, die kleine Praxis meines Vaters hier in Kaufbeuren zu übernehmen. Ich brauche nichts Großes, und hier bin ich zu Hause. Ein paar Jahre wäre ich allerdings gern noch gereist, um Erfahrungen zu sammeln …« Er seufzte tief und widmete sich wieder dem Tisch. Es roch nach Wachs, aber auch nach einem Hauch von dem Parfum, das der junge Arzt wohl benutzte. Unwillkürlich fragte sich Magdalena, ob Eden in dem eng anliegenden zugeknöpften Hemd nicht viel zu warm war. »Nun ist es eben schneller gegangen. Aber ich will mich nicht beklagen, zumal in diesen dunklen Zeiten.« Martin Eden legte den Lappen zur Seite und sah sie mit seinen großen Augen an. »Ich bin wirklich froh, dass Euer Mann hier ist! Er und Pater Damian scheinen die Einzigen zu sein, die meine Überlegungen hinsichtlich der Pest teilen.«

»Dann glaubt Ihr also auch nicht daran, dass irgendwelche Miasmen schuld sind?«, wollte Magdalena wissen und trat ein wenig näher. Es tat gut, mit dem jungen, gut aussehenden Mann zu plaudern, zumal Simon in letzter Zeit ja ständig mit anderen Dingen beschäftigt war.

Eden wiegte den Kopf, er zögerte kurz. »Nun, sagen wir, ich habe einige Theorien dazu, habe so meine Beobachtungen angestellt. Mein Vater hat mir ein kleines Labor hinterlassen, und ich habe eine Vermutung. Aber es ist noch zu früh ...« Er winkte ab, offenbar wollte er das Thema wechseln. »Wollt Ihr denn irgendwann nach Schongau zurück, Frau Fronwieser?«

»Ich ... weiß es nicht«, erwiderte Magdalena.

Ich schon, aber mein Mann nicht ...

Im gleichen Moment spürte sie eine starke Sehnsucht nach ihrer Geburtsstadt, nach dem Ort, an dem sie jetzt eigentlich sein sollte. Sie und Simon waren nach Kaufbeuren gekommen, um ihren Sohn Peter zu finden, stattdessen waren sie auf ein Knäuel mysteriöser Ereignisse gestoßen – und auf etliche Pestkranke, die von Tag zu Tag mehr zu werden schienen. Vielleicht sah es in Schongau ja ähnlich aus. Was war mit Sophia, Paul und den anderen Familienmitgliedern? Ging es ihnen gut?

»Habt Ihr Kinder?«, fragte Martin Eden, ganz so, als habe er ihre Gedanken erraten.

Magdalena nickte abwesend. »Drei.«

Und der Älteste ist wie vom Erdboden verschluckt ...

Kurz überlegte sie, Eden von ihren Sorgen zu erzählen. Doch stattdessen erkundigte sie sich nach seiner eigenen Kindheit. »Mit Eurem Vater war es sicher nicht immer leicht, könnte ich mir vorstellen«, meinte sie mitfühlend.

»Das kann man so sagen. Seine liebe Frau, meine Mutter, ist ja früh verschieden. Sie war sehr freundlich und fürsorglich, nach ihrem Tod wurde es immer schlimmer mit ihm.« Edens Miene verfinsterte sich. »Der Vater hat meinen Bruder stets vorgezogen. Als dieser dann überraschend starb, hat ihn dies mir gegenüber erst recht hart gemacht. Ich konnte es ihm nie recht machen …«

»Ihr hattet einen Bruder?«

Edens Lippen wurden schmal. »Ein tragischer Unfall. Ludwig wurde von einem Wagen überrollt, drüben am Hafenmarkt. Ich … ich stand daneben, als es passierte. Er war gerade zwölf damals, nur zwei Jahre jünger als ich.« Er schüttelte sich. »Die Erinnerung daran bekomme ich bis heute nicht mehr aus dem Kopf.«

»Das tut mir sehr leid«, sagte Magdalena leise. Kurz war sie versucht, seine Hand in ihre zu nehmen und ihn zu trösten.

Eden schüttelte traurig den Kopf. »Es ist ja nun schon etliche Jahre her, eigentlich sollte ich über seinen Tod hinweg sein. Ich bin ja dann auch bald darauf nach Ingolstadt zum Studieren gegangen. Aber es ist immer schlimm, wenn ein Kind vor den Eltern stirbt. Ludwig war sehr klug, er hätte sicher auch studiert und …«

»Ihr entschuldigt mich. Ich … ich brauche etwas frische Luft.«

Magdalena stellte den Tiegel mit dem gemahlenen Schädelmehl zur Seite und ging zur Tür. Erstaunt sah Eden ihr hinterher, doch dann nickte er. »Der Duft der Kräuter, ich verstehe. Er ist wirklich sehr intensiv.«

»Ja, in der Tat, sehr intensiv.« Ohne ein weiteres Wort trat Magdalena vor die Tür und ging durch den Flur ins Freie. Martin Edens Worte hatten ihre Sorgen um Peter wieder neu entfacht, zumal sie sich fragte, ob auch sie einen Sohn dem anderen vorzog, so wie der alte hartherzige Eden. Außerdem verwirrten sie ihre Gefühle gegenüber dem jungen Arzt. Verdammt, sie war eine verheiratete Frau! Ihr Herz raste, und das lag nicht nur an dem Kaffee, den Eden ihr angeboten hatte. Sie kam sich so schrecklich hilflos vor. Gäbe es von Peter doch nur ein winziges Lebenszeichen, irgendeines!

Ohne darauf zu achten, wohin sie ihre Füße trugen, eilte Magdalena die Hintere Gasse entlang. Sie würde Martin Eden später einfach erzählen, dass sie ihren Mann getroffen habe, das war sicher nicht zu unhöflich. So durcheinander und in Gedanken versunken war sie, dass sie zunächst gar nicht merkte, wie sie am Kloster anlangte. Zwei schwarz gekleidete Franziskanerinnen zogen an ihr vorüber und musterten mit missbilligenden Blicken ihren nicht ganz bis zum Boden gehenden Rock. Vermutlich dachten die Schwestern, Magdalena wollte in die Blaue Ente, wo es trotz der frühen Stunde schon hoch herging. Geschrei und Gelächter drangen durch die Fenster zu ihr hinüber.

Die Blaue Ente …

Eine Überlegung ließ Magdalena innehalten. Noch immer wusste sie nicht, was Bürgermeister Rehlinger in der zwielichtigen Spelunke und später im Klostergarten gewollt hatte. Wusste Rehlinger vielleicht doch mehr über einen Boten aus Wien, als er zugab?

Wusste er etwas über Peter?

Magdalena wartete, bis die Nonnen im Kloster verschwunden waren, dann öffnete sie das niedrige Gatter zum Klostergarten. Selbst wenn sie nichts entdeckte, so würde die Suche wenigstens ihre bösen Gedanken vertreiben.

Jetzt bei Tag wirkte der Garten überhaupt nicht unheimlich, sondern friedlich und idyllisch. Niedrige Bruchsteinmauern und Treppchen zogen sich den Hang hoch bis zur Stadtmauer. Zwischen Weinreben blitzten Sonnenblumen, Rosensträucher und Steinkraut. Obwohl es bereits auf den späten Nachmittag zuging, war es immer noch stechend heiß. Vermutlich arbeiteten deshalb keine Nonnen im Garten, auch andere Besucher konnte Magdalena nicht entdecken.

Im Tageslicht erkannte sie nun, dass es ein Leichtes war, sich zwischen den Sträuchern zu verstecken. Nur ein Schritt, und man war wie vom Erdboden verschluckt. Vermutlich hatte Bürgermeister Rehlinger genau das getan. Doch wohin mochte er von hier aus gegangen sein, noch dazu mitten in der Nacht?

Aufmerksam sah sie sich um. Zwischen einigen Eiben erblickte sie über sich einen Teil der Stadtmauer und den Fünfknopfturm, den höchsten Wachturm der Stadt, gekrönt von vier kleinen zinnenartigen Türmchen. Links erhob sich eine niedrige Mauer, die die Grenze des Klostergartens bildete. Doch dorthin war Rehlinger nicht gegangen, er hatte die andere Richtung eingeschlagen.

Wohin ...?

Über etliche kleine Treppchen und schmale Wege näherte sich Magdalena dem rechten Rand des Klostergartens. Weiter oben, direkt an der Stadtmauer, stand eine kleine Kirche, unterhalb schlossen sich etliche niedrige Häuser an, die ärmlich und teils verfallen wirkten. Hier wohnten offenbar die ärmeren Leute der Stadt, das Henkershaus war nicht weit.

Magdalena wollte schon weitergehen, als sie hinter sich einen jähen Schrei hörte, der ebenso plötzlich wieder verstummte. Sie drehte sich um und suchte mit ihren Augen die Gegend ab.

Am Fünfknopfturm blieb ihr Blick schließlich hängen.

Von den Zinnen baumelte etwas herab, etwas Großes, das einen kurzen Moment lang noch zappelte und dann stillhielt.

Ein Mensch.
Magdalena erstarrte. Sie war zu weit weg, um Genaueres zu erkennen. Doch es war deutlich zu sehen, dass die Person an einem Tau hing, nur wenige Fuß über dem Boden. Kurz zögerte Magdalena, dann hob sie ihren Rock und rannte quer über den Hang, vorbei an Weinreben und Rosensträuchern, bis sie am Turm anlangte.
Was sie dort erblickte, war so grässlich, dass es ihr einen Moment lang den Atem raubte.
An einem armdicken Tau hing ein Mann in einer Schlinge, die mehrmals um seinen Hals gewickelt war. Das Seil endete in einem der Fenster unterhalb der kleinen Türmchen. Offenbar war der Mann von dort hinausgefallen oder gestoßen worden. Blut tropfte von seinem rot gefärbten Wams zu Boden, jemand hatte ihm der Länge nach den Bauch aufgeschnitten. Sein Gesicht war erstarrt zu einer Grimasse des Entsetzens, das Genick augenscheinlich gebrochen.
Magdalena erkannte ihn sofort.
Es war einer jener Söldner, der ihr gestern im Klostergarten aufgelauert hatte. Und zwar derjenige, auf den sie in der Blauen Ente zugegangen war.
Sie hielt sich die Hand vor den Mund, um nicht laut aufzuschreien. Wenn der Söldner vom Turm gestoßen worden war, konnte sein Mörder nicht weit sein. Vielleicht versteckte er sich noch im Fünfknopfturm? Nervös blickte sie sich um. Von unten war der Turm nicht zu besteigen, nur vom Wehrgang aus, der entlang der Stadtmauer führte und in etwa drei Schritt Höhe im Schatten lag. Doch dort war niemand zu sehen.
Oder war der Täter vielleicht irgendwo im Klostergarten? Ganz in der Nähe …
Magdalena warf einen letzten Blick auf die schrecklich

entstellte Leiche, dann beschloss sie, hinüberzueilen zu der nahen kleinen Kirche. Sicher befand sich dort ein Mesner oder Pfarrer, den sie um Hilfe bitten konnte! Sie lief den schmalen Pfad unterhalb der Stadtmauer entlang und auf die Kirche zu. Hektisch rüttelte sie an der Kirchentür, riss sie auf und wäre fast in einen großen Mann gerannt, der eben hinaustreten wollte.

Es war Baron Hörmann.

»Frau Fronwieser!«, rief Hörmann erstaunt aus. »Wenn Ihr zur Messe wollt, die ist erst in einer Stunde und ...« Er stockte, als er ihr kreidebleiches Gesicht sah. »Was ist geschehen? Sprecht!«

Keuchend deutete Magdalena hinüber zum Fünfknopfturm, sie rang um Atem. »Dort, ein ... ein Gehenkter ... vom Turm ...«, stammelte sie.

»Ein Toter?« Tobias Hörmann sah sie erstaunt an. »Gehenkt? Seid Ihr Euch sicher?«

Magdalena nickte schweigend. Hörmanns ruhige väterliche Art hatte ihr schon gestern gefallen. Im Gegensatz zu vielen anderen Bürgern schien der Baron angesichts von wachsender Gefahr nicht hysterisch zu werden. Auch jetzt blieb er erstaunlich ruhig.

»Führt mich hin, schnell!« Er zog sie in Richtung des Turms, den sie bald erreicht hatten. Noch immer hing der Tote am Seil. Seine Füße schwebten etwa zwei Fuß über dem Boden und schaukelten sanft hin und her, wie das lange Pendel einer Uhr. Erste Fliegen hatten sich auf die klaffende Bauchwunde gesetzt.

Nun war auch Tobias Hörmann sichtlich entsetzt. »Mein Gott, einer der Söldner ...«, flüsterte er. »Was für ein grauenhafter Tod!«

»Es ist der Mann, der mir gestern aufgelauert hat«, sagte Magdalena. »Ich erkenne ihn wieder.«

Hörmann nickte grimmig. »Dann hat er jetzt seine gerechte Strafe bekommen. Vermutlich irgendeine Auseinandersetzung zwischen diesen Raufbolden, Streit um Beute, was weiß ich … Die werden wirklich immer dreister! Ich werde dem Rat Bericht erstatten.« Er seufzte tief. »Ich wollte ohnehin gerade zum Rathaus gehen, um den Mitgliedern der medizinischen Kommission von einem neuen Krankheitsfall zu berichten. Vielleicht wissen sie es ja auch schon. Es trifft immer die, die es am wenigsten verdient haben!«

»Wer ist es diesmal?«, fragte Magdalena, die sah, wie Hörmann sich grämte. »Ein Kind? Etwa eines, das Ihr kanntet?«

Tobias Hörmann schüttelte den Kopf. »Nein, es ist der Apotheker Hans Kohler. Seine Frau kam vorhin zu mir. Der Arme hat Fieber, Schüttelfrost … Noch weiß man nichts Bestimmtes, aber er ist eben von den Spitalbütteln ins Seelhaus gebracht worden. Ich fürchte das Schlimmste.« Sein Blick verdüsterte sich. »Unsere Familien kennen sich gut, wir sind seit Langem schon freundschaftlich verbunden. Ich habe eben in Sankt Blasius eine Kerze angezündet und den Pfarrer gebeten, heute Abend eine Messe für den armen Hans zu lesen. Und jetzt auch noch das!«

Prüfend sah Hörmann das Seil an, das aus einem geöffneten Fenster eines der oberen Stockwerke hing. »Die Burschen müssen sich Zugang zum Turm verschafft haben. Vermutlich ist der Turmwächter mal wieder besoffen, liegt oben in seiner Türmerstube und schläft seinen Rausch aus. Das wird Folgen haben!«

Er ging eine der Treppen durch den Klostergarten nach unten und gab Magdalena ein Zeichen, ihm zu folgen.

»Kommt, Frau Fronwieser. Das ist wahrlich kein Anblick für eine Dame. Ich werde den Bütteln Anweisung geben, den Leichnam abzuschneiden und auf den Friedhof vor dem Rennwegtor zu bringen, bevor ihn noch andere sehen. Was ist nur aus dieser Stadt geworden?«

Noch mehr als zuvor wünschte Magdalena sich in diesem Augenblick zurück zu ihrer Familie in Schongau.

Sie hätte es sich noch mehr gewünscht, wenn sie das eine blitzende Auge gesehen hätte, das ihr aus einem der Turmfenster hinterherstarrte.

*

»Du hast *was* gesehen?«

Georg setzte den Humpen ab, aus dem er eben noch getrunken hatte, und sah Paul verblüfft an. Zusammen mit der kleinen Sophia saßen sie zu dritt beim Abendbrot in der Schongauer Henkersstube. Es gab gekümmeltes Kraut mit Geräuchertem, Pauls Lieblingsspeise, doch er hatte noch nichts angerührt.

»Jemand hat die beiden Wachen ermordet und irgendwas in ein Fenster der Veste geworfen«, wiederholte Paul. »Erst dann kam die Explosion.«

Paul spürte den skeptischen Blick Georgs. »Und das sagst du erst jetzt?«, fragte dieser. »Oder ist dir das eben eingefallen, weil du hoffst, damit deine eigene Schuld vergessen zu machen?«

Wütend verschränkte Paul die Arme vor der Brust. »Dann glaub mir halt nicht«, blaffte er. »Aber es ist die Wahrheit! Außerdem, wann hätte ich es dir denn erzählen sollen? Du wolltest ja den ganzen Tag nicht mit mir reden!«

Paul schob den Teller zur Seite. Es war wie immer. Egal, was er machte, sie dachten immer nur schlecht von ihm. Er fragte sich, ob ihm Tante Barbara geglaubt hätte, oder vielleicht Valentin. Es war seltsam, hier nur mit Georg und Sophia zu sitzen, und Paul dachte daran, was für ein Leben noch vor ein paar Tagen hier in der Stube geherrscht hatte. Auf der anderen Seite spürte er auch die Verantwortung, die nunmehr auf ihm lastete. Mit fünfzehn war er fast schon ein junger Mann, und als solcher wollte er von Georg auch behandelt werden.

Und nicht wie ein Kleinkind, das irgendwelche Lügen erzählte.

Dass Paul und Sophia nachts bei der Veste gewesen waren, war zunächst keinem aufgefallen. Die Explosion und ihre Folgen hatten die Schongauer die ganze Nacht und den darauffolgenden Tag hindurch in Atem gehalten. Das Wichtigste war zunächst gewesen, dass sich das Feuer nicht auf die benachbarten Häuser ausbreitete. Die halbe Nacht hatten Dutzende von Bürgern mit Eimern und Blechspritzen das Feuer bekämpft, überall in der Stadt hatten die Glocken geläutet, erst in den Morgenstunden war der Brand schließlich gelöscht. Noch immer waren Soldaten dort postiert, um einen möglichen Funkenflug zu überwachen. Die Dächer der meisten Häuser in Schongau waren aus Schindeln gefertigt, die jetzt bei diesem heißen Wetter wie Zunder brennen würden. Es schien, als wäre man einer großen Katastrophe, wie sie die Stadt schon einmal heimgesucht hatte, diesmal nur knapp entronnen.

Von der bulligen Veste war nur noch ein schwelender Trümmerhaufen übrig, von den beiden Wachmännern hatte man nur ein paar verbrannte Knochen und verkohlte Kleiderfetzen gefunden – ebenso wie von den Räubern, die mit ihren Familien darin eingekerkert gewesen waren. Der einzige Überlebende war der kleine Junge, den Sophia und Paul noch am Unfallort versorgt hatten. Derzeit befand er sich im Schongauer Spital, selbst der strenge Lechner hatte Mitleid mit dem Buben gehabt.

Schon mehrmals hatte Paul versucht, Georg zu erzählen, was er und Sophia gestern gesehen hatten. Doch sein Onkel war für ihn nicht zu sprechen gewesen, er war ganz mit den Aufräumarbeiten beschäftigt. Als ihm schließlich andere Bürger erzählten, dass sie Paul und Sophia an der Veste gesehen hatten, war Georg außer sich gewesen. Wieder einmal hatte Paul sich über alle Regeln hinweggesetzt – und sie beide noch dazu in große Gefahr gebracht. Glücklicherweise hatte Sophia nur ein paar Kratzer abbekommen. Sie wirkte heute schon wieder erstaunlich ruhig und besonnen.

»Mir hört ja eh keiner zu«, maulte Paul und begann nun doch, das Kraut in sich hineinzuschlingen.

Georg seufzte, offenbar ein wenig besänftigt. »Du machst es einem auch nicht leicht, Paul. Was für eine seltsame Geschichte! Also, erzähl noch mal. Da war ein Mann ...«

»Ein Mann in schwarzem Mantel«, warf Sophia ein. »Ich hab ihn auch gesehen! Er hat die beiden Wachen niedergestochen, und dann hat er was geworfen.«

Nun wurde Georg doch aufmerksam. »Was hat er geworfen?« Er stellte seinen Humpen ab.

»Einen Apfel«, sagte Sophia mit bestimmter Stimme.

»Einen ... Apfel?« Georg runzelte die Stirn. »Was erzählst du da, Sophia?«

»Sie hat recht«, sprang Paul ihr bei. »Das Ding sah aus wie ein schwarzer Apfel mit langem Stiel. Der Mann hat das Ding durch eines der Fenster geworfen. Ich denke, es war irgendwas, das mit Schießpulver gefüllt war, mit einer Lunte daran.«

»Das ist doch Unsinn.« Georg schüttelte den Kopf.

»Warum sollte jemand die Veste in die Luft sprengen wollen? Wenn es ein weiterer dieser Marodeure war, hat er seinen Kameraden damit einen Bärendienst erwiesen.«

»Hm, vielleicht wollte er nur die Tür aufsprengen, um die anderen zu befreien«, mutmaßte Paul. »Und er wusste nicht, dass dort drin das Schießpulver lagert.«

Nachdenklich fuhr sich Georg durch die Haare, die von den Aufräumarbeiten noch immer ganz verrußt waren. »Möglich«, murmelte er. »Oder er wollte etwas anderes.«

Er sprach nicht weiter. Doch Paul wusste genau, was Georg meinte. Dieser junge Räuber hatte gestern bei der Folter ein paar Dinge erzählt. Üble Dinge über den Kronprinzen und eine Intrige in höchsten Kreisen.

Und dann hat der Lechner das Verhör ganz plötzlich abgebrochen. Fast so, als wollte er nicht, dass der Bursche weiter plaudert ...

»Du meinst, dass der Lechner dahintersteckt?«, flüsterte Paul, ganz so, als könnte sie jemand in der Henkersstube hören. Er beugte sich über den Tisch. »Dass der nicht wollte, dass rauskommt, was der Kronprinz so vorhat?«

»Und wenn es so wäre? Ich bin nur der Schongauer Henker und du ein Lehrling, der über die Stränge schlägt. Was geht uns die große Politik an?«

Grimmig rührte Georg mit seinem Löffel in der gusseisernen Pfanne. Das Kraut dampfte, als würde Nebel in der Stube aufsteigen.

»Darf man Leute denn einfach so umbringen, wenn sie was sagen, was einem nicht passt?«, fragte Sophia in die Stille hinein. »Darf ein Kronprinz so was? Ich finde das gemein.«

Ganz plötzlich wusste Paul, wie er sich mit Georg wieder gutstellen konnte. »Ich könnte den Lechner ja ein bisschen beobachten«, schlug er vor. »Ich hab das schon mal gemacht, damals mit unserem Bürgermeister. Erinnerst du dich?«

»O ja, nur zu gut«, sagte Georg. »Deine Mutter hat mir davon erzählt. Danach bist du beinahe aufgeschlitzt worden.«

»Ich war damals viel jünger. Jetzt schlitz ich die anderen auf.«

»Schluss jetzt!« Georg schlug auf den Tisch. »Keiner schlitzt hier irgendwen auf! So oder so, das geht uns nichts an. Ich hab zurzeit wirklich andere Sorgen! Die ganzen Folterinstrumente in der Veste sind verbrannt. Ich werd dem Lechner eine Liste zusammenstellen müssen, was wir neu brauchen. Verfluchter Papierkram, das kostet mich die halbe Nacht!« Er biss sich auf die Lippen, und Paul musste kurz lächeln. Was das Lesen und Schreiben anging, da waren sich Onkel und Neffe durchaus ähnlich.

»Jetzt wird gegessen und getrunken und nicht mehr debattiert«, brummte Georg und schenkte sich einen weiteren Humpen Bier ein. »Und morgen helfen der Paul und ich weiter oben mit, die Trümmer wegzuräumen. Mahlzeit!«

Die kleine Runde schwieg und beugte sich über die große gusseiserne Pfanne in der Mitte des Tisches. Paul wechselte einen kurzen Blick mit Sophia, und sie zwinkerte ihm zu. Trotz ihrer jungen Jahre schien sie ganz genau zu wissen, dass Paul seinen Plan nicht einfach aufgeben würde.

Vielleicht konnte sie ihm sogar dabei helfen.

*

Mit schnellen Schritten eilten Simon und Pater Damian durch die Kaufbeurer Gassen, über die sich eben die Schatten der Abenddämmerung legten. Schon zweimal war Simon im Zwielicht in einen stinkenden Haufen getreten, von dem er nicht sagen konnte, ob er tierischen oder menschlichen Ursprungs war. Zu einem anderen Zeitpunkt hätte er geflucht und geschimpft und hätte seine teuren Lederstiefel mit dem Wasser des Stadtbachs und einem Strohwisch gereinigt, doch dafür blieb jetzt keine Zeit.

Die Pest hatte ihr neuestes Opfer gefunden.

Die Nachricht hatte ihn und Pater Damian ereilt, als sie mit ihren Hausbesuchen in der Schmiedgasse angelangt waren, wo die reichen Kaufbeurer Waffenschmiede ihre Werkstätten hatten. Ein städtischer Büttel war ihnen keuchend entgegengelaufen, um die schlimme Kunde zu überbringen, dass der Apotheker Kohler an der Seuche erkrankt war.

Sie hatten nur kurz Zeit gehabt, den Kranken ins Spital zu bringen und dort oberflächlich zu untersuchen. Die typischen Merkmale waren bei Kohler zwar noch nicht voll ausgebildet gewesen, doch die Verhärtungen in der Leiste und den Achseln, dazu das hohe Fieber, ließen keinen anderen Schluss zu. Hans Kohler lag nun in der Kammer neben dem Gehilfen des Chirurgen, dem zweiten noch lebenden Pestkranken, der seit gestern nicht mehr aufgewacht war. Gott allein wusste, wie lange der junge Mann noch zu leben hatte, und auch für Kohler sah es nicht gut aus. Noch während der Untersuchung war die Weisung erfolgt, sich unverzüglich im Rathaus für eine weitere Versammlung einzufinden.

Simon spürte, wie sein Herz wild pochte, und das hatte nicht nur damit zu tun, dass sie so schnell gelaufen waren. Hans Kohler war mittlerweile das dritte Mitglied des medizinischen Rats, das von der Seuche heimgesucht worden war! Darüber hinaus war wohl auch ein Söldner erhenkt und grässlich zugerichtet am Fünfknopfturm aufgefunden worden, von den übrigen Söldnern und dem toten Spitalpfleger Bärwein ganz zu schweigen. Es war, als läge ein Fluch über der Stadt!

Als Simon mit Pater Damian kurz darauf den Unteren Markt betrat, konnte er sehen, dass trotz der Abendstunde wieder etliches Volk zusammengelaufen war. Darunter waren auch einige Bürger, denen Simon und der Pater heute bereits einen Besuch abgestattet oder sie gar verwarnt hatten.

»Ha, da kommt er, der Münchner Doktor von dieser kurfürstlichen Kommission!«, spottete ein älterer Mann. Bei näherem Hinsehen erkannte Simon, dass es der alte Fürberger war, der sich heute Mittag wegen seines Nachttopfs so aufgeregt hatte. »Glaubt, er könnte die Pest mit seinen Büchern vertreiben. Stattdessen stirbt einer nach dem anderen an der Seuche. Eine schöne Kommission ist das!«

»Offenbar hat sich Kohlers Erkrankung schneller herumgesprochen als ein Pestodem«, flüsterte Pater Damian Simon zu. Der kleine, füllige Mönch keuchte, er hatte Mühe, mit Simon Schritt zu halten. »Und auch über Euch weiß man gut Bescheid.«

»Gerüchte sind beinahe so etwas wie Miasmen«, erwiderte Simon, während sie an der neugierigen Menge vorbeihasteten. »Sie breiten sich aus, ohne dass man ihrer Herr werden könnte.«

Der Pater lächelte schmal. »Ein wahres Wort, Herr Doktor.« Dann bahnte er sich seinen Weg durch die Menge.

»Was man so hört, sitzt der Herr Superior von den Jesuiten jetzt auch im Rat!«, krähte irgendein älteres Weibsbild ihnen hinterher. »Dabei sind die Katholiken doch schuld an der Pest. Mit ihrem ganzen güldenen Tand verhöhnen sie Gott!« Sie deutete auf Pater Damian. »Und den dicken Pfaffen haben sie auch dabei. Dabei weiß man doch, dass der nur Katholiken behandelt!«

»Was fällt dir ein, du protestantische Hexe!«, hörte Simon einen Mann rufen. »Der gute Seelvater kümmert sich um jeden, egal, ob Katholik oder Protestant!« Ein wütendes Krakeelen erhob sich, schon begannen Bürger, Mist auf diejenigen zu werfen, die nicht ihrem Glauben angehörten. In diesem Augenblick öffneten die Wachen die Türflügel zum Rathaus. Simon und der Pater schlüpften hinein, die Tür schloss sich krachend und sperrte den Lärm aus.

Als Simon diesmal den Saal im Obergeschoss betrat, blickte er in leichenblasse, ja entsetzte Gesichter. Ein paar Kandelaber mit tropfenden Bienenwachskerzen spendeten ein trübes flackerndes Licht, was die Anwesenden wie Gespenster aussehen ließ. Simon erblickte Bürgermeister Rehlinger, den greisen Superior Thomas Widmann und den jungen Doktor Eden. Erstaunt stellte er fest, dass statt des Apothekers Kohler offenbar ein neues Mitglied dessen Platz im Rat eingenommen hatte: Baron Tobias Hörmann von und zu Gutenberg. Erst einen Augenblick später fiel Simon auf, dass im Schatten des großen Mannes eine weitere Person am Tisch saß. Er erstarrte.

Es war seine Frau.

»Magdalena!«, rief er verblüfft aus. »Was machst *du* denn hier?« Magdalena sah ernst, aber gefasst aus, ihr Gesicht war fast noch blasser als die der übrigen Anwesenden. Kurz fürchtete Simon, dass auch sie zu den neuen Krankheitsfällen zählen könnte. Doch dann wäre sie sicherlich nicht hierher ins Rathaus, sondern direkt ins Spital gebracht worden. Es musste irgendeinen schwerwiegenden Grund geben, warum Magdalena als Frau dem Rat beisitzen durfte.

»Gott zum Gruß, Doktor Fronwieser!« Baron Hörmann nickte Simon zu. »Ihr habt vielleicht schon vernommen, dass einer dieser verdammten Söldner tot im Klostergarten aufgefunden wurde …« Hörmann zögerte. »Nun, um genau zu sein, es war Eure Frau, die den Leichnam fand. Sie hat eben dem Rat Bericht erstattet.«

Simon atmete erleichtert aus. Das also war der Grund, warum Magdalena hier im Rat saß. Er konnte seine Frau aber auch wirklich keinen Moment allein lassen! Wo immer sie hinkam, tauchten Leichen auf.

»Eure Gattin ist …«, hob Tobias Hörmann an.

»Es ist immer noch der Bürgermeister, der im Rathaus das erste Wort hat«, fuhr Johann Rehlinger dazwischen, der Hörmann an dem großen Tisch gegenübersaß. »Es ist uns eine Freude und Ehre, dass der Herr Baron an dieser Sitzung teilnimmt, aber ich möchte ihn doch bitten, die althergebrachten Regeln einzuhalten.« Rehlinger musterte den Baron feindselig, und dieser setzte ein schmales Lächeln auf.

»Natürlich, Herr Bürgermeister, verzeiht. Ich hatte vergessen, wie sehr Ihr auf Sitte und Anstand Wert legt. Zumindest hier im Rathaus …« Die Spannung zwischen den beiden hohen Herren war deutlich spürbar. »Nur eines noch …« Tobias Hörmann wandte sich wieder an Simon. »Eure Gattin ist eine erstaunliche und höchst eigenwillige Person, meinen Respekt! Aber vielleicht solltet Ihr ihr zureden, sich nicht mehr alleine an so einsame Orte wie den Klostergarten zu begeben. Das war jetzt schon das zweite Mal! Den Türmer haben die Halunken bewusstlos geschlagen. Und was sie Eurer Frau antun können, haben sie ja schon einmal unter Beweis gestellt.«

Magdalena wollte zu einer Antwort ansetzen, doch ein Blick Simons brachte sie zum Schweigen. Auch sie erkannte wohl, dass es besser war, kein weiteres Öl ins Feuer zu schütten.

»Ich denke, bei diesem Toten am Fünfknopfturm handelt es sich um irgendeine offene Rechnung zwischen Söldnern«, sagte Bürgermeister Rehlinger achselzuckend. »Widerlich, doch wir haben wirklich andere Sorgen zurzeit. Lasst uns also jetzt endlich anfangen, über den neuen Pestfall zu reden!« Er wies Simon und Pater Damian ihre Stühle zu.

»Werter Seelvater«, wandte sich Rehlinger an Pater Damian. »Was könnt Ihr uns über Meister Kohlers Zustand berichten?«

»Ich fürchte, es ist tatsächlich einmal mehr die Pest, die den Apotheker befallen hat«, erwiderte Pater Damian mit ernster Miene und wischte sich den Schweiß von der Stirn. Die Gesichter der Männer am Tisch wurden noch eine Spur blasser. Von draußen erklangen gedämpft die Schreie der Menge, die sich wohl noch nicht ganz aufgelöst hatte.

»Seid Ihr Euch ganz sicher?«, hakte Rehlinger nach. »Das wäre jetzt schon das dritte Mitglied unseres Rats, vom Tod des Spitalpflegers ganz zu schweigen! Das grenzt ja fast an Hexerei. Bedenkt, was die Leute sich draußen erzählen!«

»Soll ich lügen, um uns alle zu beruhigen?« Pater Damian seufzte, der kleine, dicke Mann schien förmlich in sich zusammenzusinken. »Alle Anzeichen sprechen dafür. Ich habe Weisung gegeben, Kohlers Kleidung sofort zu verbrennen, ebenso wie seine Bettwäsche.«

»Ha, Kleidung und Bettwäsche verbrennen!«, meldete sich Superior Thomas Widmann mit schnarrender Stimme. Der greise Jesuit stützte sich im Sitzen auf seinen

Gehstock, mit dem er jetzt heftig auf den Boden pochte. »Was soll das bringen? Das ist doch lächerlich!«

»Keineswegs, Hochwürden«, entgegnete Pater Damian ruhig. »Das Verbrennen der Kleidung hat in anderen Städten beim Kampf gegen die Pest gute Erfolge gezeigt. Ich habe darüber gelesen ...«

»Lesen, immer nur lesen!«, schimpfte Widmann. »Ihr solltet mehr beten, Pater. Das ist das Einzige, das hilft! So war es auch schon damals!«

»Äh, werter Superior, hattet Ihr schon Gelegenheit, die alten Akten durchzugehen?«, erkundigte sich Martin Eden, sichtlich um einen Themenwechsel bemüht. »Es wäre wirklich gut zu wissen, welche Maßnahmen während der letzten Pestepidemie ergriffen wurden.«

Der Superior machte eine abfällige Geste. »Als ob das helfen würde. Ich glaube, die Kleidung wurde mit Lauge ausgewaschen, und wir haben die Stuben ausgeräuchert, vor allem mit Weihrauch. Ihr werdet meinen Bericht schon noch bekommen, es dauert eben, wenn etwas so lange zurückliegt und noch immer in der Seele wehtut ...« Widmann runzelte die Stirn, während er sich in der Vergangenheit verlor. »Ich erinnere mich, dass wir die Kranken in ihren Häusern eingeschlossen haben. Das ... das war nicht immer schön. Die Schreie, das Pochen an der Tür, das von Tag zu Tag weniger wurde ...« Die sonst so feste Stimme des Jesuiten kam ins Stocken. Simon sah, dass er zitterte.

Doch dann hatte der Greis sich wieder unter Kontrolle, seine Faust ballte sich um den Stockknauf. »Aber es musste eben sein! Wenn man davon ausgeht, dass die Pest eine Strafe Gottes ist, dann muss jeder Einzelne diese Strafe eben allein abbüßen, auf die ihm von Gott bestimmte Weise.«

»Dann hat wohl auch den Apotheker Kohler die Strafe Gottes ereilt, ja?«, meldete sich Magdalena. »Ist es so einfach? Wir beten alle, und die Pest zieht über uns hinweg wie ein reinigendes Gewitter?«

Simon zuckte unwillkürlich zusammen. Auch ihn trieb das bigotte Gerede des alten Jesuiten zur Weißglut. Doch dass eine Frau auf diese Weise mit dem Herrn Superior redete, noch dazu im Rat, war geradezu blasphemisch.

Der Superior blieb erstaunlich ruhig. Vielleicht war die Kritik einer Frau für Widmann so fremd, dass er den Umstand einfach ignorierte.

»Ihr müsst zugeben, dass all das Wissen und die hohlen Worte uns nicht viel weitergebracht haben«, ätzte er. »Im Gegenteil, es sterben offenbar gerade die, die glauben, die Krankheit mit Arzneien und Büchern vertreiben zu können. Ärzte, Chirurgen, Apotheker …«

Dieser Punkt gab auch Simon zu denken. Von den Mitgliedern ihrer ersten gemeinsamen Sitzung waren nicht mehr viele übrig. Er fröstelte, während sein Blick über die verbliebenen Anwesenden wanderte.

Wer wird der Nächste sein?

»Wenn es überhaupt eine gute Nachricht gibt, dann wohl die, dass sich die Seuche nicht weiter ausgebreitet hat«, sagte Pater Damian. »Unsere Maßnahmen scheinen also zu fruchten.«

»Findet Ihr das nicht seltsam, Pater?«, fragte Martin Eden. »Ich habe in der Universität viel über die Pest gelesen. Dass sie so punktuell auftritt, habe ich noch nie gehört. Könnte es sich vielleicht um eine ganz andere Seuche handeln?«

»Äußerst unwahrscheinlich.« Pater Damian schüttelte den Kopf. »Aber ich bin auch nicht allwissend.«

»Gut, das zu hören!«, höhnte der Superior.

Doktor Martin Eden wandte sich an die übrigen Ratsmitglieder. »So oder so sollten wir uns spätestens jetzt die Frage stellen, ob das Kaufbeurer Tänzelfest wirklich stattfindet. Ich denke, Doktor Fronwieser hat recht, wenn er sagt, es sei zu gefährlich.«

»Der Große Rat der Stadt hat sich gestern noch dafür ausgesprochen«, sagte Bürgermeister Rehlinger und lehnte sich in seinem Stuhl zurück. Als Einziger besaß dieser eine hohe, mit Schnitzereien verzierte Lehne, ein Signum seines Amtes. »Noch ist die Seuche ja nicht wirklich ausgebrochen. Und wenn es sich um Miasmen handelt, sind die ohnehin überall …«

»Im Großen Rat der Stadt sitzen fast nur Protestanten«, knurrte der Superior Widmann. »Die werden dieses Fest immer abhalten wollen, selbst wenn die Welt untergeht. Ein unwürdiges Spektakel! Kinder als Erwachsene verkleidet! Es wäre derzeit wohl passender, eine fromme Passion aufzuführen, wie es zum Beispiel in Oberammergau Brauch ist. Die Oberammergauer danken auf diese Weise dem Herrgott, dass er sie vor fünfzig Jahren von der Pest befreit hat.«

»Ich denke, die Oberammergauer würden ihre Passion unter den jetzigen Umständen wohl auch absagen«, entgegnete Simon. »Sie wissen selbst nur zu gut, wie schnell die Seuche über einen Ort kommen kann.«

»Was sagt denn eigentlich der kurfürstliche Rat?«, fragte Baron Hörmann. Der große Mann wandte sich an Simon, der direkt neben ihm saß. »Ihr seid doch dessen Abgesandter. Gibt es aus München denn irgendwelche neuen Anweisungen oder Empfehlungen?«

Simon wollte eben etwas Vages erwidern, doch der Bürgermeister fuhr dazwischen.

»Ach ja, unser kurfürstlicher Abgesandter …« Rehlingers Stimme war plötzlich scharf wie ein Rasiermesser. Er beugte sich nach vorne, seine kalten blauen Augen schienen Simon förmlich zu durchbohren »An den kurfürstlichen *Abgesandten* hätte ich auch noch eine Frage.«

Der Bürgermeister lächelte breit und zeigte seine erstaunlich weißen Zähne. Er sah aus wie ein Raubtier kurz vor dem Zuschnappen. »Wisst Ihr, was seltsam ist, Herr Doktor? Ich habe heute Mittag Nachricht aus München bekommen, auf vertraulichem Wege. Der Geheime Rat lässt mitteilen, dass es zwar mittlerweile eine kurfürstliche Pestkommission gibt, ein Doktor Fronwieser gehört ihr allerdings nicht an. Er ist in München nur ein kleiner Arzt, manche sprechen sogar von einem eitlen Quacksalber, der sich selbst gar zu wichtig nimmt.«

Die Stille, die auf diese Worte folgte, hing wie ein riesiges Schwert über dem Saal.

Simon schluckte, sein Mund fühlte sich plötzlich ganz trocken an, seine Stirn war heiß. Er wechselte einen Blick mit Magdalena, die ihm mit schmalen Lippen gegenübersaß – wie zwei Angeklagte im Gerichtssaal. Nun war eingetreten, was er seit ihrer Ankunft hatte befürchten müssen. Offenbar gab es trotz der Pest noch irgendwelche Kanäle, über die man mit München Kontakt aufnehmen konnte, und Rehlinger hatte diese Kanäle genutzt.

Der Bürgermeister hatte ihn des Betrugs überführt.

Vielleicht auch, um uns aus dem Weg zu schaffen?, dachte Simon. *Weil ihm Magdalena bei irgendetwas auf die Schliche gekommen ist? Aber das ist jetzt auch egal …*

»Ich … weiß ja nicht, wo Ihr Eure Erkundigungen eingezogen habt« stotterte er. »Aber ich … ich kann Euch versichern …«

»Des Weiteren war zu hören …«, fuhr Rehlinger ungerührt fort. »Dass dieser unverschämte Schongauer Scharfrichter, der es gewagt hat, das Kaufbeurer Rathaus zu betreten, mit dem Herrn Doktor Fronwieser verwandt ist. Er ist sein Schwiegervater!« Er wandte sich Magdalena zu. »Euer Vater Jakob Kuisl! Der noch dazu in Schongau gesucht wird, denn er hat dort seinen Posten ohne Erlaubnis verlassen.«

Der junge Eden räusperte sich, als Einziger am Tisch schien er den Beschuldigten beispringen zu wollen. »Doktor Fronwieser hat mir bereits von seinem Schwiegervater erzählt«, erklärte er achselzuckend. »Ich kann nichts Verwerfliches daran finden. Soweit ich gehört habe, ist Jakob Kuisl ein ganz hervorragender Heilkundiger und ...«

»Er ist ein ehrloser Henker!«, schimpfte Thomas Widmann und schlug mit der gichtigen Hand auf den Tisch. »So jemand hat im Rathaus nichts verloren. Und sein Schwiegersohn ist ganz offenbar ein Betrüger!«

»Das ... das stimmt so nicht ...«, wand sich Simon. »Es ist alles ein Irrtum ...« Es tat ihm weh zu sehen, wie ihn Pater Damian, dieser von ihm hochgeschätzte Gelehrte, verdutzt anblickte. Auch Baron Hörmann wirkte bestürzt. Was mussten die beiden jetzt von ihm denken? Er hatte sie alle zum Narren gehalten.

»Was wollt Ihr wirklich hier in Kaufbeuren, Doktor?«, donnerte Johann Rehlinger. »Sagt es freiheraus!«

»Unser ... Sohn«, gab Simon matt zurück.

»Euer was?« Superior Thomas Widmann beugte sich vor, die Hand am Ohr. »Ich kann Euch nicht verstehen. Sprecht lauter!«

»Es geht um unseren Sohn«, erklärte Magdalena seufzend. »Er ist ...«

In diesem Moment läutete draußen wild eine einzelne Glocke. Bürgermeister Rehlinger hob irritiert den Kopf.

»Das kommt von einem der Türme«, sagte er. Er stand auf und spähte durch eines der hohen Fenster, hinter denen es mittlerweile Nacht geworden war.

»Verflucht! Offenbar ist schon wieder etwas passiert.«

*

Auch in der Wirtsstube der Blauen Ente war gedämpft die Glocke zu hören, doch die vielen bereits angetrunkenen Gäste scherten sich nicht groß darum. Außerdem wurden die Schläge vom Sägen einer verstimmten Fiedel, Gesang und Gelächter übertönt.

Der glatzköpfige Wirt Caspar Loiber stand hinter der Theke und spülte die Krüge in einem Eimer, gefüllt mit dem trüben, stinkenden Wasser des Stadtbachs. Sein routinierter Blick glitt über arme hohlwangige Weber, die sich am Tresen festhielten. Daneben standen etliche dürre Tagelöhner, die auf einen Rest aus einem der Gläser an den Tischen hofften, ein paar geschminkte Dirnen hielten sich im hinteren Teil des Raums auf. Die Stadt ließ sie in Ruhe, wenn sie nicht zu sehr auffielen.

Und dann gab es natürlich noch die verfluchten Söldner.

Auch heute waren wieder ein paar von ihnen unter den Gästen. Mit ihrer bunten Tracht, den breitkrempigen Hüten und den hohen Stiefeln stachen sie unter den übrigen Gästen hervor. Sie standen im hinteren Teil der Stube um eines der Fässer, mit grimmigem Blick, die Köpfe eng zusammengesteckt. Vermutlich redeten sie gerade über den grausigen Tod ihres Kameraden. Loiber hatte von einer der Dirnen davon erfahren, die ganze Stadt sprach mittlerweile darüber. Reichte es nicht, dass die Pest über Kaufbeuren gekommen war? Mussten sich diese Bastarde jetzt auch noch gegenseitig abschlachten?

Loibers Hand wanderte zu dem Knüppel, den er immer unter dem Tresen verwahrte. Er hatte selbst früher als Landsknecht in den kaiserlichen Regimentern gedient und wusste deshalb, dass diese Hunde nur eine Sprache verstanden. Bislang hatte er den Knüppel noch nicht verwenden müssen. Die Kerle rissen sich stets zusammen, wenn sie in der Blauen Ente verkehrten. Sie wussten, dass es sonst kaum ein Lokal gab, wo sie in Kaufbeuren geduldet waren. Überhaupt waren die Soldaten in letzter Zeit seltsam ruhig, fast so, als schienen sie vor etwas große Angst zu haben.

»Gib mir Wein. Schnell.«

Caspar Loiber schreckte auf. Er war so in Gedanken versunken gewesen, dass er gar nicht gemerkt hatte, wie sich jemand der Theke genähert hatte. Es war ein großer Mann im langen schwarzen Mantel. Er trug eine Augenklappe, das andere Auge glänzte schwarz wie polierter Basalt. Loiber hatte den Mann hier noch nie gesehen. Was seltsam war, denn Reisende durften seit dem Pestmandat die Stadt eigentlich nicht mehr betreten.

»Soll's was Besseres sein, der Herr?«, fragte Loiber lauernd. Der Mann sah nicht aus wie ein heruntergekommener Söldner, aber auch nicht wie ein Händler. Vielleicht hatte er ja trotzdem Geld. »Ihr kommt wohl von weit her, hm?«, fragte der Wirt neugierig.

Der Mann deutete auf einen der angeschlagenen Tonkrüge, die auf dem Tresen standen. Es war der saure Fusel, den Loiber den ärmsten Hunden verkaufte. »Das hier genügt.«

Achselzuckend schob Loiber ihm den Krug hin. Offenbar war der schweigsame Fremde doch nur ein Bettler, der es irgendwie in die Stadt geschafft hatte. Doch dann griff der Mann in seinen Beutel und holte eine Münze hervor.

Im Licht der tranig stinkenden Laterne über dem Tresen funkelte sie märchenhaft golden.

Ein großer, runder rheinischer Dukat! Eine so wertvolle Prägung hatte Loiber in seinem ganzen Leben erst ein paarmal gesehen. Er streckte die Hand danach aus.

»Der Herr Gevatter lässt Euch grüßen«, sagte der Mann leise.

Caspar Loibers Hand fuhr augenblicklich zurück. Vorsichtig sah er sich um, ob jemand anderes die Worte gehört hatte. Er versuchte, ein Zittern zu unterdrücken. Das war die Parole, auf die er schon seit Tagen wartete! Man hatte ihm gesagt, dass ein Bote kommen und sich mit diesem Satz ankündigen würde. Loiber hatte nicht weiter nachgefragt. Der Mann, der ihn darum gebeten hatte, war keiner, der großes Nachfragen duldete. Man gehorchte und wurde dafür gut bezahlt.

Oder man lehnte ab und landete im Stadtbach, mit einem Messer im Rücken.

»Ihr … Ihr bringt einen Brief?«, fragte Loiber. Er konnte nicht widerstehen. Erneut streckte er die Hand aus und griff nach der Münze.

Ganz plötzlich steckte ein Messer zwischen seinen Fingern.

Caspar Loiber erstarrte. Die Bewegung war so schnell erfolgt, dass er sie kaum wahrgenommen hatte. Die Schneide war nur ein Haarbreit von seinem Mittelfinger entfernt. Ganz langsam zog er die Hand zurück. Schweiß tropfte von seiner Glatze auf den Tresen.

»Ich bin nicht der Kurier, auf den du wartest«, sagte der Mann und steckte das lange, perfekt geschliffene Messer wieder ein, so beiläufig wie einen Tabakbeutel oder eine Pfeife. »Im Gegenteil, ich suche ihn. Er ist noch nicht aufgetaucht?«

Caspar Loiber schüttelte schweigend den Kopf. Was hatte der Kerl bloß an sich, dass einen allein seine Stimme frösteln ließ?

»Dann hör jetzt gut zu«, fuhr der Mann fort. »Richte deinem Auftraggeber aus, dass *mein* Auftraggeber weiterhin an dem Geschäft interessiert ist. Sehr sogar. Doch dazu brauchen wir weitere Informationen. Sag ihm das. Ich werde morgen um die gleiche Zeit wieder hier sein. Er soll mir eine Nachricht zukommen lassen. Hast du das verstanden?«

Wieder nickte Loiber stumm. Um ihn tranken, schwatzten und lachten die Gäste. Keiner schien den Mann im schwarzen Mantel groß zu beachten. Es war, als stünden sie beide allein in der Wirtsstube. Loiber betete, dass der Mann niemals herausfand, dass sich mittlerweile auch andere für diese Sache interessierten. Vielleicht war es Zeit, diese verfluchte Stadt zu verlassen, weit wegzugehen. Diese Wirtschaft ging sowieso vor die Hunde.

»Was soll dieses Glockenläuten bedeuten?«, fragte der Mann plötzlich.

»Welches Glockenläuten?« Loiber horchte. Er hatte das Läuten tatsächlich ganz vergessen. Noch immer war es schwach zu hören. »Ach das. Vielleicht ein Brand irgendwo. Aber es kann nichts Großes sein, ist ja nur eine einzelne Glocke.«

»Hm ...« Der Mann schien nachzudenken, dann zuckte er die Achseln. »Zum Teufel damit ... Dann bis auf bald. Ach, und eines noch ...« Er öffnete wie zufällig seinen Mantel, und Loiber sah darunter das lange Messer blitzen. »Kein Wort zu niemandem über unser kleines Gespräch.«

Der Fremde deutete über seine Schulter zu dem Fass, wo einige der Söldner standen. »Den Wein gebt den Burschen dahinten, sie sollen damit auf ihren toten Kameraden anstoßen. Ich denke, er hat kurz vor seinem Ableben auch so einen Wein getrunken. Es roch so säuerlich aus seinem Bauch.«

Mit diesen Worten drehte der Mann mit der Augenbinde sich um und verließ die Wirtsstube. Noch immer lag die Goldmünze vor Caspar Loiber auf dem Tisch. Seine Finger zitterten, als er sie endlich einsteckte.

Judaslohn, dachte er.

Noch immer war das Läuten der Glocke zu hören. Jetzt kam es Loiber vor wie sein eigenes Totenglöckchen.

*

»Verflucht, man kann nichts sehen!«, brummte Tobias Hörmann. Gemeinsam mit den anderen Ratsmitgliedern stand der Baron an einem der Fenster des Kaufbeurer Rathauses. »Zumindest scheint es nicht zu brennen. Ich kann kein Feuer entdecken. Außerdem scheint das Läuten von weiter weg zu kommen.«

Das Bimmeln der Glocke war ein schrilles, eintöniges Geräusch, das an den Nerven sägte. Auch Magdalena war mit Simon zum Fenster geeilt. Für den Moment zumindest schien der Vorwurf des Betrugs vergessen zu sein, es gab Dringlicheres. Doch Magdalena wusste, dass es nicht mehr lange dauern würde, bis sie und Simon sich erneut den Vorwürfen stellen mussten. Ihr Schicksal lag ganz in Rehlingers Hand …

Stiefel polterten die Treppe hoch, dann tauchte keuchend eine der Stadtwachen auf, seiner Kleidung nach war es der Hauptmann. Er nahm Haltung an. »Herr … Herr Bürgermeister …«

»Nun red schon!«, polterte Johann Rehlinger. »Was ist

dort draußen los? Wo kommt das Läuten her? Von einem der Türme?«

»Äh, es kommt von keinem der Stadttürme ...«, stotterte der Hauptmann. »Es kommt von der Kirche Sankt Dominikus ...«

Die Kirche Sankt Dominikus befand sich jenseits der Wertachbrücke, eine Bogenschussweite von der Stadtmauer entfernt. Magdalena hatte das kleine Kirchlein gesehen, als sie nach Kaufbeuren gekommen waren. Nicht weit davon entfernt lagen der Richtplatz und das Siechenhaus.

»Sankt Dominikus?« Rehlinger sah den Wachmann mit großen Augen an. »Ja, ist denn der Mesner dort verrückt geworden? Stehen die Türken vor den Toren?«

»Die Kirche Sankt Dominikus ist schon seit Tagen nicht mehr besetzt«, erklärte Pater Damian nachdenklich. »Wegen des Pestmandats haben wir sie geschlossen, die wenigen Kranken aus dem Siechenhaus habe ich ins Spital verlegen lassen. Die alte Schwester Elisabeth kümmert sich um sie.«

»Wer in Gottes Namen läutet dann dort?«, fragte Tobias Hörmann. Er musterte den Wachmann scharf. »Na, wird's bald?«

Der Hauptmann wand sich sichtlich. »Ich ... ich habe sofort ein paar Männer hingeschickt. Äh, sie sagen, da hause ein Geist ...«

»Ein Geist? Was faselst du da?«, knurrte Rehlinger.

»Ja, also, die Männer behaupten, da ... da würde ein Gehenkter im Glockenseil hängen, so wie der am Fünfknopfturm. Ich konnte es selbst nicht glauben. Also bin ich hin ...« Der Hauptmann hatte seinen Helm heruntergenommen, sein Gesicht war aschfahl. »Ich schwöre es, der Bursche sieht wirklich aus wie ein Geist! Aber ich vermute eher, er ist ... ist an der Pest erkrankt. Er hängt im

Glockenseil. Seine Kraft reicht gerade noch aus, die Glocke zu läuten …«

»Und warum hast du ihn dann nicht arretiert?«, fragte Rehlinger, während die Glocke nervtötend weiterbimmelte.

»Äh, ich bitte um Entschuldigung, aber …« Der Hauptmann sah den Bürgermeister mit großen Augen an. »Wie ich schon sagte, der Mann hat die Pest!«

»Kann man denn sehen, ob es ein Kaufbeurer ist?«, fragte Martin Eden.

»Oh, das ist er sicher nicht!«, entgegnete der Hauptmann kopfschüttelnd. »Er ist ein Soldat. Er trägt eine dieser neuen Uniformen. Es ist, glaube ich, die Uniform der kurfürstlichen Garde …«

»Der *kurfürstlichen* Garde?« Magdalena hielt sich die Hand vor den Mund. Sie wechselte einen kurzen Blick mit ihrem Mann.

»Wie sieht der Soldat aus?«, fragte sie aufgeregt. »Ist er jung, von eher zierlicher Statur, mit schwarzen Haaren?«

Der Hauptmann wandte sich ihr erstaunt zu. »Woher wisst Ihr das? Ja, genau so sieht er aus.«

»Es ist Peter!«, rief Magdalena aus. »Ganz sicher, es ist Peter! Er muss es sein! Eine Mutter spürt so etwas. Ich muss zu ihm …«

Sie wollte schon an dem Hauptmann vorbei zum Ausgang eilen, aber Rehlinger hielt sie zurück. »Was redet Ihr da?«

»Es ist unser Sohn!«, sprang Simon Magdalena bei. »Das ist der Grund, warum wir überhaupt nach Kaufbeuren gekommen sind. Wir suchen unseren Sohn!«

Der Bürgermeister war kurz sprachlos, auch die anderen Ratsmitglieder wirkten irritiert. Noch immer läutete draußen die Glocke.

»Unser Sohn ist ein Vertrauter des bayerischen Kronprinzen!«, erklärte Magdalena ungeduldig. »Max Emanuel hat ihn mit einer Nachricht nach Kaufbeuren geschickt. Wir wollten ihn hier treffen. Er … er hätte schon längst hier sein müssen!«

»Ein Kurier des Hofes also …«, murmelte Johann Rehlinger, wobei er fast nicht zu hören war. Kurz blitzte es hinter seinen Brillengläsern.

»Offenbar ist er an der Pest erkrankt …«, fuhr Magdalena fort. »Um Himmels willen, bitte lasst mich zu ihm gehen …« Ihre Stimme stockte. Die Erleichterung, dass der junge Mann dort draußen vielleicht wirklich ihr Sohn war, mischte sich mit dem Grauen, dass Peter schwer krank war, wenn nicht sogar dem Tode nahe. Sie wusste, dass es ein Fehler war, gegenüber Rehlinger und den anderen den wahren Grund von Peters Reise zu verraten. Aber im Moment war ihr das egal. Sie wollte nur sehen, ob der junge Soldat vor den Toren der Stadt wirklich ihr Sohn war!

»Ein Bote des Kronprinzen, soso …« Johann Rehlinger sah sie prüfend an. Er schien zu überlegen. »Selbst wenn der Bursche dort draußen wirklich Euer Sohn und ein Kurier sein sollte, warum sollten wir ihn in die Stadt lassen? Er hat die Pest.«

»Wie könnt Ihr so herzlos sein?«, warf Tobias Hörmann ein, der zu ihnen getreten war. »Stellt Euch vor, es wäre Euer Sohn, der dort draußen liegt!«

»Wir haben damals auch keine Rücksicht genommen«, knurrte Superior Widmann. »Da wurden Kinder von ihren Eltern getrennt, und Eltern haben ihre Kinder verlassen. Der Schwarze Tod ist wie das Jüngste Gericht. Jeder steht allein vor Gott. So war es damals, und so ist es auch heute.«

»Die Zeiten haben sich geändert, Hochwürden«, sagte

Pater Damian. »Ich bin sicher, wenn wir den Kranken isolieren, geht von ihm keine Gefahr aus.«

»Ihr wollt ihn also in die Stadt bringen, Pater?« Johann Rehlinger lachte. »Ihr werdet keinen finden, der einen Pestkranken auch nur anfasst. Bis nach Sankt Dominikus ist es ein weiter Weg, Ihr müsst über die Brücke …«

»Wir werden ihn begleiten«, unterbrach ihn Magdalena. Sie und Simon blickten sich entschlossen an. »Wenn das dort draußen wirklich unser Sohn ist, wird niemand uns davon abhalten, zu ihm zu gelangen.«

»Ich finde, wir sollten die Eltern zu ihrem Kind lassen«, stimmte Doktor Eden zu. Auch Tobias Hörmann nickte.

»Ich vertraue dem Seelvater, dass von dem Kranken keine Gefahr für die Stadt ausgeht«, sagte der Baron. »Wäre es mein Kind, ich würde genauso handeln.« Er wandte sich an Pater Damian und legte seine starke Hand auf dessen Schulter. »Ihr werdet doch dafür sorgen, dass nichts Ansteckendes in die Stadt gelangt, nicht wahr? Nichts, was uns gefährden könnte.«

»Ihr habt mein Wort, Baron«, erwiderte der kleine Mönch. »Ich werde alles tun, was in meiner Macht steht.«

Bürgermeister Rehlinger erkannte, dass er überstimmt war. »Dann soll es wohl so sein«, sagte er achselzuckend. Er musterte Magdalena und Simon scharf. »Aber glaubt nur nicht, dass Euer Betrug damit aus der Welt ist. Wir sprechen uns noch!«

Nur kurze Zeit später rumpelte ein Karren über die Holzbohlen der Wertachbrücke. Es war einer jener einachsigen Handwagen, mit denen die Bauern ihre Waren auf den Markt brachten. Heute Nacht sollte er dazu dienen, einen Pestkranken in die Stadt zu fahren.

Simon und Pater Damian zogen gemeinsam an der

Deichsel, während Magdalena mit einer Laterne neben ihnen herrannte. Das Läuten war mittlerweile weniger geworden, nur noch von Zeit zu Zeit ertönte ein einzelner Schlag, wie ein letztes Aufbäumen. Am liebsten wäre Magdalena vorausgerannt, doch dann hätten die beiden anderen kein Licht mehr gehabt. Ihr Herz war wie eingeschnürt. Sie hatte immer geahnt, dass ihrem ältesten Sohn etwas zugestoßen war – und nun schienen sich ihre schlimmsten Befürchtungen zu bewahrheiten. Peter hatte sich mit der Pest angesteckt!

»Wir sind Euch zu großem Dank verpflichtet, Pater«, wandte sie sich im Laufen an Pater Damian. »Wenn Ihr nicht gewesen wärt, wer weiß, ob Bürgermeister Rehlinger uns hinausgelassen hätte.«

»Ihr überschätzt meinen Einfluss, Frau Fronwieser.« Der Pater lächelte. »Ich denke, es hatte viel damit zu tun, dass auch Doktor Eden und vor allem Baron Hörmann auf Eurer Seite standen. Rehlinger kann es sich nicht erlauben, es sich mit so vielen hochgestellten Bürgern zu verscherzen, nicht, wenn er das Tänzelfest doch noch veranstalten will. Davon abgesehen glaube ich wirklich, dass es unsere Christenpflicht ist, Eurem Sohn zu helfen.« Er zögerte. »Wenn es denn Euer Sohn ist.«

»Nun, das wird sich gleich zeigen«, sagte Simon.

Mittlerweile waren sie über die Brücke gelangt. Die kleine Kirche Sankt Dominikus lag dahinter, gleich neben dem Siechenhaus.

»Früher wurden hier die Aussätzigen eingesperrt, vor der Stadt, so als wären sie Tiere«, erklärte Pater Damian und deutete auf das verfallene Gebäude. »Die alte Schwester Elisabeth war für sie zuständig. Nun betreut sie die wenigen Kranken bei uns im Spital. Immerhin das hat sich gebessert.«

Der Pater stellte den Karren auf dem gepflasterten Kirchhof ab, wo ihnen ein Pferd entgegentrabte. Es war abgezehrt, mit schweißnassem Fell und bebenden Nüstern. Sattel und Satteltasche deuteten an, dass der Gaul bis vor Kurzem noch einen Reiter getragen hatte.

»Armes Tier«, murmelte Pater Damian. Er band das Pferd am Karren an. »Wo magst du wohl herkommen? Wir werden es später mit in die Stadt nehmen.«

Simon und Magdalena eilten zur Tür, die einen Spaltbreit offen stand. Vor dem Eintreten zögerten beide.

»Ich habe die Türe offen gelassen, für mögliche Pilger«, sagte Pater Damian, als er neben sie trat und die Hand auf die Klinke legte. Plötzlich sah er sehr nachdenklich aus. »Egal, wer dort drinnen läutet, er ist nicht dumm. Er musste wissen, dass er damit auf alle Fälle jemanden hierherlockt.« Der Pater sah die beiden Fronwiesers prüfend an. »Es könnte auch eine Falle sein.«

»Es ist Peter, ich bin mir sicher«, erwiderte Magdalena. Sie erinnerte sich, dass Peter vor vielen Jahren in München schon einmal die Kirchenglocken geläutet hatte, um die Aufmerksamkeit auf sich zu ziehen. »Ich muss zu ihm!«

Sie schob die Tür auf und rannte an Pater Damian vorbei in das dunkle Gebäude. Die Laterne spendete nur wenig Licht und beleuchtete lediglich einige Kirchenbänke, die vor einem schlichten Altar standen. Erneut ertönte ein einzelner heller Glockenschlag. Er ging Magdalena durch Mark und Bein.

»Sankt Dominikus ist die einzige Kaufbeurer Kirche, die sowohl von Protestanten wie auch Katholiken genutzt wird«, erklärte Pater Damian, der mit Simon mittlerweile zu Magdalena aufgeschlossen hatte. Er seufzte. »Ich wünschte, es wäre überall so. Das würde uns viel Leid ersparen! Kommt, ich zeige Euch den Weg zum Turm.«

Der Pater führte sie zu einer kleinen Pforte hinter dem Altar. Auch diese Tür stand offen. Ein Glockenseil baumelte von oben herab, darin pendelte eine Gestalt sanft hin und her. Sie hatte das Seil mehrmals um die Hüfte gewickelt, der Oberkörper hing vornüber. Die Gestalt trug eine zerfetzte Uniform in den bayerischen Farben. Es war ein junger, schmächtiger Mann mit schwarzen Haaren. Ganz offenbar hatte er in letzter Verzweiflung das Seil um sich geschlungen, um trotz seiner Schwäche die Glocke weiterschlagen zu lassen.

»Peter!«, schrie Magdalena.

Obwohl sein Gesicht nicht zu sehen war, erkannte sie ihn sofort. Es war die Statur, die Haltung, etwas, das sie als Mutter nicht erklären konnte. Sie lief auf ihn zu und kniete sich vor ihm nieder, nahm seinen Kopf in die Hände und liebkoste ihn. Erleichtert stellte sie fest, dass er noch atmete.

»Mein Gott, Peter«, flüsterte sie. »Was ist nur mit dir geschehen? Mein armer Bub!«

Auch Simon war nun bei seinem Sohn angelangt. Er hielt Peter fest, während Pater Damian das Glockenseil zerschnitt. Endlich hörte das Läuten auf. Sanft legten sie ihren ältesten Sohn auf dem Kirchenboden ab. Unter der zerfetzten Uniform waren nun deutlich die dunklen Pestbeulen zu erkennen.

Gott schütze uns!, dachte Magdalena.

Doch auch das hielt sie nicht davon ab, Peter in den Armen zu halten. Ihr Sohn war heimgekehrt.

Das war alles, was zählte.

Kapitel 12

Kaufbeuren, am Morgen des 29. August,
Anno Domini 1679, zwei Tage später

Simon betete.

Es war lange her, dass er zuletzt den Herrgott angefleht hatte. Im Grunde hielt er fromme Wünsche für abergläubisches Beiwerk des Glaubens, so wie Weihrauch, Hostien und Messwein. Er hatte immer in erster Linie an die Wissenschaft geglaubt, an die Medizin. Doch jetzt, da ihn all sein medizinisches Wissen im Stich ließ, konnten vermutlich nur noch der Herrgott und die gütige Gottesmutter helfen.

»Heilige Maria, bitte für uns Sünder, jetzt und in der Stunde unseres Todes. Amen.«

Er drückte die Hand seines todkranken Sohnes und wischte ihm zum wohl hundertsten Mal mit einem Tuch den Schweiß von der fieberheißen Stirn. Das war alles, was er zurzeit tun konnte. Wischen und beten. Noch nie in seinem Leben hatte er sich so hilflos gefühlt!

Seit zwei Tagen lag Peter nun im Seelhaus des Kaufbeurer Spitals. Das Gebäude stand ein wenig versetzt an der Stadtmauer, fast so, als gehörte es nicht zu den übrigen Spitalhäusern. Es war ein schlichter einstöckiger Steinbau, in dem sich unten ein größerer Krankensaal befand. Einige Ordensschwestern, angeführt von der betagten Schwester Elisabeth, kümmerten sich dort um die Armen und Betagten ohne Bürgerrecht – Bettler, fahrendes Volk, sogar eine zahnlose grauhaarige Dirne war darunter. Im oberen Stockwerk gab es einzelne Kammern, wo die Patienten mit den ansteckenden Krankheiten untergebracht waren. Bis gestern hatte der Gehilfe des Chirurgus noch nebenan gelegen, doch der war mittlerweile gestorben. Auch um den Apotheker Hans Kohler stand es nicht gut, er lag in der hintersten Kammer. Kohlers Pestbeulen waren mittlerweile so groß wie kleine Äpfel und eiterten, er schrie im Fieberwahn und vor Schmerzen. Eben ertönte ein weiterer Schrei. Simon zuckte zusammen und versuchte, sich ganz auf seinen Sohn zu konzentrieren. Peter murmelte im Schlaf, doch seine Worte ergaben keinen Sinn.

»Schwarze Flut ...«, presste er hervor. »Sie ... sind ... überall ... bringen den Tod ...« Peters Puls raste. Simon konnte förmlich spüren, wie der Körper gegen die Krankheit kämpfte.

Auch Peter hatte die typischen Pestbeulen, wenn auch nicht so groß wie die Kohlers. Die Flecken waren nicht ganz so ausgeprägt, aber der Junge fieberte stark. Sein rechter Knöchel war stark angeschwollen, doch das rührte wohl von einer Verstauchung her. Er lag in einem einfachen Bett mit frischem Stroh, das täglich gewechselt und gleich danach verbrannt wurde. In einer Glutpfanne, die in einer Ecke der Kammer stand, kokelten kleine Weihrauchkrümel und erfüllten den Raum mit ihrem harzigen Duft. Auf einem Beistelltisch befanden sich ein Krug mit verdünntem Wein und ein wenig Roggenbrot, beides hatte Simon nicht angerührt. Er wusste gar nicht, wann er das letzte Mal etwas gegessen oder getrunken hatte, vermutlich noch bevor sie Peter gefunden hatten. Seitdem war der Junge nicht aufgewacht.

»Du brauchst etwas zu essen. Hörst du? Wenn du verhungerst, hat unser Sohn auch nichts davon. Hier, nimm schon.«

Magdalenas Stimme drang zu ihm durch wie durch Wasser. Simon drehte sich zu ihr um und sah, wie sie ihm Brot und Käse reichte. Zuerst wollte er ablehnen, doch dann nahm er die Speisen und biss hinein. Er schmeckte nichts, trotzdem würgte er die Brocken hinunter, weil er merkte, dass er neue Kraft brauchte.

Magdalena und Simon wechselten sich am Bett ihres Sohnes ab. Ab und zu kam Pater Damian herein, bestrich die Beulen mit Essig und spendete tröstende Worte. Mehr konnte auch er nicht tun. Sie alle wussten, dass im Grunde nur Gott darüber entschied, ob Peter leben oder sterben würde.

»Ich finde, er atmet heute ein wenig ruhiger, findest du nicht?«, sagte Magdalena leise. Sie summte ein altes Kinderlied, das sie Peter früher immer vor dem Einschlafen vorgesungen hatte. Unter ihren Augen lagen tiefe Ringe, ihr schwarzes Haar war fahl und glanzlos. Zum ersten Mal fiel Simon auf, dass seine Frau nicht mehr die Jüngste war. Trotzdem spürte er, dass sie stärker war als er. Er ertappte sich dabei, dass er sich fragte, ob er bei Paul auch so hemmungslos geweint hätte wie gestern Abend am Krankenbett seines älteren Sohns. Peter war immer sein ganzer Stolz gewesen, sie waren sich so ähnlich … Schon einmal hatten Magdalena und er ein Kind verloren. Das Mädchen war allerdings nur ein Jahr alt geworden, dies hier war etwas völlig anderes. Ein Kloß steckte Simon im Hals, und er legte das Stück Käse weg, das er eben noch essen wollte.

»Die Krankheit verläuft nicht immer tödlich«, sagte Magdalena nach einer Weile. »Das hast du selbst gesagt. Es gibt also noch Hoffnung.«

Simon nickte. Tatsächlich starben nicht alle Betroffenen an der Beulenpest, fast die Hälfte überlebte. In den Büchern stand, dass nach ein paar Tagen eine Besserung eintrat – oder der Kranke eben starb. Wie lange Peter die Pest schon in sich trug, vermochte Simon nicht zu sagen. Auch wusste er nicht, wie gefährlich es war, mit seinem Sohn in einem Raum zu sein, ohne die übliche Pestmaske, die die Ärzte üblicherweise trugen. Aber verdammt, das hier war sein Sohn! Weder er noch Magdalena hatten je auch nur einen Moment daran gedacht, ihn in der Kammer allein zu lassen. Außerdem hatte er seine Frau davon überzeugt, alle Reinigungsmaßnahmen einzuhalten, die er in seinem Traktat vorschlug, sogar die Hände wuschen sie sich – zur Verwunderung der Ordensschwestern, die diese Maßnahme für Humbug hielten. Bislang war alles gut gegangen, sie hatten keinerlei Symptome. Doch ob es nun die Maßnahmen oder allein Gottes Fügung war, das wusste Simon nicht.

Er murmelte etwas, und Magdalena sah ihn fragend an. »Was hast du gesagt?«

»Ich sagte, warum gerade er? Warum hat das Schicksal ihn ausgewählt und nicht … nicht …« Er stockte.

»Und nicht Paul? Ist es das, was du sagen willst?« Trotz ihrer Müdigkeit funkelten Magdalenas Augen vor Zorn. »Gib doch zu, dass dir dieser Gedanke durch den Kopf geht! Ich seh es dir an!«

»Das stimmt nicht, Magdalena«, erwiderte Simon lahm. »Es ist nur …«

Es klopfte an der Tür, und Simon stockte, als sie sich quietschend öffnete. Anders als erwartet war es nicht Pater Damian mit einer frischen Schüssel Essig, sondern jemand, den Simon im Seelhaus nicht erwartet hätte.

Im Türrahmen stand Bürgermeister Johann Rehlinger.

Der Bürgermeister trug nicht seine amtliche Schaube,

sondern einen schlichten schwarzen Rock. Zögernd blieb er in der Tür stehen, augenscheinlich wollte er dem Pestkranken auf keinen Fall zu nahe kommen. Simon schloss die Augen und bereitete sich auf das Unvermeidliche vor. Seitdem ihn Rehlinger vor zwei Tagen im Rat des Betrugs überführt hatte, hatte er sich nicht mehr gemeldet. Doch offenbar kam jetzt die Stunde der Abrechnung. Simon stand auf und nickte Rehlinger zu.

»Welche Ehre«, murmelte er. »Ich hätte nicht gedacht, dass der Herr Bürgermeister selbst sich hierherbemüht, um uns zu arretieren. Aber vermutlich trauen sich die Büttel nicht in ein Pesthaus, auch wenn noch so viel Weihrauch die Sicht vernebelt.«

»Spart Euch Eure hohlen Worte, Doktor«, knurrte Rehlinger. »Sprecht lieber noch ein Gebet für Euren Sohn. Er hat es nötig.« Er blickte hinüber zu Peter, der leblos und bleich im Bett lag. »Ist er …?«

»Nein, noch lebt er«, erwiderte Magdalena scharf. »Und so lange werden wir auch nicht von hier weggehen. Wenn uns die Büttel wegschleppen wollen, müssen sie schon zu uns in die Kammer kommen. Und selbst dann werde ich mich mit Händen und Füßen wehren und ihnen ins Gesicht spucken.«

Rehlinger winkte ab. »Keiner schleppt Euch hier raus, Weib. Euch nicht und auch Euren vorlauten Gatten nicht. Zumindest dann nicht, wenn Ihr von nun an tut, was ich Euch sage.«

Simon stutzte. »Was soll das heißen?«

Mit seinen kalten blauen Augen musterte Rehlinger ihn. »Hört her, ich weiß nicht, was Ihr genau im Schilde führt, Doktor. Aber ich habe Erkundigungen über Euch eingezogen. Tatsächlich scheinen sich Euer Sohn und der Kronprinz zumindest entfernt zu kennen. Ist wohl ein helles

Bürschchen, was man so hört. Zumindest dieser Teil Eurer Geschichte ist also wahr.«

»Woher wisst Ihr ...«, begann Simon.

»Ich habe eben so meine Quellen am Hof«, unterbrach ihn Rehlinger barsch. »Trotzdem weiß ich nicht, was für ein Spiel Ihr spielt. Was wisst Ihr über diesen Brief, den Euer Sohn im Auftrag des Kronprinzen übergeben soll?«

»Was schert Euch dieser Brief?«, fragte Magdalena.

»Das lasst getrost meine Sorge sein. Momentan will ich nur wissen, ob Ihr ihn habt.«

»Natürlich nicht!«, fuhr ihn Magdalena an. »Aber vielleicht habt Ihr ihn oder einer Eurer Männer. Ihr werdet ja sicherlich Peters Gepäck durchsucht haben.«

Rehlinger nickte. »Das haben wir. Aber da war kein Brief, nur ein leeres Felleisen in der Satteltasche. Also entweder hat er den Brief verloren, oder er ist gestohlen worden.« Er gab ein abfälliges Geräusch von sich. »Vielleicht ist das alles ja auch nur ein weiteres Lügenmärchen der Familie Fronwieser. Vielleicht macht Ihr Euch nur wichtig, um Euren Hals zu retten.« Er winkte ab. »Aber im Grunde ist das gerade egal. Was zählt, ist, dass die Pest in Kaufbeuren umgeht und mir die Heilkundigen ausgehen.«

Simon war nun ganz nahe an Rehlinger herangetreten, der noch immer im Türrahmen stand. Er konnte Rehlingers Schweiß riechen, in der Kammer war es so heiß wie in einem Backofen. Der Bürgermeister senkte die Stimme.

»Hört her, ich mache Euch ein Angebot. Zurzeit kann ich jeden klugen Kopf gebrauchen. Verflucht jeden! Der junge Eden meint, Eure Frau kenne sich mit Arzneien so gut aus wie ein Apotheker. Und Pater Damian bat mich, Euch nicht zu arretieren, sondern weiter als Arzt zu beschäftigen. Er hält wohl viel von Euch. Dass Ihr was von Eurem Geschäft versteht, habt Ihr ja schon bewiesen.«

Rehlingers Finger bohrte sich in Simons Brust. »Findet raus, was es mit dieser seltsamen Seuche auf sich hat, die uns gezielt unsere besten Bürger raubt! Greift Doktor Eden und Pater Damian weiterhin unter die Arme. Dann mögt Ihr meinetwegen noch länger bleiben, und ich werde der kurfürstlichen Kommission auch nicht von Eurem Betrug berichten.« Er hob die buschige Augenbraue. »Zumindest vorerst nicht! Habt Ihr verstanden?«

Simon nickte, zu erleichtert und auch zu erschöpft, um mehr zu sagen. »Verstanden.«

»Möge Gott verhüten, dass unser geliebtes Tänzelfest ausfällt! Die Kaufbeurer brauchen Spiel und Frohsinn, gerade jetzt in diesen schweren Zeiten.« Der Bürgermeister wandte sich zum Gehen. Doch dann drehte er sich noch einmal um. »Ach, und eines noch, Doktor. Dass Euer Schwiegervater die Stadt verlassen muss, dabei bleibt es, bester Heiler hin oder her.«

Magdalena verdrehte die Augen. »Seid unbesorgt, er kann diese Stadt ebenso wenig leiden wie Ihr ihn. Und nun entschuldigt uns, wir haben uns um einen Kranken zu kümmern.«

Sie flößte ihrem Sohn ein paar Tropfen Wasser ein. Es perlte von Peters spröden Lippen ab und versickerte im Stroh. Der Bürgermeister warf einen letzten Blick auf den Kranken und schlug ein Kreuz.

»Gott stehe Eurem Sohn bei«, murmelte er. »Und dieser Stadt.«

Dann verließ er beinahe fluchtartig die verräucherte Kammer.

*

Die hohen Kornähren rauschten, als eine große, überaus kräftige Gestalt sich ihren Weg zwischen ihnen hindurch bahnte. Sie trug hohe Lederstiefel, einen Knüppel aus hartem Lärchenholz und einen braunen Wollmantel mit einer Kapuze, die ihr tief ins Gesicht hing. Unter der Kapuze war es verdammt heiß, der schwere Mantel zog an seinem Träger wie ein halbes Dutzend quengelnder Bälger.

»Zefixhalleluja, Sauwetter verrecktes!«

Fluchend schlug Jakob Kuisl die Kapuze zurück. Was musste es um diese frühe Stunde auch schon so verdammt schwül sein! Er war für solche Temperaturen einfach nicht gemacht, noch dazu in diesem Gewand. Mantel und Knüppel hatte er sich von Xaver Klingensteiner geborgt, bei dem er nun seit einigen Tagen nächtigte – und soff. Noch immer machte Kuisl sich schwere Vorwürfe, dass er auch an dem Abend, an dem sein kranker Enkel in die Stadt gebracht worden war, mit Klingensteiner ein paar Stamperl Enzian getrunken hatte. Nur durch Zufall hatte er am nächsten Morgen von Peters Ankunft erfahren, als er kurz in die Stadt zurückgekehrt war, um seine wenigen Habseligkeiten zu holen.

Gedankenverloren stapfte Kuisl durch die Felder, die Kaufbeuren in drei Himmelsrichtungen wie ein Ring umgaben. Die Stadtmauer war nur eine knappe Bogenschussweite entfernt, er konnte den Turm des Spitals sehen. Von hier draußen deutete nichts darauf hin, welch grauenhafte Ereignisse sich in der Stadt abspielten. Alles wirkte ruhig und friedlich, der Himmel strahlte blau mit einzelnen weißen Wölkchen, es war ein bayerischer Sommertag wie aus dem Bilderbuch.

Ganz sicher hatte Peters Erkrankung nichts mit der mysteriösen Serie in Kaufbeuren zu tun, der Junge musste sich in Wien oder irgendwo danach angesteckt und es mit letzter Kraft hierhergeschafft haben. Schon drei Mal hatte der Henker seinen Enkel seitdem heimlich im Spital besucht, immer zu später Stunde oder früh am Morgen, wenn er unerkannt unter der Stadtmauer hindurchschlüpfen und durch die Gassen schleichen konnte. Die Genugtuung, ihn zu verhaften und in den Kerker zu werfen, wollte er Bürgermeister Rehlinger nicht verschaffen. Mit Pater Damian hatte Kuisl ein Klopfzeichen vereinbart, damit er jederzeit ins Spital und ins Seelhaus kam. Kuisl vermutete, dass der Pater die Spitalwachen bestochen hatte, auch um Simon und Magdalena einen Gefallen zu tun.

Mittlerweile hatte er die Felder hinter sich gelassen. Vor ihm tauchte die Wertachbrücke auf. Sie war unbewacht, kein Mensch hielt sich in diesen angstvollen Zeiten noch vor der Stadt auf, auch auf den Feldern war kein Bauer zu sehen. Deshalb war auch die Tarnung überflüssig. Am liebsten hätte Kuisl den schweren stinkenden Mantel weit von sich geworfen, doch er war Klingensteiners Lieblingsstück. Also schritt er weiter durch die Hitze voran, bis sein Ziel endlich in Blickweite kam.

Die Kirche Sankt Dominikus.

Noch immer verstand Kuisl nicht, warum Peter einen Brief des Kronprinzen nach Kaufbeuren bringen sollte. Doch seine große Nase sagte ihm, dass daran etwas faul war. Bürgermeister Rehlinger hatte damals, am Tag ihrer Ankunft, von einem Kurier Max Emanuels gesprochen. Irgendetwas musste es also damit auf sich haben. Jakob Kuisl wusste, dass sein Enkel schlau war. Wenn es sich um einen wichtigen Brief mit möglicherweise geheimem Inhalt handelte, hatte er vielleicht versucht, ihn zu verstecken. Hier in der Kirche …

Der Henker eilte über den verlassenen Kirchhof, öffnete die Tür und betrat das angenehm kühle Innere. Sein Blick glitt über die im Dunkeln liegende Einrichtung. Kirchenbänke, Seitenaltäre mit den üblichen Heiligenfiguren, der schlichte Altar ... Kuisl stellte sich vor, wie Peter vor zwei Tagen die Kirche betreten hatte, schwer krank, wie er zum Glockenturm getaumelt war, um dort am Glockenseil zu ziehen. Er ging den Weg seines Enkels nach, bis er schließlich im hohen, innen vollkommen hohlen Glockenturm stand. Das abgeschnittene Seil lag am Boden, der mit Vogelkot und abgebröckeltem Putz übersät war. Es gab einige kleine Nischen, die jedoch leer waren. Nur wenig Licht fiel durch einige Fenster weiter oben, nicht viel breiter als Schießscharten. Darüber ragten die Balken des Glockenstuhls. Suchend sah Kuisl sich um.

Wo ...?

Als er das Papier schließlich fand, musste er beinahe laut auflachen. Er hatte mit einem Versteck gerechnet, irgendeinem Hinweis, vielleicht sogar einem Rätsel ... Doch das Ding lag einfach auf dem Boden, halb verborgen unter dem Putz, im Zwielicht war es kaum zu sehen gewesen. Peter hatte den Gegenstand nicht versteckt, er war ihm einfach beim Läuten der Kirchenglocken aus der Tasche gefallen. In all der Aufregung hatten ihn weder die Wachen noch Pater Damian, Magdalena oder Simon bemerkt.

Kuisl bückte sich und hob das Ding auf.

Sofort stutzte er.

Wenn das der Brief des Kronprinzen war, war es ein verflucht langer Brief. Es handelte sich um etliche zusammengerollte Papierseiten, die mit einem dünnen Faden verschnürt waren. Die Seiten waren von minderer Qualität, auch fehlte ein amtliches Siegel. Nachdenklich öffnete Kuisl den Faden und entrollte die Seiten. Er erkannte Peters Schrift und begann zu lesen.

Nein, das war kein Brief. Dies hier war etwas ganz anderes ...

Eine ganze Weile stand der Henker im Kirchturm und bewegte lautlos die Lippen. Er war überrascht, wie flüssig und logisch sein Enkel formulieren konnte. Was Kuisl las, war ihm vollkommen neu. Kein anderer vorher hatte ähnliche Gedanken in solcher Klarheit niedergeschrieben, nicht der Jesuit Athanasius Kircher, nicht mal der große Avicenna. Und doch waren Peters Beobachtungen vollkommen einleuchtend.

Sie brachten Kuisl zu einer eigenen Überlegung. Einer Überlegung, die seit Tagen schon in ihm gewabert, die der Suff aber bisher verdeckt hatte. Erst durch Peters Aufzeichnungen nahm sie nun Gestalt an. Seine Hände, die die Seiten hielten, zitterten vor Aufregung.

Es wäre möglich … Die ganzen Morde nur durch …

Der Schlag traf ihn seitlich an der Stirn und ließ ihn zurücktaumeln. Der Henker blinzelte. Als er wieder klar sah, erblickte er einen schwarzen Schatten, der erneut auf ihn zurauschte. Es war ein großer hagerer Mann mit Augenklappe, gehüllt in einen schwarzen Mantel. In der linken Hand hielt er einen Stein, offenbar jener Stein, der Kuisl an der Schläfe getroffen hatte. Die rechte Hand ging zum Gürtel und zog ein langes Messer. An den Bewegungen des Mannes erkannte Kuisl sofort, dass sein Gegner ein geübter Kämpfer war.

Der Henker griff zu seinem Knüppel. Der Mann stach nach ihm, und Kuisl gelang es eben noch, zur Seite zu springen. Sein Knüppel rauschte knapp am Hinterkopf des Mannes vorbei. Lautlos verfluchte Kuisl sein Alter. Früher wäre er mit so einem Burschen spielend fertig geworden, jetzt fehlte es ihm zwar nicht an Kraft, aber doch an Wendigkeit. Und dann war auch noch der Mantel so verdammt schwer! Auf dem Boden sah Kuisl die Papierseiten liegen, die ihm aus den Händen geglitten waren. Der Henker riskierte einen weiteren Ausfall des Mannes, als er sich kurz bückte und wenigstens einige der Seiten unter seinen Mantel stopfte.

Aus dem Augenwinkel nahm er eine Bewegung wahr. Wieder holte der Mann mit dem Messer aus. Zum Ausweichen war es zu spät, und so tat Kuisl etwas, womit sein Gegner nicht gerechnet hatte: Er wich nicht aus, er griff auch nicht mit dem Knüppel an. Stattdessen ließ er den Knüppel fallen …

Und sprang nach oben.

Über Kuisl, in etwa zweieinhalb Schritt Höhe, baumelte noch immer das verkürzte Glockenseil. Der Henker streckte sich, erreichte das Tau gerade so eben und zog sich daran hoch. Die Glocke begann wild zu läuten, Kuisl schwang hin und her wie ein fetter menschlicher Glockenschlegel. Beim dritten Schlag traf er den Einäugigen mit seinen schweren Lederstiefeln mitten im Gesicht.

Keuchend taumelte der Mann zurück, prallte gegen die Wand des Kirchenturms. Eigentlich hatte Kuisl erwartet, dass der Tritt dem Kerl mindestens den Kiefer gebrochen hatte, doch er stand erstaunlich schnell wieder auf. Sein Messer war ihm entglitten. Stattdessen sprang der Mann mit einem heiseren Schrei hoch und hängte sich an Kuisls Beine. Er zerrte an ihm und versuchte, den Henker zu Fall zu bringen.

Nun hingen zwei Männer an dem Glockenseil. Das dünne Tau schnitt Kuisl schmerzhaft in die Finger, doch es riss nicht.

Stattdessen hörte der Henker weit oben im Glockenstuhl ein Knirschen.

Heilige Sch …, fuhr es ihm noch durch den Kopf.

Dann wurde das Seil ganz plötzlich locker, und die beiden Männer fielen zu Boden.

Und mit ihnen Glocke, Steine, Putz und der halbe Glockenstuhl.

Ein heftiges Rumsen ließ den Boden erzittern, als die schwere Bronzeglocke unmittelbar neben Kuisl aufschlug. Es regnete Trümmer und Balken, der Raum versank in aufgewirbeltem Steinstaub. In der Ecke sah Kuisl die Umrisse des Mannes unter einem Berg Putzbrocken, er konnte nicht sagen, ob sein Gegner lebte oder tot war. Noch einmal hagelte es Steine. Hustend griff der Henker nach den Seiten unter seinem Wams, sie waren noch da, zumindest ein paar. Dann wankte er aus dem Glockenturm in den Kirchensaal und schließlich hinaus ins Freie. Er sah sich nicht noch einmal um.

Sonst wäre ihm aufgefallen, dass sich unter einem der Trümmerhaufen nun doch etwas regte.

Eine ganze Weile später, als der Henker schon längst auf der Wertachbrücke war, erhob sich der Fremde aus dem Haufen im Glockenturm. Der Steinstaub hatte den Mann weiß getüncht wie eine Spukgestalt, Blut quoll ihm aus mehreren Wunden. Er fluchte leise. Warum hatte man ihn nur so spät informiert, er hätte viel früher schon hier sein müssen! Im Grunde schon, als er das Glockenläuten vor zwei Tagen gehört hatte. Nun war es zu spät …

Der Einäugige tappte über den Boden, bis er sein Messer wiedergefunden hatte. Daneben lagen einige der beschriebenen Papierseiten, die der große Kerl zurückgelassen hatte. Sie waren dreckig und eingerissen, aber immer noch gut lesbar.

Der Mann las sie.

Mit einem weiteren Fluch auf den Lippen zerknüllte er die Seiten, steckte sie ein und machte sich auf den Weg zurück in die Stadt. Sein Auftraggeber würde nicht sehr erfreut sein.

So wie es aussah, würde er mehr aufräumen müssen als zunächst gedacht.

*

»Ratten!«

Simon erschrak so heftig, dass er fast vom Schemel neben dem Bett seines kranken Sohns gefallen wäre. Er drehte sich um und sah einen Geist in der Tür stehen. Der Geist war fast zwei Schritt groß und klitschnass, blutige Schmisse zogen sich über seine rechte Schläfe, ein schmieriger weißer Film klebte an Mantel und Hose. Die Spukgestalt war barfuß, in der rechten Hand hielt sie einen Lederstiefel, von dem es tropfte. Im gleichen Moment erkannte Simon, dass dies kein Geist war, sondern sein Schwiegervater, was ihn nicht viel weniger beunruhigte.

»Herr im Himmel, Kuisl!«, rief Simon aus. »Aus welcher Hölle kommt Ihr denn gekrochen? Wenn Euch der Bürgermeister hier sieht, noch dazu in diesem Zustand …«

»Ratten!«, wiederholte der Henker nur und schüttelte den Stiefel. »Es sind die Ratten!«

Peter wälzte sich unruhig im Schlaf, und Simon legte einen Finger vor die Lippen. Jetzt erst beruhigte Kuisl sich ein wenig. Er setzte sich auf einen weiteren kleinen Schemel, der bedrohlich unter ihm knarzte.

»Armer Bub«, sagte Kuisl leise und blickte auf den blassen Peter. »Und so verdammt schlau. Mein Leben würd ich geben für seines. Und das von vielen anderen Bastarden.«

Von draußen kam Magdalena herein, einen Sack frisches Stroh für die Bettdecke in den Händen. »Was ist denn das für ein Lärm? Man könnte meinen …« Verstört musterte sie ihren Vater. »Mein Gott! Wie siehst du denn aus?«

»Ist doch wurscht, wie ich ausseh! Wichtig ist nur, dass

ich jetzt glaub zu wissen, wie es der Mörder angestellt hat. Mein eigener Enkel musste mich mit der Nase draufstoßen. Ha!« Kuisl lachte, es klang beinahe wie das Lachen eines Wahnsinnigen. »Es sind die Ratten! Die gottverfluchten *Ratten*!«

»Ich verstehe kein Wort«, sagte Magdalena kopfschüttelnd. »Und was in Gottes Namen ist in dem Stiefel, den du die ganze Zeit wie ein Irrer in der Hand hältst? Etwa eine Ratte?«

Erst jetzt schien Kuisl den Stiefel in seiner Hand zu bemerken. Er kramte ein paar zerfledderte Seiten daraus hervor und warf den Stiefel in die Ecke. »Nur so hab ich die Papiere durch den Blatterbach gebracht, ohne dass sie nass werden«, erklärte er. »Viel hab ich nicht retten können. Der Rest ist wohl noch in der Kirche Sankt Dominikus, vergraben im Schutt, oder dieser Bastard hat sie sich geholt. Wenn er denn noch lebt.«

»Du warst in Sankt Dominikus?«, fragte Magdalena. »Nun, dann wissen wir zumindest, wer dort eben so wild geläutet hat. Die alten Pfründner unten im Hof munkeln schon wieder von Spuk und Hexerei.«

»Himmelherrgott, nun sagt doch endlich, was geschehen ist!«, schimpfte Simon.

Der Henker atmete einmal tief durch, dann erzählte er Simon und Magdalena von seinem Fund in der Kirche Sankt Dominikus und dem Kampf mit dem Einäugigen.

»Ich hab ja eigentlich diesen Brief vom Kronprinzen gesucht«, fuhr er fort. »Ich denke, dieser einäugige Sauhund hatte die gleiche Idee wie ich, oder er ist mir gefolgt. Na, stattdessen finde ich keinen Brief, sondern diese Aufzeichnungen.« Er reichte Simon die zerfetzten Seiten. Sofort erkannte Simon die Handschrift seines Sohnes, sein Herz schlug schneller.

»Es ist eine Art Tagebuch«, erklärte Kuisl. »Der Peter saß in einem Dorf nahe der österreichischen Grenze fest, irgendwo im Innviertel. Hat sich dort wohl um die Pestkranken gekümmert und seine Beobachtungen notiert. Dabei ist ihm etwas aufgefallen, was auch uns weiterhelfen könnte. Und nicht nur uns, sondern der ganzen Welt!«

»Und das wäre?«, fragte Simon ungeduldig.

Jakob Kuisl senkte die Stimme. »Dort, wo die Pest ausbricht, sterben auch die Ratten! Diese Beobachtung haben andere auch schon gemacht, ich weiß, aber keiner hat das bislang so deutlich aufgeschrieben. Keiner hat erkannt, dass es dabei vielleicht einen Zusammenhang gibt. Bis auf deinen schlauen Sohn, Herr Doktor. Meinen Enkel!« Kuisl lächelte und sah kurz hinüber zu Peter. »Dem Buben ist aufgefallen, dass es die Ratten immer als Erstes erwischt. Dort, wo sie in Massen auftreten und sterben, erkranken dann bald auch die Menschen.«

»Weil die Miasmen aus der Erde eben beide vergiften«, mutmaßte Magdalena. »Tiere wie Menschen.«

Der Henker nickte. »So dachte man bislang. Aber der kleine Schlaumeier kam zu einem anderen Schluss.«

Während Magdalena und ihr Vater sich unterhielten, überflog Simon hastig die Aufzeichnungen seines Sohnes. Sie waren unvollständig, etliche Seiten fehlten, doch eine Passage stach hervor. Es waren Gedanken, die sich Simon selbst schon gemacht hatte, zuletzt, als er mit Pater Damian in der Kaufbeurer Metzgerei gewesen war. Doch er hatte seine Überlegungen nicht zu Ende gedacht. Sein Sohn schon. Peter hatte es niedergeschrieben …

Was wäre, wenn die Ratten die Seuche an den Menschen weitergeben? Zum Beispiel durch Bisse oder auf irgendeine andere Art? … Ich habe jetzt zumindest dafür gesorgt, dass in Saras und Sebastians Kammer keine Rat-

ten mehr gelangen können. Die Löcher sind alle versiegelt, die Türe bleibt geschlossen. Ich hoffe, dass es noch nicht zu spät ist. Vielleicht lässt sich ja so der Beweis erbringen. Auch habe ich an Sara festgestellt, dass sie …

Hier hörte die Seite auf, die darauffolgende fehlte. Simons Hände zitterten. Er sah seinen Schwiegervater an.

»Ihr meint, wenn wirklich Ratten die Seuche weitergeben …«, begann er.

»Dann sind die Ratten vielleicht die Mordwaffe, die wir so lang gesucht haben«, vollendete Kuisl Simons Satz. »Denk an die toten Söldner mit den vielen Rattenbissen. Und an die tote Ratte in der Kammer des Spitalmeisters Bärwein. Die Ratten sind der Schlüssel, da bin ich mir sicher!«

»Gottlieb Bärwein ist eines natürlichen Todes gestorben«, warf Magdalena ein. »Zumindest haben wir nichts anderes feststellen können.«

»Peter schreibt, dass die Biester vor ihrem Tod halb wahnsinnig werden«, erklärte Kuisl. »Sie gebärden sich wie wild, tanzen, beißen … Gut möglich, dass der alte Bärwein vor Schreck gestorben ist, er hatte überall Bissspuren. Ich schwör euch, jemand hat eine pestkranke Ratte in seine Kammer geschmuggelt, um ihn damit zu töten.«

»Der Chirurgus Schropp hat die tote Ratte dann später in die Hand genommen und ist erkrankt!«, rief Simon aufgeregt. »Das könnte wirklich passen. Dann wäre Schropp in Wirklichkeit gar nicht das Ziel gewesen, sondern der alte Spitalpfleger.«

»Aber was ist mit dem alten Eden, mit dem Apotheker und auch mit Conrad Näher?« Magdalena schüttelte den Kopf. »Beim Näher waren keine Bissspuren zu erkennen, das hättet ihr doch sonst gemerkt. Ihr habt ihn beide in Schongau untersucht.«

»Das stimmt, aber er hat mir diesen Rattenkönig überreicht«, sagte Kuisl. »Ein Bündel Ratten, verknotet an ihren Schwänzen. Das muss eine Warnung gewesen sein, irgendein Hinweis …«

»Er lässt sie tanzen!«, rief Simon. »Ha, natürlich! Tanzen!«

Magdalena sah ihn irritiert an. »Was sagst du?«

Simon versuchte, seine Aufregung zu zügeln. Vielleicht waren sie ja wirklich auf der richtigen Spur. »Er lässt sie tanzen«, wiederholte er. »Das waren Nähers letzte Worte, erinnert euch! ›Der schwarze Reiter holt sie einen nach dem anderen, er lässt sie tanzen‹, genau das hat der Näher gesagt. Bislang dachte ich, es handle sich um einen Totentanz, so wie man ihn oft auf alten Bildern in Kirchen sieht. Aber möglicherweise sind es ja gar nicht die Menschen, die tanzen, sondern die Ratten! Auch Conrad Näher hat wohl diese Beobachtung gemacht, und er wusste, wer dahintersteckt. Ebenso wie sein armer Geselle Raffael, der deshalb erschlagen wurde. Sie wussten, dass jemand mit pestkranken Ratten Menschen ermordet. Deshalb mussten sie sterben!«

»Der einäugige Kerl heute war ganz in Schwarz gekleidet«, brummte Kuisl und nickte. »Hm … Ein schwarzer Reiter, der die Ratten tanzen lässt. Das wäre zumindest möglich. Vielleicht ist er ja unser Mörder.«

»Bleibt die Frage, warum er dir in der Kirche aufgelauert hat«, warf Magdalena ein. »Von Peters Aufzeichnungen kann er jedenfalls nichts gewusst haben.«

»Wie gesagt, ich denke, er war hinter diesem merkwürdigen Brief des Kronprinzen her.« Kuisl zuckte die Achseln. »Wenn der Rehlinger so ein Geheimnis darum macht, muss irgendwas Wichtiges drinstehen, vielleicht was Politisches.«

»Das ist wahr«, warf Simon ein. »Eben vorhin hat der Bürgermeister sich wieder danach erkundigt. Er schien fast wie besessen davon, hat mehrmals nachgefragt.«

»Ich weiß nicht«, sagte Magdalena, an ihren Vater gewandt. »Das, was du da schilderst, sieht mir doch eher nach einem einfachen Banditen und Schläger aus, nicht nach einem, der irgendwelche höfischen Intrigen spinnt. Und was eure schöne Theorie mit den Ratten betrifft ...« Sie seufzte. »Auch der Apotheker Kohler hat keine Bissspuren. Das wäre mir aufgefallen, ich war gerade eben wieder mit Pater Damian bei ihm drüben. Der Pater hat ihn gewaschen, da war nichts.«

»Dann muss der Mörder es eben anders angestellt haben, dass der Kohler an der Pest erkrankt«, sagte Simon. »Ich bin mir mittlerweile sicher. Das ist hier in Kaufbeuren keine normale Seuche! Wie kann es sonst sein, dass es ausgerechnet die Mitglieder des medizinischen Rats trifft und der Rest der Bevölkerung weitgehend verschont bleibt? Dein Vater hat recht. Es müssen die Ratten sein. Der Mörder benutzt sie als Mordwaffe. Was für ein perfider Plan!«

»Was uns zu der Frage bringt, was der Mörder eigentlich damit bezweckt«, ergänzte Kuisl. »Was ist sein Motiv? Warum hat er es ausgerechnet auf diese Männer im Rat abgesehen? Und was hat der einäugige Bastard damit zu tun? Glaubt mir, das war nicht irgendein dahergelaufener Bandit, der konnte kämpfen, als hätte er nie irgendwas anderes gelernt. »

»Wir sollten auf alle Fälle die noch lebenden Ratsmitglieder warnen.« Magdalena zählte an den Fingern ab. »Doktor Martin Eden, den alten Superior Widmann, Baron Hörmann, Pater Damian, auch den Bürgermeister ...«

»Und wenn der Bürgermeister hinter allem steckt?«,

fragte Simon leise. »Wenn er der Mörder ist, und dieser schwarz gewandete Meuchler sein Handlanger? Rehlinger weiß mehr, als er zugibt, so viel ist sicher.« Er seufzte. »Aber du hast recht, Magdalena. Wir sollten die übrigen Mitglieder zumindest davon in Kenntnis setzen. Auch auf die Gefahr hin, dass sie uns für verrückt erklären oder wir den Mörder damit warnen. Ich werde mit Pater Damian anfangen. Er ist ein brillanter Gelehrter, das wird mir immer klarer. Vielleicht hat er ja auch eine eigene Theorie dazu.« Er stand auf und wandte sich an Magdalena. »Bleib du so lange hier bei Peter.«

»Ich werde auch bleiben«, knurrte Kuisl.

»Ich denke, das ist nicht nötig, Vater«, sagte Magdalena. »Es reicht, wenn ich ...«

»Ich bleibe«, unterbrach ihr Vater sie grimmig. »Eines muss uns wohl klar sein: Wenn dieser einäugige Kerl noch lebt, dann haben wir ein Problem. Der Mörder wird alle beseitigen lassen, die sein kleines Geheimnis kennen. Und es ist gut möglich, dass der Bastard jetzt von Peters Überlegungen weiß. Ich habe nicht alle Seiten mitnehmen können.«

»Wenn Euch der Bürgermeister hier sieht, dann ...«, begann Simon. Doch er verstummte, als er Kuisls finstere Miene sah.

Der Henker zog seinen Knüppel aus eisenhartem Lärchenholz hervor.

»Ich werde hier auf den Sauhund warten, das ist mein letztes Wort. Und diesmal, zum Teufel, schlag ich nicht daneben!«

*

Auch Paul wartete.

Er saß im Schatten unter einer Eiche, in Sichtweite des

Alten Schongauer Schlosses. Jetzt um die Mittagszeit brannte die Sonne so heiß, dass kaum jemand war draußen unterwegs. Das Schloss befand sich gleich neben dem Hoftor, ein dreistöckiger verwitterter Bau, der nur noch zum Teil bewohnt war. Paul hatte gehört, dass hier früher mal der Bruder eines bayerischen Herzogs residiert hatte, doch das musste lange her sein. Das vermooste Dach hing durch, im einst prächtigen Schlossgarten stand das Gras hoch, und die Schlossmauer war im Großen Krieg zerlöchert worden wie ein Käse. Das hatte zumindest den Vorteil, dass Paul von seinem Platz aus genau sehen konnte, wer ein und aus ging und ob sich jemand auffällig verhielt.

Auch noch drei Tage nach der Explosion waren viele Bürger mit den Aufräumarbeiten an der Fronveste beschäftigt. Einige der Trümmer waren bis zum Schloss geflogen, von der Räuberbande hatte nur der kleine Junge überlebt, der nach wie vor im Spital lag. Auch der neue Schongauer Henker war für das Aufräumen eingeteilt worden, und eigentlich hätte auch Paul als sein Gehilfe mitmachen sollen. Doch im allgemeinen Trubel gelang es ihm immer wieder, sich für einige Zeit davonzustehlen. Dann huschte er jedes Mal hinüber zum Schloss, immer in der Hoffnung, dem Schreiber Johann Lechner auf die Schliche zu kommen – bei was auch immer.

Nach wie vor war Paul davon überzeugt, dass Lechner aus einem ganz bestimmten Grund das damalige Verhör so schnell abgebrochen hatte. Der ältere Räuber, derjenige, der vorher Soldat in einer Sondereinheit gewesen war, hatte irgendetwas über eine schlimme Sache gewusst, etwas, in das kein Geringerer als der bayerische Kronprinz höchstpersönlich verwickelt war. Im Grunde war Lechners eigenartige Reaktion für Paul erst der Beweis gewesen, dass an der Geschichte etwas dran sein musste. Und, zum Teufel, er würde rausfinden, was!

»Na, ist schon was passiert?«

Hinter dem Eichenstamm tauchte Sophia auf. Paul war immer wieder erstaunt, wie leise sich seine kleine Schwester trotz ihres Klumpfußes bewegen konnte. Es gab nicht viele, die sich an ihn heranschlichen, ohne dass er es merkte – vor allem keine achtjährigen Mädchen.

Paul zuckte die Achseln. »Gerade eben war Wachablösung, und zuvor war kurz der Bursche vom Rösslewirt da. Hat dem Lechner wie so oft sein Mittagsmahl gebracht.«

Der Schreiber war dafür bekannt, dass er so wenig Zeit wie möglich mit so unnützen Beschäftigungen wie Essen und Trinken zubrachte. Stattdessen ließ er sich seine Mahlzeiten in die Schreibstube bringen und arbeitete weiter.

»Dann machen auch wir jetzt Wachablösung«, sagte Sophia bestimmt. Sie griff nach einem der unteren Äste, zog sich daran hoch und war schon bald in der belaubten Krone der Eiche verschwunden. Paul konnte nur noch ihre Stimme hören.

»Ich kann bis zum Vieruhrläuten bleiben. Hab der Stechlin gesagt, dass ich euch beim Schuttwegräumen helfe.«

Paul lächelte. Es war rührend, wie ernst Sophia ihre Arbeit als Wächterin nahm. Gleich nachdem Paul ihr von seinem Plan erzählt hatte, hatte sie angeboten, ihm zu helfen. Zuerst hatte er ablehnen wollen, doch dann war ihm eingefallen, dass auch er in diesem Alter schon Leute beschattet hatte. Was konnte schon groß passieren? Eigentlich glaubte Paul selbst nicht mehr so recht daran, dass sie etwas rausfinden würden. Wenn er ehrlich zu sich war, machte er nur aus einem einzigen Grund weiter: Er wollte seinem Onkel beweisen, dass er recht gehabt hatte. Er wollte, dass Georg ihn wieder respektierte und schätzte! Nach der Sache in der Folterkammer war der Onkel nicht mehr der Gleiche, fast so, als wäre etwas zwischen ihnen zerbrochen.

»Wenn die Mama und der Papa gar nicht mehr heimkommen, bleib ich dann bei euch?«, kam es aus dem Baum. Sophia klang nicht so recht traurig, das war sie selten, ihre Frage klang eher neugierig, so wie kleine Kinder oft das Schlimme ausblenden.

»Blödsinn«, knurrte Paul. »Die Eltern kommen schon wieder zurück, und der Großvater auch. Die können halt gerade nicht weg aus Kaufbeuren, wegen der verfluchten Pest. Aus Schongau kann ja auch keiner raus.« Paul fand, dass das schlüssig klang. Aber auch er hatte sich schon die Frage gestellt, ob den Eltern vielleicht etwas passiert war. Zu seiner eigenen Verwunderung hielt sich die Sorge darüber in Grenzen, nur den Großvater vermisste er wirklich.

»Ich sehe was!«, zischte Sophia plötzlich und holte Paul so zurück in die Gegenwart. »Es ist der Lechner!«

»Und was macht er?«, fragte Paul leise zurück. Es war nicht unüblich, dass Lechner von Zeit zu Zeit seine Schreibstube verließ. Der Abort befand sich auf der anderen Seite des Hofes.

Sophia kletterte noch einen Meter höher in die Krone, wo die Sicht besser war. »Er … er geht über den Hof, direkt auf uns zu …«

Augenblicklich war Paul hellwach. Hatte der Schreiber sie etwa bemerkt? Dann drohte Sophia eine Tracht Prügel und ihm vermutlich Schlimmeres, von Georgs Strafpredigt ganz zu schweigen. Geschwind zog Paul sich hoch und kletterte auf einen der unteren Äste, wo er im Blattwerk verborgen war. Von dort spähte er hinüber zum

Schloss. Lechner verließ eben den Hof und näherte sich der Eiche. Als er unter ihr stand, verlangsamte er kurz seinen Schritt, fast so, als könnte er Pauls und Sophias Anwesenheit riechen. Paul hätte ihm genau auf den Kopf spucken können. Wenn Lechner jetzt hochsah … Doch dann ging der Schreiber weiter, in die lange Gasse hinein.

»Wo will er wohl hin?«, flüsterte Sophia.

»Das finde ich schon raus, keine Sorge«, erwiderte Paul und sprang zu Boden. »Du bleibst hier.«

Vom Jagdfieber ergriffen, schlich er dem Schreiber nach, wobei er sich alle paar Schritte in einer Hausnische oder hinter einer Ecke versteckte, wie er das von München her kannte. Paul ahnte, dass Lechners Ausflug vermutlich ganz harmlos war. Trotzdem, endlich passierte mal was! Als er sich kurz umblickte, sah er Sophia, die ihm hinterherhumpelte.

»Geh heim!«, befahl er. »Das ist nichts für kleine Mädchen.«

Sophia verschränkte die Arme vor der schmalen Brust und sah ihn trotzig an. »Ich hab den Lechner entdeckt, also geh ich auch mit. Sonst schrei ich.«

Paul seufzte. In ihrer Sturheit war Sophia eine echte Kuisl. »Also dann«, sagte er resigniert. »Aber sei verdammt noch mal leise! Wenn der Lechner uns erwischt, musst du drei Tage am Pranger stehen, und die Leute werfen faules Obst nach dir.«

Die Drohung wirkte. Sophia zog eine Grimasse und folgte ihm so leise, als wäre sie sein Schatten.

Ihre Vorsicht schien unbegründet, Lechner sah sich kein einziges Mal um. An der Weingasse wandte er sich nach links und ging an Apotheke und Kirche vorbei in Richtung Ballenhaus. Als Paul sah, welches Gebäude der Schreiber ansteuerte, verlangsamte er seine Schritte.

»Ach, er geht nur zum Stern«, sagte er enttäuscht. »Will dort wohl zu Mittag essen.«

Der Stern war das beste Wirtshaus der Stadt, es war also kein Wunder, dass Lechner genau dieses Lokal ansteuerte.

»Hast du nicht gesagt, der Bursche vom Rösslewirt hätte dem Lechner schon das Essen gebracht?«, fragte Sophia.

»Zum Teufel, du hast recht!« Paul schlug sich gegen die Stirn. Jetzt musste ihn schon seine achtjährige Schwester auf seine Dummheit hinweisen. Warum ging Lechner zum Stern, wenn er doch schon gegessen hatte?

Weil er irgendetwas anderes vorhatte?

»Komm, wir schauen mal, ob wir mehr herausfinden«, flüsterte er.

Sie warteten, bis Lechner die Wirtsstube betreten hatte, dann schlichen sie hinüber zu den Fensterläden im Erdgeschoss, die wegen der Hitze leicht offen standen. Drinnen saßen nur wenige Gäste, Lechner war nicht darunter.

Wo ist er hin?, dachte Paul.

Er lief die Fenster entlang, bis er an einem der hinteren tatsächlich Lechners Stimme hörte.

»… brauche Euch nicht zu sagen, was das bedeutet«, sagte der Schreiber eben.

»Und … und Ihr seid sicher?«, vernahm Paul eine weitere aufgeregte Stimme.

Vorsichtig schob er den Kopf ein Stück weit über das Fensterbrett, bis er hineinspähen konnte. Es war ein Nebenraum, der trotz der Mittagsstunde von Kerzen in einem Kronleuchter erhellt war. Er war ganz in Eiche getäfelt, mit Stuckverzierungen an der Decke, fast wie eine Kirche. Paul erblickte Lechner und einen weiteren, sehr beleibten Mann, er sah aus wie ein Patrizier. Seltsamerweise trug der Mann eine goldbetresste Schürze, die reich bestickt war. Er wirkte sehr nervös, wischte sich den Schweiß von der Stirn und befeuchtete seine Lippen. »Das … das wäre …«

»Kein Wort zu niemandem!«, unterbrach Lechner ihn barsch. »Wenn die Nachricht stimmt, dann wird es schon morgen Nacht sein. Ihr seid der Einzige, der es außer mir erfährt, damit Ihr alles Notwendige einleiten könnt.« Lechners Stimme bekam den Klang eines scharfen Messers. »Wenn ich rausfinde, dass Ihr plaudert, werdet Ihr Euch wünschen, mit diesem Räuberpack in die Luft geflogen zu sein.«

»Ihr … Ihr könnt Euch auf mich verlassen, Euer Exzellenz!«, keuchte der Dicke.

»Das will ich Euch auch geraten haben. Wenn alles zufriedenstellend verläuft, soll es Euer Schaden nicht sein, ganz im Gegenteil. Mit dem Geld, das fließt, könnt Ihr dann endlich Euer Gasthaus erweitern. Den Permiss dazu wird der Stadtrat durchwinken, darauf habt Ihr mein Wort.«

»Ihr seid zu gütig, Euer Exzellenz …«

Es gab ein polterndes Geräusch. Zu seinem Entsetzen bemerkte Paul, dass sich Sophia neben ihm am Fensterbrett hochgezogen hatte, um mehr zu sehen. Sie war abgerutscht und auf den Boden geplumpst.

»Was in Gottes Namen …«, zischte der Schreiber.

Schritte polterten auf das Fenster zu, Lechners Stimme erklang jetzt ganz nah. Paul packte Sophia und drückte sie gegen die Mauer, auch er selbst klebte förmlich an der Hauswand. Das Fensterbrett stand etwa zwei Handbreit über. Ein langer Schatten fiel vom Inneren der Kammer auf die Gasse.

Es war der Schatten Lechners.

»Habt Ihr das auch gehört, Semer?«, ertönte die Stimme des Schreibers genau über ihnen. Lechners Finger klopften nervös gegen das Fensterbrett.

»Vermutlich nur eine Katze«, sagte der andere. »Die Biester versuchen oft, in die Wirtsstube reinzukommen. Die Köchin gibt ihnen manchmal Milch.«

»Hm …« Noch immer trommelten Lechners Finger gegen das Fensterbrett, für Paul klang es wie Donnerhall.

Schließlich entfernten sich die Schritte wieder.

»Ihr bekommt noch heute genaue Anweisung, was gewünscht wird«, sagte Lechner. »Eure Ausgaben werden hoch sein, aber Ihr habt mein Wort, Ihr bekommt alles mit dreifacher Münze zurückgezahlt.«

»Habt Dank! Wollt Ihr vielleicht noch einen Wein? Ich habe köstlichen …«

»Nur Säufer und Müßiggänger trinken um die Mittagszeit. Ich habe zu tun, und auch Ihr solltet Euch sputen, Meister Semer. Wir haben nicht mehr viel Zeit.«

Eine Tür knallte. Paul wartete noch ein paar Augenblicke, dann packte er Sophia und rannte in die nächstbeste Gasse. Sein Herz schlug wie wild, und das nicht nur, weil der Schreiber sie beinahe erwischt hätte.

Irgendetwas Geheimes war im Gange! Georg würde Augen machen, wenn er ihm davon erzählte. Er würde … Paul stockte.

Mir wieder nicht glauben …

»Das war aufregend«, flüsterte Sophia. Sie kicherte. »Wie Versteckspielen, nur besser. Wollen wir dem Onkel davon erzählen?«

Paul überlegte. »Noch nicht«, sagte er schließlich. »Das bleibt unser Geheimnis, bis wir wissen, was der Lechner wirklich vorhat.«

*

Zaghaft klopfte Simon an die Tür zu Pater Damians Schreibstube, die sich im Erdgeschoss des Kaufbeurer Seelhauses befand. Von drinnen war das Rascheln von Seiten zu hören. Es dauerte eine Weile, bis der Pater seinen Gast hereinbat.

Der Raum war eine winzige, karg eingerichtete Kammer, die eher der Kemenate eines Mönchs ähnelte. Offenbar waren die einzigen Luxusgegenstände, die sich der Pater leistete, unzählige Bücher, die sich auf dem Tisch und am Boden stapelten – und ein Fässchen exquisiten Rotweins, das einen besonderen Platz auf einem der Regale innehatte. Das Zimmer roch nach Leder, altem Leim und dem Weihrauch, dessen nebliger Dunst vom Krankensaal herüberwehte. Gelegentlich ertönten das Gemurmel und die Gebete der wenigen Ordensschwestern, die sich neben dem Pater um die Kranken kümmerten. Offenbar hatte der Pater eben noch gelesen, er trug einen Zwicker, den er jetzt absetzte.

»Womit kann ich Euch dienen, Herr Doktor?«, sagte Pater Damian sichtlich müde. Er war blass, wohl von der vielen Arbeit, trotzdem lächelte er. Doch sein Lächeln wirkte traurig, beinahe melancholisch.

Sicher wegen all der schrecklichen Vorkommnisse der letzten Tage, dachte Simon. *Selbst ein so freundliches Gemüt wie das des Paters bleibt davon nicht unberührt.*

»Ich würde Euch gern etwas zeigen«, begann Simon. »Es sind Aufzeichnungen, die mein Sohn auf seiner Reise gemacht hat. Ich wüsste gern, was Ihr davon haltet.« Er reichte dem Seelvater den Packen Papier. »Peter hat sie wohl in einem Pestdorf im Innviertel aufgeschrieben, wo er längere Zeit festsaß.«

Aufmerksam blätterte Pater Damian durch die zerfledderten Seiten. Eine ganze Zeit lang war nur der Lärm aus dem Hof und aus den Krankenräumen zu hören. Der Pater biss sich nachdenklich auf die Lippen, als er die Seiten eine nach der anderen las und schließlich zur Seite legte.

»Und das hat Euer Sohn geschrieben? Erstaunlich, wirklich erstaunlich ...« Wieder verging eine Weile, in der der Pater sichtlich nachdachte. Er trommelte mit den Fingern auf die Tischplatte.

»Tatsächlich hat schon der große Avicenna erwähnt, dass bei der Pest auch die Ratten sterben«, fuhr er schließlich fort. »Auch von ihren Tänzen berichtete er, wohl eine Art letztes Aufbäumen ...« Er zögerte. »Interessanter finde ich in diesem Zusammenhang die Ideen Athanasius Kirchers, der in einer seiner Schriften von kleinen, fast unsichtbaren Tierchen spricht, von sogenannten ›Corpuscula‹. Er hat sie mit einem dieser neuen Mikroskope gesehen und vermutet, dass sie für die Übertragung der Pest verantwortlich sind. Habt Ihr davon schon mal gehört?«

»Corpuscula?«, fragte Simon, der wie so oft vom Wissen des Seelvaters beeindruckt war.

»Ja, so etwas wie kleine Würmchen. Ein ungeheuerlicher Gedanke, ich weiß. Aber das erscheint mir ehrlich gesagt schlüssiger als Ratten. Die Biester mögen an vielen Orten sein, aber doch nicht überall. Trotzdem sterben die Leute. Ich denke, sie stecken sich untereinander an, ganz ohne Ratten, Miasmen, böse Sterne oder was weiß ich.«

»Und trotzdem könnte es doch sein, dass gar nicht so sehr die Menschen, sondern Ratten die Krankheit übertragen. So wie ...« Simon suchte einen Vergleich. »So wie eine Schlange ihr Gift an ihre Opfer weitergibt.«

»Aber Schlangen sterben nicht an ihrem Gift, die Ratten schon«, wandte Pater Damian nachdenklich ein. »Das kann nicht die ganze Wahrheit sein. Aber ich gebe zu, Eure Theorie ist durchaus interessant. Wenn sie sich auch nicht belegen lässt. Wie sollte das möglich sein?« Er seufzte. »Schade, dass wir Euren Sohn nicht zu seinen Beobachtungen befragen können. Wir können nur beten, dass es ihm bald besser geht.« Er deutete auf den Stapel Papierseiten am Tisch. »Sind denn die anderen Blätter wieder aufgetaucht?«

»Leider nein.« Simon schüttelte bedauernd den Kopf. »Ebenso wenig wie dieser seltsame Brief, den Peter offenbar bei sich hatte und der Bürgermeister Rehlinger so wichtig ist. Ich habe zuvor selbst noch einmal in der Kirche Sankt Dominikus nachgesehen. Die Wachen haben mich kurz aus der Stadt gelassen, auch um den Schaden zu überprüfen. Es ist nichts mehr da, nur Trümmer und ein zerstörter Glockenstuhl. Vermutlich hat dieser mysteriöse schwarze Reiter die restlichen Seiten mitgenommen.«

»Ein schwarzer Reiter, hm ...« Pater Damian schenkte sich ein Gläschen Rotwein aus dem Fass ein und trank bedächtig in kleinen Schlucken. »Das ist wirklich eine abenteuerliche Geschichte, die Ihr mir da auftischt.«

»Und doch ist sie wahr!«, beteuerte Simon. »Ich bin mir sicher, irgendjemand hat es auf die Mitglieder des medizinischen Rats abgesehen! Auch auf Euch, Pater! Ein Mörder geht um, der die Menschen gezielt mit der Pest ansteckt, auf welche Weise auch immer.«

»Und warum sollte dieser unbekannte Mörder das tun?« Pater Damian füllte sich ein weiteres Glas ein, der Wein hatte seine blassen Wangen ein wenig gefärbt. Er blickte ins Glas, als könnte er darin eine Antwort finden.

Simon zuckte die Achseln. »Das weiß ich leider auch nicht. Trotzdem denke ich, die Ratsmitglieder sollten gewarnt werden. Ihr seid der Erste, danach werde ich nach und nach auch jeden der anderen aufsuchen. Vielleicht lässt sich so ja auch etwas über das Motiv herausfinden.«

Von irgendwo ertönte ein Schrei, und Simon zuckte zusammen.

»Es ist der Apotheker Kohler«, erklärte Pater Damian achselzuckend. »Die Beulen sind aufgeplatzt und verursachen starke Schmerzen. Im Fieber hat der Arme sich zudem wund gekratzt, es sind wohl die Flohstiche, die ihn so malträtieren. Eine ganze Menge davon.« Der Pater runzelte die Stirn. »Und das, obwohl wir das schmutzige Stroh täglich wechseln! Ich sollte mal mit der Dienerschaft reden, woher sie das Stroh eigentlich bezieht.«

»Ich habe die Flohstiche auch bemerkt«, sagte Simon. »Kohler hat sich die ganze Kopfhaut wund gescheuert und ...« Plötzlich stockte er.

»Was habt Ihr?«, fragte Pater Damian. Er stellte das Glas ab und musterte Simon nachdenklich. »Nun schaut Ihr wieder so drein wie vor ein paar Tagen in der Metzgerei. Als wärt Ihr gar nicht hier.«

»Wie nannte Athanasius Kircher diese kleinen Tierchen?«, fragte Simon aufgeregt.

»Corpuscula. Warum fragt Ihr?«

»Kleine Tierchen ...«, flüsterte Simon.

Pater Damian sah ihn schweigend an, er wartete offenbar darauf, dass Simon weitersprach. Wieder war es ganz still im Raum, nur eine einzelne Fliege summte. Dann ertönte wieder der herzzerreißende Schrei des Apothekers.

»Athanasius Kircher spricht von kleinen Tierchen«, sagte Simon langsam, während sich in seinem Kopf die verschiedenen Mosaiksteine zusammensetzten. »Von diesen ... Corpuscula ... Der Apotheker Kohler hat sich in der Sitzung im Rathaus neulich darüber aufgeregt, dass man ihm seine Perücke gestohlen hat. Ihr erinnert Euch?«

»Durchaus.« Pater Damian nickte. »Aber der Zusammenhang mit Kircher ...?«

»Als wir Kohler hierherbrachten, hatte er die Perücke wieder auf!«, unterbrach ihn Simon aufgeregt. »Wenn sie ihm gestohlen wurde, hat der Dieb sie also wieder zurückgebracht. Seltsam, nicht wahr? Entweder hat den Dieb das schlechte Gewissen gepackt, oder aber ...« Simon atmete tief ein. »Jemand hat die Perücke präpariert. Mit kleinen Tierchen ... Flöhe sind solche kleinen Tierchen. Flöhe sind auf Ratten, sie sind auf Menschen, sie sind überall ...«

»*Flöhe* sollen jetzt also die Pest übertragen?« Pater Damian hob die Augenbraue. »Eine wirklich kühne Theorie, noch kühner als die Theorie, es seien Ratten. Findet Ihr nicht?«

»Und doch ist es möglich! Das würde die Sache mit der Perücke erklären! Kohlers Flohstiche sind tatsächlich vorwiegend auf seinem Kopf zu finden.« Simon sprang auf. »Wo ist diese Perücke?«

»Ich habe sie verbrannt. So wie ich es mit allen Kleidungsstücken der Kranken hier tue. Das wisst Ihr doch.«

»Verflucht, Ihr habt recht.« Enttäuscht setzte sich Simon wieder hin. »Und überhaupt, was habe ich gehofft zu finden? Flöhe?« Er lachte traurig, während ihm der Irrsinn seiner Überlegungen klar wurde. »Es klingt wirklich lächerlich, je länger ich darüber nachdenke. Vielleicht ist das ja auch alles nur blanker Unsinn, sehr wahrscheinlich sogar. Aber um das zu überprüfen, müsste ich mehr darüber in Erfahrung bringen. Wer weiß, vielleicht finden wir auf diese Weise ja auch ein Mittel, die Pest zu besiegen? Meinen Sohn zu heilen! Man sollte sich Athanasius Kirchers Theorien auf alle Fälle mal genauer ansehen.« Er überlegte. »In München haben die Jesuiten eine große Bibliothek, die auch über Werke von Kircher verfügt. In Kaufbeuren ist das vermutlich nicht der Fall, wenn ich da bloß an unseren bigotten Superior Widmann denke.«

Pater Damian lächelte schmal. »Da mögt Ihr recht haben. Vermutlich würde der Herr Superior Kirchers Bücher einfach verbrennen, so wie Hexen auf dem Scheiterhaufen. Glücklicherweise wurden aber viele wissenschaftliche Werke schon vor längerer Zeit aus Kaufbeuren ausgelagert.«

»Und wohin hat man sie gebracht?«, fragte Simon.

»Nun, wohin wohl? Nicht weit von hier.« Pater Damian stand auf und deutete zum Fenster hinaus, in das die Nachmittagssonne fiel. Unten im Hof tollten ein paar der Waisenkinder und spielten mit einem Kreisel. Der Seelvater beobachtete sie mit abwesendem Gesichtsausdruck, während er weitersprach: »Ins Kloster Irsee, es liegt nur ein paar Wegstunden von Kaufbeuren entfernt. Das Kloster besitzt eine der größten Bibliotheken Bayerns. Wenn Ihr mehr über Athanasius Kircher und die Pest erfahren wollt, dann vermutlich dort.«

»Dann werde ich dort suchen!«, entgegnete Simon aufgeregt. »Wenn meine Vermutungen stimmen, dann stehen wir vielleicht kurz davor, gleich zwei Rätsel zu lösen. Das der Morde und das der gottverfluchten Pest!«

»Hm, ich weiß nicht, ob das zurzeit eine so gute Idee ist«, entgegnete Pater Damian. Er wandte sich wieder seinem Gast zu. »Die Straßen sind nicht sicher. Seit einiger Zeit schon treiben sich in den Wäldern zwischen Kaufbeuren und Irsee Räuber herum. Noch mehr seit dem kurfürstlichen Pestmandat, da die Soldaten mit anderen Aufgaben betraut worden sind. Es heißt, es wären ein paar von diesen Kaufbeurer Söldnern, die aus reiner Langeweile marodieren. Außerdem …« Der Pater betrachtete Simon aufmerksam. »Euer Sohn braucht Euch hier. Und Ihr habt dem Bürgermeister versprochen, im Spital zu helfen.«

»Peter hat einen Vater und eine Mutter, und auch seinen

Großvater. Jeder von uns hilft ihm auf seine Weise.« Entschlossen stand Simon auf. »Ich helfe meinem Sohn, indem ich mehr über diese verfluchte Krankheit herausfinde. Und damit helfe ich auch der Stadt. Wenn sich Peters Zustand nicht verschlechtert, gehe ich nach Irsee, schon bald.«

»Ich werde Euch sicherlich nicht daran hindern«, sagte Pater Damian. »Tut, was Ihr für richtig haltet.« Er lächelte müde. »Aber vielleicht solltet Ihr diesmal den Herrn Bürgermeister in Eure Pläne einweihen. Eine weitere Lüge wird er Euch nicht verzeihen, selbst wenn Ihr der große Avicenna selbst wärt.«

*

Nicht weit entfernt, in einer steinernen, rußgeschwärzten Kammer, tropfte eine zähflüssige Flüssigkeit aus einer Destille in eine darunter liegende Schüssel. Tropfen für Tropfen, begleitet von einem steten Klicken. Ein leicht süßlicher, torfiger Geruch breitete sich aus, wie von frischer Friedhofserde. Auf dem Tisch mit der Destille standen etliche Phiolen, Messwaagen und Tiegel, aber auch staubige Gläser mit nicht erkennbarem Inhalt. Von einem Wandregal herunter starrte aus einem größeren Glas der Kopf eines Verbrechers, eingelegt in Branntwein, auf die düstere Szenerie. Eine einzelne Flamme züngelte an einem Kienspan und spendete nur wenig Licht.

Eine Gestalt beugte sich über die Schüssel und beäugte deren schwärzlichen Inhalt, wobei sie sorgfältig vermied, damit in Kontakt zu kommen. Die Gestalt trug glatte Lederhandschuhe, einen langen schwarzen Mantel und eine Maske mit langem Schnabel, wie der eines Raben. Tatsächlich sah der Mann aus wie ein monströser Vogel. Im Inneren des Schnabels befand sich ein Schwamm, getränkt mit aromatischen Ölen, die den Mann leicht benommen machten. Für einen kurzen Moment schloss er die Augen, als die Erinnerung zurückkehrte.

Ich rieche den Atem der Hölle ... So wie damals ...

Solange er sich noch nicht sicher war, wollte er nichts riskieren. Zu wichtig war seine Aufgabe!

Noch zwei, und dann das letzte große Experiment ...

Mit einem Holzstöckchen rührte der Mann in der breiigen Masse, beobachtete, wie sie vom Span abperlte wie dickflüssiges Petroleum.

Nur ein paar Löffel, nicht mehr.

Kapitel 13

Kaufbeuren,
am Morgen des 30. August, Anno Domini 1679

Am Tag darauf stand Simon vor dem eisernen Gatter der Kaufbeurer Jesuitenresidenz. Eine hohe Steinmauer bildete die Grenze zur außen liegenden Gasse und dem Kirchenbezirk. Dahinter ragte ein mehrstöckiges, weltlich anmutendes Gebäude empor.

Ein blechernes Klingeln ertönte, als Simon an der ledernen Kordel der Empfangsglocke zog.

Ungeduldig trat er von einem Fuß auf den anderen, während er den düster anmutenden Bau musterte. Den ganzen gestrigen Tag war Simon mit Magdalena im Spital geblieben.

Dabei hatte er sich, wie versprochen, auch um die anderen Kranken gekümmert, die sich in Pflege befanden. Zwei ältere Männer klagten über Durchfall, Simon verschrieb ihnen getrocknete Heidelbeeren, Blutwurz und Kohle. Eine Frau hatte die Krätze, und Simon strich ihr die Haut mit einer schwefelhaltigen Paste ein, die er in Pater Damians Arbeitsstube selbst hergestellt hatte. Das entzündete Zahnfleisch eines Bauern behandelte er mit Salbei. Glücklicherweise waren keine weiteren Pestfälle hinzugekommen, und auch Peter ging es zu Simons und Magdalenas grenzenloser Erleichterung wieder besser. Man munkelte bereits, dass der Schwarze Tod nun vielleicht ganz von

Kaufbeuren abließ und das Tänzelfest doch noch stattfinden konnte.

Simons Schwiegervater war die ganze Zeit nicht von Peters Seite gewichen; noch immer glaubte Jakob Kuisl, der unheimliche schwarze Reiter könnte es auch auf seinen Enkel abgesehen haben. Heute in den frühen Morgenstunden war der Apotheker Kohler gestorben, mit dicken Pestbeulen unter den Achseln und blutig aufgekratztem Kopf. Am Ende hatte der schmächtige, ausgezehrte Mann wie der leidende Heiland selbst ausgesehen. Sein Tod war eine Gnade gewesen, auch für die anderen Kranken, die bei Kohlers hohen, lang gezogenen Schreien jedes Mal zusammengezuckt waren.

Simon sprach ein stilles Dankgebet, dass ihn die Pest bislang verschont hatte. Vielleicht lag es allerdings auch an seinen Vorsichtsmaßnahmen. Nach wie vor wuschen er und Magdalena sich die Hände und wechselten nach ihren Gängen die Gewänder, die sie später mit heißem Wasser auswuschen. Auch Pater Damian ging so vor, selbst wenn sie beide nicht erklären konnten, warum die Maßnahmen eigentlich helfen sollten. Vielleicht hatte das ja etwas mit Kirchers »Corpuscula« zu tun.

Ein weiteres Mal zog Simon an der Klingelschnur, diesmal energischer. Doch nichts rührte sich. Kurz glaubte er, hinter einem der hohen Fenster im ersten Stock eine kurze Bewegung wahrzunehmen, einen Vorhang, der zugezogen wurde. Das eiserne Tor und die hohe Gartenmauer erinnerten ihn an eine Festung.

Eine Festung der Krieger Gottes, dachte er.

In der Nacht hatte Simon schlecht geschlafen. Seine Gedanken waren ständig um die neuesten Theorien gekreist: Ratten und Flöhe als Mordwaffen, kleine Tierchen, die nur mit dem Mikroskop zu sehen waren … Es war vollkommen absurd und doch zugleich bestechend logisch. Bislang hatte er nur mit Pater Damian und dem jungen Doktor Eden darüber gesprochen. Er musste unbedingt ins Kloster Irsee reisen, um mehr darüber herauszufinden, auch wenn der Weg dorthin gefährlich war! Doch zuvor gab es auch noch andere Aufgaben zu erledigen, nicht nur im Spital.

Deshalb stand er sich jetzt vor der Jesuitenresidenz die Beine in den Bauch.

Schon gestern Abend hatte er versucht, mit Bürgermeister Rehlinger und Baron Hörmann zu reden, um sie zu warnen. Doch die beiden waren in einer längeren Ratssitzung gewesen. Auch den Superior Thomas Widmann hatte Simon bereits aufgesucht, aber auch dieser war für ihn nicht zu sprechen gewesen. Heute wollte Simon es noch einmal bei Widmann versuchen, unter anderem, um den alten Mann an seinen Bericht zu erinnern, den er über die Pest vor fünfzig Jahren verfassen wollte.

Als sich hinter der Mauer immer noch nichts rührte, zog Simon ein drittes Mal an der Kordel, diesmal so fest, dass sie zu reißen drohte. Diese arroganten Jesuiten! Glaubten wohl, sie könnten sich in ihrer Residenz von allem Irdischen abschotten, auch von der Pest! Nun, wenn der Herr Superior diesmal wieder keine Zeit hatte, würde er eben nicht gewarnt werden, seine Schuld!

Als Simon eben gehen wollte, öffnete sich plötzlich das Tor. Ein junger, pickliger Jesuit in weißem Ornat stand vor ihm.

»Der Herr Superior erwartet Euch oben in seinem Arbeitszimmer«, sagte der Jüngling mit blasierter Stimme. »Folgt mir.«

Simon blickte nach oben, wo sich zuvor der Vorhang bewegt hatte. Offenbar war der greise Superior schon länger über seine Ankunft informiert gewesen, trotzdem hatte man ihn warten lassen. Wohl als eine Art Machtdemonstration.

Grimmig folgte Simon dem jungen Mönch durch den Garten, in dem sich bunte Blumen und beschnittene Büsche abwechselten, dahinter schloss sich ein duftendes Kräuterbeet an, das leise Plätschern eines Springbrunnens ertönte von irgendwoher. Sie betraten eine große, angenehm kühle Eingangshalle, die mit Gemälden von Heiligen behängt war. Eine mannshohe, mit Blattgold verzierte Marienstatue stand in einer Ecke. In den ersten Stock führte eine breite, mit dicken Teppichen bedeckte Treppe. Simon kam sich vor wie im Palast eines Patriziers oder Adligen.

Und wenn draußen die Welt untergeht, dachte er, *hier drinnen bei den Jesuiten geht es weiterhin luxuriös und behaglich zu.*

Sie stiegen die Treppe hinauf, und der Mönch klopfte an eine der vielen Türen im oberen Flur.

»Herein!«, ertönte die schnarrende Stimme des Superiors, die Simon mittlerweile nur allzu gut kannte. Der junge Geistliche öffnete die Tür und verabschiedete sich mit einem Kopfnicken.

Simon betrat einen hohen, fast saalartigen Raum mit einem einzelnen großen Tisch aus poliertem Nussholz in der Mitte. Dahinter befanden sich bis zur holzvertäfelten Decke Regale, in denen jedoch nur wenige Bücher standen. Dafür wimmelte es auch hier von religiösen Gemälden. Der thronartige Stuhl hinter dem Tisch war leer.

Erst auf den zweiten Blick bemerkte Simon, dass sich rechts ein weiterer Raum anschloss. Es war eine kleine Hauskapelle, durch deren hohe Fenster das Morgenlicht fiel. Dort kniete der Superior vor einem Zieraltar mit einem vergoldeten Triptychon. Der Greis schlug ein Kreuz, dann stand er ächzend auf und wandte sich seinem Besucher zu. Seit dem letzten Treffen im Rathaus, bei dem ihn Widmann einen Betrüger genannt hatte, hatten sie nicht mehr miteinander gesprochen.

»Habt Ihr heute früh schon gebetet, Herr Doktor?«, fragte Thomas Widmann.

»Ich war wohl zu sehr mit der Pflege der Kranken und Sterbenden im Spital beschäftigt«, erwiderte Simon.

»Bürgermeister Rehlinger hat mir schon berichtet, dass er Euch wohl trotz Eurer dreisten Lügen weiter als Arzt beschäftigen will, warum auch immer.« Das Gesicht des Superiors verzog sich zu einer faltigen Grimasse, er sah heute noch älter und verkniffener aus als ohnehin schon. »Ich will mich in diese weltlichen Dinge nicht einmischen. Ich bete jedenfalls täglich für die Kranken, auch für Euren Sohn.«

»Habt Dank, werter Superior. Eure Gebete scheinen erhört worden zu sein, Peters Zustand hat sich tatsächlich gebessert. Wir hoffen und beten.« Simon verbeugte sich leicht. »Leider muss ich Euch mitteilen, dass dies nicht für den Apotheker Kohler gilt. Er ist heute früh von uns gegangen. Pater Damian gab ihm in der Nacht noch die Letzte Ölung.«

Widmann nickte, als hätte er das bereits erwartet. »Wenn Ihr noch einen Beweis gesucht habt, dass nicht das Streben nach Wissen, sondern nur der Glaube uns helfen kann, hier habt Ihr ihn! Ha, nicht einmal ein Apotheker ist vor dieser Krankheit gefeit!«

»Hattet Ihr schon Gelegenheit, Euren Bericht zu schreiben?«, fragte Simon, ohne auf Widmanns Geschimpfe einzugehen. »Die Chronik der Ereignisse von 1627 bis 1629? Der Rat wartet darauf.«

Widmann unterdrückte ein nervöses Husten, sichtlich erschöpft setzte er sich an den Tisch. »Ihr gebt wirklich keine Ruhe. Aber ich kann Euch beruhigen, ja, ich habe den Bericht gestern fertig geschrieben.« Seine Hand legte sich auf eine lederne Kladde, in der sich ein Stoß Seiten befand. »Ihr werdet darin jedoch nichts finden, was Euch weiterhilft.«

»Aber auch Euch müsste doch aufgefallen sein, dass die Krankheit diesmal einen ganz anderen Verlauf nimmt«, beharrte Simon. »Es ist, gottlob, keine große Seuche wie damals, jedenfalls bislang nicht, sondern sie trifft gezielt einzelne Menschen, vor allem Mitglieder des Rats.«

Der Superior sah ihn skeptisch an. »Was wollt Ihr damit sagen?« Er wies Simon einen Stuhl vor dem großen Tisch zu. Seine knöchernen Finger trommelten auf das mit Intarsien verzierte Nussholz. Offenbar hatte Simon die Neugier des Alten geweckt. »Erklärt Euch, Doktor!«

In sachlichen Worten berichtete Simon dem Superior, was er bislang herausgefunden hatte. Anders als erwartet reagierte Widmann nicht mit Spott und Bibelsprüchen. Simon hatte vielmehr den Eindruck, dass der Greis aufrichtig besorgt war. Er war ganz blass im Gesicht, blasser noch als zuvor.

»Ein ... Mordkomplott also?«, hauchte er schließlich.

»Könnt Ihr Euch einen Grund vorstellen, warum jemand gezielt die Mitglieder des medizinischen Rats angreift?«, fragte Simon.

Der Superior überlegte lange, die Stirn in Falten gezogen. Kurz schien er etwas sagen zu wollen, doch dann schüttelte er den Kopf.

»Ihr seid auf der falschen Fährte, Doktor. Wie oft muss ich Euch das noch sagen? Wenn es die Mitglieder des medizinischen Rats trifft, dann deshalb, weil uns Gott damit ein Zeichen senden will …« Widmann hustete und hielt sich ein seidenes Taschentuch vor den Mund. »Nämlich jenes Zeichen, dass es nicht in unserer Macht liegt, diese Krankheit zu besiegen!« Simon hatte den Eindruck, dass Widmanns Stimme nicht ganz so selbstsicher klang wie sonst.

»Ein schönes Domizil habt Ihr hier«, sagte Simon, bemüht um einen anderen Gesprächsgegenstand. Er sah sich in dem kostspielig eingerichteten Arbeitszimmer um. »Zumindest der Orden der Jesuiten scheint in Kaufbeuren von Gott gesegnet.«

»Es ist ein ehemaliges protestantisches Anwesen, das mein Orden einst für wenig Geld erstehen konnte«, erwiderte Widmann mit schmalen Lippen. »Als die verfluchten Schweden Kaufbeuren eroberten, mussten wir kurz die Stadt verlassen. Aber wir kamen schon bald wieder zurück. Gerade noch rechtzeitig, um bei der letzten Pest als Säule des Glaubens wirken zu können! Es gab damals einige tapfere Männer, die sich Pest und Protestantismus entgegenstellten. Beide Übel kriechen aus dem gleichen Schoß!«

Mit einem leisen Seufzen gab es Simon auf, den Superior für sich einzunehmen. Der Alte war genauso bigott wie verbohrt, ein hoffnungsloser Fall. Er hätte sich den Weg sparen können. Eigentlich ein Wunder, dass Widmann es mit dieser Einstellung zum Kaufbeurer Superior gebracht hatte. Simons Blick glitt über die wenigen Bücher in den Regalen, die allesamt theologische Werke waren. Doch dann entdeckte er etwas, das ihn schmunzeln ließ.

Sieh an, auch der strenge Herr Superior hat wohl seine Laster …

»Eine hübsche Pfeife habt Ihr da«, sagte Simon und deutete auf die lange Stielpfeife, die auf einem eigenen versilberten Ständer ruhte. »Aus Meerschaum nehme ich an? Der neueste Schrei, nicht wahr? Diese Pfeifen sollen sehr gut ziehen.«

Der Superior zuckte zusammen, so als habe man ihn bei einer Todsünde ertappt.

»Ein Geschenk …«, murmelte er und sah zur Seite.

»Ihr trinkt also Rauch?«, hakte Simon nach. Jetzt fiel ihm im Zimmer auch der leichte Geruch nach abgestandenem Pfeifenrauch auf. Der Superior hatte gelüftet, doch irgendetwas blieb immer hängen. »Ich dachte, die Kirche hätte das Rauchtrinken als Teufelszeug verurteilt?«, fragte Simon mit Unschuldsmiene.

»Äh, die Jesuiten nicht«, erwiderte Widmann. »Und außerdem, spielt nicht auch der Weihrauch in der katholischen Messe eine große Rolle?« Er nestelte an seinem blütenweißen Kragen, ihm war sichtlich unwohl. Auf seinem Ornat zeigten sich dunkle Schweißflecken. »Am besten, Ihr kümmert Euch um Euren eigenen Kram, Doktor. Ich bin ein alter Mann und sehr müde.«

»Nun, ein Pfeifchen hat noch keinem geschadet.« Simon grinste breit. Es tat gut zu sehen, dass auch Thomas Widmann nur ein Mensch war. »Mein Schwiegervater, der Henker, ist übrigens auch Pfeifenraucher«, fuhr er beiläufig fort. »Wie schön, dass ein Mann des Glaubens und ein Mann des Tötens doch etwas gemeinsam haben. Findet Ihr nicht auch?«

»Ihr entschuldigt mich.« Thomas Widmann stand leicht zittrig auf. »Wie gesagt, ich bin müde.«

»Und der Bericht?«, fragte Simon.

»Ihr bekommt ihn morgen.«

»Aber Ihr habt doch vorhin gesagt …«

»Ich möchte noch ein paar Stellen überprüfen«, unterbrach ihn Widmann ruppig und zog die Kladde an sich.

»Es soll ja alles hieb- und stichfest sein, nicht wahr? Morgen könnt Ihr ihn haben. Darauf habt Ihr mein Wort.«

»Wie Ihr meint, Herr Superior.« Simon erhob sich und ging zögernd zur Tür. Er war sich nicht sicher, ob Widmann ihm den Bericht verweigerte, weil er sich wegen der Pfeife vorgeführt fühlte. Oder weil er wirklich noch etwas nachprüfen wollte.

Etwas, was ihm erst in unserem Gespräch klar geworden ist?, dachte Simon.

»Danke, ich finde allein hinaus«, sagte er kühl und stieg die Treppe nach unten.

Die Tür zu Widmanns Arbeitszimmer blieb offen stehen. Während Simon weiter die Stufen zum Erdgeschoss hinunterstieg, glaubte er die ganze Zeit über, die Blicke des Alten im Rücken zu spüren wie feine Nadelstiche. Und etwas sagte ihm, dass er den Superior mit seinen Worten weit mehr verängstigt hatte, als dieser zugeben wollte.

*

»Sieben Nächte«, sagte Martin Eden und reichte Magdalena das mit Essigwasser befeuchtete Tuch. »Wer die siebte Nacht übersteht, der hat die Pest endgültig besiegt.«

Magdalena seufzte und wischte dem schlafenden Peter über die Stirn. Der scharfe Geruch des Essigs stieg ihr in die Nase. Gemeinsam mit dem jungen Doktor kniete sie schon seit geraumer Zeit am Bett ihres kranken Sohnes, ihre Beine schmerzten. »Wenn ich nur wüsste, wann er sich angesteckt hat! Dann wüssten wir, ob er schon über dem Berg ist.«

»Nun, wenn wir davon ausgehen, dass es in diesem Dorf nahe der bayerischen Grenze war, dann dürfte die Ansteckung schon eine ganze Weile her sein.« Eden fühlte nach Peters Puls. »Sein Herz schlägt ruhiger als gestern, wie ich finde. Und die Pestbeulen trocknen auch aus. Ich denke, er hat das Schlimmste überstanden.« Der junge Doktor wedelte mit der Hand. »Und das trotz des vielen erstickenden Weihrauchs hier im Raum. Wenn es Euch nichts ausmacht, würde ich gerne lüften.«

»Gerne«, sagte Magdalena. Auch ihr war mittlerweile übel von den Dünsten, die von der Glutpfanne in der Ecke des Krankenzimmers aufstiegen. Zwar herrschte noch immer die Ansicht, dass die ansteckenden Miasmen mit dem Gestank der Gassen in die Häuser drangen und die Fenster deshalb geschlossen bleiben sollten. Doch sowohl Simon wie auch Pater Damian und Doktor Eden hielten nicht viel davon. Und auch Magdalena konnte sich nicht vorstellen, dass man durch Gestank ernsthaft krank wurde. Wenn das der Fall war, hätte eigentlich ganz Kaufbeuren mittlerweile an der Pest leiden müssen, ebenso wie Schongau und viele andere Städte.

Martin Eden stand auf und öffnete die Fensterläden. Das mittägliche Sonnenlicht, das den Raum flutete, blendete Magdalena. Gleichzeitig vertrieb es ein wenig die düsteren Gedanken, die sie seit Tagen quälten. Mit jedem neuen Tag wuchs die Hoffnung, dass ihr Sohn überleben würde – anders als der arme Apotheker Kohler, dessen Leiche man bereits hinaus auf den Pestfriedhof vor der Stadt gebracht hatte. Nur ein kleiner Trauerzug war dem Sarg gefolgt. Es hatte auch keine Grabrede gegeben. Wer wollte, konnte in Sankt Martin eine Kerze stiften, das war alles.

So endet ein Leben, dachte Magdalena wehmütig.

Damit war Peter zurzeit der einzige Pestkranke im Spital. Trotzdem gab es viel zu tun, vor allem für Pater Damian, der nach dem Tod des alten Spitalmeisters das ganze Spital verwalten musste. Magdalena half ihm, so gut es ging. Die letzten Tage hatte sie sich über zu wenig Arbeit nicht beklagen können, doch sie machte sie gern. Sie wechselte das Stroh in den Betten und kochte die Kleider in großen Kesseln aus, wie es ihr der Pater aufgetragen hatte. Ja, sie war sich auch nicht zu schade, die Pfründnerstuben auszukehren, wenn noch Zeit blieb, und hielt sogar das eine oder andere Schwätzchen mit der alten Schwester Elisabeth, die eine der Stuben bezogen hatte. Das alles brachte sie auf andere Gedanken. Immer nur am Bett ihres Sohnes zu verweilen, zu beten und zu hoffen machte sie schwermütig.

Erst jetzt merkte Magdalena, wie stickig, heiß und finster es in dem Krankenzimmer vorher gewesen war. Sie betrachtete Martin Edens schmucke Gestalt, wie er da am Fenster stand und hinaus in den Hof blickte, wie immer adrett gekleidet, so als würde er zu einer Hochzeit gehen. Es war nun schon das dritte Mal, dass der junge Arzt sie hier besuchte, um sich nach ihr und Peter zu erkundigen. Eden war klug, gebildet und zudem sehr liebenswürdig, eigentlich der perfekte Mann und eine gute Partie. Es würde wohl nicht mehr lange dauern, bis er die Frau seines Lebens finden würde. Magdalena unterdrückte ein Seufzen, dann schalt sie sich selbst eine Närrin. Vermutlich tat ihr Edens Zuneigung auch deshalb so gut, weil er ihr das Gefühl gab, noch jung zu sein. Jung und umworben.

Du dummes Ding!

Sie vertrieb den Gedanken schnell wieder. Trotzdem fragte sie sich, warum nicht Simon dort am Fenster stand. Doch ihr Mann war wie so oft in Kaufbeuren unterwegs, um mehr über die mysteriöse Mordserie herauszufinden. Vielleicht würde das ja auch Peter helfen, aber in erster Linie, da machte Magdalena sich nichts vor, war Simon von seinem Wissensdurst und seiner Neugier getrieben, so wie immer.

Sie fühlte Ärger in sich grollen. Sollte ein Vater nicht am Bett seines kranken Sohnes sitzen, anstatt irgendwelchen Phantomen hinterherzujagen? Auf der anderen Seite, was konnte Simon hier schon groß ausrichten? Außerdem war sie ja nicht allein. Seit gestern wich Jakob Kuisl seinem Enkel nicht mehr von der Seite, nur gelegentlich ging er hinunter in den Hof, um sich eine Pfeife anzustecken, so wie auch jetzt. Für die Bediensteten, die ihn anfangs gemieden hatten, war der Henker mittlerweile ein normaler Anblick geworden. Ab und zu, wenn ein Wagenrad klemmte oder ein Fass in die Küche getragen werden musste, ging er ihnen sogar zur Hand. Bislang hatte Bürgermeister Rehlinger nichts davon gemerkt, wohl auch deshalb, weil Pater Damian stillhielt.

»Ich kann Euren Vater von hier aus sehen«, sagte Martin Eden, ganz so, als habe er Magdalenas Gedanken erraten. Er blickte vom Fenster aus hinunter in den lärmenden Spitalhof, wo es zuging wie an einem Markttag. »Er steht dort unten und raucht seine Pfeife. Dabei schaut er so grimmig, als wollte er gleich eines der Waisenkinder fressen.«

Magdalena schmunzelte traurig. »So schaut er immer aus, wenn er nachdenkt.«

»Ich fürchte, Euer Vater mag mich nicht.« Eden seufzte. »Ich weiß wirklich nicht, was ich falsch gemacht habe.«

»Macht Euch nichts draus. So geht es meinem Gatten auch, und das schon seit über zwanzig Jahren.«

»Na dann.« Martin Eden konnte sich ein Grinsen nicht verkneifen. Er kam zurück und kniete sich neben sie ans Bett, wo er Peters eingetrocknete Pestbeulen mit dem Essigwasser behandelte. Es fühlte sich seltsam an, dem jungen Arzt so nah zu sein, hier am Bett ihres kranken Sohnes, wo doch eigentlich Simon stehen sollte.

»Müsst Ihr nicht zurück in Eure Praxis im Hörmannhaus gehen?«, fragte Magdalena. »Ihr habt schließlich auch noch andere Patienten, gerade jetzt«, fügte sie hinzu.

»Ach, die Patienten ...« Eden zuckte die Achseln. »Sie wollen hochprozentigen Theriak von mir, getrocknete Kröten oder irgendwelche Schutzamulette. Abergläubisches Zeug, das ich ihnen nicht geben will und kann. Wenn ich den Leuten erzählen würde, was Euer Sohn hier vermutet und was Euer Gatte glaubt, herausgefunden zu haben ...« Er schüttelte den Kopf. »Ratten und Flöhe!«

»Ich denke, es ist besser, Ihr behaltet dieses Wissen erst mal für Euch«, sagte Magdalena leise. »Es klingt ja auch wirklich zu hanebüchen.«

»Gestern kam ein altes Männlein zu mir, das fragte, ob es stimme, dass auch der eheliche Beischlaf die Pest ins Haus bringt.« Martin Eden lachte leise. »Dabei war der Mann bestimmt schon über siebzig! Vielleicht hat ihm das ja auch nur seine Frau gesagt, damit er endlich Ruhe gibt.«

Magdalena spürte, wie sie rot wurde. Dies war kein Thema, das sie mit dem jungen Eden vertiefen wollte. Sie war fast erleichtert, als ihr Vater wieder ins Krankenzimmer kam. Ein grimmiger Blick Kuisls reichte aus, dass Eden sich erhob.

»Nun, ich sollte vielleicht wirklich zurück in die Praxis. Richtet Eurem Mann meine besten Grüße aus, wenn Ihr ihn seht. Und wenn Ihr Arzneien braucht ...«

»Finden wir sie hier im Spital«, knurrte Jakob Kuisl. »Danke schön. Und nun gehabt Euch wohl.«

Als Eden gegangen war, sah Magdalena ihren Vater vorwurfsvoll an. »Was musst du so barsch zu ihm sein? Man könnte fast meinen, du magst den jungen Doktor nicht.«

»Ich kann nur sehen, dass meine Tochter ihn sehr wohl mag«, gab Kuisl zurück. »Was sagt eigentlich dein Mann dazu, dass du am Bett eures kranken Sohnes rumpoussierst?«

»Wie … wie kannst du es wagen …«, brauste Magdalena auf. Doch ein Stöhnen Peters brachte sie zur Vernunft. Sie strich ihm über die Wange, und sein Atem ging wieder ruhiger. »Ach, glaub doch, was du willst«, murmelte sie. »Doktor Eden ist wenigstens hier und steht mir bei. Der Simon hat ja anderes zu tun.«

»Dein Mann steht dir auch bei, nur eben auf seine Art. Es ist wichtig, dass wir alles über diese verfluchte Mordserie herausfinden! Das hilft auch dem Peter.« Kuisl sog an seiner kalten Pfeife. »Ich hab mich im Spital umgehört. Offenbar hat der Rat nun endgültig beschlossen, das Tänzelfest stattfinden zu lassen. Auch um die Bürger vom Brüten über Pest und Gottesstrafen abzulenken. Das Fest soll noch größer und prächtiger werden als ohnehin schon. Die Schneider nähen bereits die Kostüme, die Wirte spendieren ein paar Weinfässer, und die Leute gehen auch wieder auf die Straße. Rehlinger hat auf allen Plätzen verkünden lassen, dass man die Pest nun unter Kontrolle habe.«

»Wenn er sich da nur nicht täuscht«, erwiderte Magdalena. »Wie sieht es mit dem städtischen Pestmandat aus?«

»Das bleibt vorerst bestehen, keiner darf die Stadt betreten oder verlassen.« Der Henker zuckte mit den Schultern. »Es gibt zwar zurzeit ohnehin keine Reisenden, aber das eine oder andere aus der Außenwelt dringt auch so durch. In Wien und im Habsburgerland muss die Pest schlimm gehaust haben. Offenbar ist Bayern bislang größtenteils verschont geblieben, auch Schongau. Nur hier in Kaufbeuren gibt es einige wenige Opfer zu beklagen, was unsere Vermutung, dass es sich um eine Mordserie handelt, nur umso wahrscheinlicher macht.«

Magdalena atmete erleichtert auf. Die Angst um Peter hatte ihre anderen Ängste zeitweise verdrängt. »Das heißt, Paul, Sophia und den anderen geht es gut.«

»Das ist zu vermuten. Trotzdem gefällt mir nicht, dass wir so gar nichts wissen …« Kuisls Miene verfinsterte sich.

»Du könntest doch nach Schongau gehen!«, warf Magdalena ein. »Unter der Stadtmauer durch, so wie du es schon ein paarmal gemacht hast. Schon morgen Abend wärst du wieder zurück!«

Ihr Vater schüttelte den Kopf. »Ich will den Peter nicht so lang allein lassen, nicht nach der Sache in der Kirche. Außerdem befürchte ich, dass der Lechner nicht besonders gut auf mich zu sprechen ist. Seine Strafpredigt würde ich mir gerne für später aufsparen. Aber du hast recht, jemand sollte dort nach dem Rechten sehen. Hm …« Er zögerte, dann nickte er entschlossen. »Ich hab eine bessere Idee. Ich werd den Xaver nach Schongau schicken.«

»Diesen versoffenen Henker?« Magdalena runzelte die Stirn. »Der sucht doch noch vor dem Sachsenrieder Forst das nächstbeste Wirtshaus auf und vergisst, was du ihm aufgetragen hast.«

»Unterschätz mir den Xaver nicht! Er ist kein schlechter Kerl.« Kuisl wiegte den Kopf. »Außerdem haben wir an Boten keine so große Auswahl.«

»Wenn du meinst.« Magdalena versuchte ein Lächeln. »Wenigstens kannst du dann nicht mehr mit ihm saufen.«

»Na, vielleicht noch ein kleines Abschiedsschnapserl, aber mehr auch nicht.« Kuisl ging bereits zur Tür. »Ich bin in spätestens zwei Stunden wieder zurück. Bis dahin lässt du keinen rein! Keinen, außer Pater Damian, den Doktor Eden und deinen Mann, verstanden?«

»Ich glaube wirklich, dass du ein wenig übertreibst, Vater«, entgegnete Magdalena achselzuckend. »Aber keine Sorge, das ist das Zimmer eines Pestkranken, schon vergessen? Wir bekommen nicht viel Besuch.«

»Vielleicht ja ungebetenen«, knurrte Kuisl. »Man kann nie vorsichtig genug sein.«

Fest zog er die Tür hinter sich zu.

Der Mann mit der Augenklappe stand in einer Nische unweit des Spitaltors und sah zu, wie der Henker durch die schmale Gasse eilte. Er war so nah, er hätte den riesenhaften Alten beinahe berühren können. Doch der Henker bemerkte ihn nicht, er schien ganz in Gedanken versunken.

Gut so.

Der Einäugige lächelte und spielte mit dem Griff des langen Messers, welches er unter dem Mantel verbarg. Es war fast rührend zu sehen, wie der tumbe Kerl versuchte, sich zu tarnen, mit dem langen stinkenden Wollmantel und der Kapuze. Dabei war er so groß und breit, dass jede Tarnung im Grunde überflüssig war. Nun, zumindest *er* würde den Riesen immer und überall wiedererkennen. O ja! Er hatte noch eine Rechnung mit ihm offen. Die Wunden, die er sich beim Einsturz des Glockenstuhls zugezogen hatte, bluteten zwar nicht mehr, aber sie schmerzten höllisch, eine stete Erinnerung an ihr kleines Stelldichein.

Das nächste Mal schlitz ich dir deinen fetten Wanst mit dem ersten Stich auf, du alter, sturer Ochse. Das schwör ich dir!

Es war äußerst ärgerlich, dass der Alte ihm in der Kirche zuvorgekommen war. Was hatte er dort überhaupt zu suchen gehabt? Gleich nachdem der Mann erfahren hatte, dass sich der so lange erwartete Kurier nun endlich in der Stadt aufhielt, war er der Sache nachgegangen. Doch im

Gepäck des Boten war offenbar kein Brief gewesen. Also hatte er in der Kirche nachgesehen, wo er schließlich auf den Riesen gestoßen war. Der Kerl war vielleicht nicht mehr der Jüngste, aber er wusste zu kämpfen, das musste man ihm lassen. Doch jeder kam irgendwann an seine Grenzen, jeder stand dem eigenen Tod irgendwann einmal gegenüber.

Oft war er es, der Mann mit dem Messer, der den Tod brachte.

Der Auftrag, den er zu erfüllen hatte, war mehr als deutlich gewesen: Keiner durfte vom brisanten Inhalt des Briefes wissen! Jeder mögliche Zeuge musste ausgeschaltet werden. Dass der brisante Brief verschwunden war, konnte alles bedeuten oder nichts. Hatte der Kurier ihn gelesen? Die Aufzeichnungen, die der Bote hinterlassen hatte, deuteten zumindest darauf hin. Er schien sich seine eigenen Gedanken gemacht zu haben. Das war schlecht. Es war immer schlecht, wenn Leute sich zu viele Gedanken machten.

Das vernarbte Auge unter der Augenklappe des Mannes begann, nervös zu zucken. Er durfte kein Risiko eingehen, nicht das geringste! Immerhin sollte er ein Geschäft einfädeln, welches die Zukunft des Reiches, ja ganz Europas, verändern konnte. Sie hatten ihn dafür ausgewählt, weil es keinen Besseren gab, keinen, der effizienter, stillschweigender und vor allem tödlicher arbeitete. Er war der Anführer einer kleinen, neu geschaffenen Einheit erstklassiger Soldaten, der Kronprinz konnte sich auf ihn verlassen.

Einer nach dem anderen …

Der Mann mit dem Messer zog die Kapuze über den Kopf und trat ins Freie.

Es gab noch viel zu tun.

*

Der ganze weitere Tag war für Simon eine einzige Enttäuschung gewesen.

Irgendwie hatte er gehofft, dass ihn die Besuche bei Superior Widmann, Bürgermeister Rehlinger und Baron Hörmann in seinen Ermittlungen voranbringen würden. Doch bislang war er nur auf Häme und Unverständnis gestoßen. Sein nachmittäglicher Besuch bei Johann Rehlinger im Rathaus war besonders ernüchternd gewesen. Der Bürgermeister hatte kaum Zeit für ihn gefunden, er war ausschließlich mit den Planungen zum Tänzelfest beschäftigt, das noch diese Woche stattfinden sollte. Die wenigen Worte zwischen ihnen hatten ausgereicht, um Simon wissen zu lassen, dass Rehlinger seine Theorie für blanken Unsinn hielt.

»Ein Mörder, der mit Ratten und Flöhen sein Unwesen treibt?« Rehlingers Stimme troff vor Spott. »Ich denke, Ihr habt zu viel von Eurem eigenen Theriak gekostet, Herr Doktor. Kümmert Euch lieber darum, dass es keine weiteren Pestkranken in Kaufbeuren gibt. Sonst lasse ich Euch noch morgen wegen Betrugs in den Gerberturm werfen. Ich denke, ich habe mich damals im Spital klar ausgedrückt.« Wenigstens erteilte Rehlinger ihm die Erlaubnis, in der Irseer Klosterbibliothek nachzuforschen. Simon hatte dem Bürgermeister eindringlich klargemacht, dass er dort auf weitere Hinweise dieser seltsamen Krankheit zu stoßen hoffte.

»Was ist mit dem Bericht des Superiors?«, hakte Rehlinger nach.

»Widmann will ihn mir morgen geben«, erwiderte Simon. »Er möchte noch einige Verbesserungen daran vornehmen.«

»Gut so.« Rehlinger nickte. »Ich erhoffe mir von diesem Bericht weitere Hinweise, dass die Seuche bereits am Abklingen ist und das Fest ohne Gefahr stattfinden kann. Ich denke, es wird bei den wenigen Toten bislang bleiben. Gott sei's gedankt!«

Die Nachricht von Kohlers Tod hatte Rehlinger seltsam kaltgelassen. Offenbar hatte er beschlossen, nicht nach hinten zu blicken. Sein ganzes Augenmerk galt nur dem baldigen Tänzelfest, so als würde ihn das Treiben ablenken.

Oder als wollte der Herr Bürgermeister andere damit ablenken, ging es Simon durch den Kopf.

Gleich nach seinem Besuch im Rathaus war Simon dann zum großen Hörmann'schen Anwesen geeilt, wo ihn ein Diener in einen holzvertäfelten, mit Teppichen behängten Empfangsraum geführt hatte. Dort erwartete ihn, halb liegend auf einem türkischen Diwan, Tobias Hörmann. Anders als Rehlinger war der Baron sichtlich erfreut gewesen über den Besuch. Er hatte es sich nicht nehmen lassen, Simon von einem Diener eine Tasse Kaffee bringen zu lassen, die dieser nur zu gern annahm. Doch auch Hörmann war nicht davon zu überzeugen gewesen, dass an Simons Vermutungen etwas dran war. Im Grunde hätte er sich die ganze Lauferei sparen und stattdessen bei seinem Sohn im Spital bleiben sollen!

Auf dem Heimweg war Simon tief in Gedanken versunken und bemerkte zunächst gar nicht, dass das Tor zum Spitalhof weit offen stand. Mittlerweile hatte sich die Dämmerung über die Stadt gelegt, und es wehte ein für die Jahreszeit kühler Wind. Vom Hof her waren aufgeregte Stimmen zu hören. Simon sah etliche Bedienstete wild durcheinanderlaufen und sich bekreuzigen. Einige jammerten und beteten lautstark. Er packte sich den Nächstbesten, einen der Spitalköche.

»Was ist geschehen?«, fragte Simon nervös. Er fürchtete, dass es etwas mit seinem Sohn zu tun haben könnte. Doch der Koch raufte sich nur die Haare.

»Das ist der Anfang vom Ende!«, klagte er. »Der Anfang vom Ende! Nun ist sicher, dass uns Gott straft. Ein Fluch liegt über der Stadt!«

»Red keinen Unsinn, Mann!« Simon schüttelte ihn. »Was los ist, will ich wissen!«

»Ja, habt Ihr es denn nicht gehört, Herr Doktor?« Der Koch starrte ihn entsetzt an. »Nun ist auch noch der ehrwürdige Superior an der Pest erkrankt! Die Protestanten sprechen schon vom Strafgericht Gottes. Weil doch die Jesuiten damals …«

Simon hörte schon nicht mehr zu. Er eilte hinüber zum Seelhaus, wo er auf Pater Damian traf. Der kleine, pummlige Mönch kam ihm mit hastigen Schritten entgegen, in den Händen eine dampfende Schüssel Wasser.

»Ist es wahr?«, brachte Simon hervor. »Der … der Superior …«

Pater Damian nickte traurig. »Er ist vorhin in seiner Kammer drüben in der Jesuitenresidenz zusammengebrochen. Ich selbst habe ihn herbringen lassen. Ich denke, es ist die Pest.«

»Mein Gott!«, hauchte Simon. »Ich war erst heute Vormittag noch bei ihm!«

Ihn schauderte. Er dachte daran, wie blass der Superior gewirkt hatte, der Husten fiel Simon wieder ein, die dunklen Schweißflecken auf dem Talar … Widmann musste schon am Morgen krank gewesen sein.

Der alte Eden, Bärwein, Schropp, Kohler und nun auch noch Thomas Widmann. Einer nach dem anderen … Es ist wirklich wie ein Fluch, oder eben eine besonders heimtückische Mordserie.

Von all den Mitgliedern des medizinischen Rats waren jetzt nur noch Bürgermeister Rehlinger, Pater Damian und Martin Eden übrig! Wenn es noch eines Beweises bedurft hatte, dass jemand in Kaufbeuren gezielt sein Mordwerk verrichtete, hier war er. Hatte Widmann vielleicht etwas gewusst? Er erinnerte sich, wie verängstigt der Superior am Ende ihres Gesprächs ausgesehen hatte.

»Ich möchte mit dem Herrn Superior sprechen«, sagte Simon. »Ist er bei Bewusstsein?«

»Ihr wisst selbst, dass das nicht ganz ungefährlich ist«, erwiderte Pater Damian nachdenklich. »Aber bitte, folgt mir.«

Sie stiegen hinauf in den ersten Stock. Magdalena kam ihnen auf dem Gang entgegen, sie war eben aus Peters Kammer getreten.

»Ich habe schon davon gehört«, sagte sie atemlos. »Ein weiterer Fall. Und dann auch noch der Superior!«

»Er hat schon eine Pestepidemie in Kaufbeuren überstanden, vielleicht übersteht er ja auch die zweite«, sagte Pater Damian grimmig. »Ich habe seine Kleider bereits verbrennen lassen, das Zimmer ist ausgeräuchert. Jetzt gibt es nicht mehr viel, was wir tun können, außer beten.«

Er ging in eine der hinteren Kammern, aus der dichter weißer Weihrauch quoll. Simon folgte ihm, und auch Magdalena. Als Simon seine Frau aufhalten wollte, schob sie sich an ihm vorbei.

»Ich mag den alten Knochen zwar nicht leiden, aber das heißt nicht, dass er keiner Hilfe bedarf. Peter schläft, und ich bin froh, wenn ich gebraucht werde.«

Der Superior lag auf dem Bett, die dünne Wolldecke bis zum Kinn hochgezogen, sein ohnehin schon runzliges Gesicht sah durch die Krankheit noch kleiner und verhärmter aus. Er glich fast einem mumifizierten Vogel. Als Pater Damian die Decke zurückschlug, erkannte Simon an dem abgezehrten Leib erste Anzeichen der schwarzen Flecke. Der Mönch beugte sich darüber und wusch den Körper mit heißem Wasser. Widmann stöhnte, seine Augen waren geschlossen.

»Hattet Ihr nie Angst, dass Ihr Euch anstecken könntet?«, fragte Simon Pater Damian.

»Gott schützt mich«, erwiderte dieser, während er weiter den Kranken wusch. »Und ich denke, dass auch unsere Vorsichtsmaßnahmen ihren Teil dazu beitragen.« Zu dem Weihrauch gesellte sich jetzt noch der scharfe Geruch von Essig, mit dem der Mönch den Raum hatte auswischen lassen.

Simon hatte gehofft, mit Widmann reden zu können, um irgendetwas über die Mordserie herauszufinden, doch der Superior war sichtlich nicht ansprechbar. Vielleicht würde er das Bewusstsein auch nie mehr zurückerlangen.

»Ihr habt nicht zufällig den Bericht über die letzte Pestepidemie aus der Residenz mitgenommen?«, wandte sich Simon an Pater Damian. »Widmann wollte ihn heute noch fertig schreiben. Er müsste bei ihm auf dem Tisch gelegen haben. Eine lederne Kladde.«

»Eine Kladde?« Pater Damian blickte kurz hoch und sah ihn verständnislos an. »Da war keine Kladde. Vielleicht hat er sie woanders abgelegt? Oder einer seiner Mitbrüder hat sie weggeräumt. Die Kammer machte einen ziemlich geputzten Eindruck.«

»Verflucht!« Simon biss sich auf die Lippen. »Warum habe ich den Bericht nicht schon heute Vormittag mitgenommen!« Immer mehr gewann er den Eindruck, der Superior hatte darin unbedingt noch etwas nachlesen oder verändern wollen.

Weil ich ihn auf etwas gestoßen habe …?

Simon kniete sich neben Widmann, er konnte dessen rasselnden Atem hören. Widmanns Nasenflügel zitterten.

»Herr Superior, könnt Ihr mich hören?«, fragte er leise.

Thomas Widmann keuchte, es war nicht zu erkennen, ob er seine Umgebung überhaupt wahrnahm.

»Gibt es etwas, was Ihr mir mitteilen wollt?«, bohrte Simon weiter. »Der Bericht, Hochwürden! Wo habt Ihr ihn hingelegt? Steht darin etwas, das ich wissen muss?«

Plötzlich öffnete der Superior die Augen. »Sieben ...«, ächzte er.

Simon wandte sich fragend an Pater Damian. »Was meint er damit?«

»Sieben ... es ... es sind die Sieben«, brachte Widmann hustend hervor.

»Es sind die Sieben?« Magdalena runzelte die Stirn. »Was soll das heißen? Spricht er vielleicht von den sieben Todsünden?«

»Es sind die Sieben ...«, wiederholte Widmann immer wieder. »Sieben ...« Seine Hand stieß nach Pater Damian und packte ihn fest an der Kutte. Wie von dämonischen Kräften beseelt, zog er den anderen Geistlichen zu sich herunter. Die Schüssel mit dem heißen Essigwasser fiel klirrend zu Boden. »Sieben!«, schrie er erneut. »Sieben!«

»Alles wird gut«, tröstete Pater Damian den Todkranken und löste vorsichtig dessen Hand, die sich wie ein Schraubstock um den Stoff seiner Kutte gelegt hatte. »Gott ist bei Euch, mein Bruder. Er lässt Euch nicht im Stich, niemals. Auch nicht in der dunkelsten Stunde.«

»Sieben ...«, murmelte Superior Widmann ein letztes Mal. Die faltige Hand streckte sich noch einmal nach dem Pater, dann fiel sie zurück aufs Bett. Widmann schwieg, sein Brustkorb hob und senkte sich, die Augendeckel flatterten.

»Wenigstens scheint er jetzt zu schlafen, wenn auch sehr unruhig«, sagte Pater Damian und stand auf. Er wischte sich den Schweiß von der Stirn, Widmanns Ausbruch hatte ihn sichtlich mitgenommen. Er war leichenblass. »Momentan können wir nichts mehr für ihn tun. Er ist schon sehr alt, da stehen die Chancen besonders schlecht.«

Magdalena sah hinüber zu Thomas Widmann, dessen Lippen sich auch noch im Schlaf bewegten, als wollte er ihnen etwas mitteilen.

»Seltsam«, sagte sie. »Es sind die Sieben ... Was in Gottes Namen wollte er uns wohl damit sagen?«

»Vielleicht meinte er wirklich die sieben Todsünden?«, mutmaßte Pater Damian, nachdem er sich ein wenig beruhigt hatte. Er zählte auf. »Neid, Zorn, Wollust, Hochmut, Trägheit, Habgier, Völlerei ... Möglicherweise denkt der Herr Superior ja immer noch, dass die Pest eine Strafe Gottes ist, weil wir in Sünde leben?«

Simon seufzte. »Wir können nur hoffen, dass Widmann noch einmal zu Bewusstsein kommt, dann erfahren wir vielleicht mehr.« Er erhob sich rasch und ging zur Tür.

»Wo willst du hin?«, fragte Magdalena überrascht. »Ich dachte, wir schauen noch gemeinsam hinüber zu Peter.«

»Ich fürchte, ich muss noch einmal in die Jesuitenresidenz«, erwiderte Simon hastig. »Etwas sagt mir, dass in Widmanns Bericht eine Erklärung für dies alles hier stehen könnte. Der Bericht muss irgendwo sein. Ich werde ihn finden, und wenn ich die ganze Residenz danach durchwühlen muss!«

Als er hinausging, sah er nicht, dass Magdalena ihm traurig und auch zornig hinterherblickte.